Début d'une série de documents
en couleur

Les Sept Péchés Capitaux

L'ORGUEIL

I

OUVRAGES QUI SERONT PUBLIÉS

DANS LA

Nouvelle Collection Eugène Sue

à 1f25

Les sept Péchés capitaux.
Les Mystères de Paris.
Mathilde (Mémoires d'une jeune femme).
Le Juif-Errant.
Les Misères des Enfants Trouvés.
La Coucaratcha
La Famille Jouffroy.
La Salamandre.
Latréaumont.
La Vigie de Koat-Ven.
Le Commandeur de Malte.
Le Morne au Diable.
Les Enfants de l'Amour.
Les Mémoires d'un Mari.
Les Fils de Famille.
Deux Histoires (1772-1810).
Arthur, Journal d'un Inconnu.
Miss Mary.
Paula Monti.
Plick et Plock. — Atar-Gull.
Thérèse Dunoyer.

Bordeaux. — Impr. G. Gounouilhou

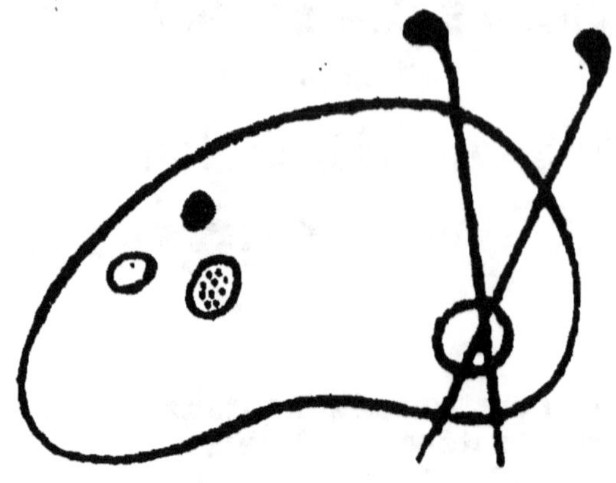

Fin d'une série de documents
en couleur

LES

SEPT PECHÉS CAPITAUX

L'ORGUEIL

TOME PREMIER

EUGÈNE SUE

— ŒUVRES —

LES

SEPT PÉCHÉS

CAPITAUX

L'ORGUEIL

TOME PREMIER

NOUVELLE ÉDITION

PARIS

ALBIN MICHEL, ÉDITEUR

59, RUE DES MATHURINS, 59

LES

SEPT PÉCHÉS CAPITAUX

L'ORGUEIL

LA DUCHESSE

I

... Elle avait un vice... l'orgueil, qui lui tenait lieu de toutes les qualités.

Le commandant Bernard, enfant de Paris, après avoir servi l'Empire dans les marins de la garde, et la Restauration comme lieutenant de vaisseau, s'était retiré, quelque temps après 1830, avec le grade honorifique de capitaine de frégate.

Criblé de blessures, souvent mis à l'ordre du jour pour ses brillants faits d'armes dans les combats maritimes de la guerre des Indes, et plus tard cité comme l'un des vaillants soldats de la campagne de Russie, M. Bernard, homme simple et droit, d'un cœur excellent, vivant modestement de sa solde de retraite, à peine suffisante à ses besoins, habitait un petit appartement situé dans l'une des rues les plus solitaires de *Batignolles*, ce nouveau faubourg de Paris.

Une vieille ménagère, nommée madame *Barbançon*, était, depuis dix ans, au service du commandant Bernard : quoiqu'elle lui fût fort affectionnée, elle lui rendait parfois, ainsi que l'on dit vulgairement, *la vie très-dure*.

La digne femme avait l'humeur despotique, ombrageuse, et se plaisait à rappeler souvent à son maître qu'elle avait quitté, pour entrer chez lui, une *certaine position sociale*.

Pour tout dire, madame Barbançon avait été longtemps aide ou apprentie sage-femme chez une *praticienne* en renom.

Le souvenir de ses anciennes fonctions était pour madame Barbançon un texte inépuisable d'histoires mystérieuses; elle aimait surtout à raconter l'aventure d'une jeune personne masquée, qui, assistée de la sage-femme, avait secrètement mis au monde une charmante petite fille, dont madame Barbançon avait particulièrement pris soin pendant deux années environ, au bout desquelles un inconnu était venu réclamer l'enfant.

Quatre ou cinq ans après ce mémorable événement, madame Barbançon quitta sa *praticienne* et cumula les deux fonctions de garde-malade et de femme de ménage.

Vers cette époque, le commandant Bernard, très-souffrant d'anciennes blessures rouvertes, eut besoin d'une garde; il fut si satisfait des soins de madame Barbançon, qu'il lui proposa d'entrer à son service.

— Ce sera vos invalides, maman Barbançon, lui dit le vétéran; je ne suis pas bien féroce, et nous vivrons tranquilles.

Madame Barbançon accepta de grand cœur, s'éleva d'elle-même au poste de *dame de confiance* de monsieur le commandant Bernard, et devint peu à peu une véritable servante-maîtresse.

Certes, en voyant avec quelle patience angélique il supportait la tyrannie de sa ménagère, on eût plutôt pris le vieux marin pour quelque pacifique rentier que pour l'un des plus braves soldats de l'Empire.

Le commandant Bernard aimait passionnément le jardinage; il connait surtout ses soins à une petite tonnelle treillagée de ses mains et couverte de clématites, de houblon et de chèvrefeuille; c'est là qu'il se plaisait à s'asseoir, après son dîner frugal, pour fumer sa pipe en rêvant à ses campagnes et à ses anciens frères d'armes. Cette tonnelle marquait la limite des possessions territoriales du commandant, car, bien que fort petit, le jardin était divisé en deux portions :

L'une, abandonnée aux soins de madame Barbançon, élevait ses prétentions jusqu'à l'*utilité;*

L'autre partie, dont le vétéran avait seul la direction, était réservée à l'*agrément.*

L'exacte délimitation de ces deux carrés de terre avait été et était encore la cause d'une lutte, sourde mais acharnée, entre le commandant et sa ménagère.

Jamais deux États limitrophes, jaloux d'étendre leurs frontières aux dépens l'un de l'autre, ne déployèrent plus de ruses, plus d'habileté, plus de persévérance, pour dissimuler, pour déjouer ou pour assurer leurs mutuelles tentatives d'envahissement.

Il faut d'ailleurs rendre cette justice au commandant, qu'il combattait pour la justice. Il ne voulait rien conquérir, mais il tenait à conserver rigoureusement l'intégrité de son territoire, que l'aventureuse et insatiable ménagère violait souvent, sous prétexte de persil, pimprenelle, ciboule, thym, estragon, mauve, camomille, etc., etc., dont elle voulait à tout prix étendre la culture aux dépens des rosiers, des tulipes et des pivoines de son maître.

Une autre cause de discussion souvent plaisante, entre le commandant et madame Barbançon, était la haine implacable que celle-ci avait vouée à Napoléon, à qui elle ne pouvait pardonner la mort d'un *vélite* de la jeune garde, qu'elle avait passionnément aimé dans sa jeunesse.

De là une rancune implacable contre l'Empereur, qu'elle traitait cavalièrement d'ambitieux despote, d'*ogre de Corse*, et auquel elle accordait à peine quelque supériorité militaire; ce qui portait à son comble l'hilarité du vétéran.

Néanmoins, malgré ces graves dissentiments politiques et la permanente et brûlante question des limites des deux jardinets, madame Barbançon, dévouée à son maître, l'entourait d'attentions, de prévenances; et, de son côté, le vétéran se serait difficilement passé des soins de sa ménagère.

Le printemps de 1844 touchait à sa fin, la verdure du mois de mai brillait de toute sa fraîcheur; trois heures de l'après-dînée venaient de sonner; quoique la journée fût chaude et le soleil ardent, une bonne odeur d'herbe mouillée, se joignant à la senteur de quelques petits massifs de lilas et de seringats en fleurs, attestait les soins providentiels du commandant pour son jardinet.

Grâce à ses arrosoirs fréquemment et laborieusement remplis à un grand cuvier enfoncé à fleur de terre, et qui s'arrogeait des prétentions de *bassin*, le vétéran venait d'épancher sur la terre altérée une pluie rafraîchissante; il n'avait pas même, dans sa généreuse impartialité, exclu des bienfaits de sa rosée artificielle les platesbandes culinaires et pharmaceutiques de sa ménagère.

Le vétéran, en costume de jardinier, veste ronde de coutil gris, large chapeau de paille, se reposait de la peine qu'il venait de prendre : assis sous la tonnelle qui déjà se garnissait des pousses vigoureuses du houblon et de la clématite, il essuyait la sueur qui coulait de son front chauve; ses traits hâlés avaient une rare expression de franchise et de bonté, empreints cependant d'un certain caractère martial, grâce à son épaisse moustache, aussi blanche que ses cheveux coupés en brosse.

Après avoir remis dans sa poche son petit mouchoir à carreaux bleus, le vétéran prit, sur une table placée sous la tonnelle, sa pipe de *Kummer*, la chargea, l'alluma, et, bien établi dans un vieux fauteuil tressé de jonc, il se mit à fumer en jouissant de la beauté du jour.

L'on n'entendait d'autre bruit que le sifflement de quelques merles, et, de temps à autre, un fredon de madame Barbançon, occupée à récolter une petite provision de persil et de pimprenelle pour la salade du souper.

Si le vétéran n'eût pas été doué par la nature de nerfs d'acier, la douce quiétude de son *far niente* eût été péniblement troublée par l'incessant refrain de sa ménagère; celle-ci avait voué, par un lointain ressouvenir de jeunesse (qui se rapportait au *vélite* tant regretté), une affection exclusive à une naïve romance des temps passés, intitulée : *Pauvre Jacques*.

Malheureusement, la ménagère travestissait de la façon la plus saugrenue les simples paroles de cet air d'une mélancolie charmante.

Ainsi, madame Barbançon chantonnait intrépidement les deux derniers vers de cette romance de la façon que voici :

> Mais à présent que je suis loin de toi,
> Je MANGE de tout sur la terre [1].

Ce qu'il y avait surtout d'horripilant dans cette cantilène, invariablement répétée d'une voix aussi fausse que nasillarde, c'était l'expression plaintive, désolée, avec laquelle madame Barbançon, secouant mélancoliquement la tête, accentuait ce dernier vers :

> Je MANGE de tout sur la terre.

Depuis tantôt dix ans, le commandant Bernard subissait héroïquement ce refrain. Jamais le digne marin n'avait pris garde au sens grotesque que madame Barbançon donnait au dernier vers de la romance.

Par hasard, ce jour-là, le vétéran s'arrêta au sens de ces paroles, et il lui sembla que *manger de tout sur la terre* n'était pas une conséquence rigoureuse des regrets de l'absence ; aussi, après avoir une seconde fois prêté une oreille impartiale et attentive au refrain de sa ménagère, il s'écria en posant sa pipe sur la table :

— Ah çà ! quelle diable de farce nous chantez-vous là, madame Barbançon ?

Madame Barbançon se redressa et reprit aigrement :

— Je chante une charmante romance... intitulée : *Pauvre Jacques*... Monsieur, chacun son goût... Libre à vous de la trouver farce... Ça n'est pourtant pas d'hier que vous m'entendez la chanter.

— Oh ! non, certes, ce n'est pas d'hier ! reprit le commandant avec un soupir d'innocente récrimination.

— Je l'ai apprise, cette jolie romance, — dit la ménagère en poussant un profond soupir, — dans un temps... dans un temps... enfin suffit, — ajouta-t-elle en refoulant au plus profond de son cœur ses regrets toujours vivants pour le *vélite*. — Cette romance... je la chantais aussi à cette jeune dame masquée qui est venue pour accoucher secrètement, et qui...

— J'aime mieux la romance ! — s'écria le vétéran menacé de cette

[1] Au lieu de :

> Je manque de tout sur la terre.

éternelle redite, et interrompant madame Barbançon, — oui, je préfère la romance à l'histoire... c'est moins long; mais que le diable m'emporte si je comprends davantage ce que cela signifie!...

Mais à présent que je suis loin de toi... je mange de tout sur la terre.

— Eh bien! monsieur... vous ne comprenez pas?

— Non!

— C'est pourtant bien simple.... mais les militaires ont le cœur si dur!

— Voyons, maman Barbançon, raisonnons un peu. Voilà une commère qui, dans son chagrin de ce que *Pauvre Jacques* est absent, se met à manger de tout sur la terre!

— Certainement, monsieur, un enfant comprendrait cela!

— Eh bien! moi, pas.

— Comment? vous ne comprenez pas... cette malheureuse fille est si désolée, depuis le départ du *Pauvre Jacques*, qu'elle mange de tout... sur la terre, quoi! sans faire attention à rien, elle mangerait de n'importe quoi... du poison... même... la malheureuse... tant la vie lui est égale... car elle est comme une ahurie, comme une âme damnée; elle ne sait plus ce qu'elle fait; enfin elle mange tout ce qui lui tombe sous la main... et ça ne vous arrache pas les larmes des yeux, monsieur?

Le vétéran avait écouté avec une attention profonde le commentaire de madame Barbançon, et, il faut le dire, cette *glose* ne lui parut pas absolument dépourvue de sens; seulement il hocha la tête et dit en manière de résumé :

— A la bonne heure... maintenant je comprends, mais c'est égal, ces romances, c'est toujours joliment tiré par les cheveux!

— *Pauvre Jacques!* tirée par les cheveux! Oh! si on peut dire!!! — s'écria madame Barbançon, — indignée de la témérité du jugement de son maître.

— Chacun son goût, — reprit le vétéran, — j'aime mieux, moi, nos vieilles chansons de matelot, on sait de quoi y retourne, ce n'est pas alambitiqué.

Et le vieux marin entonna d'une voix aussi puissante que discordante :

Pour aller à Lorient pêcher des sardines...
Pour aller à Lorient pêcher des harengs...

— Monsieur ! — s'écria madame Barbançon en interrompant son maître d'un air à la fois pudique et courroucé, car elle connaissait la fin de la romance, — vous oubliez qu'il y a des femmes ici.

— Ah ! bah ! où donc? demanda curieusement le vétéran, en allongeant le cou pour regarder en dehors de sa tonnelle.

— Il me semble, monsieur, qu'il n'y a pas besoin de regarder si loin, — dit la ménagère avec dignité, — je vous crève suffisamment les yeux.

— Tiens, c'est vrai, maman Barbançon, j'oublie toujours... que vous faites partie du beau sexe... c'est égal, j'aime mieux ma romance que la vôtre .. C'était la chanson à la mode sur la frégate l'ARMIDE, où j'ai embarqué novice à quatorze ans, et plus tard nous l'avons chantée en terre ferme... quand j'étais dans les marins de la garde impériale... Ah ! c'était le bon temps ! j'étais jeune alors !...

— Oui, et puis : *Bû...û...ônapartè*... (il nous faut absolument orthographier et accentuer ce nom de la sorte, afin de rendre sensible la manière dédaigneuse et amèrement courroucée avec laquelle madame Barbançon prononçait le nom du grand homme qui avait causé la mort du *vélite*) oui... *Bû...û...ônapartè* était à votre tête?

— Bien, maman Barbançon, je vous vois venir, — dit en riant le vieux marin, — l'*ogre de Corse* n'est pas loin. Pauvre Empereur, va !

— Oui, monsieur, votre Empereur, c'était un ogre... et si ce n'était que ça, encore !

— Comment ! il a fait pis que d'être un ogre?

— Oui, oui, riez... allez, c'est une horreur.

— Mais quoi donc?

— Eh bien! monsieur , quand l'ogre de Corse a tenu le pape, à Fontainebleau, en sa puissance, savez-vous ce qu'il a eu l'indignité de lui faire faire, à notre saint-père, hein, votre Bûûônapartè?...

— Non, maman Barbançon; parole d'honneur, je n'en sais rien.

— Vous ne direz pas que c'est faux, je tiens la chose d'un *vélite* de la jeune garde...

— Qui à cette heure doit être joliment de la vieille; mais voyons l'histoire.

— Eh bien! monsieur, votre Bûûônapartè a eu l'infamie, pour humilier le pape, de l'atteler en grand costume à la petite voiture du roi de Rome, de monter dedans et de se faire traîner par ce pauvre saint-père à travers le parc de Fontainebleau... afin d'aller dans cet équipage-là annoncer son divorce à l'impératrice Joséphine, un amour de femme qui était pleine de religion.

— Vraiment, maman Barbançon, — dit le vieux marin en étouffant de rire, — ce scélérat d'empereur est allé dans la voiture du roi de Rome traînée par le pape, annoncer son divorce à l'impératrice Joséphine?

— Oui, monsieur, pour la tourmenter à cause de sa religion, cette chère princesse : comme il la forçait aussi de manger un gros jambon tous les vendredis saints... en présence de Roustan, son affreux mameluk, à preuve qu'elle était servie ce jour-là à table par des prêtres, dans l'idée d'humilier le clergé, vu que cet affreux Roustan se vantait devant eux d'être musulman et qu'il leur parlait de son sérail... et de ses effrontées bayadères, même que ces pauvres prêtres en devenaient rouges comme des bigarreaux... Il n'y a pas là de quoi pouffer de rire, monsieur; dans le temps tout le monde a su cela, même que...

Malheureusement, la ménagère ne put continuer; ses effrayantes récriminations anti-bûûônapartistes furent interrompues par un vigoureux coup de sonnette, et elle se dirigea en hâte vers la porte de la rue.

. . . .

Quelques mots d'explication sont nécessaires avant l'introduction d'un nouveau personnage, Olivier Raymond, neveu du commandant Bernard.

La sœur du vétéran avait épousé un expéditionnaire du ministère de l'intérieur; au bout de quelques années de mariage, le commis mourut, laissant une veuve et un fils, âgé alors de huit ans. Quelques amis du défunt s'employèrent et firent donner à son fils une bourse dans un collége.

La veuve, sans fortune et n'ayant aucun droit à une pension, tâcha de se suffire à elle-même par son travail. Mais, au bout de quelques années d'une existence pauvre et laborieuse, elle laissa son fils orphelin, sans autre parent que son oncle Bernard, alors lieutenant de vaisseau, commandant une goëlette attachée à l'une des stations de la mer du Sud.

De retour en France pour y prendre sa retraite, le vieux marin trouva son neveu achevant sa dernière année de philosophie. Olivier, sans remporter de grands succès universitaires, avait du moins parfaitement profité de son éducation gratuite; mais malheureusement, et ainsi que cela arrive toujours, cette éducation, nullement pratique, n'assurait en rien sa position, son avenir au sortir du collége.

Après avoir longtemps réfléchi à la position précaire de son neveu, qu'il aimait tendrement, et se voyant hors d'état de lui venir efficacement en aide, vu la modicité de sa solde de retraite, le commandant Bernard dit à Olivier :

— Mon pauvre enfant... nous n'avons qu'un parti à prendre. Tu es robuste, brave, intelligent; tu as reçu une éducation qui te rend du moins supérieur au plus grand nombre des pauvres jeunes gens que le sort envoie à l'armée. Le recrutement t'atteindra l'an prochain; devance le moment, fais-toi soldat, tu pourras du moins choisir ton arme... On se bat en Afrique; dans cinq ou six ans tu peux être officier... C'est du moins une carrière... Si pourtant l'état militaire te répugne par trop, mon cher enfant, nous aviserons à autre chose. Nous vivrons sur mes mille francs de retraite jusqu'à ce que tu puisses te caser quelque part... Je ne te propose pas d'entrer dans la marine, il est trop tard : il faut être rompu jeune à cette vie exceptionnelle et rude, sans cela presque toujours on est mauvais marin... Maintenant, choisis.

Le choix d'Olivier ne fut pas long : trois mois après, il s'engageait soldat, à la condition d'être incorporé dans les chasseurs d'Afrique. Au bout d'un an de service, il était fourrier; deux ans après, décoré pour une action d'éclat, et l'année d'ensuite maréchal des logis chef.

Malheureusement, Olivier, atteint d'une de ces fièvres tenaces que le climat d'Europe peut seul guérir, fut forcé de quitter l'Afrique au moment où il pouvait espérer les épaulettes d'officier. Renvoyé très-malade en France, on l'avait, après sa guérison, incorporé dans un régiment de hussards. Au bout de dix-huit mois de présence à son corps, il était venu passer un semestre à Paris et partager la modeste existence de son oncle.

Le logement du vieux marin se composait d'une petite cuisine, à laquelle attenait la chambre de madame Barbançon, d'une entrée servant de salle à manger, et d'une autre pièce où couchaient le commandant et son neveu. Celui-ci, d'ailleurs, par un scrupule rempli de délicatesse, sachant la position précaire du vétéran, n'avait pas voulu demeurer oisif. Possédant une magnifique écriture, ayant appris suffisamment de comptabilité dans ses fonctions de fourrier, il trouvait chez de petits commerçants de la commune des Batignolles quelques comptes à tenir ; aussi, loin d'être à charge au vétéran, le jeune sous-officier (secrètement d'accord avec madame Barbançon, *trésorière* du ménage,) ajoutait chaque mois son petit pécule aux quatre-vingts francs de pension que touchait le commandant, et lui ménageait même parfois des *surprises* dont le digne homme était à la fois ravi et chagrin, sachant le travail assidu que s'imposait Olivier pour gagner quelque argent.

D'un esprit brillant, enjoué, rompu dès l'enfance à toutes les privations, d'abord par la vie d'*orphelin boursier*, plus tard par les vicissitudes de sa vie de soldat en Afrique; bon, expansif, brave par tempérament, Olivier n'avait qu'un défaut, si l'on peut appeler défaut une susceptibilité ombrageuse, excessive, à l'endroit de toutes les questions d'argent, si minimes ou si indifférentes qu'elles fussent en apparence; simple soldat et pauvre, il poussait le scrupule jusqu'à refuser même de ses camarades de régiment la plus modeste invitation, s'il ne payait pas toujours son écot. Cette extrême délicatesse ayant été d'abord raillée ou accusée d'affectation, deux duels, dont Olivier sortit vaillamment, firent accepter et respecter ce trait significatif du caractère du jeune soldat.

Du reste, Olivier, content de tout, prêt à tout, animait incroyablement, par son entrain, par sa gaieté, l'*intérieur* de son oncle.

Dans ses rares moments de loisir, le sous-officier s'épurait le goût en lisant les grands poëtes, ou bien il bêchait, arrosait, jardinait avec son oncle, après quoi ils fumaient tous deux leur pipe en parlant guerre et voyages ; d'autres fois, se souvenant au besoin de ses connaissances culinaires acquises dans les bivacs africains, Olivier guidait madame Barbançon dans la confection des *brochettes de mouton* ou des *galettes dorge*, ces leçons gastronomiques étant d'ailleurs toujours mêlées de folies et de taquineries féroces à l'endroit de Bûonapartè. La ménagère grondait, rabrouait Olivier Raymond au moins autant qu'elle l'aimait; en un mot, la présence du jeune sous-officier avait si heureusement incidenté la vie monotone du vétéran et de sa ménagère, que tous deux pensaient avec tristesse que déjà deux mois du semestre d'Olivier s'étaient écoulés.

Madame Barbançon, avertie par la sonnette du dehors, se dirigea donc vers la porte, qu'elle ouvrit au neveu du vétéran.

II

Olivier Raymond, jeune homme de vingt-quatre ans au plus, avait une physionomie attrayante, expressive; sa courte veste d'uniforme en drap blanc (rehaussée du ruban rouge) et côtelée de brandebourgs de laine d'un jaune d'or, son pantalon bleu de ciel, faisaient parfaitement valoir sa taille souple, élégante et mince, tandis que son petit *képi*, aussi bleu de ciel, posé de côté sur sa courte chevelure, d'un châtain clair comme sa moustache retroussée et sa large impériale, achevait de donner à sa personne une tournure coquettement militaire ; seulement, au lieu d'un sabre, Olivier tenait ce jour-là sous son bras gauche une grosse liasse de papiers, et à sa main droite un formidable paquet de plumes.

Le jeune sous-officier ayant déposé ces pacifiques engins sur une table, s'écria joyeusement :

— Bonjour, maman Barbançon.

Et il osa serrer entre ses dix doigts la taille ossue de la ménagère.

— Voulez-vous bien finir... mauvais sujet!

— Ah ! bien oui... je ne fais que commencer... il faut que je vous séduise, maman Barbançon.

— Me séduire, moi ?

— Absolument... c'est indispensable... j'y suis forcé.

— Et pourquoi ?

— Pour que vous m'accordiez une grâce, une faveur!

— Voyons... Qu'est-ce que c'est?

— D'abord... où est mon oncle ?

— A fumer sa pipe sous sa tonnelle...

— Bon... Attendez-moi là... maman Barbançon, et préparez-vous à quelque chose d'inouï.

— A quelque chose d'inouï, monsieur Olivier?

— Oui... à quelque chose de monstrueux... d'impossible...

— De monstrueux, d'impossible, — répéta madame Barbançon tout ébahie en voyant le jeune soldat se diriger vers la tonnelle.

— Bonjour, mon enfant, je ne t'attendais pas sitôt, — dit le vieux marin en tendant la main à son neveu avec une joyeuse surprise, déjà de retour, tant mieux...

— Tant mieux... tant mieux, — reprit gaiement Olivier. Au contraire, car vous ne savez ce qui vous menace?

— Quoi donc?

— Voyons, mon oncle... du courage...

— Finiras-tu? fou que tu es...

— Fermez les yeux... et en avant...

— En avant! où? contre qui?

— Contre maman Barbançon, mon brave oncle.

— Pourquoi faire?

— Pour lui annoncer... que j'ai invité... quelqu'un à dîner...

— Ah! diable... — fit le vétéran.

Et il recula d'un pas sous sa tonnelle, au seuil de laquelle il se trouvait alors.

— A dîner... aujourd'hui... — poursuivit le sous-officier.

— Ah! fichtre!!! — fit le vétéran.

Et cette fois il recula de trois pas sous sa tonnelle.

— Et de plus, — poursuivit Olivier, — mon invité... est un duc...

— Un duc!!! nous sommes perdus!!! — fit le vétéran.

Et il se réfugia au plus profond de son antre de verdure, où il parut vouloir se maintenir comme dans un fort inexpugnable.

— Que le diable me brûle, si je me charge d'aller annoncer ton invitation à maman Barbançon.

— Comment, mon oncle? la marine... recule?

— C'est un coup de main, une affaire d'avant-poste... ça regarde la cavalerie légère... tu n'es pas houzard pour rien, mon garçon... Allons! va, enlève-moi ça... en fourrageur... Justement la voici là-bas... madame Barbançon... la vois-tu?

— Justement, elle est à côté du bassin... ça retombe dans votre élément... dans les opérations navales. Allons! mon oncle... à l'abordage...

— Ah! mon Dieu!... elle vient... la voilà!... s'écria le vétéran en voyant la ménagère qui, très-intriguée par les quelques mots d'Olivier, s'approchait dans l'espoir de satisfaire sa curiosité.

— Mon oncle, — dit résolûment le jeune soldat, au moment où madame Barbançon parut au seuil de la tonnelle, — toute retraite nous est coupée... mon invité arrive dans une heure au plus tard, il s'agit de vaincre ou de mourir... de faim... nous et mon invité, dont il faut au moins que je vous dise le nom : c'est le duc de Senneterre.

— Ce n'est pas à moi qu'il faut dire cela, malheureux! — reprit le commandant, — c'est à maman Barbançon... car la voici...

A l'approche de la redoutable ménagère, Olivier s'écria :

— Maman Barbançon, mon oncle a quelque chose à vous dire.

— Moi? du diable si c'est vrai, par exemple! — reprit le vétéran en s'essuyant le front avec son mouchoir à carreaux, — c'est toi qui as à lui parler!

— Allons, mon oncle... maman Barbançon n'est pas si terrible qu'elle en a l'air; avouez-lui la chose en douceur.

— C'est ton affaire, mon garçon... Arrange-toi.

La ménagère, après avoir regardé alternativement l'oncle et le neveu avec une curiosité mêlée d'inquiétude, dit enfin à son maître :

— Qu'est-ce qu'il y a donc, monsieur?

— Demandez cela à Olivier, ma chère... Quant à moi, je n'y suis pour rien... je m'en lave les mains.

— Eh bien! maman Barbançon, — dit intrépidement le jeune soldat, — au lieu de deux couverts pour notre dîner... il faudra en mettre trois! voilà!

— Comment! trois couverts! monsieur Olivier, pourquoi trois?

— Parce que j'ai invité à dîner un ancien camarade du régiment...

— Jésus! mon bon Dieu! — s'écria la ménagère avec plus d'effroi que de courroux, en levant les yeux au ciel, — un invité... et ce n'est pas le jour du pot-au-feu... nous n'avons qu'une soupe à l'oignon, une vinaigrette du bœuf d'hier et une salade.

— Eh bien! que voulez-vous donc de plus, maman Barbançon? — dit joyeusement Olivier, qui s'était attendu à trouver la ménagère bien autrement récalcitrante. — Une soupe à l'oignon confectionnée par vous... une vinaigrette et une salade assaisonnées par vous... c'est un repas des dieux, et mon camarade Gerald se régalera comme un *roi*. Remarquez bien que je ne dis pas comme un *empereur*... maman Barbançon.

Cette délicate allusion aux opinions *antibuonapartistes* de madame Barbançon passa inaperçue. A ce moment, la rancuneuse amante du *vélite* disparaissait devant la ménagère.

La ménagère reprit donc avec un accent de récrimination douloureuse :

— Ne pas avoir choisi le jour du pot-au-feu ! ça vous était si facile, monsieur Olivier !

— Ce n'est pas moi qui ai choisi le jour, maman Barbançon... c'est mon camarade.

— Mais, monsieur Olivier, tous les jours, dans la société, on se dit sans façon... « Ne venez pas aujourd'hui, mais venez demain, nous aurons le pot-au-feu. » Après tout, on n'est pas entre ducs et pairs.

Olivier eut envie de porter à son comble l'angoisse de la ménagère en lui disant que justement c'était un duc qui allait venir manger sa vinaigrette; mais, ne voulant pas mettre à cette rude épreuve l'amour-propre culinaire de madame Barbançon, il se contenta de lui dire :

— Le mal est fait, maman Barbançon... tout ce que je vous demande, c'est de ne pas me faire affront devant un ancien camarade de l'armée d'Afrique.

— Jésus... mon Dieu ! pouvez-vous craindre cela, monsieur Olivier ? vous faire affront... moi ? c'est tout le contraire... car j'aurais voulu... que...

— Il se fait tard, — dit Olivier en interrompant ces doléances, — mon ami va arriver avec une faim de soldat... Ah ! maman Barbançon, ayez pitié de nous !

— C'est pourtant vrai... — dit la ménagère — je n'ai pas un moment à perdre...

Et la digne femme s'éloigna en hâte, répétant avec douleur.

— N'avoir pas choisi le jour du pot-au-feu !

— Ouf !... — dit le vétéran lorsque la ménagère fut partie, — je respire. Eh bien ! elle a pris ça beaucoup mieux que je ne l'aurais cru... Tu l'as ensorcelée... Mais, à nous deux maintenant, monsieur mon neveu ! Tu ne pouvais pas me prévenir, afin que ton ami trouvât au moins ici un dîner passable? tu l'invites ainsi à brûle-bourre : et c'est un duc par-dessus le marché... Mais dis-moi... comment diable as-tu un duc pour camarade dans les chasseurs d'Afrique?

— En deux mots, voici l'histoire, mon oncle; je vous la dis, parce que vous aimerez tout de suite mon ami Gerald, car il n'y en a pas beaucoup de cette race et de cette trempe-là... je vous assure... Lui et moi, nous avions été camarades de classe au collége Louis-le-Grand. Je pars en Afrique... Au bout de six mois, qui est-ce que je vois arriver au quartier (nous étions alors à Oran)? mon ami Gerald en veste et en pantalon d'écurie...

— Simple cavalier?

— Simple cavalier.

— Comment? grand seigneur, et riche sans doute, il n'est pas entré à Saint-Cyr?

— Non, mon oncle.

— Un caprice, alors? un coup de tête?

— Non, mon oncle, dit Olivier avec un accent pénétré, — la conduite de Gerald a été, au contraire, parfaitement réfléchie; il est en effet très-grand seigneur de naissance, puisqu'il est, je vous l'ai dit, duc de Senneterre.

— Oui, l'on voit souvent ce nom-là dans l'histoire de France, — reprit le vieux marin.

— C'est que la noblesse de la maison de Senneterre n'est pas seulement ancienne, mais illustre, mon oncle; du reste, la famille de Gerald a perdu la plus grande partie de l'immense fortune qu'elle avait autrefois; il leur reste, je crois, une quarantaine de mille livres de rentes... C'est beaucoup pour tout le monde; mais c'est peu, dit-on, pour des personnes d'une grande naissance, et d'ailleurs Gerald a deux sœurs... à marier.

— Ah çà!... dis-moi comment et pourquoi ton jeune duc s'est fait soldat?

— D'abord, mon oncle, ce brave garçon est fort original, fort spirituel, et il a toutes sortes d'idées à lui. Ainsi, lorsqu'au sortir du collége, Gerald s'est trouvé en âge d'être atteint par le recrutement, son père (il avait encore son père) lui a dit tout naturellement qu'il allait mettre à une bourse d'assurances, afin de le garantir contre les chances du sort. Savez-vous ce qu'a répondu ce singulier garçon?

— Voyons un peu.

« — Mon père, — a dit Gerald, — il est un impôt que tout homme de cœur doit payer à son pays, c'est l'impôt du sang, surtout lorsqu'on se bat quelque part. Je trouve donc ignoble de vouloir échapper, moyennant finance, aux dangers de la guerre en achetant un pauvre diable qui s'arrache à son champ ou à son métier pour risquer d'aller se faire tuer à votre place... Acheter un homme... c'est... passez-moi le terme, se donner un brevet de jean f..... avec privilége du gouvernement. Or, comme je ne suis pas jaloux de ce privilége-là, si j'ai un mauvais numéro, je partirai soldat. »

— Ah! pardieu! j'aime déjà ton jeune duc! — s'écria le vétéran.

— N'est-ce pas, mon oncle, que c'est vaillamment pensé? — reprit Olivier avec une expression d'orgueil amical. — Quoique cette résolution lui parût très-étrange, le père de Gerald était trop homme d'honneur pour la combattre; Gerald est tombé au sort, et voilà comment il est arrivé simple cavalier aux chasseurs d'Afrique, pansant son cheval, étant de corvée ou de cuisine tout comme un autre, faisant rondement son métier, et allant sans mot dire à la salle de police, s'il s'attardait sans permission; en un mot, il n'y avait pas de meilleur cavalier dans son peloton.

— Et avec ça, crânement brave, hein? — dit le vétéran de plus en plus intéressé.

— Brave comme un lion, et si brillant, si gai, si entraînant dans une charge, que son entrain aurait mis le feu au ventre à tout un escadron!!!

— Mais avec son nom, ses protections, il a dû devenir vite officier?

— Il l'aurait été probablement, quoiqu'il ne s'en souciât pas beaucoup, car, une fois son temps fait, sa *dette payée*, comme il le disait, il voulait revenir jouir de la vie de Paris, qu'il aimait passionnément.

— Brave et singulier garçon, que ton jeune duc.

— Au bout de trois ans de service, — poursuivit Olivier. — Gerald était, comme moi, maréchal des logis chef, lorsqu'ayant témérairement chargé un groupe de cavaliers rouges, il a eu l'épaule cassée d'un coup de feu; heureusement, j'ai pu le dégager et le ramener mourant sur mon cheval. Mais la blessure de Gerald a eu de telles suites, qu'il a été réformé; alors, quittant le service, il est revenu habiter Paris. Déjà liés par nos souvenirs de collége, nous étions devenus intimes au régiment. Nous avons continué de correspondre. J'espérais le voir à mon arrivée ici, mais j'ai appris qu'il était allé ire un voyage en Angleterre. Ce matin, je passais sur le boulevard onceau lorsque j'entends qu'on m'appelle à tue-tête. Je me reourne, je vois Gerald sauter d'un élégant cabriolet, courir à moi, et nous nous embrassons, — ajouta Olivier avec une légère émotion, — ma foi, nous nous embrassons comme deux amis s'embrassent à la guerre, après une chaude affaire... Vous savez ça, mon oncle?

— A qui le dis-tu, mon enfant?

« — Il faut que nous dînions et que nous passions la soirée ensemble aujourd'hui, — m'a dit Gerald; — où loges-tu? — Chez mon oncle (je lui ai cent fois parlé de vous; il vous aime presque autant que moi, — dit Olivier en tendant la main au vétéran.) — Eh bien! j'irai dîner avec vous deux, — reprit Gerald; — ça va-t-il? Tu me présenteras à ton oncle; j'ai mille choses à te dire. » Sachant combien Gerald est simple et bon garçon, j'ai accepté sa proposition, le prévenant que mes écritures me forceront à le quitter à sept heures, ni plus ni moins que si j'étais clerc d'huissier, — dit gaiement Olivier — ou que si j'étais obligé de retourner au quartier.

— Brave enfant que tu es! — dit le commandant à Olivier.

— Je me fais une joie de vous présenter Gerald, mon oncle, certain que vous serez tout de suite à l'aise avec lui, et puis enfin... — dit le jeune soldat en rougissant légèrement... — Gerald est riche, je suis pauvre; il connaît mes scrupules, et, comme il sait que je n'aurais pas pu payer mon écot chez quelque fameux restaurateur, il a préféré s'inviter ici.

— Je comprends ça, — dit le vétéran, — et ton jeune duc montre la délicatesse d'un bon cœur en agissant ainsi... Qu'au moins la vinaigrette de maman Barbançon lui soit légère, — ajouta joyeusement le commandant.

A peine avait-il exprimé ce vœu philanthropique, que la sonnette de la porte de la rue retentit de nouveau.

Bientôt l'oncle et le neveu virent Gerald, duc de Senneterre, s'avancer dans une des allées du jardinet.

Madame Barbançon, l'air affairé, le regard inquiet, et décorée de son tablier de cuisine, précédait le convive improvisé.

III

Le duc de Senneterre, jeune homme à peu près de l'âge d'Olivier Raymond, avait une tournure pleine de distinction, une physionomie charmante, les cheveux et la moustache noirs, les yeux d'un bleu limpide et doux ; il était vêtu avec une élégante simplicité.

Mon oncle, — dit Olivier au vieux marin en lui présentant le duc de Senneterre, — c'est Gerald, mon meilleur ami... dont je vous ai parlé.

— Monsieur... je suis enchanté de vous voir, — dit le vétéran avec une simplicité cordiale en tendant la main à l'ami de son neveu.

— Et moi, mon commandant, — reprit Gerald avec une sorte de déférence hiérarchique puisée dans l'habitude de la vie militaire, — je suis heureux de pouvoir vous serrer la main ; je sais vos paternelles bontés pour Olivier... et, comme je suis un peu son frère... vous comprendrez combien j'ai toujours apprécié votre tendresse pour lui.

— Messieurs... voulez-vous manger la soupe dans la maison ou sous la tonnelle... comme à l'ordinaire, puisqu'il fait beau ? demanda madame Barbançon.

— Nous dînerons sous la tonnelle... si le commandant le permet, ma chère madame Barbançon, — dit Gerald ; — le temps est superbe... ce sera charmant.

— Monsieur me connaît ? — s'écria la ménagère en regardant tour à tour Olivier et le duc de Senneterre avec ébahissement.

— Si je vous connais, madame Barbançon ! reprit gaiement Gerald, — est-ce qu'Olivier n'a pas cent fois parlé de vous au bivac ? Nous nous sommes même plus d'une fois joliment disputés à propos de vous... allez !

— A propos de moi ?

— Je le crois bien... Ce diable d'Olivier est bonapartiste enragé... Il ne vous pardonnait pas d'abhorrer cet affreux tyran... et moi, je prenais votre parti... car je l'abhorre aussi le tyran, dit Gerald d'un ton tragique, ce scélérat d'ogre de Corse !

— Ogre de Corse !! vous êtes des nôtres, monsieur... touchez là...

nous sommes faits pour nous entendre, — s'écria la ménagère triomphante.

Et elle tendit sa main décharnée à Gerald, qui, répondant bravement à cette étreinte, dit en riant au vieux marin :

— Ma foi, mon commandant, prenez garde... à vous, et gare à toi aussi, Olivier... vous allez avoir à qui parler... Madame Barbançon était seule contre vous deux... mais elle a maintenant en moi un fameux auxiliaire.

— Ah çà! madame Barbançon, — dit Olivier en venant au secours de son ami, — dont la ménagère semblait vouloir s'emparer, — Gerald meurt de faim... vous ne songez pas à cela... Voyons, je vais vous aider à apporter la table ici, et à mettre le couvert.

— C'est vrai... j'oubliais le dîner, — s'écria la ménagère.

Et, se dirigeant en hâte vers la maison, elle dit au neveu de son maître :

— Venez-vous m'aider? monsieur Olivier.

— Je vous suis, — répondit le jeune sous-officier.

— Ah çà! mon cher, — lui dit Gerald, — est-ce que tu crois que je vais te laisser toute la besogne?

Puis se tournant vers le vieux marin :

— Vous permettez, mon commandant?... J'agis sans façon; mais, quand nous étions sous-officiers, plus d'une fois, Olivier et moi, nous avons préparé la table pour la chambrée; aussi, vous allez voir que je ne m'en acquitte pas trop mal.

Il serait difficile de dire avec quelle gaieté, avec quelle parfaite et naturelle bonne grâce, Gerald aida son ancien camarade de régiment à mettre le couvert sous la tonnelle : tout cela fut accompli si simplement, si allégrement, qu'on eût dit que le jeune duc avait toujours, comme son ami, vécu dans une médiocrité voisine de la pauvreté.

En une demi-heure, Gerald, pour plaire à son ami, avait, comme on dit, *fait la conquête* du vétéran et de sa ménagère, qui faillit à se pâmer d'aise en voyant son ami antibonapartiste manger avec un appétit sincère la soupe à l'oignon, la salade et la vinaigrette, dont Gerald demanda deux fois, par un raffinement de coquetterie.

Il va sans dire que, pendant ce gai repas, le vieux marin, délicatement provoqué par Gerald, fut amené à parler de ses campagnes; puis, ce respectueux tribut payé à l'ancienneté du vétéran, les deux jeunes gens évoquèrent à leur tour toutes sortes de souvenirs de collége et de régiment.

Avant de poursuivre ce récit, rappelons la disposition de la tonnelle qui, appuyée à un mur coupé par une espèce de baie grillagée, permettait de voir dans la rue, d'ailleurs fort peu passante.

Le vétéran venait d'allumer sa pipe, Gerald et Olivier leurs cigares; les deux jeunes gens s'entretenaient depuis quelques instants de leurs anciens compagnons de classe et d'armée, lorsqu'Olivier dit à son ami :

— A propos, qu'est devenu cet animal de Macreuse... qui faisait le métier d'espion au collége? Te souviens-tu? un gros blond fadasse.... à qui nous donnions, en nous cotisant, de si belles volées! car il était deux fois grand et fort comme nous?

Au nom de Macreuse, la figure de Gerald prit une expression d'aversion et de mépris singulière et il répondit :

—Diable!... tu parles bien légèrement de M. Célestin de Macreuse.

—Comment *de* Macreuse?—dit Olivier,—il s'est donné du *de* celui-là... On ne savait d'où il venait, ni qui étaient son père et sa mère? Il était si gueux qu'il mangeait six cloportes pour gagner un sou... Je lui en ai toujours voulu, car il faisait tout pour avilir la pauvreté...

—Et puis,—reprit Gerald, — cruel à plaisir; te rappelles-tu... ces petits oiseaux à qui il crevait les yeux avec une épingle... pour voir comment ils voleraient ensuite.

— Canaille! — s'écria le vétéran indigné en lançant précipitamment deux ou trois bouffées de tabac. — Cet homme-là doit mourir dans la peau d'un sacré gueux, si on ne l'écorche pas tout vif!

— Je crois que votre prédiction s'accomplira, mon commandant, — dit Gerald en riant. Puis s'adressant à Olivier : — Je vais bien t'étonner en te disant ce qui est advenu de M. Célestin de Macreuse... En quittant le service, j'ai recommencé ma vie de Paris. Je t'ai dit, je crois, combien ce qu'on appelle *notre monde*, à nous autres du faubourg Saint-Germain, était parfois rigoureusement exclusif; jugez de mon étonnement lorsqu'un beau soir j'entends annoncer chez ma mère *M. de Macreuse*. C'était notre homme. J'avais conservé une si détestable impression de ce mauvais garçon, qu'allant trouver ma mère, je lui dis: « Pourquoi donc recevez-vous ce monsieur qui vient de vous saluer... ce grand blond jaunasse? — Mais c'est M. de Macreuse, — me répondit ma mère avec un accent de considération très-marqué.—Et qu'est-ce que c'est que M. de Macreuse, ma chère mère; je ne l'ai pas encore vu chez vous? — Non, car il arrive de voyage, me répondit-elle. C'est un jeune homme très-distingué, d'une piété exemplaire, et le fondateur de l'œuvre *de Saint-Polycarpe.* — Ah diable ! et qu'est-ce que c'est que l'*œuvre de Saint-Polycarpe,* ma chère mère ?—C'est une association pieuse qui a pour but d'enseigner aux pauvres la résignation à leur misère, en faisant comprendre que plus ils souffriront ici-bas, plus ils seront heureux là-haut. — *Si no vero, bene trovato,* dis-je en riant à ma mère. Mais il me semble que ce gaillard-là a la joue bien rebondie, a l'oreille bien rouge, pour prêcher l'excellence des privations. — Mon fils, reprit gravement ma mère, ce que je vous dis est fort sérieux. Les personnes les plus recommandables se sont jointes à l'*œuvre* de M. de Macreuse... qui déploie dans l'accomplissement de ses desseins un zèle évangélique. Mais le voici... je veux vous présenter à lui.—Ma mère, lui dis-je vivement, de grâce n'en faites rien... Je serais forcé d'être impoli. Ce monsieur me déplaît, et ce que je sais de lui rend cette déplaisance insurmontable. Nous avons été au collége ensemble, et... » — Je ne pus continuer, le Macreuse s'avança vers ma mère, j'étais resté assis auprès d'elle. « Mon cher monsieur de Macreuse, — dit-elle à son protégé de l'air le plus aimable, après m'avoir jeté un regard sévère, — je vous présente mon fils... un de vos anciens condisciples, qui sera charmé de renouveler connaissance avec vous. » Le Macreuse me salua profondément, et, du haut de sa cravate, me dit d'un air compassé : — « J'étais absent de Paris depuis quelque temps, monsieur, et j'ignorais votre retour en France ; je ne m'attendais pas à avoir l'honneur de vous rencontrer ce soir chez madame votre mère... nous avons en effet été au collége ensemble... et... » C'est pardieu vrai, monsieur, — dis-je au Macreuse en l'interrompant... — et, s'il m'en souvient, vous nous espionniez... au profit des maîtres, vous mangiez six cloportes pour avoir un sou, et vous creviez les yeux des petits oiseaux avec des épingles : c'était probablement aussi dans le charitable espoir que leurs souffrances leur seraient comptées là-haut ? »

—Bien touché...—dit le commandant en riant aux éclats.

—Et qu'a répondu le Macreuse ?—reprit Olivier.

— La large face de ce mauvais drôle est devenue cramoisie, il a tâché de sourire et de balbutier quelques mots ; mais soudain ma mère, me regardant d'un air de reproche, s'est levée, disant à notre homme pour le sauver de son embarras : « Monsieur de Macreuse, voulez-vous me donner le bras pour aller prendre une tasse de thé? »

— Mais, — dit Olivier, — comment cet homme a-t-il été présenté dans ton monde si exclusif?

— C'est ce que personne ne sait, — répondit Gerald... — Une fois la première porte de notre monde ouverte, toutes les autres s'ouvrent d'elles-mêmes... mais cette première porte si difficile à franchir, qui l'a ouverte à ce Macreuse?... on l'ignore;... quelques-uns cependant pensent qu'il a été introduit dans notre société par un certain abbé Ledoux, directeur très à la mode dans notre quartier. Ceci ne manque pas de vraisemblance, et j'en ai pris l'abbé en aussi grande aversion que le Macreuse... Si du reste mon mépris pour ce mauvais drôle avait besoin d'être justifié, il le serait pour moi... par le jugement qu'a porté du Macreuse un homme très-singulier, qui ne se trompe jamais dans ses appréciations.

— Et quel est cet homme infaillible? — demanda Olivier en souriant.

— Un petit bossu pas plus grand que ça, — dit Gerald en élevant sa main à la hauteur de quatre pieds et demi environ.

— Un bossu? — dit Olivier très-surpris.

— Oui... un bossu spirituel comme un démon, incisif en diable, roide comme une barre de fer pour ceux qu'il mésestime ou qu'il méprise;... mais rempli d'affection et de dévouement pour ceux qu'il honore... et ceux-là sont rares; ne cachant d'ailleurs jamais à personne l'éloignement ou la sympathie qu'on lui inspire.

— Il est heureux que son infirmité lui permette d'avoir ainsi son franc parler, — dit le commandant, — sans cela... votre bossu jouerait un jeu diablement dangereux, au moins?

— Son infirmité, — dit Gerald en riant, — quoiqu'il soit atrocement bossu, le marquis de Maillefort est...

— C'est un marquis? dit Olivier.

— Tout ce qu'il y a de plus marquis et de la plus vieille roche; il est puîné de la maison ducale et princière de *Hautmartel*, dont le chef s'est retiré en Allemagne depuis 1830; mais, quoique atrocement bossu, te dis-je, M. de Maillefort est alerte et vigoureux comme un jeune homme, malgré ses quarante-cinq ans, et de plus... tiens.., toi et moi, nous sommes sans vanité de très-bons tireurs, n'est-ce pas?

— Mais oui.

— Eh bien! le marquis nous rendrait huit coups de bouton sur douze... C'est un jeu digne de l'incomparable Bertrand... léger comme l'oiseau, rapide comme la foudre.

— J'aime aussi beaucoup ce brave petit bossu-là, — dit le vétéran très-intéressé ; — s'il a eu des duels, ses adversaires devaient faire de drôles de figures.

— Le marquis a eu plusieurs duels dans lesquels il a été charmant, de gai persiflage, de sang-froid et de courage, —répondit Gerald,— c'est ce que m'a dit mon père, dont il était l'ami.

— Et... malgré sa bosse, demanda Olivier, —il va dans le monde ?

— Parfois il le fréquente assidûment; puis il reste des mois entiers sans y paraître... C'est un caractère très-original. Mon père m'a dit que le marquis avait été longtemps d'une mélancolie profonde; moi, je l'ai toujours vu gai, railleur, et des plus amusants.

—Mais on doit le craindre comme le feu, — dit Olivier, — avec sa bravoure, son adresse aux armes et son esprit?

— Tu ne peux t'imaginer, en effet, combien, par sa présence, il gêne, il inquiète, il impose à certaines gens, que notre monde, si susceptible pour des niaiseries, reçoit pourtant en maison de leur naissance, malgré des vilenies notoires. Aussi, pour en revenir à Macreuse, dès qu'il voit entrer le marquis par une porte, il sort par une autre...

Cet entretien fut interrompu par un incident, insignifiant dans un autre quartier, mais assez peu commun aux Batignolles.

Une belle voiture, élégamment attelée de deux superbes chevaux, s'arrêta juste en face de la baie grillagée de la tonnelle, où étaient réunis les trois convives.

Cette voiture était vide.

Le valet de pied, assis à côté du cocher, et comme lui vêtu d'une riche livrée, descendit du siége et, tirant de sa poche une lettre dont il semblait consulter l'adresse, regarda de côté et d'autre comme s'il eût cherché un numéro, puis il disparut en faisant signe au cocher de le suivre.

—Depuis dix ans, — dit le vieux marin, — voilà la première voiture de ce calibre-là que je vois aux Batignolles... c'est fièrement flatteur pour le quartier.

— Je n'ai jamais vu d'aussi beaux chevaux, — dit Olivier d'un air connaisseur ;—ce sont les tiens, Gerald?

— Ah çà ! tu me prends donc pour un millionnaire? répondit gaiement le jeune duc ; j'ai un cheval de selle... et je mets au cabriolet un des deux chevaux de ma mère quand elle ne s'en sert pas. Voilà mon écurie... Ce qui ne m'empêche pas d'aimer les chevaux à la folie et d'être un enragé *sportsman*, comme nous disons dans notre argot... Mais à propos de cheval, te rappelles-tu ce lourdaud brutal nommé Mornand, un autre de nos condisciples?

—Mornand ? certainement, encore une de nos communes antipathies, et qu'est-il devenu ?

—Aussi un personnage !

—Lui... allons donc !

— Un personnage... te dis-je... pair héréditaire, il siége à la noble Chambre...il y parle... on l'écoute; c'est un ministre... en herbe.

—De Mornand !

— Eh mon Dieu oui !... mon brave Olivier, il est important, il est lourd, il est pâteux, il est sot (je ne dis pas bête, mais sot), il ne croit à rien qu'à son mérite, il est possédé d'une ambition implacable, il appartient à une coterie de gens jaloux et haineux, parce qu'ils sont médiocres, ou médiocres parce qu'ils sont haineux ; ces gaillards-là font la courte échelle avec une habileté supérieure; Mornand a un large dos, les reins souples... il arriva... l'un portant l'autre...

A ce moment, le valet de pied, qui avait disparu avec la voiture, revint sur ses pas, avisa à travers la grille les personnages rassemblés sous la tonnelle, s'approcha, et mettant la main à son chapeau :

— Messieurs, pourriez-vous, s'il vous plaît, me dire si ce jardin dépend de la maison numéro 7 ?

—Oui, mon garçon,—répondit le commandant.

—Alors, monsieur, ce jardin est celui de l'appartement du rez-de-chaussée ?—demanda le domestique.

—Oui, mon garçon.

—Pardon, monsieur, c'est que voilà trois fois que je sonne, et l'on ne répond pas...

—C'est moi qui habite le rez-de-chaussée, dit le commandant fort surpris,—que voulez-vous ?

— Monsieur... c'est une lettre très-pressée pour une... madame Barbançon, qui doit demeurer ici.

—Certainement... mon garçon, elle y demeure,—répondit le vétéran de plus en plus étonné.

Puis, apercevant la ménagère au fond du jardin, il lui cria :

— Eh ! maman Barbançon... pendant que vous complotez sournoisement contre mes plates-bandes, voilà trois fois que l'on sonne à la porte de la rue et vous n'entendez rien... venez donc... on apporte une lettre pour vous...

IV

A la voix du commandant Bernard, madame Barbançon arriva en hâte, s'excusa auprès de son maître, et dit au domestique qui attendait :

—Vous avez une lettre pour moi, mon garçon? et de quelle part ?

— De la part de madame la comtesse de Beaumesnil, madame, — répondit le domestique en remettant la lettre à madame Barbançon au travers de la grille.

—Madame la comtesse de Beaumesnil?—dit l'ancienne sage-femme tout ébahie, — connais pas.

Et elle ouvrit vivement la lettre en répétant :

—Connais pas... du tout, mais du tout, du tout.

—La comtesse de Beaumesnil ? — dit Gerald avec un accent d'intérêt.

—Tu sais qui elle est ?—lui demanda Olivier.

— Il y a deux ou trois ans, je l'ai vue dans le monde,—répondit Gerald,— elle était alors d'une beauté idéale; mais la pauvre femme, depuis plus d'une année, n'a pas quitté son lit... On la dit dans un état désespéré... Pour comble de malheur, M. de Beaumesnil, qui était allé conduire en Italie leur fille unique, à qui les médecins ont ordonné l'air du midi... M. de Beaumesnil vient de mourir à Naples des suites d'une chute de cheval.

—Quelle fatalité !—dit Olivier.

—De sorte que, si madame de Beaumesnil meurt, comme on le craint,—poursuivit Gerald,—voilà sa fille orpheline à l'âge de quinze ou seize ans...

—C'est bien triste...—dit le commandant,—pauvre enfant !

— Heureusement, du moins, — reprit Gerald, — mademoiselle de Beaumesnil a devant elle un avenir superbe, car elle doit être la plus riche héritière de France... On évalue la fortune des Beaumesnil à plus de trois millions de rentes... en propriétés.

—Trois millions de rentes! dit Olivier en riant,—c'est donc vrai? il y a des gens qui ont réellement trois millions de rentes... ça existe, ça va... ça vient... ça vit... ça parle... comme nous autres... il faudra que tu me fasses envisager un de ces phénomènes-là, Gerald...

—A ton service... Mais je te préviens qu'ordinairement c'est assez laid à contempler... je ne parle pas de mademoiselle de Beaumesnil, je ne sais si elle est aussi jolie que sa mère.

— Je serais curieux de savoir ce que diable on peut faire de trois millions de rentes, — dit en toute sincérité le commandant en secouant la cendre de sa pipe sur la table.

—Ah! mon Dieu! ah! grand Dieu! s'écria madame Barbançon, qui, pendant cette partie de l'entretien, avait lu la lettre que le domestique venait de lui remettre,—c'est-il possible... moi... en voiture, et en voiture bourgeoise?

— A qui en avez-vous, maman Barbançon?— demanda le vétéran.

—A qui j'en ai, monsieur? j'ai qu'il faut que vous me permettiez tout de suite de sortir.

— A votre aise; mais où allez-vous comme ça, sans indiscrétion?

— Chez madame la comtesse de Beaumesnil, et dans sa propre voiture, encore... — dit la ménagère d'un ton important, — il s'agit de renseignements que je puis seule lui donner, à ce qu'il paraît... Que je devienne bonapartiste, si je sais ce que ça peut être! mais c'est égal...

Puis, s'interrompant, l'ancienne sage-femme poussa une exclamation comme si une idée subite lui eût traversé l'esprit, et elle dit à son maître :

— Monsieur...

— Eh bien?

— Voulez-vous venir un instant avec moi dans le jardin? j'ai à vous parler en secret, dans le plus profond secret.

— Oh! oh! — répondit le vétéran en sortant de la tonnelle sur les pas de sa ménagère, — c'est grave, allons, je vous suis, maman Barbançon.

La ménagère ayant emmené son maître à quelques pas de la tonnelle, lui dit à voix basse et d'un air de mystère :

— Monsieur, vous connaissez bien *madame Herbaut*, qui demeure au second, qui est commerçante retirée, qui a deux filles, et chez qui j'ai présenté M. Olivier, il y a quinze jours?

— Je ne la connais pas; mais vous m'avez souvent parlé d'elle. . Après?

—Je me souviens maintenant que son amie intime, *madame Lainé*, est en Italie, gouvernante de la fille d'une comtesse qui a un nom dans le genre de Beaumesnil; c'est peut-être la même comtesse.

— C'est possible, maman Barbançon... Ensuite?

— On veut peut-être avoir des renseignements de moi sur madame Lainé, que j'ai vue chez madame Herbaut.

— Cela se peut, maman Barbançon... et tout à l'heure vous allez savoir à quoi vous en tenir, puisque vous vous rendez chez madame de Beaumesnil.

— Ah! mon Dieu! monsieur, une autre idée!

— Voyons l'autre idée! — dit le vétéran avec une patience angélique.

— Je vous ai parlé de cette jeune femme masquée qui...

— Vous allez recommencer cette histoire-là! — s'écria le vétéran en commençant d'opérer vivement sa retraite.

— Non, monsieur; mais si tout ça se rapportait à la jeune femme?

— Le meilleur moyen de le savoir maman Barbançon, c'est de partir au plus tôt : nous y gagnerons tous les deux.

— Vous avez raison, monsieur, je pars...

Et, suivant son maître, qui retournait sous la tonnelle rejoindre ses convives, la ménagère dit au valet de pied, qui s'était tenu à quelques pas de distance de la grille :

— Jeune homme, je mets mon bonnet à nœuds coquelicot et mon beau châle orange, et vous pourrez disposer de moi...

Quelques instants après, madame Barbançon, passant triomphalement en voiture devant la grille de la tonnelle, crut devoir, par déférence, se lever tout debout dans le carrosse, et faire une gracieuse révérence, adressée à son maître et à ses deux convives.

Sept heures sonnèrent alors à une horloge lointaine.

— Diable! — dit Olivier d'un air contrarié, — sept heures... Il faut que je te quitte, mon cher Gerald.

— Déjà !... et pourquoi ?...

— J'ai promis à un brave maître maçon des Batignolles d'aller ce soir, à sept heures, copier et apurer des mémoires... Tu ne sais pas ce que c'est, toi, que d'*apurer* des mémoires ?

— En effet, tu m'avais prévenu que tu n'étais libre que jusqu'à sept heures, — dit Gerald d'un air contrarié, — je l'avais oublié : je me trouvais si bien de notre causerie !...

— Olivier, — dit le vétéran, qui semblait pensif depuis que son neveu avait parlé des travaux dont il devait s'occuper dans la soirée, — en l'absence de madame Barbançon, va donc à la cave chercher la dernière bouteille de ce vieux vin de *Chypre* que j'ai autrefois rapporté du Levant... M. Gerald en acceptera un verre avant de nous séparer. Pour une demi-heure de retard, les mémoires de ton maître maçon ne prendront pas feu.

—Excellente idée, mon oncle... car je ne suis pas tout à fait à l'heure, comme lorsque je suis de semaine au quartier... Je cours à la cave... Gerald goûtera de votre nectar, mon oncle.

Et Olivier disparut en courant.

— Monsieur Gerald, dit alors le commandant au jeune duc avec émotion, ce n'est pas seulement pour vous faire goûter mon vin de Chypre que j'ai renvoyé Olivier... c'est afin de pouvoir vous parler de lui... à cœur ouvert ; vous dire, à vous, son meilleur ami... tout ce qu'il y a de bon... de délicat... de généreux, chez lui.

— Je sais cela, mon commandant... mais j'aime à me l'entendre répéter par vous... par vous surtout... qui appréciez si bien Olivier.

— Non, monsieur Gerald, non, vous ne savez pas tout... vous ne pouvez vous imaginer le travail pénible, aride, que le pauvre garçon s'impose, non-seulement pour ne pas m'être à charge... pendant son semestre, mais encore pour me faire de petits présents que je n'ose refuser, de peur de lui faire trop de peine... Cette belle pipe, c'est lui qui me l'a donnée... J'aime beaucoup les rosiers : dernièrement il m'a apporté deux superbes espèces nouvelles. Que vous dirai-je ? j'avais depuis longtemps bien envie d'un bon fauteuil... car, lorsque deux de mes blessures se rouvrent, et cela n'arrive que trop souvent, je suis forcé de rester plusieurs nuits assis... Mais un bon fauteuil, c'était trop cher... Voilà qu'il y a huit jours, je vois apporter ce meuble tant désiré par moi. J'aurais dû me méfier de quelque chose, car Olivier avait passé je ne sais combien de nuits à faire des écritures. Excusez ces confidences de bonnes et pauvres gens, monsieur Gerald, — dit le vieux marin d'une voix altérée, pendant qu'une larme roulait sur sa moustache blanche, — mais j'ai le cœur plein, il faut qu'il s'ouvre... et vous dire cela à vous... c'est un double bonheur.

Et, comme Gerald allait parler, le commandant l'interrompit en lui disant :

— Permettez, monsieur Gerald... vous allez me trouver bien bavard ; mais Olivier va venir, et j'ai une grâce à vous demander. Par votre position, vous devez avoir de grandes et belles connaissances, monsieur Gerald ? Mon pauvre Olivier n'est appuyé par personne... et pourtant, par ses services, par son éducation, par sa conduite, il a droit à l'épaulette... Mais il n'a jamais ni voulu, ni osé faire la moindre démarche auprès de ses chefs. Je conçois cela, car, si j'avais été un *brosseur*, comme nous disons... je serais capitaine de vaisseau ; mais que voulez-vous... il paraît que ça tient de famille... Olivier est comme moi, nous nous battons de notre mieux, nous sommes esclaves du service, et puis, quand il s'agit de demander, nous devenons tout bêtes et tout honteux... Mais chut ! voilà Olivier qui vient de la cave, — dit vivement le vieux marin en reprenant sa pipe et en la fumant précipitamment, n'ayez l'air de rien, monsieur Gerald; pour l'amour de Dieu, n'ayez l'air de rien, Olivier se douterait de quelque chose.

— Mon commandant, il faut qu'Olivier soit sous-lieutenant avant la fin de son semestre... et il le sera, — dit Gerald, ému des confidences du vétéran. J'ai peu de crédit par moi-même, mais je vous parlais du marquis de Maillefort : il jouit partout d'une si haute considération, que, vivement recommandée par lui, la nomination d'Olivier, qui n'est que droit et justice, sera emportée d'emblée; je m'en charge, soyez tranquille.

— Ah ! monsieur Gerald, je vous avais bien jugé tout de suite... — dit vivement le commandant; — vous êtes un frère pour mon pauvre enfant... mais le voilà, n'ayez l'air de rien.

Et le digne homme recommença de fumer sa pipe d'un air très-dégagé, après avoir néanmoins du bout du doigt enlevé au coin de son œil une larme trop rebelle.

Gerald, s'adressant à son ancien camarade, afin d'éloigner de lui tout soupçon au sujet de l'entretien précédent, lui cria :

— Arrive donc, traînard ! on dirait, par Dieu ! que tu as été à la cave avec quelque jolie cabaretière comme la belle juive d'Oran... Te rappelles-tu cette pauvre Dinah, don Juan que tu es?

— Le fait est qu'elle était gentille, — répondit le jeune soldat en souriant à ce souvenir d'amour avec satisfaction; — mais c'était un laideron... comparé à la jeune fille que je viens de rencontrer dans la cour, dit Olivier en déposant avec précaution sur la table la poudreuse bouteille de vin de Chypre.

— Ah!... maintenant je comprends la durée de ton absence.

— Voyez-vous le gaillard! — ajouta le vétéran revenant peu à peu de son attendrissement, — et qu'est-ce que cette beauté que tu viens de rencontrer, mon garçon?

—Voyons, mets-nous au fait de ta conquête au moins, — dit Gerald.

— Pardieu! monsieur le duc, — dit Olivier en riant, — cela se rencontre à merveille... c'est une *duchesse*...

— Comment! une duchesse? dit Gerald.

— Une duchesse aux Batignolles, — s'écria le commandant, — c'est du fruit nouveau... et fièrement flatteur pour le quartier.

— Allons, mon bon oncle... je vais un peu rabattre de votre amour-propre *batignollais*. Ma conquête, comme dit ce fou de Gerald, d'abord n'est pas ma conquête... et puis elle n'est pas duchesse... seulement on l'a surnommée la *duchesse*.

— Et d'où lui vient ce glorieux surnom? — demanda Gerald.

— On l'appelle ainsi, — reprit Olivier, — parce qu'elle est, dit-on, belle et orgueilleuse comme une duchesse...

— Tu as oublié... *sage*... dit Gerald en riant. — Vraiment! — dit Olivier, — est-ce que les duchesses sont?...

— Veux-tu te taire, mauvaise langue! — reprit Gerald en interrompant le jeune soldat. Je crois, tudieu bien! qu'elles sont sages... les duchesses!

— Eh bien! alors elle est belle, orgueilleuse et sage comme une duchesse; telle est la cause du surnom de cette jeune fille.

— Et qu'est-ce que c'est que cette jolie duchesse? — demanda Gerald. — En ma qualité de *duc*, comme tu dis, tu dois satisfaire ma curiosité!

— Elle est maîtresse de piano... — reprit Olivier, — tu vois qu'elle déroge furieusement!

— C'est plutôt le piano qui devient très-aristocrate sous ses belles mains... car elle doit avoir aussi des mains de duchesse!... Voyons, conte nous cela... Que diable! tu es amoureux; à qui feras-tu tes confidences, sinon à ton oncle... à ton camarade?

— Je voudrais bien avoir le droit de vous en faire, des confidences... — dit Olivier en riant, — parce que je ne vous en ferais pas, mais vrai, c'est la première fois que je vois cette jeune fille.

— Mais ces détails... sur elle?

— Il y a une madame Herbaut qui loge ici, au second, — répondit Olivier. — Tous les dimanches, cette excellente femme rassemble chez elle des jeunes filles, amies de ses filles : les unes sont teneuses de livres ou demoiselles de magasin, d'autres maîtresses de dessin ou, comme la *duchesse*, maîtresses de musique... Je t'assure qu'il y en a de charmantes; toutes ces braves filles travaillent toute la semaine comme de petits lions, gagnent honorablement leur vie, et s'amusent follement le dimanche chez la bonne madame Herbaut : on joue à des petits jeux, on danse au piano, c'est très-amusant; voilà deux dimanches que madame Barbançon m'a présenté chez cette dame, et, ma foi...

— Je demande à être présenté à madame Herbaut! — s'écria le jeune duc en interrompant son ami.

—Tu demandes... tu demandes... tu crois qu'il n'y a qu'à demander, toi? reprit gaiement Olivier. — Apprends, mon cher, que les Batignolles sont aussi exclusives que ton faubourg Saint-Germain.

— Bon, tu es jaloux, tu as tort : d'abord... parce que, vraies ou supposées, les *duchesses* ne m'affriandent plus... surtout quand elles sont sages... et puis l'on ne vient pas aux Batignolles pour s'amouracher d'une duchesse. Ainsi, rassure-toi, et d'ailleurs, si tu me refuses, je suis au mieux avec maman Barbançon, je lui demanderai d'être présenté à madame Herbaut.

— Enfin nous verrons si l'on peut t'admettre, — dit Olivier avec une importance comique.

— Mais, pour en revenir à la *duchesse*, madame Herbaut, qui est fort liée avec lui, m'a dit, l'autre dimanche, comme je m'extasiais sur cette réunion de charmantes jeunes filles : — « Que diriez-vous donc, monsieur, si vous voyiez la *duchesse!...* » (Et la digne femme m'a donné les détails dont je t'ai parlé sur l'origine de son surnom.) « Malheureusement, — a-t-elle ajouté, — voilà deux dimanches qu'elle nous manque, et elle nous manque beaucoup; car, toute duchesse qu'elle soit, elle est adorée ici par tout le monde ; mais, depuis quelques jours, elle a été appelée auprès d'une grande dame très-riche et très-malade... dont les souffrances sont si grandes et si rebelles, que les médecins, à bout de leur science, ont eu l'idée d'essayer si une musique douce et suave ne calmerait pas les douleurs de la pauvre dame. »

— Voilà qui est singulier! — dit Gerald.

— Quoi donc? — lui demanda Olivier.

— Cette pauvre femme, si malade, dont on essaye de calmer les douleurs par tous les moyens possibles, et auprès de qui ta *duchesse* a été appelée... c'est madame la comtesse de Beaumesnil.

— La même qui vient d'envoyer chercher madame Barbançon? — demanda le vétéran.

— Oui, mon commandant ; — j'avais déjà entendu parler de cette espèce de cure musicale entreprise pour adoucir les atroces souffrances de la comtesse.

— Le fait est que la rencontre est assez bizarre, — dit Olivier, mais il paraît que la tentative des médecins n'a pas été vaine, car chaque soir la *duchesse* qui est, à ce qu'il paraît, excellente musicienne, va chez madame de Beaumesnil... Et voilà pourquoi je n'avais pas vu cette jeune fille aux deux soirées de madame Herbaut, de chez qui, sans doute, elle sortait tout à l'heure. Frappé de sa tournure, de sa beauté vraiment extraordinaire, j'ai demandé au portier s'il la connaissait. « Sans doute, monsieur Olivier, m'a-t-il répondu, c'est la *duchesse*... »

— Je trouve cela charmant, intéressant, mais beaucoup trop mélancolique pour moi, — dit Gerald ; — je préfère de bonnes et joyeuses filles sans façon, comme il doit s'en trouver dans la réunion de madame Herbaut, et, si tu ne m'y présentes pas... tu es un ingrat..... Rappelle-toi cette jolie mercière d'Alger... qui avait une non moins jolie sœur...

— Comment! dit le vétéran, — et la juive! la jolie cabaretière d'Oran?...

— Dame... mon oncle... on est à Oran... on aime à Oran;... on est à Alger... on aime à Alger...

— Mais tu es donc un Joconde, malheureux! — s'écria le vétéran, singulièrement flatté des bonnes fortunes d'Olivier, tu es donc un séducteur!

— Que voulez-vous, mon commandant, — dit Gerald, — ce n'est pas de l'inconstance... on suit la marche de sa division, voilà tout...

C'est pourquoi Olivier et moi nous avons été obligés de laisser à Oran, lui sa juive, moi ma Mauresque, pour nos petites mercières d'Alger.

— Le fait est, — dit le vieux marin, égayé par le vin de Chypre, dont la bouteille avait circulé entre les convives pendant cet entretien, — le fait est que, selon le changement de station, nous quittions les mulâtresses de la Martinique pour les pêcheuses de Saint-Pierre-Miquelon, de Terre-Neuve.

— Un fameux changement de zone, dites donc, mon commandant? — reprit Gerald en poussant le coude du vétéran ; — c'était quitter le feu pour la glace.

— Non, pardieu pas ! — reprit le vétéran ; — je ne sais à quoi ça tient, mais ces pêcheuses, blondes comme des Albinos, avaient le diable au corps. Il y avait surtout une petite boulotte à cils blancs, qu'on appelait la *Baleinière*...

— Température du Sénégal... hein !... mon oncle?..

— Ah ! fit le vétéran.

Et il posa son verre sur la table en faisant claquer sa langue contre son palais, de sorte que l'on ne savait si ce bruit significatif se rapportait au souvenir de la Baleinière aux cils blancs ou à la dégustation du vin de Chypre.

Puis le digne marin s'écria .

— Ah çà ! mais qu'est-ce que je dis là ? A-t-on vu des mauvais sujets pareils !... Ce que c'est que l'exemple ! Ne voilà-t-il pas un vieux *phoque* comme moi qui parle d'amourettes avec ces jeunes moustaches !... Allons, parlez de vos juives, de vos Mauresques, de vos duchesses, mes enfants ; au moins, c'est de votre âge.

— Eh bien donc ! au nom de la reconnaissance, je somme Olivier de me présenter chez madame Herbaut, — dit l'opiniâtre Gerald.

— Ce que c'est que la satiété !... Tu vas dans le plus beau, dans le plus grand monde, — dit Olivier, — et tu [illegible]es... nos pauvres petites réunions batignollaises.

— Avec ça qu'il est amusant, le grand monde, — dit Gerald. — J'y vais à mon corps défendant, pour ne pas contrarier ma mère... Demain, par exemple, est pour moi un jour assommant, car ma mère donne une matinée dansante... Mais, à propos, viens-y donc, Olivier.

— Où çà?

— A la matinée dansante que donne ma mère.

— Moi?

— Eh bien! oui... toi.

— Moi... Olivier Raymond, maréchal des logis de hussards... dans ton faubourg Saint-Germain?

— Il serait sacredieu bien étonnant que je ne puisse pas amener chez ma mère mon meilleur ami, parce qu'il a l'honneur d'être un des plus braves soldats de l'armée... Olivier... tu viendras... je veux que tu viennes.

— En dolman et en képi, n'est-ce pas? — dit Olivier en souriant et en faisant allusion à sa pauvreté, qui ne lui permettait pas le luxe des habits bourgeois.

Sachant l'emploi que faisait le digne soldat de son pécule si laborieusement gagné, et connaissant d'ailleurs son ombrageuse susceptibilité, Gerald ne put que répondre :

— C'est vrai... je n'y pensais pas... C'est dommage, nous aurions passé une bonne journée ; je t'aurais montré nos beautés à la mode, et je suis sûr qu'en fait de jolies et fraîches figures... tu aurais regretté... les réunions de madame Herbaut.

— Entendez-vous, mon oncle, comme c'est adroitement ramené... comme il revient à la charge?

Huit heures sonnèrent à la même lointaine horloge.

— Huit heures! — dit vivement Olivier; — diable! et mon maître maçon qui m'attend depuis une heure... Il faut absolument que je te quitte, Gerald... J'ai promis d'être exact... une heure de retard... c'est beaucoup... Or, l'exactitude est la politesse des rois... et de ceux qui apurent des mémoires, — ajouta gaiement Olivier.

Puis, tendant la main à son oncle :

— Bonsoir, mon oncle!

— Tu vas encore travailler une partie de la nuit, — dit le vétéran avec une émotion contenue en jetant un regard significatif à Gerald, — il ne faudra donc pas que je t'attende?

— Non, mon oncle, couchez-vous... Dites à madame Barbançon de laisser la clef chez le portier et des allumettes chimiques dans la cuisine... Je ne ferai pas de bruit, je ne vous réveillerai pas.

— Adieu, monsieur Gerald, — dit le vétéran en tendant la main au jeune duc et la lui serrant d'une manière expressive, afin de lui rappeler sa promesse au sujet de la promotion d'Olivier au grade d'officier.

— Adieu, mon commandant, — dit Gerald en répondant à l'étreinte du vétéran, et lui indiquant par un signe qu'il comprenait sa pensée, — vous me permettez, n'est-ce pas, de revenir vous voir ?

— Ce sera pour moi un plaisir... un vrai plaisir, monsieur Gerald, — dit le vétéran, — vous devez en être sûr...

— Ma foi, oui, mon commandant, car je juge en cela d'après moi-même... Adieu... Olivier... viens... je te conduirai jusqu'à la porte de ton maître maçon.

— J'y gagnerai toujours un quart d'heure, — dit Olivier. — Bonsoir, mon oncle.

— Bonsoir, mon enfant.

Et Olivier, ayant pris dans l'entrée sa liasse de papiers et son paquet de plumes, sortit avec Gerald : tous deux, se tenant par le bras, allèrent jusqu'à la demeure du maçon, où ils se séparèrent, se promettant de se revoir bientôt.

Environ une heure après qu'Olivier eut quitté son oncle, madame Barbançon fut ramenée aux Batignolles dans la voiture de madame la comtesse de Beaumesnil.

Le vétéran, surpris du silence et de la physionomie ténébreuse de la ménagère, lui adressa, mais en vain, plusieurs fois la parole. Il la pria enfin de serrer le restant du vin de Chypre. Madame Barbançon prit la bouteille, s'en alla lentement, puis, s'arrêtant bientôt, et croisant les bras d'un air méditatif, elle laissa choir par ce mouvement la fiole poudreuse.

— Que le diable vous emporte ! — s'écria le vétéran, — voilà le vin de Chypre perdu...

— C'est pourtant vrai, j'ai cassé la bouteille, — répondit la ménagère en se réveillant comme d'un songe. — Eh bien ! ça ne m'étonne pas ; depuis que j'ai vu et entendu madame la comtesse de Beaumesnil, car je viens de la voir... et dans quel état, mon Dieu ! la pauvre femme !... je me creuse la tête pour trouver quelque chose que je ne trouve pas, et d'ici à longtemps je ne serai bonne à rien, allez, monsieur, il faut y compter.

— C'est toujours quelque chose que de savoir cela d'avance, — reprit le vétéran avec sa placidité habituelle en voyant madame Barbançon retomber dans sa mystérieuse préoccupation.

V

Le lendemain de la rencontre d'Olivier Raymond et de Gerald, sa mère, ainsi qu'il l'avait annoncé au neveu du vétéran, donnait une matinée dansante.

Madame la duchesse de Senneterre, par sa famille et par ses alliances, appartenait à la plus ancienne et à la plus illustre noblesse de France; quoique sa fortune fût médiocre et sa maison petite, madame de Senneterre donnait ainsi chaque printemps quatre ou cinq bals de jour, peu nombreux, mais très-élégants et très-choisis, dont elle et ses deux jeunes filles faisaient les honneurs avec une grâce parfaite. M. le duc de Senneterre, mort depuis deux ans, avait eu sous la Restauration la plus haute position.

Les trois fenêtres du salon où l'on dansait s'ouvraient sur un beau jardin; le temps était magnifique; entre deux contredanses, plusieurs personnes, hommes et femmes, se promenaient ou causaient à travers les allées, çà et là bordées d'arbustes en fleurs.

Quatre ou cinq hommes, abrités par un massif de lilas, s'entretenaient de ces mille riens dont se composent généralement les conversations mondaines.

Parmi ce groupe, deux personnes méritaient d'attirer l'attention.

L'une d'elles, homme de trente ans environ, déjà obèse, à l'air à la fois suffisant et indolent, dédaigneux et gonflé de soi, à l'œil couvert et presque éteint, s'appelait M. le comte de Mornand. Son nom avait été prononcé la veille chez le commandant Bernard, lorsque Olivier et Gerald évoquaient leurs souvenirs de collége.

M. de Mornand occupait, on l'a dit, à la Chambre des pairs, un siége héréditaire.

L'autre personnage, ami intime du comte, était un homme de trente ans aussi, de haute taille, maigre, osseux, anguleux, légèrement voûté, déjà chauve; sa petite tête plate, son œil à fleur de tête, presque toujours légèrement injecté de sang, donnait à sa physionomie un caractère fort analogue à celui du reptile... Il se nommait le baron de Ravil. Quoique ses moyens d'existence fussent problématiques, eu égard à l'espèce de luxe qu'il affichait, on recevait le baron dans le meilleur monde, auquel il tenait d'ailleurs par sa naissance; jamais intrigant (en donnant à cette épithète toutes ses conséquences, des plus basses aux plus audacieuses), jamais intrigant ne déploya une plus cynique effronterie, une fourbe plus impudente.

— Avez-vous vu le *lion* du bal? — disait à M. de Mornand l'un des interlocuteurs du groupe dont nous avons parlé.

— J'arrive à l'instant, — répondit M. de Mornand, j'ignore de qui vous voulez parler.

— Eh parbleu! du marquis de Maillefort.

— Ce maudit bossu! — s'écria M. de Ravil. — Allons... c'est bien à lui, cette matinée était d'un terne, d'un ennui assommant, le marquis va égayer un peu tout cela par sa bouffonne présence

— Que diable peut-on venir faire dans le monde quand on est bâti de la sorte? — dit M. de Mornand. — Ce pauvre marquis devrait avoir au moins la conscience... de sa bosse.

— C'est singulier, — reprit un autre, — de temps à autre le marquis apparaît dans le monde pendant quelques semaines... et puis soudain il disparaît.

— Je le soupçonne fort d'être monnoyeur et de venir ainsi de temps à autre écouler le produit de son ingénieuse industrie, — dit M. de Ravil. — Ce qu'il y a de sûr, c'est qu'un jour, chose incroyable... inouïe... il m'a prêté au jeu un billet de mille francs... que je ne lui rendrai jamais... D'abord il devait être faux... Et puis cet impertinent bossu m'a dit en me le prêtant : « Ça m'amusera de vous redemander souvent ces mille francs-là, baron! » Qu'il soit tranquille... il s'amusera longtemps.

— Plaisanterie à part, le marquis est un homme singulier... — dit un autre interlocuteur, la vieille marquise de Maillefort, sa mère, lui a laissé une belle fortune, et l'on ne sait ce qu'il en fait, car il vit très-modestement.

— Je l'ai vu autrefois, assez souvent, chez cette pauvre madame de Beaumesnil.

— A propos, dit un autre, — vous savez qu'on la dit à toute extrémité?

— Madame de Beaumesnil?

— Certainement; elle doit être administrée dans la journée; c'es du moins ce qu'on a répondu à madame de Mirecourt, qui, en vemant ici, s'était arrêtée à la porte de l'hôtel de Beaumesnil pour avoir des nouvelles.

— Il faut alors qu'elle ait été inguérissable, car elle a pour médecin le fameux docteur Gastérini, aussi savant que gourmand, ce qui n'est pas peu dire

— Pauvre femme ! c'est mourir jeune encore.

— Et quelle immense fortune aura sa fille ! s'écria M. de Mornand ; — ce sera la plus riche héritière de France... et orpheline par-dessus le marché... quel morceau !...

En disant ces mots, les yeux de M. de Mornand rencontrèrent ceux de son ami de Ravil.

Tous deux tressaillirent imperceptiblement, comme si une idée subite leur était venue : d'un seul regard, ils s'étaient compris.

— La plus riche héritière de France !

— Une orpheline !

— Et une fortune... territoriale... encore ! — s'écrièrent les trois autres interlocuteurs avec un naïf accent de convoitise.

Puis l'un d'eux reprit, sans remarquer l'échange de regards significatifs qui avait lieu entre M. de Mornand et son ami :

— Et quel âge a-t-elle, mademoiselle de Beaumesnil?

— Quinze ans à peine, dit M. de Ravil ; — et puis si laide... si chétive, — ajouta-t-il avec intention.

— Diable ! *chétive*... n'est pas désavantageux... au contraire, dit l'un des causeurs d'un air judicieux et réfléchi.

— Ah! elle est très-laide, reprit un autre en s'adressant à de Ravil, — vous l'avez donc vue ?

— Pas moi; mais une de mes tantes... a vu cette petite au couvent du *Sacré-Cœur* avant que Beaumesnil l'emmenât en Italie... par ordonnance des médecins...

— Pauvre Beaumesnil ! mourir à Naples d'une chute de cheval...

— Et vous dites, mon cher, — reprit l'interlocuteur de M. de Ravil, pendant que M. de Mornand semblait de plus en plus pensif, — vous dites que mademoiselle de Beaumesnil est fort laide?

— Un vrai monstre... je ne sais pas même si elle ne tombe pas du haut mal, — continua de Ravil avec une affectation de dénigrement très-marquée ; — par là-dessus... poitrinaire... puisqu'après la mort de Beaumesnil le médecin qui les avait accompagnés à Naples a déclaré qu'il ne répondrait de rien si mademoiselle de Beaumesnil revenait en France... Elle est poitrinaire au dernier degré, vous dis-je... au dernier degré !

— Une héritière poitrinaire ? reprit un autre d'un air à la fois friand et alléché ; mais c'est ce qu'il y a au monde de plus délicat, de plus recherché.

— Pardieu... je vous comprends, c'est évident cela, — reprit de Ravil, mais il faut au moins qu'elle puisse vivre jusqu'à ce qu'on l'épouse... tandis que, très-probablement, mademoiselle de Beaumesnil ne vivra pas ; elle est condamnée : je l'ai entendu dire par M. de la Rochaiguë, son plus proche parent... il doit bien le savoir, puisqu'il hériterait d'elle.

— Peut-être aussi, à cause de cela, voit-il tout en beau.

— Quelle chance pour madame de la Rochaiguë, qui aime tant le luxe, les fêtes !

— Oui, chez les autres.

— C'est étonnant, — reprit un des interlocuteurs, il me semble que j'avais entendu dire que mademoiselle de Beaumesnil ressemblait à sa mère... qui a été une des plus jolies femmes de Paris.

— Cette héritière est d'une laideur atroce, reprit de Ravil, je vous l'atteste, et je ne sais pas même si elle n'est pas contrefaite.

— Quant à moi, — dit enfin M. de Mornand en sortant de sa rêverie, — d'autres personnes m'ont parlé de mademoiselle de Beaumesnil comme en parle de Ravil.

— Ah çà ! mais pourquoi sa mère ne l'a-t-elle pas accompagnée en Italie ?

— Parce que la pauvre femme était déjà atteinte de cette maladie de langueur à laquelle il paraît qu'elle va succomber. L'on dit d'ailleurs qu'elle a eu un affreux chagrin de ne pouvoir suivre sa fille à Naples, et que ce chagrin pourrait bien contribuer à rendre son état désespéré.

— Il paraîtrait alors, — dit un autre, que la cure musicale du docteur Dupont n'a pas eu le succès qu'il espérait ?

— Quelle cure musicale ?

— Sachant le goût bien connu de madame de Beaumesnil pour la musique, le docteur, pour calmer les souffrances de sa malade et la distraire de sa langueur, lui avait conseillé, — dit-on, — de se faire jouer ou chanter des morceaux d'une musique douce et suave.

— L'idée n'était pas mauvaise, quoique renouvelée de Saül et de David, — dit de Ravil.

— Eh bien! qu'en est-il résulté?

— Madame de Beaumesnil aurait d'abord éprouvé, — dit-on, — une sorte de distraction, d'adoucissement; mais sa maladie a repris le dessus.

— On dit aussi que la mort cruelle de ce pauvre de Beaumesnil lui a porté un coup terrible...

— Allons donc! — s'écria M. de Mornand en ricanant et haussant les épaules; — est-ce qu'elle a jamais aimé Beaumesnil, cette femme-là! Elle ne l'a épousé que pour ses millions de millions... Et d'ailleurs, étant jeune fille, elle a eu je ne sais combien d'amants. Somme toute, — reprit M. de Mornand en gonflant ses joues avec une affectation de dignité méprisante, — madame de Beaumesnil est une femme tarée... perdue... et, malgré la fortune énorme qu'elle laissera... un galant homme ne consentira jamais à épouser la fille d'une pareille mère... une femme déshonorée!!!

— Misérable!

S'écria une voix qui, sortant de derrière la touffe de lilas, semblait répondre aux dernières paroles de M. de Mornand.

Il y eut d'abord un moment de silence et de surprise général; puis M. de Mornand, devenu pourpre de colère, fit rapidement quelques pas afin de contourner le massif.

Il ne trouva personne;... l'allée, à cet endroit, formant un coude assez brusque, la personne invisible qui venait de prononcer le mot de *misérable* avait pu facilement disparaître.

— Il n'y a de misérables, — dit à voix haute M. de Mornand en revenant occuper sa place, il n'y a de misérables que les gens qui osent dire des injures sans oser se montrer.

Ce singulier incident venait à peine d'avoir lieu lorsque le son de l'orchestre, se faisant entendre, ramena les promeneurs du côté du salon.

M. de Mornand resta seul avec de Ravil; celui-ci lui dit :

— On t'a appelé misérable... on n'a pas osé paraître, c'est bien... n'en parlons plus. Mais m'as-tu compris?

— A merveille. Cette idée m'est venue comme à toi... subitement... Chose étrange! pendant quelques instants je suis resté comme ébloui... fasciné... par cette pensée.

— Plus de trois millions de rentes ! hein? quel ministre incorruptible tu ferais?

— Tais-toi... c'est à devenir fou.

Cette conversation intime fut suspendue par l'arrivée d'un tiers importun, qui, s'adressant à M. de Mornand, lui dit, avec la plus exquise politesse :

— Monsieur, voulez-vous me faire la grâce de me servir de vis-à-vis?

A cette demande, M. de Mornand recula d'un pas sans répondre un mot, tant sa surprise était grande, surprise concevable si l'on songe que le personnage qui venait demander à M. de Mornand de lui servir de vis-à-vis était le marquis de Maillefort, ce singulier bossu dont on a déjà plusieurs fois parlé.

Un autre sentiment que celui de la surprise empêchait aussi M. de Mornand de répondre tout d'abord à l'étrange proposition du marquis, car, dans la voix mâle, vibrante, de ce dernier, M. de Mornand crut un instant reconnaître la voix du personnage invisible qui, quelques moments auparavant, l'avait traité de *misérable* lorsqu'il s'était exprimé si durement sur le compte de madame de Beaumesnil.

Le marquis de Maillefort, ne paraissant pas s'apercevoir du silence et de l'expression de surprise désobligeante avec lequel M. de Mornand accueillait sa proposition, reprit du même ton de parfaite politesse :

— Monsieur, voulez-vous me faire la grâce de me servir de vis-à-vis pour la prochaine contredanse?

A cette demande réitérée, demande d'ailleurs étrange, on le répète, si l'on songe à la tournure de ce danseur en expectative, M. de Mornand répondit en dissimulant à peine son envie de rire :

— Vous servir de vis-à-vis, à vous, monsieur?

— Oui, monsieur, — reprit le marquis de l'air du monde le plus naïf.

— Mais... monsieur... ce que vous me demandez là, reprit M. de Mornand, — est, permettez-moi de vous le dire... fort délicat...

— Et fort dangereux... mon cher marquis, — ajouta le baron de Ravil en ricanant à froid selon son habitude.

— Quant à vous, baron, — lui répondit en souriant M. de Maillefort, — je pourrais vous faire une question non moins délicate.

et peut-être plus dangereuse : quand me rendrez-vous les mille francs que j'ai eu le bonheur de vous prêter au jeu?...

— Vous êtes bien curieux... marquis.

— Allons, baron, répondit le bossu, ne traitez donc pas les défunts bons mots de M. de Talleyrand comme vous traitez les billets de mille francs.

— Qu'entendez-vous par là, marquis?

— Je veux dire, baron, que les uns ne vous coûtent pas plus à mettre en circulation que les autres...

M. de Ravil se mordit les lèvres et reprit :

— Cette explication ne me satisfait pas précisément, monsieur le marquis.

— Vous avez le droit d'être difficile en fait d'explications, c'est vrai, baron, — répondit le bossu avec un accent de hautain persiflage ; — mais vous n'avez pas le droit d'être indiscret, et vous l'êtes beaucoup dans ce moment. J'avais l'honneur de causer avec M. de Mornand, et vous venez vous jeter à la traverse de notre entretien... c'est très-désagréable.

Puis, s'adressant à M. de Mornand, le bossu reprit :

— Vous aviez donc la bonté, monsieur, de répondre à la demande que je vous faisais de me servir de vis-à-vis que c'était... fort délicat, je crois?

— Oui, monsieur, — reprit M. de Mornand, sérieusement cette fois, car un pressentiment lui disait que la singulière proposition du bossu n'était qu'un prétexte, et plus il écoutait sa voix, plus il croyait reconnaître celle qui l'avait traité de *misérable*. — Oui, monsieur... ajouta-t-il donc avec une assurance mêlée de hauteur, — j'ai dit qu'il était fort délicat de vous servir de vis-à-vis.

— Et pourrai-je, monsieur... sans trop de curiosité, vous demander pourquoi?

— Mais... monsieur... — répondit M. de Mornand en hésitant, — parce que... parce que... je trouve... qu'il est singulier... de...

Et comme M. de Mornand n'achevait pas :

— Monsieur, — lui dit allégrement le marquis, — j'ai une excellente habitude.

— Laquelle, monsieur?

— Ayant l'inconvénient d'être bossu et conséquemment d'être fort ridicule... j'ai pris le parti de me réserver exclusivement le droit de me moquer de ma bosse, et, comme j'ai la prétention de m'acquitter de ces plaisanteries à la satisfaction générale... (excuses, monsieur, cette fatuité...) je ne permets pas... que l'on fasse très-mal... ce que je fais très-bien.

— Monsieur... — dit vivement M. de Mornand, je...

— Permettez-moi... un exemple... — dit toujours très-allégrement le marquis, je viens vous demander de me faire l'honneur de me servir de vis-à-vis... Eh bien!... au lieu de me répondre poliment : *Oui, monsieur*, ou *non, monsieur*, vous me répondez en étouffant de rire : — *C'est très-délicat de vous servir de vis-à-vis.* — Et, quand je vous prie en grâce de compléter votre plaisanterie... sans doute suscitée par ma bosse... vous balbutiez... vous ne trouvez rien du tout; c'est déplorable...

— Mais, monsieur, s'écria M. de Mornand, je veux...

— Mais, monsieur, — reprit le bossu en interrompant de nouveau son interlocuteur, — si, au lieu d'être poli, vous vouliez être plaisant, que diable! du moins il fallait l'être, me dire quelque chose d'assez drôlement impertinent; ceci, par exemple : « Monsieur de Maillefort, j'ai l'horreur des supplices... et je n'aurais pas la force d'assister à celui de votre danseuse. » — Ou bien encore ceci : — Monsieur de Maillefort... j'ai beaucoup d'amour-propre, et je ne veux pas m'exposer à avoir le désavantage avec vous dans le *dos à dos...* » Vous voyez donc bien, mon cher monsieur, reprit le bossu avec un redoublement de jovialité, — que, me moquant de moi-même mieux que personne, j'ai raison de ne pas tolérer que l'on fasse grossièrement, maladroitement... ce que je fais de bonne grâce.

— Vous dites, monsieur, — reprit M. de Mornand avec impatience, — que vous ne tolérez pas...

— Allons donc, Mornand... c'est une plaisanterie, s'écria M. de Ravil. — Et vous, marquis... vous avez trop d'esprit pour...

— Il ne s'agit pas de cela, — reprit M. de Mornand. — Monsieur dit qu'il ne tolérait pas...

— Que l'on se moquât de moi, — dit le marquis, — non, pardieu!... monsieur, je ne le tolère pas... je le répète.

— Mais, encore une fois, marquis, dit de Ravil, — Mornand n'a pu avoir... n'a pas eu un instant la pensée de se moquer de vous...

— Vrai?... baron...

— Parbleu!

— Bien vrai, bien vrai, baron?

— Mais certainement!

— Alors, reprit le marquis, que monsieur me fasse la grâce de m'expliquer ce qu'il entendait par cette réponse à ma demande : *C'est très-délicat...*

— Mais c'est tout simple... je vais...

— Mon cher de Ravil, — dit M. de Mornand en interrompant son ami d'une voix ferme, — tu vas beaucoup trop loin; puisque M. de Maillefort procède par sarcasmes, par menaces, je juge convenable de lui refuser toute explication. M. de Maillefort peut donner à mes paroles le sens... qui lui conviendra...

— Oh! oh! donner un sens à vos paroles! dit le bossu riant, je ne me charge pas d'une telle tâche, c'est l'affaire de vos honorables collègues de la Chambre des pairs lorsque vous leur débitez un de ces superbes discours... que vous avez la particularité de comprendre...

— Finissons, monsieur, — dit M. de Mornand poussé à bout, — admettez mes paroles aussi insolentes que possible...

— Mais tu es fou! — s'écria de Ravil, — tout ceci... est... ou sera d'un ridicule achevé.

— Vous avez raison, mon pauvre baron, dit le marquis d'un air naïf et contrit, — cela peut devenir d'un ridicule énorme, effrayant... pour... monsieur; aussi, voyez comme je suis bon prince, je me contenterai des excuses... suivantes, faites à voix haute par M. de Mornand devant trois ou quatre personnes à mon choix : « Monsieur le marquis de Maillefort, je vous demande très-humblement et très-honteusement pardon d'avoir osé... »

— Assez!... monsieur!... s'écria M. de Mornand, — vous me supposez donc bien lâche... ou bien stupide?

— Vrai? vous me refusez cette réparation, dit le marquis en poussant un gros soupir d'un air railleur, — vous me la refusez... là... positivement?

— Eh! oui, monsieur, positivement, — s'écria M. de Mornand, — très-positivement!

— Alors, monsieur, dit le marquis avec autant d'aisance que de parfaite courtoisie, — je me crois obligé de terminer cet entretien ainsi que je l'ai commencé, et d'avoir de nouveau, monsieur, l'honneur de vous dire : — *Voulez-vous me faire la grâce de me servir de vis-à-vis?...*

— Comment? monsieur, votre vis-à-vis? — dit M. de Mornand ébahi.

— Mon vis-à-vis... dans une *contredanse à deux*, — ajouta le bossu avec un geste expressif... — vous comprenez?...

— Un duel... avec vous? — s'écria M. de Mornand, qui, dans le premier emportement de la colère, avait oublié la position exceptionnelle du bossu, et qui seulement alors songeait à tout ce qu'il pouvait y avoir de ridicule pour lui dans une pareille rencontre.

Aussi répéta-t-il :

— Un duel avec vous, monsieur? Mais...

— Allez-vous me répondre comme tout à l'heure, — reprit gaiement le bossu en l'interrompant, — que cet autre vis-à-vis est *trop délicat?*... ou *trop dangereux*, comme disait votre ami de Ravil?

— Non, monsieur... je ne trouverais pas cela trop dangereux... — s'écria M. de Mornand, — mais ce serait par trop ridicule.

— Eh! mon Dieu! c'est ce que je disais tout à l'heure à cet honnête M. de Ravil... ce sera d'un ridicule énorme... effrayant... pour vous... mon pauvre monsieur... Mais que voulez-vous?

— En vérité, messieurs, — s'écria de Ravil, — je ne souffrirai jamais que...

Puis, avisant Gerald de Senneterre qui passait dans le jardin, il ajouta :

— Voici justement le duc de Senneterre... le fils de la maison; il va se joindre à moi pour terminer cette folle querelle.

— Pardieu, messieurs, — reprit le bossu, — le duc arrive à merveille.

Et, s'adressant au jeune homme, il lui dit :

— Gerald, mon cher ami... venez à notre secours.

— Qu'y a-t-il, monsieur le marquis? — répondit Gerald avec une expression d'affectueuse déférence.

— Vous avez des cigares?

— Excellents, monsieur le marquis...

— Eh bien! mon cher Gerald, ces deux messieurs et moi, nous mourons d'envie de fumer... Allons faire cette petite débauche dans votre appartement.

— A merveille, — répondit gaiement Gerald, — je n'ai aucune invitation pour cette contredanse... je puis donc disposer d'un quart d'heure.

— C'est autant de temps qu'il nous en faudra, — dit le bossu en jetant un regard significatif à de Mornand et à de Ravil, qui, néanmoins, ne comprirent pas davantage où le marquis en voulait arriver. — Venez-vous, messieurs? — ajouta le bossu en prenant le bras de Gerald, et précédant le *ministre en herbe* et son ami...

En quelques secondes, les quatre personnages arrivèrent dans l'appartement de Gerald, situé au second étage de la maison de sa mère, et composé de trois pièces, dont l'une était fort grande.

Le jeune duc ayant poliment prié MM. de Mornand et de Ravil de passer les premiers, M. de Maillefort dit à Gerald, en donnant un tour de clef à la serrure de la porte, et en mettant la clef dans sa poche :

— Vous permettez, mon cher ami?

— Pourquoi donc fermer cette porte à double tour, monsieur le marquis? lui dit Gerald très surpris.

— Afin... de n'être pas dérangés, — répondit mystérieusement le bossu, — et de pouvoir fumer... tranquillement...

— Diable... vous êtes homme de précaution, monsieur le marquis, — dit Gerald en riant.

Et il introduisit MM. de Mornand et de Ravil dans la pièce du fond qui, beaucoup plus grande que les deux autres, servait de salon et de cabinet au jeune duc.

A l'une des boiseries de cette pièce, on voyait une sorte de large écusson recouvert de velours rouge, sur lequel se détachait une panoplie d'armes de guerre, de chasse et de combat.

VI

M. de Mornand, en voyant le marquis de Maillefort fermer à double tour la porte de l'appartement, avait à peu près deviné l'intention du bossu. Bientôt celui-ci ne laissa pas le moindre doute sur sa résolution : dénouant sa cravate, il ôta son gilet et son habit avec une prestesse singulière, à l'ébahissement croissant de Gerald, qui venait de prendre ingénument sur la cheminée son coffret à cigares.

Le marquis, montrant alors du doigt deux épées de combat suspendues avec les autres armes de la panoplie, dit au jeune duc :

— Mon cher Gerald, ayez la bonté de mesurer ces épées avec M. de Ravil et d'offrir la plus longue à mon adversaire ; si elles sont inégales... je m'arrangerai de la plus courte. Eh ! eh !... on connaît le proverbe... *les bossus ont les bras longs.*

— Comment, — s'écria Gerald, — ces épées ?...

— Certainement, mon cher ami. En deux mots, voici la chose. Monsieur (et il désigna de Mornand) vient d'être très-sottement impertinent à mon égard, il m'a refusé des excuses, il m'en ferait à cette heure que je ne les accepterais plus... Nous allons donc nous battre : vous serez mon témoin ; M. de Ravil sera celui de M. de Mornand ; nous allons être ici comme des sybarites.

Puis, s'adressant à M. de Mornand, le marquis ajouta :

— Allons, monsieur... habit bas... Gerald n'a qu'un quart d'heure à nous donner, mettons-y de la discrétion.

— Quel dommage qu'Olivier ne soit pas témoin de cette bonne scène ! — pensa Gerald, qui, revenu de sa stupeur, trouvait, en étourdi et valeureux garçon qu'il était, l'aventure d'autant plus piquante qu'il éprouvait peu de sympathie pour MM. de Mornand et de Ravil, et qu'il ressentait une grande affection pour le marquis.

Le bossu ayant fait sa déclaration d'imminente hostilité, M. de Ravil dit à Gerald d'un air parfaitement convaincu :

— Vous sentez bien, monsieur le duc, qu'un tel duel est impossible.

— Impossible ! pourquoi cela, monsieur ? — demanda sèchement l'ancien maréchal des logis aux chasseurs d'Afrique.

— Merci... Gerald, — dit le marquis. — Les épées, mon cher ami !.. vite... les épées !

— Mais, encore une fois, un tel duel dans la maison de madame votre mère ? Cela ne se peut pas, monsieur le duc, — dit de Ravil en voyant Gerald se diriger du côté de la panoplie et y décrocher deux épées de combat qu'il examina soigneusement. — Songez-y donc, monsieur le duc, — reprit de Ravil avec une nouvelle insistance, — un duel... dans une chambre... chez vous... pour le motif le plus futile...

— Je suis seul juge, monsieur, de la convenance de ce qui se passe chez moi, reprit froidement Gerald ; il y a mille exemples de duels pareils, rien n'est plus simple et plus commode... n'est-ce pas, monsieur de Mornand?

Celui-ci, ainsi interpellé, répondit :

— Tout endroit est convenable pour venger une offense, monsieur le duc.

— Bravo!... le Cid n'eût pas mieux dit, — s'écria le bossu. — Alors, mon cher monsieur de Mornand... vite... habit bas. Voyez donc, il faut que ce soit moi... moi qui ne suis pas absolument bâti comme l'Apollon du Belvédère... qui sois le premier à me mettre en chemise... La partie n'est pas égale.

M. de Mornand, poussé à bout, ôta son habit.

— Je déclare que je ne serai pas témoin d'un duel pareil! s'écria M. de Ravil.

— A votre aise, — reprit le bossu, — j'ai la clef de la porte dans ma poche... Regardez par la fenêtre et tambourinez-nous sur les vitres un petit air de bravoure... ça ne sera peut-être pas d'un mauvais effet pour M. de Mornand.

— De Ravil, — s'écria l'adversaire du marquis, — je t'en prie... mesure les épées.

— Tu le veux?...

— Je le veux...

— Soit... mais tu es fou.

Puis, s'adressant à Gerald :

— Vous prenez là, monsieur, une bien grave responsabilité.

— Cela suffit, monsieur, — répondit Gerald en mesurant les épées avec de Ravil, pendant que M. de Mornand ôtait son habit.

Le marquis, en rappelant ce proverbe : *Les bossus ont les bras longs*, avait dit vrai, car, lorsqu'il releva la manche de sa chemise pour la rouler et l'assujettir au-dessus de la saignée, il découvrit un long bras velu, maigre, nerveux, et sur lequel les veines saillissaient comme un réseau de cordes, tandis que le bras de son adversaire était gras, et pour ainsi dire d'une mollesse informe.

A la manière dont les deux champions tombèrent en garde, et dont ils engagèrent leurs fers, après que Gerald, ayant consulté de Ravil du regard, leur eût dit : *Allez, messieurs*... l'issue de la rencontre ne pouvait être douteuse...

L'on voyait assez que M. de Mornand était, si cela peut se dire, *convenablement brave*, de cette bravoure qu'il est impossible à un homme bien élevé de ne pas montrer, mais il était visiblement inquiet : son jeu, d'une prudence excessive, dénotait une certaine connaissance de l'escrime; engageant à peine son fer, rompant prestement, se tenant autant qu'il le pouvait hors de portée, et, toujours sur la défensive, il parait passablement, ripostait avec timidité et n'attaquait jamais.

Un moment de Ravil et Gerald même furent épouvantés de l'expression de haine, de férocité, qui changea la physionomie du marquis, jusqu'alors gaie, railleuse, mais nullement méchante, car soudain, les traits contractés par une rage sourde, il attacha sur M. de Mornand un regard d'une si terrible fixité en maîtrisant vigoureusement le fer de son adversaire, tout en marchant à l'épée sur lui, que Gerald tressaillit.

Mais, redevenant tout à coup, et comme par réflexion, ce qu'il avait été au commencement de cette scène étrange, jovial et moqueur, le bossu, à mesure que ses traits se détendirent, ralentit sa redoutable marche à l'épée; puis, voulant sans doute terminer cette rencontre, il fit une feinte en dedans des armes; M. de Mornand y répondit ingénument, tandis que son adversaire, tirant en dehors, lui traversa le bras droit.

A la vue du sang qui coula, Gerald et de Ravil s'avancèrent en s'écriant :

— C'est assez, messieurs... c'est assez...

Les deux champions baissèrent leurs épées à la voix de leurs témoins, et le marquis dit à haute voix :

— Je me déclare satisfait... je fais mieux, monsieur de Mornand, je vous demande très humblement pardon... d'être bossu... C'est la seule excuse que je puisse raisonnablement vous offrir.

— Cela suffit, monsieur, dit M. de Mornand avec un sourire amer, tandis que Gerald et de Ravil, à l'aide d'un mouchoir, bandaient la plaie du blessé, plaie peu grave d'ailleurs.

Ce premier appareil posé, les deux adversaires se rhabillèrent; M. de Maillefort dit alors à M. de Mornand :

— Voudrez-vous, monsieur, me faire la grâce de m'accorder un moment d'entretien dans la pièce voisine?

— Je suis à vos ordres, monsieur, répondit M. de Mornand.

— Vous permettez, Gerald? demanda le bossu au jeune duc

— Certainement, répondit celui-ci.

M. de Maillefort et M. de Mornand étant seuls dans la chambre à coucher de Gerald, le bossu dit de son air leste et moqueur :

— Quoiqu'il soit de mauvais goût de parler de sa générosité, mon cher monsieur, je suis obligé de vous confesser qu'un moment j'ai eu envie de vous tuer, et que rien ne m'eût été plus facile...

— Il fallait user de votre avantage, monsieur...

— Oui... mais j'ai réfléchi...

— Et à quoi, monsieur?

— Vous me permettrez de ne pas vous ouvrir tout à fait mon cœur, et de vous prier seulement de considérer cet innocent coup d'épée comme quelque chose d'analogue à ces remémoratifs au moyen desquels on aide à sa mémoire en certaines circonstances...

— Je ne vous comprends pas du tout, monsieur.

— Vous m'accordez bien que souvent l'on met un petit morceau de papier dans sa tabatière, ou, si l'on ne prise pas, que l'on fait un nœud à son mouchoir, afin de se rappeler... un rendez-vous, une promesse?

— Oui, monsieur... ensuite?

— J'ai donc tout lieu d'espérer que, moyennant la piqûre que je viens de vous faire au bras, en guise de remémoratif, la date de ce jour ne sortira jamais de votre mémoire?

— Et quel intérêt, monsieur, avez-vous à ce que je n'oublie pas la date de cette journée?

— Mon Dieu... c'est bien simple... Je désirais fixer la date de ce jour dans votre souvenir d'une manière ineffaçable... parce qu'il est possible... que plus tard j'aie à vous rappeler *tout ce que vous avez dit dans cette matinée...*

— Me rappeler tout ce que j'ai dit aujourd'hui?

— Oui, monsieur, tout ce que vous avez dit en présence de témoins irrécusables, que j'invoquerais au besoin.

— Je vous comprends de moins en moins, monsieur...

— Je ne vois, quant à présent, aucun avantage à ce que vous me compreniez mieux, mon cher monsieur; vous me permettrez donc d'avoir l'honneur de vous présenter mes très-humbles civilités, et d'aller dire adieu à Gerald.

Il est facile de deviner : la cause réelle de la provocation de M. de Maillefort à M. de Mornand était la façon insultante avec laquelle ce dernier avait parlé de madame de Beaumesnil, car ses soupçons ne le trompaient pas... c'était le bossu qui, invisible, et entendant les grossières paroles de M. Mornand, avait crié : *Misérable!...*

Maintenant, pourquoi M. de Maillefort, toujours d'une si franche hardiesse, avait-il dû employer un moyen détourné, se servir d'un futile prétexte pour venger l'insulte faite à madame de Beaumesnil? Dans quel but voulait-il pouvoir rappeler plus tard à M. de Mornand la date de cette journée, et lui demander peut-être compte de tout ce qui avait été dit devant des témoins irrécusables?

C'est ce qu'éclaircira la suite de ce récit.

Le marquis de Maillefort venait de prendre congé de Gerald, lorsqu'un des gens de sa mère lui remit la lettre suivante, qu'Olivier lui écrivait le matin même :

« Mon bon Gerald, l'homme propose et Dieu dispose (pardon de la sentence); or donc, hier soir, le bon Dieu, prenant la forme de mon brave maître maçon, a décidé que je m'en irais, pendant quinze jours ou trois semaines, à six lieues d'ici : cela me contrarie fort, car notre bonne partie d'après-demain ne pourra pas avoir lieu.

« Sérieusement voici ce qui arrive : mon maître maçon est peu fort sur le calcul; il s'est tellement embrouillé dans ses comptes en faisant le relevé de travaux exécutés dans un château près de Luzarches, qu'il lui est impossible de se reconnaître au milieu de ses notes, et à moi de porter la moindre lumière dans ces ténèbres; il faut donc que nous allions procéder à une foule de toisés, dont je prendrai note afin d'éviter de nouveaux logogriphes; ce travail m'oblige à une assez longue absence. Du reste, mon maître maçon est un ancien sergent du génie, brave et honnête homme, simple, naturel; et tu sais que la vie est facile avec des gens de cette nature. Ce qui m'a encore engagé à aller l'assister, c'est qu'autant que j'en ai pu juger il se trompe à son désavantage; la chose est rare, je ne suis pas fâché d'aider à la constater.

« Je quitte mon bon oncle (dis?... quel cœur d'or!) avec une terrible anxiété... Madame Barbançon, ramenée chez nous par la belle voiture de la comtesse de Beaumesnil, est depuis hier dans un état alarmant... surtout pour les modestes repas de mon oncle; elle n'a pas une seule fois prononcé le nom de *Buonaparte;* elle est tout mystère; elle s'arrête pensive dans le jardin, et inactive dans sa cuisine... elle nous a donné ce matin du lait tourné et des œufs durs.

« Donc, avis à toi, mon bon Gerald, s'il te prend fantaisie d'aller manger *à l'ordinaire* du vieux marin. Du reste, évidemment, madame Barbançon brûle du désir de s'entendre interroger sur l'incident d'hier soir, afin d'être amenée à une indiscrétion. Tu juges combien mon oncle et moi nous sommes au contraire réservés à ce sujet, par cela même qu'il y a quelque chose de singulier, de curieux même dans l'aventure.

« Si, pendant mon absence, tu peux disposer d'un moment, va voir mon oncle... tu lui feras le plus grand plaisir... car je vais bien lui manquer. Je ne puis te dire combien il t'aime déjà ; pauvre et digne soldat !... Quelle ineffable bonté ! quel cœur droit il y a sous cette simple enveloppe !... Ah ! mon cher Gerald, je n'ai jamais ambitionné la fortune ; mais je tremble en pensant qu'à son âge, et avec ses infirmités, mon oncle aura de plus en plus de peine à vivre de sa petite retraite... malgré toutes les privations qu'il supporte courageusement... Et s'il allait tomber malade ?... car deux de ses blessures se rouvrent souvent... et, pour les pauvres gens, c'est si cher la maladie !... Tiens, Gérald, cette pensée est cruelle.

« Pardon, mon ami, mon frère... j'ai commencé cette lettre gaiement... la voici qui devient triste...

« Adieu, Gerald, à bientôt. Ecris-moi à Luzarches, poste restante.

« A toi de tout et bon cœur.

« OLIVIER RAYMOND. »

VII

Le soir du jour où avait eu lieu le duel de M. de Maillefort, vers les sept heures et demie, alors que le soleil commençait de décliner au milieu de nuages sombres, épais, qui présageaient une s irée pluvieuse, car déjà tombaient quelques rares mais larges gouttes de pluie, une jeune fille traversait la place de la Concorde, se dirigeant vers le faubourg Saint-Honoré.

Cette jeune fille portait sous son bras gauche deux cahiers de musique dont les reliures fanées attestaient les longs services; à la main droite, elle avait un petit parapluie dont elle s'abritait; sa mise, des plus modestes, se composait d'une robe de soie noire, d'un mantelet de pareille étoffe, et, quoique le printemps fût déjà avancé, d'un chapeau de castor gris noué sous son menton par un large ruban; quelques légers flocons de cheveux d'un blond charmant, agités par le vent, débordaient la passe étroite du petit chapeau de cette jeune fille, et encadraient un frais visage de dix-huit ans au plus, alors empreint d'une profonde tristesse, mais rempli de grâce, de modestie et de dignité; cette dignité, pour ainsi dire native, se retrouvait encore dans l'expression mélancolique et fière des grands yeux bleus de cette jeune fille; sa démarche était élégante, légère, et, quoique son ample mantelet dissimulât sa taille, elle semblait aussi parfaite que souple et dégagée. Enfin, bien que ses vêtements annonçassent leur vétusté par la mollesse de leurs plis et par une espèce de lustre terne (si l'on peut employer cette antithèse), ils étaient si merveilleusement propres, et portés avec une si rare distinction, que l'on oubliait leur quasi-pauvreté.

La jeune fille, voulant traverser un ruisseau, releva un peu sa robe; aussi, lorsqu'elle avança son joli pied, chaussé de brodequins bien cirés, à semelle un peu épaisse, elle laissa voir un bas de coton d'une blancheur de neige, et le bord d'un jupon non moins éblouissant, bordé d'un petit tulle de coton.

Une pauvre femme, tenant un enfant entre ses bras, ayant murmuré quelques mots d'une voix implorante en s'adressant à la jeune fille; celle-ci, qui se trouvait alors au coin de la rue des Champs-Elysées, s'arrêta, puis, après un moment de naïf embarras, car ayant les deux mains occupées, l'une par son parapluie, l'autre par ses cahiers de musique, elle ne pouvait fouiller à sa poche; la jeune fille plaça pour un instant ses cahiers sous le bras de la pauvresse, et lui mit son parapluie dans la main. Ainsi abritées, elle et la mendiante, la jeune fille tira de sa robe une bourse de soie, ôta un de ses gants, prit dans la bourse, qui contenait au plus quatre francs en menue monnaie, une pièce de deux sous, et, presque confuse, dit à la mendiante d'une voix d'un timbre enchanteur.

— Tenez, bonne mère... pardonnez-moi de ne pouvoir vous offrir davantage.

Et, jetant un regard attendri sur la figure étiolée du petit être que la mendiante serrait contre son sein, elle ajouta :

—Pauvre cher enfant... que Dieu vous le conserve...

Et, de sa main délicate et blanche, déposant sa modeste aumône dans la main amaigrie que la mendiante lui tendait, et qu'elle trouva moyen de presser légèrement, la jeune fille remit son pauvre petit gant, bien souvent recousu par elle, reprit son parapluie, ses cahiers de musique, jeta un dernier regard de tendre commisération sur la pauvresse et continua sa route en suivant la rue des Champs-Elysées.

Si nous avons insisté sur les détails de cette aumône, détails peut-être puérils en apparence, c'est qu'ils nous semblent significatifs : ce don, quoique bien minime, n'avait pas été fait avec hauteur ou distraction, la jeune fille ne s'était pas contentée de laisser dédaigneusement tomber une pièce de monnaie dans la main qui l'implorait. Et comprendra-t-on enfin cette nuance, sans doute insaisissable à bien des esprits : pour offrir son aumône... la jeune fille s'était dégantée... comme elle eût fait pour toucher la main d'une amie.

Le hasard voulut que M. de Ravil, après avoir reconduit chez lui son ami, légèrement blessé (M. de Morand demeurait dans le quartier de la Madeleine ; le hasard voulut, disons-nous, que M. de Ravil se croisât sur le trottoir de la rue des Champs Elysées avec la jeune fille. Frappé de sa beauté, de sa tournure distinguée, qui contrastait singulièrement avec la plus que modeste apparence de ses vêtements, cet homme s'arrêta une seconde devant elle, la toisa d'un regard cynique ; puis, lorsqu'elle eut fait quelques pas, il se retourna et la suivit, se disant, en remarquant le cahier de musique qu'elle portait sous son bras :

—C'est quelque vertu du Conservatoire... pour le moment égarée.

La jeune fille entrait dans la rue de l'Arcade, rue alors peu habitée.

De Ravil hâta le pas, et, se rapprochant de l'inconnue, il lui dit insolemment :

— Mademoiselle donne sans doute des leçons de musique ? Voudrait-elle venir m'en donner une... à domicile ?

Et il serra le coude de la jeune fille.

Celle-ci, effrayée, poussa un léger cri, se retourna brusquement, et, quoique ses joues fussent empourprées par l'émotion, elle jeta sur de Ravil un regard de mépris si écrasant, que, malgré son impudence, cet homme baissa les yeux et dit à l'inconnue en s'inclinant devant elle d'un air de déférence ironique :

—Pardon... *madame la princesse*... je m'étais trompé...

La jeune fille continua son chemin, affectant, malgré sa pénible anxiété, de marcher tranquillement ; la maison où elle se rendait se trouvant d'ailleurs très-proche de là.

—C'est égal, je veux la suivre,—dit de Ravil. — Voyez donc cette donzelle, qui, avec sa mauvaise robe noire, sa musique sous le bras et son parapluie à la main, se donne des airs de duchesse !...

Cet homme faisait, sans le savoir, une comparaison d'une justesse extrême, car *Herminie* (la jeune fille s'appelait ainsi et n'avait pas d'autre nom, la pauvre enfant de l'amour qu'elle était), car Herminie, —disons-nous, — était vraiment *duchesse*, si l'on entend, par ce mot, résumer cette grâce, cette élégance native, qui rehaussent encore l'indomptable ORGUEIL, naturel à tout caractère délicat, susceptible et fier.

L'on a dit que bien des duchesses, par leurs instincts, par leur extérieur, étaient nées *lorettes*, et qu'en revanche de pauvres créatures *de rien* naissaient *duchesses* par leur distinction naturelle.

Herminie offrait une nouvelle et vivante preuve à l'appui de cette opinion ; les compagnes qu'elle s'était faites, dans son humble condition de maîtresse de chant et de piano, l'avaient familièrement baptisée la *duchesse*: celles-ci (et elles étaient en petit nombre) par dénigrement ou par jalousie ; les plus modestes existences, les plus généreux cœurs, n'ont-ils pas leurs détracteurs ? celles-là, au contraire, parce qu'elles n'avaient pas trouvé de terme qui exprimât mieux l'impression que leur causaient les manières et le caractère d'Herminie. Celle-ci n'était autre, on le devine facilement, que la jeune fille dont Olivier avait plusieurs fois parlé à Gerald lors de leur dîner chez le commandant Bernard.

Herminie, toujours suivie par de Ravil, quitta la rue de l'Arcade, gagna la rue d'Anjou, heurta à la porte d'un grand hôtel, et y entra, échappant ainsi à la poursuite obstinée du cynique personnage.

—C'est singulier,—dit celui-ci en s'arrêtant à quelques pas,— que diable va faire cette jeune fille à l'*Hôtel de Beaumesnil* avec sa musique sous le bras ?... Elle ne demeure certainement pas là.

Puis, après un moment de réflexion, de Ravil reprit :

—Mais j'y songe... c'est sans doute le *David* femelle qui, par le charme de sa musique, va tâcher de calmer les douleurs de madame de Beaumesnil ; quant à celle-ci, l'on ne peut guère la comparer au bon roi Saül que pour ses immenses richesses, dont héritera cette petite Beaumesnil... à l'endroit de qui mon ami Mornand ressent déjà le plus cupide intérêt... Il n'importe : cette jolie musicienne, qui vient d'entrer dans l'hôtel de la comtesse, me tient au cœur... Je vais attendre qu'elle sorte... Il faudra bien que je sache son adresse.

L'expression de tristesse dont le charmant visage d'Herminie était empreint parut augmenter encore lorsqu'elle toucha le seuil de l'hôtel ; passant devant la loge du portier, sans lui parler, comme eût fait une commensale de la maison, elle se dirigea vers le vaste péristyle de cette somptueuse demeure.

Il était encore grand jour ; pourtant, à travers le vitrage des fenêtres, l'on apercevait tout le premier étage splendidement éclairé par les bougies des lustres et des candélabres dorés.

A cet aspect, la surprise d'Herminie se changea en angoisse inexprimable ; elle entra précipitamment dans l'antichambre.

Là, elle ne vit aucun des valets de pied qui s'y tenaient habituellement.

Le plus profond silence régnait dans cette maison, non pas bruyante d'ordinaire, mais forcément animée par un nombreux domestique.

La jeune fille, dont le cœur se serrait de plus en plus, monta le grand escalier, puis, arrivant au vaste palier, et trouvant les portes des appartements ouvertes à deux battants, elle put parcourir d'un seul regard cette longue enfilade de pièces immenses et magnifiques.

Toutes étaient brillamment illuminées, mais désertes.

La pâle clarté des bougies luttant contre les ardents rayons du soleil couchant, produisait un jour faux, étrange, funèbre...

Herminie, ne pouvant se rendre compte de sa poignante émotion, s'avança non sans crainte, traversa plusieurs salons... et s'arrêta brusquement.

Il lui semblait entendre au loin des sanglots étouffés.

Enfin elle arriva à l'entrée d'une longue galerie de tableaux formant équerre avec les pièces qu'elle venait de parcourir.

A l'extrémité de cette galerie, Herminie aperçut tous les gens de l'hôtel agenouillés au seuil d'une porte aussi ouverte à deux battants.

Un terrible pressentiment épouvanta la jeune fille...

La veille, à la même heure, lorsqu'elle avait quitté madame de Beaumesnil, celle-ci était dans un état alarmant... mais non désespéré.

Plus de doute... ces lumières, cet appareil solennel, ce lugubre silence, seulement entrecoupé de sanglots étouffés, annonçaient que l'on administrait les derniers sacrements à madame de Beaumesnil... et l'on saura bientôt les liens secrets qui unissaient la comtesse à Herminie.

La jeune fille, éperdue de douleur et d'effroi, sentit ses forces l'abandonner... Elle fut obligée de s'appuyer un instant à l'une des consoles de la galerie ; puis, tâchant de dissimuler ses sentiments et de cacher ses larmes, elle alla d'un pas chancelant rejoindre le groupe des gens de la maison, et s'agenouilla parmi eux et comme eux à peu de distance d'une porte ouverte à deux battants, qui laissait voir l'intérieur de la chambre à coucher de madame de Beaumesnil.

VIII

Au fond de la chambre à la porte de laquelle venait de s'agenouiller Herminie, parmi les gens de l'hôtel, on voyait, à la faible lueur d'une lampe d'albâtre, madame de Beaumesnil, femme de trente-huit ans environ, d'une pâleur et d'une maigreur extrêmes.

La comtesse, assise dans son lit et soutenue par ses oreillers, avait les mains jointes.

Ses traits, autrefois d'une rare beauté, exprimaient un profond recueillement ; ses grands yeux, jadis d'un bleu vif et pur, semblaient alors ternis ; elle les attachait, avec une sorte de reconnaissance mêlée d'angoisse, sur M. l'abbé Ledoux, prêtre de sa paroisse, qui venait de lui administrer les derniers sacrements.

Un moment avant l'arrivée d'Herminie, madame de Beaumesnil, abaissant encore le ton de sa voix, déjà bien épuisée par la souffrance, disait au prêtre :

— Hélas !.. mon père... pardonnez-moi... mais à ce moment solennel... je ne puis m'empêcher de songer avec plus d'amertume encore à cette pauvre enfant... ma fille aussi... triste fruit d'une faute dont le remords a flétri ma vie...

—Silence... madame... avait répondu le prêtre, qui, jetant un coup d'œil oblique sur le groupe des domestiques, venait de voir Herminie se mettre à genoux comme eux.

—Silence... madame...—reprit l'abbé,—elle est... là...

—Elle ?

— Oui... elle arrive à l'instant ; elle s'est agenouillée parmi vos gens...

En disant ces mots, le prêtre alla discrètement fermer les deux ventaux de la porte, après avoir d'un signe fait entendre aux domestiques que la triste cérémonie était terminée.

—En effet je me le rappelle.. hier... lorsque Herminie m'a quittée, — reprit madame de Beaumesnil, — je l'ai priée de revenir à cette heure ; mon médecin avait raison... la voix angélique de cette chère enfant, ses chants, d'une suave mélodie, ont souvent apaisé mes douleurs.

— Prenez garde, — dit le prêtre en revenant et se trouvant seul avec sa pénitente,—madame... soyez prudente...

— Oh ! je le suis, — dit madame de Beaumesnil avec un sourire amer...—ma fille ne soupçonne rien.

—C'est probable,—dit le prêtre,— car le hasard... ou plutôt l'impénétrable volonté de la Providence, a rapproché cette jeune fille de vous depuis quelques jours... Sans doute, le Seigneur a voulu vous soumettre à une rude épreuve.

—Bien rude en effet, mon père... car il me faudra abandonner cette vie sans avoir jamais dit... *ma fille*, à cette infortunée ! Hélas !... j'emporterai dans la tombe... ce triste secret !

— Votre serment vous impose ce sacrifice, madame, c'est un devoir sacré !—dit sévèrement le prêtre.—Vous parjurer serait un sacrilége !...

— Jamais, mon père... je n'ai songé à me parjurer, — répondit madame de Beaumesnil avec abattement ;—mais Dieu me punit cruellement... Je meurs... forcée de traiter en étrangère... mon enfant... qui est là... à quelques pas de moi. . agenouillée parmi mes gens, et qui doit toujours ignorer que je suis sa mère.

—Votre faute a été grande, madame... l'expiation doit être grande aussi !

— Depuis longtemps elle dure pour moi, cette cruelle expiation... mon père... Fidèle à mon serment, n'ai-je pas eu le courage de ne jamais chercher à savoir ce qu'était devenue cette infortunée?. . Hé las! sans le hasard qui l'a rapprochée de moi il y a peu de jours, je mourrais sans l'avoir revue depuis dix-sept ans...

—Ces pensées vous sont mauvaises, ma sœur,—reprit pieusement le prêtre; elles vous ont conduite hier... à une démarche des plus imprudentes...

— Rassurez-vous, mon père, il est impossible que la femme que j'ai envoyé chercher hier... ostensiblement, sans aucun mystère, afin d'éloigner tout soupçon... puisse se douter de l'intérêt que j'avais... à lui demander certains renseignements... sur le passé... qu'elle seule pouvait donner.

—Et ces renseignements?

— Ainsi que je m'y attendais, ils m'ont confirmé de la manière la plus irrécusable... ce que je savais... qu'Herminie est ma fille.

—Mais comment compter sur la discrétion de cette femme?

—Elle ignore ce qu'est devenue ma fille depuis seize ans qu'elle a été séparée d'elle...

—Mais... cette femme ne pouvait-elle pas vous reconnaître?

— Je vous ai confessé, mon père, que j'avais un masque sur la figure lorsqu'Herminie était venue au monde... avec l'aide de cette femme... Et hier, dans mon entretien avec elle... je l'ai facilement persuadée que la mère de l'enfant dont je lui parlais était morte depuis longtemps...

— De ce coupable mensonge il faudra encore que je vous absolve, ma sœur... — reprit sévèrement l'abbé Ledoux; — vous voyez les fatales conséquences de votre criminelle sollicitude pour une créature qui, d'après votre serment, devait vous rester à jamais étrangère...

— Ah! ce serment, que le remords... que la reconnaissance pour le plus généreux pardon, m'ont arraché... je l'ai souvent maudit, mais je l'ai toujours tenu... mon père!

— Et cependant, ma sœur, à cette heure encore, toutes vos pensées sont concentrées sur cette jeune fille.

— Toutes!.. non, mon père... puisque j'ai une autre enfant; mais, hélas! puis-je empêcher mon cœur de battre à l'approche d'Herminie... qui est ma fille aussi! Puis-je empêcher mon cœur de voler au-devant du sien? Il faut pourtant demander des choses possibles... car enfin si, à force de courage, je parviens à commander à mes lèvres, à mes regards, à contraindre, à dissimuler tout ce que j'éprouve lorsque je sens Herminie près de moi... je ne peux pas non plus m'empêcher d'être mère!

—Alors, madame, il faut m'écouter, reprit sévèrement le prêtre.— Il faut interdire à cette jeune fille l'entrée de votre maison... vous avez pour cela des prétextes plausibles; croyez-moi donc, remerciez-la de ses services... et...

—Jamais, — dit vivement la comtesse, — non jamais je n'aurai ce courage... N'est-ce pas déjà assez malheureux pour moi que mon autre fille... dont la tendresse légitime m'eût été si consolante à cette heure... soit en pays étranger... pleurant son père, qu'un terrible accident lui a enlevé... et qui sait?... peut-être Ernestine aussi se meurt comme moi! Pauvre petite! elle est partie d'ici... si frêle... si souffrante... Oh! il n'est pas une mère plus à plaindre que moi!

Et deux larmes brûlantes tombèrent des yeux de madame de Beaumesnil.

— Du courage... tranquillisez-vous, ma sœur, lui dit l'abbé Ledoux d'une voix onctueuse et insinuante, — ne vous désolez pas ainsi... mettez tout votre espoir dans le Seigneur... Sa clémence est grande... il vous tiendra compte d'avoir supporté chrétiennement cette cérémonie sainte... qui n'était, je vous l'ai dit, que de précaution... Dieu soit loué! votre état, quoique grave, est loin d'être désespéré.

Madame de Beaumesnil secoua mélancoliquement la tête, et reprit :

— Je me sens toujours bien faible, mon père, mais plus calme..... maintenant que j'ai accompli mes derniers devoirs... Ah! si je ne pensais pas à mes enfants... je mourrais en paix...

— Je vous comprends, ma sœur, — dit le prêtre d'une voix doucoureuse.

En comptant, mesurant, pour ainsi dire, les paroles suivantes, tout en observant avec une profonde attention la physionomie de madame de Beaumesnil, l'abbé Ledoux reprit :

— Je vous comprends, ma sœur!... l'avenir de votre fille... légitime... (je ne puis, je ne dois vous parler que de celle-là...) son avenir, dis-je, vous inquiète... et vous avez raison... orpheline, si jeune... pauvre enfant!...

— Hélas! oui, une mère ne se remplace pas.

— Alors, ma sœur, — reprit lentement l'abbé Ledoux en couvant la malade des yeux, — pourquoi toujours hésiter... à assurer autant qu'il est en vous l'avenir de cette fille chérie? pourquoi ne m'avoir pas permis, depuis si longtemps que je vous demande cette faveur, de vous présenter ce jeune homme si pieux... si bon... ce modèle de sagesse et de vertu, dont je vous ai souvent entretenu? Votre cœur maternel aurait dès longtemps apprécié ce trésor de qualités chrétiennes... et, sûre d'avance de l'obéissance de votre fille à vos volontés dernières, vous lui eussiez recommandé par quelques lignes de votre main, que j'aurais remises à cette chère enfant... vous lui eussiez, dis-je, recommandé de prendre pour époux M. *Célestin de Macreuse*... alors votre fille aurait eu un époux selon Dieu... car...

— Mon père... — dit madame de Beaumesnil en interrompant l'abbé Ledoux sans pouvoir cacher l'impression pénible que lui causait cet entretien, — je vous l'ai dit... je ne doute pas des qualités de la personne dont vous m'avez souvent parlé... mais ma fille Ernestine n'a pas encore seize ans... je ne veux pas engager ainsi son avenir en lui prescrivant d'épouser quelqu'un qu'elle ne connaît pas. Cette chère enfant a pour moi tant de tendresse, tant de respect, qu'elle serait capable de se sacrifier ainsi à ma volonté dernière...

— N'en parlons plus, ma chère sœur, — se hâta de dire l'abbé Ledoux d'un air contrit. — En désignant à votre choix maternel M. Célestin de Macreuse... je n'avais qu'une pensée... celle de vous délivrer de toute inquiétude sur le sort de votre chère Ernestine; seulement... permettez-moi de vous le dire, ma sœur... vous avez parlé de sacrifices, ah!... craignez au contraire que votre pauvre enfant ne soit un jour sacrifiée à quelque époux indigne d'elle... à un homme impie, débauché, prodigue! Vous ne voulez pas, dites-vous, influencer d'avance le choix de votre fille... Mais, hélas! ce choix, qui le guidera, si elle a le malheur de vous perdre? Seront-ce des parents éloignés, toujours égoïstes ou insouciants! ou bien, la trop naïve et trop crédule enfant s'abandonnera-t-elle en aveugle à l'impulsion de son cœur? Et alors... j'en frémis, ma sœur... à quelles déceptions, à quels irréparables chagrins ne sera-t-elle pas fatalement exposée? Songez à la foule de prétendants que son immense fortune doit attirer autour d'elle. Ah! croyez-moi... ma sœur, croyez-moi... prévenez d'avance ces malheurs menaçants... par un choix prudent et sensé...

— Excusez-moi, mon père, — dit madame de Beaumesnil, péniblement émue et voulant mettre un terme à cette conversation, — je me sens très-faible..., très-fatiguée. J'apprécie... d'ailleurs, tout l'intérêt... que vous portez à ma fille, mais j'accomplirai mes devoirs de mère autant qu'il sera en moi; vos paroles ne seront pas perdues, je vous l'assure... mon père. Que le ciel me donne seulement... la force et le temps.. d'agir...

Trop fin, trop rusé, pour insister davantage à l'endroit de son protégé, l'abbé Ledoux dit avec componction :

— Priez le Seigneur de vous inspirer, ma sœur... je ne doute pas qu'il ne vous éclaire sur vos devoirs de mère... Allons, courage... et espoir. A demain, ma chère sœur.

— Demain... appartient à Dieu, répondit la comtesse...

— Je vais du moins le prier qu'il prolonge vos jours, ma sœur, — répondit le prêtre en s'inclinant.

Et il sortit.

A peine eut-il disparu, que la comtesse, sonnant une de ses femmes, lui dit :

— Mademoiselle Herminie est-elle là ?

— Oui, madame la comtesse.

— Priez-la d'entrer.

— Oui, madame la comtesse, — répondit la femme de chambre en sortant pour accomplir les ordres de sa maîtresse...

. . . .

Herminie, pâle et profondément triste, calme en apparence, entra dans la chambre à coucher de madame de Beaumesnil, tenant sous son bras son cahier de musique.

— Madame la comtesse m'a fait demander? — dit-elle avec déférence...

— Oui, mademoiselle... j'aurais... une grâce à solliciter de vous, répondit madame de Beaumesnil, qui s'ingéniait à trouver des moyens de se rapprocher pour ainsi dire matériellement de sa fille, — je ne désirerais pas pour le moment demander à votre talent si suave, si expressif, les soulagements inespérés que je lui ai dus jusqu'ici. Il s'agirait d'autre chose...

— Je suis aux ordres de madame la comtesse, — répondit Herminie en baissant les yeux.

— Eh bien! mademoiselle, j'ai à écrire... une lettre de quelques lignes... mais je ne sais si la force ne me manquera pas... Je n'ai personne en état de me suppléer... pourriez-vous, au besoin, mademoiselle, me servir ce soir de secrétaire?

— Avec le plus grand plaisir... madame, dit vivement Herminie.

— Je vous remercie... de votre obligeance.

— Madame la comtesse... veut-elle que je lui donne ce qu'il lui faut pour écrire?... — demanda timidement Herminie.

— Mille grâces, mademoiselle... — répondit la pauvre mère, qui cependant brûlait d'envie d'agréer l'offre de sa fille, afin de rester plus longtemps seule avec elle, — je vais sonner quelqu'un... je ne voudrais pas que vous prissiez tant de peine...

— Ce n'est pas une peine pour moi, madame... Si vous vouliez bien me dire où je trouverai ce qu'il faut...

— Là... sur cette table... près du piano, mademoiselle... Il faudrait que vous eussiez aussi la bonté d'allumer une bougie... la clarté de cette lampe est insuffisante... Mais en vérité j'abuse de votre complaisance... — ajouta madame de Beaumesnil, pendant que sa fille s'empressait d'allumer la bougie et d'apporter auprès du lit ce qu'il fallait pour écrire.

La comtesse, ayant pris une feuille de papier à lettre qu'elle plaça sur un buvard posé sur ses genoux, reçut une plume de la main d'Herminie, qui de l'autre tenait un bougeoir.

Madame de Beaumesnil essaya de tracer quelques mots; mais sa vue affaiblie, jointe à la défaillance de ses forces, l'empêcha de continuer; la plume s'échappa de sa main tremblante.

Alors, s'affaissant sur ses oreillers, la comtesse dit à Herminie en étouffant un soupir et tâchant de sourire :

— J'ai trop présumé de ma vaillance... il faut que j'accepte l'offre que vous avez bien voulu me faire, mademoiselle.

— Il y a si longtemps que madame la comtesse est alitée... qu'elle ne doit pas s'étonner d'un peu de faiblesse, — reprit Herminie, qui sentait le besoin de se rassurer elle-même et de rassurer madame de Beaumesnil.

— Vous avez raison, mademoiselle, mais c'était une folie à moi...

que de vouloir écrire... Je vais donc vous dicter, si vous le permettez.

Et comme Herminie, par discrétion, conservait son chapeau, la comtesse, à qui ce chapeau cachait une partie du visage de sa fille, dit avec un léger embarras :

— Si vous vouliez ôter votre chapeau, mademoiselle, vous seriez, je crois, plus à votre aise pour écrire...

Herminie ôta son chapeau, et la comtesse, qui la dévorait des yeux, put admirer à son aise, dans son orgueil maternel, le charmant visage de sa fille encadré de longues boucles de cheveux blonds.

— Je suis à vos ordres, madame la comtesse, — dit alors Herminie en s'asseyant devant une table.

— Veuillez donc bien écrire ceci, — répondit madame de Beaumesnil, qui dicta les lignes suivantes :

« Madame de Beaumesnil aurait la plus vive obligation à M. le marquis de Maillefort s'il pouvait se donner la peine de passer chez elle... le plus tôt possible... fût-ce même à une heure assez avancée de la soirée.

« Madame de Beaumesnil se trouvant très-souffrante, est obligée d'avoir recours à une main étrangère pour écrire à M. de Maillefort, à qui elle réitère l'assurance de ses sentiments les plus affectueux. »

A mesure que madame de Beaumesnil avait dicté ce billet, une de ces craintes, à la fois puériles et poignantes, qu'une mère seule peut concevoir, lui serrait le cœur.

Délicieusement frappée de la parfaite distinction de langage et de manières qu'elle remarquait dans sa fille, reconnaissant en elle une artiste du premier ordre, la comtesse se demandait, avec la craintive et jalouse inquiétude d'une mère, si l'éducation d'Herminie était complète, si cette éducation n'avait pas été en quelques parties négligée au profit du grand talent musical de la jeune fille.

Que dire enfin ?... car les plus petites choses deviennent importantes pour l'orgueil maternel, dans ce moment, et malgré de graves et cruelles préoccupations, madame de Beaumesnil ne pensait qu'à une chose :

Sa fille savait-elle bien l'orthographe? Sa fille avait-elle une jolie écriture?

Aussi la comtesse hésita quelques instants avant d'oser prier

Herminie de lui apporter la lettre qu'elle venait d'écrire; ne pouvant cependant résister à cette tentation, elle lui dit :

— Vous avez écrit, mademoiselle?

— Oui, madame la comtesse.

— Auriez-vous la bonté de me donner cette lettre... afin... que je voie... si... le nom de M. de Maillefort est écrit comme il convient... car j'ai oublié de vous en dire l'orthographe, ajouta la comtesse, ne trouvant pas de meilleur prétexte à sa curiosité.

Herminie remit la lettre entre les mains de la comtesse... Quelle fut l'orgueilleuse joie de celle-ci! Non-seulement ces quelques lignes étaient parfaitement correctes, mais l'écriture en était charmante.

— A merveille... Je n'ai jamais vu de plus jolie écriture, dit vivement madame de Beaumesnil.

Mais, craignant de laisser pénétrer son émotion, elle ajouta plus calme :

— Veuillez, mademoiselle, écrire sur l'adresse de cette lettre :

A Monsieur le marquis de Maillefort, rue des Martyrs, 45.

Madame de Beaumesnil sonna sa femme de chambre de confiance, et de qui seule elle avait l'habitude de recevoir des soins.

Lorsqu'elle parut :

— Madame Dupont, — lui dit la comtesse, — vous allez prendre une voiture, et vous irez porter vous-même cette lettre à son adresse; dans le cas où M. de Maillefort devrait rentrer bientôt, vous l'attendriez.

— Mais, — dit la femme de chambre étonnée de cet ordre, dont tant de gens de la maison pouvaient être chargés : — si madame la comtesse a, pendant mon absence, besoin de quelque chose... moi seule suis au service de madame... et...

— Occupez-vous d'abord de cette commission, — répondit madame de Beaumesnil, — mademoiselle... voudra bien être assez bonne pour me donner ses soins, si j'en ai besoin.

Herminie s'inclina.

Pendant que la comtesse expliquait ses derniers ordres à sa femme de chambre, Herminie, ne craignant plus d'être surprise, attachait sur madame de Beaumesnil des regards remplis de tendresse et d'inquiétude, se disant avec une résignation navrante :

— Je n'ose la regarder qu'à la dérobée, et pourtant, c'est ma mère !... Ah ! qu'elle ignore toujours que je connais le triste secret de ma naissance !

IX

Il est impossible de rendre l'expression de bonheur triomphant que trahirent les traits de madame de Beaumesnil lorsqu'elle vit sa femme de chambre s'éloigner.

La pauvre mère se savait sûre d'être au moins seule pendant une heure avec sa fille.

Grâce à cet espoir, une faible rougeur colora le pâle visage de madame de Beaumesnil ; ses yeux, naguère éteints, brillèrent d'une ardeur fébrile ; une surexcitation factice, malheureusement passagère, succédait à la prostration de ses forces, car la comtesse faisait un effort presque surhumain pour sortir de son état de faiblesse ordinaire, afin de profiter de cette occasion, une des dernières peut-être, de s'entretenir avec sa fille.

Lorsque sa femme de chambre fut sortie, madame de Beaumesnil dit à Herminie qui, baissant ses yeux pleins de larmes, n'osait pas la regarder :

— Mademoiselle, auriez-vous l'obligeance de me donner, dans une tasse, cinq ou six cuillerées de cette potion réconfortante, qui est là... sur la cheminée...

— Mais, madame, dit Herminie avec inquiétude, — vous oubliez sans doute que le médecin a ordonné que vous ne prissiez cette potion que par très-petites cuillerées... Hier, du moins, il m'a semblé l'entendre faire cette recommandation.

— Oui... mais je me sens beaucoup mieux, et cette potion me fera, je crois, un bien infini... me donnera de nouvelles forces...

— Madame la comtesse se sent mieux ? — dit Herminie, hésitant entre le désir de croire madame de Beaumesnil et la crainte de la voir s'abuser sur la gravité de sa situation.

— Vous doutez peut-être... de ce mieux... que je ressens?

— Madame la comtesse...

— Cette triste cérémonie... de tantôt vous a effrayée, n'est-ce-pas, mademoiselle? Mais rassurez-vous, elle était toute de précaution, et la conscience d'avoir rempli mes devoirs religieux... et d'être prête à paraître devant Dieu... me donne une si grande sérénité d'âme, que je lui attribue... le mieux que j'éprouve... Et, de plus, je suis sûre que ce cordial que je vous demande... et que vous me refusez... — ajouta madame de Beaumesnil en souriant, — me réconforterait tout à fait, et me permettrait d'entendre encore un de vos chants, qui tant de fois ont distrait ou calmé .. mes douleurs...

— Puisque madame la comtesse l'exige, dit Herminie, je vais lui donner cette potion.

Et la jeune fille, réfléchissant qu'après tout une dose plus ou moins forte de cordial ne pouvait avoir un fâcheux effet, versa quatre cuillerées de ce réconfortant dans une tasse qu'elle offrit à madame de Beaumesnil.

La comtesse, en prenant la tasse qu'Herminie lui présentait, tâcha de lui toucher la main, comme par mégarde; puis, tout heureuse de sentir, pour la première fois, sa fille si près d'elle, car celle-ci, courbée au chevet de sa mère, tendait la soucoupe pour y recevoir la tasse, madame de Beaumesnil fut longtemps... bien longtemps à boire le cordial à petites gorgées; après quoi elle fit un mouvement de gêne et de fatigue si affecté, qu'elle obligea presque Herminie à lui dire :

— Madame la comtesse est fatiguée?

— Un peu... Il me semble que si je restais quelques instants sur mon séant, cela me ferait du bien; mais je suis si faible... que je n'aurais pas la force de me tenir...

— Si madame la comtesse... voulait s'appuyer... sur moi... — dit la jeune fille avec hésitation, — cela pourrait... la délasser un peu...

— J'accepterais si je ne craignais, en vérité, mademoiselle... d'abuser de votre obligeance... répondit madame de Beaumesnil en cachant sa joie de voir le succès de sa ruse maternelle.

Herminie avait le cœur trop gonflé de tendresse et de larmes pour pouvoir répondre; elle se pencha sur le lit de la malade, et celle-ci, pendant quelques instants, put appuyer sa tête sur le sein de sa fille...

A ce rapprochement, qui, pour la première fois de leur vie, les mettait, pour ainsi dire, dans les bras l'une de l'autre, la mère et la fille tressaillirent... Leur attitude les empêchait de se voir... sans cela, peut-être, madame de Beaumesnil, malgré son serment sacré, n'aurait pas eu la force de taire plus longtemps son secret, peut-être aussi elle aurait lu dans le regard d'Herminie que celle-ci était instruite du mystère de sa naissance.

Pendant le peu de temps que dura cette scène muette et saisissante entre la mère et la fille :

« — Non, non, pas de criminelle faiblesse, — pensa madame de Beaumesnil en comprimant les élancements de son cœur : — que cette malheureuse enfant ignore toujours ce triste mystère... je l'ai juré... N'est-ce pas pour moi un bonheur inespéré que de jouir de ses soins affectueux, dont elle m'entoure par bonté de cœur, par instinct peut-être ! »

« — Oh ! plutôt mourir, — pensait à son tour Herminie, — plutôt mourir que de laisser soupçonner à ma mère que je sais que je suis sa fille, puisqu'elle a cru devoir me cacher ce secret jusqu'ici... Peut-être, d'ailleurs, l'ignore-t-elle elle-même ?... peut-être est-ce le hasard, seulement le hasard qui, depuis peu de temps, m'a rapprochée de madame de Beaumesnil... peut-être ne suis-je à ses yeux qu'une étrangère. »

A ces pensées simultanées, la mère et la fille dévorèrent leurs larmes cachées, puisèrent un nouveau courage, l'une dans la religion du serment, l'autre dans une résignation mêlée de délicatesse et d'orgueil.

— Merci, mademoiselle, — dit madame de Beaumesnil sans oser pourtant regarder encore Herminie, — je me trouve un peu délassée.

— Madame la comtesse veut-elle permettre que j'arrange ses oreillers avant qu'elle se couche ?

— Oui, mademoiselle, puisque vous avez cette bonté, — répondit madame de Beaumesnil, car ce petit service retenait encore sa fille tout près d'elle pendant quelques secondes.

Mademoiselle... madame la comtesse... On ne saurait exprimer l'accent avec lequel cette mère et sa fille échangeaient entre elles ces froides et cérémonieuses appellations, qui jamais ne leur avaient paru plus glaciales.

— Encore merci... mademoiselle, — dit la comtesse en se recouchant,—je me trouve de mieux en mieux, grâce à vos bons soins d'abord... puis sans doute à ce cordial... je dirais presque... moi si faible tout à l'heure... que maintenant je me sens forte... il me semble que j'aurai une bonne nuit...

Herminie jeta un triste regard sur son chapeau et sur son mantelet. Elle craignait de se voir congédiée au retour de la femme de chambre, car peut-être il ne conviendrait pas à madame de Beaumesnil d'entendre de musique ce soir-là.

Ne voulant cependant pas renoncer à un dernier espoir, la jeune fille dit timidement à sa mère :

— Madame la comtesse... m'avait demandé hier d'apporter quelques morceaux d'*Obéron*... je ne sais si elle voudra... les entendre ce soir?

— Certainement, mademoiselle, — dit vivement madame de Beaumesnil, — vous savez combien de fois votre chant a apaisé mes souffrances. Et, ce soir, je me trouve si bien... mais si bien, que vous entendre sera pour moi... non pas un calmant... mais un vrai plaisir...

Herminie regarda de nouveau madame de Beaumesnil, et fut frappée du changement qu'elle remarqua dans sa physionomie naguère encore pâle, abattue, et alors calme, souriante et légèrement colorée.

A cette sorte de métamorphose, les funestes pressentiments de la jeune fille se dissipèrent, l'espoir épanouit son cœur ; elle crut sa mère sauvée par un de ces revirements soudains, si fréquents dans les maladies de langueur.

Herminie, tout heureuse, alla prendre son cahier de musique, et se dirigea vers le piano.

Au-dessus de ce piano, on voyait le portrait d'une petite fille de cinq ou six ans, jouant avec un magnifique lévrier; elle n'était pas jolie, mais sa figure enfantine avait un grand charme de douceur et de naïveté.

Ce portrait, fait depuis environ dix ans, était celui d'*Ernestine de Beaumesnil*, fille légitime de la comtesse.

Herminie avait deviné, sans qu'elle eût jamais eu besoin de le demander, quel était l'original de ce tableau; aussi, que de fois, à la dérobée, elle avait jeté un timide et tendre regard sur cette petite sœur... qu'elle ne connaissait pas, qu'elle ne devait peut-être jamais connaître!

Encore sous l'influence d'une émotion récente, Herminie, à la vue de ce portrait, ressentit une impression plus profonde que de coutume ; durant quelques instants, elle ne put détacher ses yeux de ce tableau, tandis qu'elle ouvrait machinalement le piano.

Madame de Beaumesnil suivait d'un regard attendri tous les mouvements de la jeune fille, qu'elle voyait avec bonheur contempler le portrait d'Ernestine.

« — Pauvre Herminie, — pensait la comtesse, — elle a une mère... une sœur... et elle ne doit jamais connaître la douceur de ces deux mots : *ma sœur... ma mère...* »

Puis, essuyant une larme furtive, madame de Beaumesnil dit tout haut à Herminie, toujours attentive devant le portrait :

— C'est... ma fille... quelle douce figure d'enfant !... n'est-ce pas ?

Herminie tressaillit comme si elle eût été surprise en faute, rougit et répondit timidement :

— Pardon... madame... mais... je...

— Oh ! regardez-la... — reprit vivement madame de Beaumesnil, — regardez-la ; quoiqu'elle soit maintenant jeune fille, et bien changée... elle a conservé ce regard si doux, si ingénu ; sans doute, elle est loin d'être belle comme vous, — dit presque involontairement la pauvre mère avec un secret orgueil, et tout heureuse de pouvoir unir ainsi ses deux filles dans une même comparaison, — mais la physionomie d'Ernestine a, comme la vôtre, un charme infini.

Puis, craignant de se laisser entraîner trop loin par l'attrait de cette comparaison, madame de Beaumesnil ajouta tristement :

— Pauvre enfant !... puisse-t-elle être mieux portante à cette heure !

— Avez-vous donc des inquiétudes sérieuses sur sa santé, madame la comtesse ?

— Hélas ! à l'époque de sa croissance... sa santé s'est profondément altérée... elle a grandi si vite... qu'elle nous a donné beaucoup de craintes... les médecins l'ont envoyée en Italie... où je n'ai pas pu l'accompagner... retenue ici sur ce lit de douleurs... Heureusement ses dernières lettres sont rassurantes... Pauvre chère enfant ! elle m'écrit chaque jour une espèce de journal de sa vie... Rien de plus tendre, de plus touchant, que ses naïves confidences... il faudra que je vous fasse lire... quelques passages de ces lettres... Alors vous aimerez Ernestine comme si vous la connaissiez.

— Oh ! je n'en doute pas, madame, et je vous remercie mille fois de cette promesse... — dit Herminie sans cacher sa joie, — et, puisque les dernières nouvelles de mademoiselle votre fille sont si rassurantes... n'ayez donc aucune crainte pour elle... madame; il y a tant de ressources dans la jeunesse! et que ne peut la jeunesse sous l'influence de ce beau soleil d'Italie, que l'on dit si vivifiant!

Une pensée amère traversa l'esprit de madame de Beaumesnil.

En songeant au coûteux voyage, aux soins extrêmes, aux dépenses considérables nécessités par la faible santé d'Ernestine, la comtesse se demandait, avec une sorte d'effroi, comment Herminie aurait pu faire, pauvre créature abandonnée qu'elle était, si elle se fût trouvée dans la position d'Ernestine, et si, comme à celle-ci, il avait fallu à Herminie, sous peine de périr, ces soins excessifs, ces voyages dispendieux, seulement accessibles aux grandes fortunes.

Alors madame de Beaumesnil ressentit plus vivement que jamais le désir de savoir comment Herminie avait surmonté les difficultés, les hasards de sa position si précaire, si difficile, depuis le moment où la comtesse n'en avait plus eu de nouvelles jusqu'au jour récent où elle avait été rapprochée d'elle par une circonstance inespérée.

Mais comment, sans se trahir, madame de Beaumesnil pouvait-elle provoquer et entendre de telles confidences? A quelles angoisses elle allait peut-être s'exposer en écoutant le récit de sa fille!

Tels étaient les motifs qui, jusqu'alors, avaient empêché madame de Beaumesnil de demander à Herminie quelques révélations sur sa vie passée.

Mais ce jour-là, soit que la comtesse pressentît que le mieux passager qu'elle éprouvait, et dont elle exagérait de beaucoup l'importance afin de rassurer sa fille, annonçait peut-être une rechute funeste; soit qu'elle cédât à un sentiment de tendresse irrésistible, encore augmenté par les divers incidents de cette scène, madame de Beaumesnil prit la résolution d'interroger Herminie.

X

Pendant que madame de Beaumesnil était restée silencieuse, songeant aux moyens d'amener Herminie à quelques révélations sur sa vie, la jeune fille, debout et feuilletant son cahier de musique pour se donner une contenance, attendait que la comtesse l'invitât à se mettre au piano.

— Vous allez me trouver bien fantasque, mademoiselle, — lui dit la comtesse, — car, si cela vous était indifférent... je préférerais vous entendre au piano... vers dix heures... c'est ordinairement l'heure de ma crise... Peut-être... y échapperai-je aujourd'hui... si ce mieux continue... Dans le cas contraire, je regretterais d'avoir usé trop tôt... d'une ressource qui, tant de fois, a calmé... mes souffrances... Ce n'est pas tout... après m'avoir trouvée fantasque... je crains que vous ne m'accusiez de curiosité, peut-être même d'indiscrétion.

— Pourquoi cela... madame?

— Veuillez vous asseoir... là... près de moi, — reprit la comtesse du ton le plus affectueux, — et me dire comment il se fait que... si jeune encore... car vous ne devez pas avoir plus de dix-sept ou dix-huit ans?...

— Dix-sept ans et demi, madame la comtesse.

— Eh bien! comment se fait-il qu'à votre âge vous soyez si excellente musicienne?

— Madame la comtesse me juge trop favorablement, j'ai toujours eu beaucoup de goût pour la musique, et j'ai appris facilement le peu que je sais.

— Et quel a été votre professeur?... où avez-vous été enseignée?

— J'ai été enseignée dans la pension où j'étais, madame la comtesse.

— A Paris?

— Je n'ai pas toujours été en pension à Paris, madame.

— Où étiez-vous donc avant?

— A Beauvais; j'y suis restée jusqu'à l'âge de dix ans...

— Et de là?

— J'ai été mise en pension à Paris, madame.

— Et vous y êtes restée... longtemps?

— Jusqu'à seize ans et demi.

— Et ensuite?...

— Je suis sortie... de pension, et j'ai commencé à donner des leçons de chant et de piano...

— Et vous avez...

Puis s'interrompant, madame de Beaumesnil ajouta avec embarras:

— Mais, en vérité, j'ai honte de mon indiscrétion... si quelque chose pouvait l'excuser... mademoiselle, ce serait l'intérêt que vous m'inspirez.

— Les questions que madame la comtesse daigne m'adresser sont si bienveillantes, que je suis trop heureuse d'y répondre... avec sincérité.

— Eh bien donc !... à votre sortie de pension... chez qui vous êtes-vous retirée?

— Chez qui... madame la comtesse?...

— Oui... auprès de quelles personnes?

— Je ne connaissais personne... auprès de qui me retirer... madame...

— Personne! !... — dit madame de Beaumesnil avec un courage et un calme héroïques. — Mais, — reprit-elle, — vos parents?... votre... famille?...

— Je n'ai pas de parents... madame la comtesse, — répondit Herminie avec un courage égal à celui de sa mère, — je n'ai pas de famille...

Puis Herminie se dit à elle-même :

« — Je ne puis plus en douter... elle ignore que je suis sa fille.. Sans cela, aurait-elle la force de m'adresser une pareille question? »

— Alors, — reprit madame de Beaumesnil, — auprès de qui vivez-vous donc?

— Je vis... seule... madame la comtesse.

— Absolument seule?

— Oui, madame...

— Et... pardonnez-moi encore cette question, car... à votre âge... une telle position me semble si exceptionnelle... si intéressante... avez-vous toujours suffisamment de leçons?

— Oh! oui, madame la comtesse, — répondit bravement la pauvre Herminie.

— Je n'en reviens pas... et vous vivez ainsi toute seule, si jeune!

— Que voulez-vous, madame? on ne choisit pas sa destinée... on l'accepte... puis le courage, le travail aidant, on tâche de se faire une vie, sinon brillante, du moins heureuse.

— Heureuse! s'écria madame de Beaumesnil avec un mouvement de joie irrésistible, — vous êtes heureuse?...

En disant ces mots, l'expression de la figure de la comtesse, l'accent de sa voix, trahirent un bonheur si grand, que de nouveaux doutes revinrent à l'esprit d'Herminie, et elle se dit :

« — Peut-être elle n'ignore pas que je suis sa fille; sans cela, comment tiendrait-elle à savoir si je me trouve heureuse? Il n'importe; si elle sait que je suis sa fille.... je dois la rassurer, afin de lui épargner des regrets, des remords peut-être.

« Si je suis pour elle une étrangère, je veux encore la rassurer, car elle pourrait croire que je désire exciter sa commisération, sa pitié... et mon *orgueil* se révolte à cette pensée. »

Madame de Beaumesnil, voulant entendre Herminie lui réitérer une assurance si précieuse pour son cœur maternel, reprit :

— Ainsi... vous êtes heureuse? vraiment bien heureuse?

— Oui, madame, — répondit Herminie... presque gaiement, — très-heureuse...

En voyant le charmant visage de sa fille rayonner ainsi de beauté, de jeunesse et de joie innocente, la comtesse fit un violent effort sur elle-même pour ne pas se trahir, et elle reprit en tâchant d'imiter la gaieté d'Herminie :

— N'allez pas rire de ma question... mademoiselle... mais, pour nous autres, malheureusement habituées à toutes les superfluités de l'opulence... il est des choses incompréhensibles... Lorsque vous êtes sortie de pension... si modeste que fût votre petit ménage .. comment y avez-vous pourvu?

— Oh! madame la comtesse... — dit Herminie en souriant, — j'étais riche... alors.

— Comment donc cela?

— Deux années après que j'avais été mise en pension à Paris... on cessa de payer pour moi cette pension... j'avais alors douze ans... notre maîtresse m'aimait beaucoup... « Mon enfant... — me dit-elle, — on a cessé de me payer : mais il n'importe... vous resterez ici, je ne vous abandonnerai pas... »

— Excellente femme!

— Ah! la meilleure des femmes, madame la comtesse, malheureusement elle n'est plus, — dit tristement Herminie.

Mais, ne voulant pas laisser la comtesse sous une impression pénible, elle reprit en souriant :

— Seulement, cette excellente femme avait compté... sans mon défaut... principal. Car, puisque vous me demandez d'être sincère avec vous, madame, il faut vous l'avouer... j'ai un bien grand, un bien vilain défaut...

— Quelle prétention! Voyons ce défaut.

— Hélas! madame la comtesse... c'est l'ORGUEIL.

— L'orgueil?

— Mon Dieu, oui... Ainsi, lorsque notre excellente maîtresse me proposa de me garder chez elle par charité... mon orgueil de petite fille se révolta, et je signifiai à ma maîtresse que je n'accepterais son offre qu'à la condition... de gagner par mon travail ce qu'elle voulait me donner pour rien!

— A douze ans?... Voyez-vous la petite glorieuse! Et comment faisiez-vous pour désintéresser votre maîtresse de pension?

— En donnant des répétitions de piano aux autres enfants moins fortes que moi;... car, pour mon âge... j'étais assez avancé . ayant toujours eu un goût passionné .. pour la musique...

— Et la maîtresse de pension... a accepté votre proposition?

— Avec joie, madame la comtesse... Ma résolution l'a touchée...

— Je le crois bien....

— De ce moment j'eus, grâce à elle, un assez bon nombre d'écolières. . dont plusieurs étaient bien plus grandes que moi (toujours l'*orgueil*, madame la comtesse...). Que vous dirai-je : ce qui avait d'abord été pour ainsi dire... un jeu d'enfant, devint pour moi une vocation... et plus tard une précieuse ressource... A quatorze ans... j'étais seconde maîtresse de piano... aux appointements de douze cents francs... ainsi, madame la comtesse, jugez des *sommes* que j'ai amassées jusqu'à l'âge de seize ans et demi... car, en pension, je n'avais d'autre dépense que celle de mon entretien...

— Pauvre enfant... si jeune... si laborieuse... si noblement fière, et... déjà se suffisant à soi-même, — dit la comtesse sans pouvoir cacher ses larmes.

Et elle reprit :

— Pourquoi avez-vous quitté votre pension?

— Ayant perdu notre excellente maîtresse, une autre lui succéda... mais, hélas! elle ne ressemblait en rien à ma bienfaitrice... Néanmoins, cette nouvelle venue me proposa de rester à la pension aux mêmes conditions... J'acceptai... mais, au bout de deux mois. . mon vilain défaut... et ma mauvaise tête... me firent prendre une résolution désespérée.

— Et à propos de quoi?

— Autant ma première maîtresse avait été pour moi affectueuse et bonne... autant celle qui lui succéda fut impérieuse et dure... Un jour...

Et le beau visage d'Herminie se colora d'une vive rougeur à ce souvenir.

— Un jour, — reprit-elle, — cette dame m'adressa un de ces reproches... qui blessent à jamais le cœur... elle me dit...

— Que vous dit-elle, cette méchante femme? — demanda vivement madame de Beaumesnil, car Herminie s'était tout à coup interrompue, n'osant, de peur d'affliger cruellement la comtesse, répéter ces dures et humiliantes paroles qu'on lui avait adressées •

« Vous êtes bien orgueilleuse... pour une petite bâtarde élevée dans cette maison par charité. »

— Que vous a-t-elle dit, cette femme? reprit madame de Beaumesnil.

— Permettez-moi, madame, — répondit Herminie, — de ne pas vous répéter ces cruelles paroles... je les ai, sinon oubliées, du moins pardonnées... Mais le lendemain j'avais quitté la pension avec mon petit trésor... fruit de mes leçons et de mes économies, — ajouta la jeune fille en souriant; — c'est grâce à ce trésor que j'ai pourvu aux frais de mon *ménage*, comme vous dites, madame la comtesse, car dès lors j'ai vécu seule... chez moi

Herminie prononça ce mot *chez moi* d'un air si gentiment glorieux, important et satisfait, que madame de Beaumesnil, les larmes aux yeux, le sourire aux lèvres et entraînée par le charme de ces confidences ingénues, prit la main de la jeune fille assise à son chevet et lui dit :

— Je suis sûre... mademoiselle l'orgueilleuse, qu'il est charmant votre chez-vous?

— Oh! pour cela, madame... il n'y a rien de trop élégant pour moi.

— Vraiment, voyons... combien de pièces à notre appartement?

— Une seule... avec une entrée... mais au rez-de-chaussée et cela donne sur un jardin : c'est tout petit, aussi j'ai pu me permettre un joli tapis, une tenture et des rideaux de perse; je n'ai qu'un fauteuil, mais il est en velours brodé, par moi bien entendu; enfin je possède peu de chose, mais ce peu... est, je crois, de bon goût... Ce n'est pas tout, j'avais une ambition et je la réaliserai bientôt...

— Et cette ambition?

— C'était d'avoir une petite bonne... une enfant de treize ou quatorze ans... que j'aurais retirée d'une position pénible, et qui se fût trouvée heureuse avec moi... Cela s'est rencontré à souhait. On m'a parlé d'une petite orpheline de douze ans... du meilleur cœur et du meilleur caractère, m'a-t-on dit... Aussi, madame la comtesse, jugez combien je serai contente quand je pourrai la prendre à mon service... ce ne sera pas d'ailleurs une folle dépense. Ainsi du moins je ne sortirai plus seule pour aller donner mes leçons... et c'est cela qui me coûtait le plus, car vous concevez... madame... une femme seule...

Herminie n'acheva pas, une larme de honte lui vint aux yeux en songeant à la grossière poursuite de M. de Ravil, pénible incident auquel la jeune fille avait été quelquefois exposée, malgré la modestie, la dignité de son maintien.

— Je vous comprends... mon enfant, et je vous approuve, — dit madame de Beaumesnil de plus en plus attendrie. — Mais vos leçons... qui vous les procure?... et puis enfin, ne vous manquent-elles jamais?

— Rarement, madame la comtesse, et l'été, lorsque plusieurs de mes écolières vont à la campagne, j'ai recours à d'autres ressources : je brode au petit point, je grave de la musique, je compose quelques morceaux, et puis enfin j'ai conservé d'amicales relations avec plusieurs de mes amies de pension. C'est grâce à l'une d'elles que j'ai été adressée à la femme de votre médecin, madame la comtesse... lorsqu'il cherchait... une jeune personne... assez bonne musicienne... pour être placée auprès de vous...

A cet instant, Herminie, qui avait commencé son récit assise sur un fauteuil auprès du chevet de la comtesse, se trouva assise sur le lit... et presque enlacée dans les bras de sa mère.

Toutes deux avaient imperceptiblement cédé, presque sans en avoir conscience, à la toute-puissante attraction des sentiments filial et maternel, car madame de Beaumesnil, après avoir fait placer Herminie auprès d'elle, avait osé, l'imprudente mère, conserver entre ses mains une des mains de sa fille, pendant cette narration simple et touchante...

Alors il était advenu ce qui arrive lorsqu'un téméraire, s'approchant de quelque formidable rouage en mouvement, lui donne la moindre prise sur soi : il est aussitôt entraîné par cette irrésistible attraction; ainsi, à mesure qu'Herminie racontait à sa mère sa vie passée, elle avait senti la main de madame de Beaumesnil serrer d'abord la sienne... puis l'attirer peu à peu près d'elle, jusqu'à ce qu'enfin... assise sur le lit de sa mère, celle-ci lui eût jeté ses bras autour du cou...

Cédant alors à une sorte de frénésie maternelle, madame de Beaumesnil, au lieu de continuer l'entretien et de répondre à sa fille, saisit la tête charmante d'Herminie entre ses deux mains, et, sans prononcer une parole, la couvrit de larmes et de baisers passionnés...

La mère et la fille restèrent ainsi embrassées dans une muette et convulsive étreinte.

Sans doute leur secret, si difficilement contenu jusqu'alors, et qui une fois déjà leur était venu aux lèvres, leur eût échappé cette fois, si toutes deux n'eussent été soudain rappelées à elles-mêmes en entendant frapper à la porte de la chambre à coucher.

Madame de Beaumesnil, épouvantée du parjure qu'elle allait commettre, revint heureusement à la raison; et, confuse, anéantie, ne sachant comment expliquer à sa fille cet emportement de folle tendresse, elle dit d'une voix entrecoupée, en dégageant doucement Herminie de son étreinte :

— Pardon... pardon... mon enfant... Mais je suis mère... ma fille est au loin, son absence me cause des regrets affreux... ma pauvre tête est bien affaiblie... et, dans mon illusion... un instant... je ne sais comment cela... s'est fait... mais... c'est elle... ma fille... si cruellement regrettée... que j'ai cru serrer sur mon cœur... Soyez indulgente pour cet égarement maternel... il faut... voyez-vous, avoir pitié... d'une pauvre mère qui se sent... mourir... sans pouvoir embrasser une dernière fois son enfant.

— Mourir ! — s'écria la jeune fille en relevant son visage inondé de pleurs, et regardant sa mère avec épouvante.

Mais, entendant heurter de nouveau, Herminie essuya précipitamment ses larmes et eut assez d'empire sur elle-même pour paraître calme en disant à sa mère :

— Voici... la seconde fois que l'on frappe, madame la comtesse...

— Faites entrer, — murmura madame de Beaumesnil, accablée par cette scène.

La femme de chambre de confiance de la comtesse parut et lui dit :

— Selon les ordres de madame, j'ai attendu M. le marquis de Maillefort.

— Eh! bien? — demanda vivement madame de Beaumesnil. — [illegible]endra-t-il?

— M. le marquis attend au salon que madame la comtesse puisse le recevoir.

— Ah!... Dieu soit béni! — murmura madame de Beaumesnil en regardant sa fille, — le ciel me récompense d'avoir eu la force de tenir mon serment...

S'adressant ensuite à sa femme de chambre :

— Vous allez introduire ici M. de Maillefort.

Herminie, brisée par tant d'émotions et sentant l'inopportunité de sa présence, prit son mantelet et son chapeau afin de se retirer.

La comtesse ne la quittait pas du regard.

C'en était fait...

Elle voyait sa fille pour la dernière fois peut-être ; car la malheureuse mère sentait à bout les forces qu'elle avait épuisées dans une surexcitation factice.

Madame de Beaumesnil eut pourtant le courage de dire à Herminie d'une voix presque assurée, afin de lui donner le change sur son état .

— A demain... notre morceau d'*Obéron*, mademoiselle... vous aurez la bonté de venir de bonne heure... n'est-ce pas?

— Oui... madame la comtesse, répondit Herminie.

— Madame Dupont, reconduisez mademoiselle, — dit la comtesse à sa femme de chambre, — vous introduirez ensuite M. de Maillefort.

Suivant alors d'un regard déchirant sa fille qui se dirigeait vers la porte, madame de Beaumesnil ne put s'empêcher de lui dire une dernière fois :

— Adieu... *mademoiselle*...

— Adieu... *madame la comtesse*... — répondit Herminie.

Et ce fut dans ces mots imposés par un froid cérémonial que ces deux pauvres créatures, brisées, déchirées, exhalèrent leur désespoir à ce moment suprême, où elles se voyaient pour la dernière fois.

Madame Dupont reconduisit Herminie sans la faire passer par le salon, où attendait M. de Maillefort.

La jeune fille sortait de l'appartement lorsque madame Dupont lui dit avec intérêt :

— Vous oubliez votre parapluie, mademoiselle, et vous en aurez bien besoin, il fait un temps affreux ; il pleut à verse...

— Je vous remercie, madame, dit Herminie allant prendre son parapluie, qu'elle oubliait, auprès de la porte du salon d'attente, où elle l'avait déposé.

En effet, il pleuvait à torrents; mais c'est à peine si Herminie, abîmée dans sa douleur, s'aperçut que la nuit était pluvieuse et noire lorsque, sortant de l'hôtel Beaumesnil, elle s'aventura seule dans ce quartier désert, pour regagner sa demeure.

XI

M. de Maillefort attendait seul dans un salon quand madame Dupont revint le chercher pour l'introduire auprès de madame de Beaumesnil.

La physionomie du bossu n'était plus railleuse comme d'habitude; on lisait sur ses traits une profonde tristesse, mêlée d'angoisse et de surprise.

Debout, accoudé à la cheminée, sa tête appuyée sur sa main, le marquis semblait perdu dans ses réflexions, comme s'il eût cherché le mot d'une énigme introuvable; sortant soudain de sa rêverie, il regarda attentivement autour de lui avec mélancolie, et une larme brilla dans ses yeux noirs... Passant alors sa main sur son front, comme s'il eût voulu chasser de pénibles souvenirs, il marcha çà et là dans le salon d'un pas précipité.

Au bout de quelques instants, madame Dupont revint dire à M. de Maillefort :

— Si monsieur le marquis veut se donner la peine de me suivre, madame la comtesse peut le recevoir.

Et, précédant le marquis, madame Dupont ouvrit la porte du salon, qui donnait dans la chambre à coucher de madame de Beaumesnil, et annonça :

— Monsieur le marquis de Maillefort !

La comtesse avait fait, si cela se peut dire, une toilette de malade : ses bandeaux de cheveux blonds, naguère quelque peu dérangés dans les étreintes passionnées dont elle avait accablé sa fille, venaient d'être lissés de nouveau ; un frais bonnet de valenciennes entourait son pâle visage, que son coloris fébrile et factice abandonnait déjà ; ses yeux, naguère brillants de tendresse maternelle, semblaient s'éteindre, et ses mains, tout à l'heure si brûlantes lorsqu'elles serraient les bras d'Herminie, déjà se refroidissaient.

A l'aspect de l'altération mortelle des traits de la comtesse, qu'il avait vue éblouissante de jeunesse, de beauté, M. de Maillefort tressaillit, et malgré lui s'arrêta un instant.

Le visage du bossu trahit sa douloureuse surprise, car madame de Beaumesnil, restée seule avec lui, tâcha de sourire, et lui dit :

— Vous me trouvez bien changée... n'est-ce pas... monsieur de Maillefort ?

Le bossu ne répondit rien, baissa la tête ; mais, lorsqu'après un moment de silence il releva le front, il était très-pâle.

Madame de Beaumesnil fit signe au marquis de s'asseoir dans un fauteuil près de son lit, et lui dit d'une voix affectueuse et grave :

— Je crains que les moments ne me soient comptés... monsieur de Maillefort ; je serai donc brève... dans cet entretien.

Le marquis prit silencieusement place auprès du lit de la comtesse, qui continua :

— Ma lettre... a dû vous étonner ?

— Oui... madame.

— Et toujours bon... toujours généreux, vous vous êtes empressé de vous rendre auprès de moi.

Le marquis s'inclina.

Madame de Beaumesnil reprit d'une voix profondément émue :

— Monsieur de Maillefort..... vous m'avez beaucoup aimée.....

Le bossu bondit de surprise, et regarda la comtesse avec un mélange de confusion et de stupeur.

— Ne vous étonnez pas de me voir instruite d'un secret... que seule j'ai pénétré, — dit la comtesse, — car l'amour vrai... loyal... se trahit toujours auprès de la personne aimée.

— Ainsi, madame.. — balbutia le bossu, à peine remis de son trouble... — vous saviez...

— Je savais tout, — reprit la comtesse en tendant à M. de Maillefort sa main déjà froide.

Le marquis serra la main de madame de Beaumesnil avec un pieux respect, tandis que ses larmes, qu'il ne contenait plus, inondaient ses joues.

— J'ai tout deviné, — reprit la comtesse... — votre dévouement sublime et caché, vos souffrances héroïquement souffertes...

— Vous saviez tout? — murmura M. de Maillefort avec hésitation, — vous saviez tout?... et dans les rares circonstances qui me rapprochaient de vous... votre accueil était toujours gracieux et bon... Vous saviez tout... et jamais je n'ai surpris sur vos lèvres un sourire de moquerie; jamais dans vos yeux un regard de dédaigneuse pitié!...

— Monsieur de Maillefort, — répondit la comtesse avec une dignité touchante, — c'est au nom de l'amour que vous avez eu pour moi... c'est au nom de l'affectueuse estime que votre caractère m'a toujours inspirée... que je viens... à cette heure... peut-être... suprême... vous confier mes plus chers intérêts...

M. de Maillefort répondit avec une émotion croissante :

— Pardon... pardon... madame... d'avoir un instant supposé qu'un cœur comme le vôtre pouvait railler, mépriser... un sentiment irrésistible, mais toujours respectueusement caché. Parlez, madame, je me crois digne de la confiance que vous avez en moi.

— Monsieur de Maillefort... cette nuit, j'aurai cessé de vivre.

— Madame...

— Oh! je ne m'abuse pas. C'est à force d'énergie, c'est à l'aide de moyens factices que je combats depuis quelques heures... les derniers envahissements du mal... Ecoutez-moi donc, car, je vous le dis, les moments me sont comptés...

Le bossu essuya ses larmes et écouta.

— Vous savez de quel affreux accident M. de Beaumesnil a été victime... Par sa mort... par la mienne... ma fille... ma fille Ernestine va rester orpheline... en pays étranger... confiée aux soins d'une gouvernante. Ce n'est pas tout... Ernestine est un ange de candeur et de bonté... sa timidité est excessive. Tendrement élevée par son père et par moi... ne nous ayant jamais quittés... elle ne sait donc du monde, de la vie, que ce que peut en savoir une enfant de seize ans, qui, par goût, a toujours aimé la retraite et la simplicité... Sans doute... je devrais mourir tranquille sur son avenir... car elle sera la plus riche héritière de France... Cependant, je ne puis me défendre de quelques inquiétudes, en songeant aux personnes qui forcément me remplaceront auprès de ma fille... c'est à M. et madame de la Ro
ses plus proches parents, qu'elle sera sans doute confiée

longtemps j'ai rompu avec cette famille, et vous la connaissez assez pour concevoir mes appréhensions...

— Il serait en effet... à désirer, madame, que votre fille eût des tuteurs mieux choisis; mais mademoiselle de Beaumesnil a seize ans, sa tutelle ne saurait être longtemps prolongée; d'ailleurs les personnes dont vous me parlez... ont plus de ridicules que de méchanceté... elles ne sauraient être réellement à craindre.

— Je le sais ;... néanmoins... la main d'Ernestine devra être l'objet de tant de convoitises... (et déjà même j'ai pu m'en assurer), — ajouta madame de Beaumesnil en se rappelant l'insistance de son confesseur en faveur de M. de Macreuse, — cette chère enfant sera entourée de tant d'obsessions, que je ne serais complétement rassurée que si je lui savais un ami sincère, dévoué... d'un esprit supérieur, et capable enfin d'éclairer son choix... Cet ami presque paternel..... soyez-le pour Ernestine... je vous en supplie, monsieur de Maillefort... et je quitterai la vie certaine que le sort de ma fille sera aussi heureux que brillant.

— Je tâcherai d'être cet ami pour votre fille... madame... Tout ce qui dépendra de moi, je le ferai.

— Ah !... je respire... je ne crains plus rien pour Ernestine... Je sais ce que vaut une promesse de vous, monsieur de Maillefort ! — s'écria la comtesse, dont le visage, pendant un instant, rayonna d'espérance et de sérénité...

Mais bientôt le sentiment de sa faiblesse croissante, joint à de funestes symptômes, fit croire à madame de Beaumesnil que sa fin approchait; ses traits, un moment épanouis par la sécurité que lui avait inspirée la promesse de M. de Maillefort au sujet d'Ernestine, exprimèrent de nouvelles angoisses, et elle reprit d'une voix précipitée, suppliante :

— Ce n'est pas tout, monsieur de Maillefort, j'ai un service plus grand encore peut-être à implorer de votre générosité.

Le marquis regarda madame de Beaumesnil avec surprise.

— Eclairée, soutenue par vos conseils, — reprit la comtesse, — ma fille Ernestine sera heureuse autant que riche... Il n'est pas maintenant d'avenir plus beau, plus assuré que le sien;... mais il n'en est pas ainsi de l'avenir d'une... pauvre... et noble créature... que... je... que je voudrais... vous...

Madame de Beaumesnil n'osa... ne put continuer.

Résolue d'avance de confier à M. de Maillefort le secret de la naissance d'Herminie, afin de lui gagner à jamais l'appui de cet homme généreux, la comtesse recula devant la honte d'un pareil aveu, qui eût aussi violé la sainteté du serment qu'elle avait juré.

Le marquis, voyant l'hésitation de madame de Beaumesnil, lui dit :

— Qu'avez-vous, madame?... Veuillez de grâce m'apprendre quel autre service... je puis vous rendre. Ne savez-vous pas... que vous pouvez disposer de moi... comme du meilleur de vos amis?...

— Je le sais... oh! je le sais, — répondit madame de Beaumesnil avec une angoisse profonde ; — cependant... je n'ose... je crains...

Et les mots expirèrent encore sur les lèvres de madame de Beaumesnil.

Le marquis, voulant lui venir en aide, touché de son trouble, reprit :

— Lorsque vous vous êtes interrompue, madame, vous me parliez, je crois, de l'avenir d'une pauvre et noble créature... Qui est-elle?... comment pourrai-je lui être utile?...

Vaincue par la douleur et par une faiblesse croissante, madame de Beaumesnil cacha son visage dans ses mains et fondit en larmes;..... mais, après un moment de silence, attachant sur le marquis ses yeux noyés de pleurs et tâchant de se montrer plus calme, elle lui dit d'une voix entrecoupée :

— Oui... vous pourriez être... d'un grand secours à une pauvre jeune fille... digne... à tous égards..... de votre intérêt... car elle..... est..... voyez-vous?... bien malheureuse... orpheline... sans appui... sans aucune fortune... mais pleine de cœur... et de fierté; il n'en est pas, je vous jure, de plus vaillante au bien et au travail... enfin, c'est un ange... — ajouta la comtesse avec une exaltation dont M. de Maillefort fut frappé. — Oui, — reprit madame de Beaumesnil en fondant en larmes, — c'est un ange... de courage, de vertu; et c'est pour cet ange que je vous demande, à mains jointes... votre paternel intérêt... comme je vous l'ai demandé pour ma fille Ernestine. Oh! monsieur de Maillefort... je vous en supplie... ne me refusez pas...

L'exaltation de madame de Beaumesnil, en parlant de cette orpheline, son trouble, son visible embarras, cette recommandation suprême qu'elle adressait à M. de Maillefort, le suppliant de partager son affection entre Ernestine et cette jeune fille inconnue, toutes ces circonstances excitèrent de plus en plus l'étonnement du marquis.

Pendant un instant, il garda malgré lui le silence ;... puis soudain... il tressaillit ; une pensée douloureuse lui traversa l'esprit, il se souvint des bruits calomnieux, infâmes (il les avait du moins jusqu'alors considérés comme tels), dont madame de Beaumesnil avait autrefois été l'objet et dont le matin même il avait voulu la venger en provoquant M. de Mornand sous un prétexte futile.

Ces bruits étaient-ils fondés ? L'orpheline à qui madame de Beaumesnil semblait porter un intérêt si profond lui était-elle chère à un titre mystérieux ? était-elle le fruit d'une faute ?

Mais bientôt le marquis, plein de confiance et de foi dans la vertu de madame de Beaumesnil, repoussa ces fâcheux soupçons, se reprochant même de s'y être un moment laissé entraîner.

La comtesse, presque effrayée du silence du bossu, lui dit d'une voix tremblante, altérée :

— Excusez-moi, monsieur de Maillefort, j'ai abusé... je le vois..... de votre générosité ;... il ne me suffisait pas d'avoir obtenu l'assurance de votre paternelle protection pour ma fille Ernestine... j'ai encore voulu vous intéresser... à une pauvre étrangère... Veuillez, je vous en prie, me pardonner...

L'accent de madame de Beaumesnil, en prononçant ces mots, avait quelque chose de si poignant, de si désespéré, que M. de Maillefort eut de nouveaux doutes navrants pour son cœur ;... il voyait s'évanouir l'une de ses plus nobles, de ses plus chères illusions : madame de Beaumesnil n'était plus pour lui... cette créature idéale qu'il avait si longtemps adorée.

Mais, prenant en pitié cette malheureuse mère, et comprenant tout ce qu'elle devait souffrir, M. de Maillefort sentit ses yeux se mouiller de larmes, et lui dit d'une voix émue :

— Rassurez-vous, madame... à mes promesses je ne faillirai pas... L'orpheline que vous me recommandez me sera... aussi chère que mademoiselle de Beaumesnil... j'aurai deux filles au lieu d'une.

Et il tendit affectueusement la main à la comtesse, comme pour consacrer sa promesse.

— Maintenant, je puis mourir en paix ! — s'écria madame de Beaumesnil.

Et, avant que le marquis eût pu s'y opposer, elle pressa de ses lèvres déjà froides la main qu'il lui avait offerte.

A cette expression de reconnaissance ineffable, M. de Maillefort ne douta plus que madame de Beaumesnil n'eût une fille naturelle.

Tout à coup, soit que tant d'émotions eussent épuisé les forces de la comtesse, soit que les progrès de la maladie, un moment dissimulés sous un bien-être trompeur, eussent alors atteint toute leur intensité, madame de Beaumesnil fit un brusque mouvement et ne put retenir un cri de douleur.

— Grand Dieu ! madame, — dit vivement le marquis, effrayé de la subite altération des traits de la comtesse, — qu'avez-vous?

— Ce n'est rien, — répondit-elle héroïquement, — ce n'est rien... une légère... douleur ; mais... tenez... prenez vite cette clef, je vous prie...

Et la comtesse remit à M. de Maillefort une clef qu'elle prit sous son oreiller.

— Ouvrez... ce... secrétaire...

Le marquis obéit.

— Dans le tiroir du milieu... prenez... un portefeuille... Le trouvez-vous?...

— Le voici.

— Gardez-le... je vous prie... il contient une somme... dont je puis disposer... ou plutôt dont je suis... dépositaire, — dit la comtesse en se reprenant ; — cette somme mettra du moins pour toujours à l'abri du besoin la jeune fille que je vous recommande... Seulement, — ajouta la pauvre mère d'une voix de plus en plus affaiblie, — vous me promettez... de ne jamais... prononcer... mon nom... à cette orpheline... de ne jamais lui révéler quelle est la personne... qui... vous a chargé... de lui remettre cette... petite fortune... Mais dites bien... oh ! dites à cette malheureuse enfant qu'elle a été... tendrement aimée... jusqu'à la fin... et que... il a... fallu...

Les derniers mots de la comtesse, dont les forces s'épuisaient, furent inintelligibles pour le marquis.

— Mais ce portefeuille... à qui le remettre... madame?... Cette jeune fille... où la trouverai-je, quel est son nom?... — s'écria M. de Maillefort, alarmé de la rapide décomposition des traits de madame de Beaumesnil et de l'oppression qui pesait sur sa respiration.

Au lieu de répondre aux questions du marquis, madame de Beaumesnil se renversa en arrière, jeta un cri déchirant et croisa ses mains sur sa poitrine.

— Madame... parlez-moi! — s'écria le marquis en se penchant vers madame de Beaumesnil, bouleversé de douleur et d'effroi, — cette jeune fille... où la trouverai-je?... qui est-elle?

—Oh ! je me meurs...—murmura madame de Beaumesnil en levant les yeux au ciel.

Et, dans un dernier effort, elle balbutia ces mots :

—N'oubliez pas... le serment... ma fille... l'orpheline...

Au bout de quelques instants, la comtesse mourut.

M. de Maillefort, en proie à un profond et amer chagrin, ne douta plus que l'orpheline dont il ignorait le nom, et qu'il ne savait où chercher... ne fût la fille naturelle de la comtesse.

. . . .

Le convoi de madame de Beaumesnil fut splendide.

M. le baron de la Rochaiguë conduisait le deuil.

M. de Maillefort, convié par billet *de faire part*, ainsi que les autres personnes de la société de madame de Beaumesnil, s'était joint au funèbre cortége.

Dans un coin obscur de l'église, agenouillée et comme écrasée sur la dalle par le poids de son désespoir, une jeune fille, inaperçue de tous, priait en étouffant ses sanglots.

C'était Herminie.

XII

Quelques jours après les funérailles de madame de Beaumesnil, M. de Maillefort, sortant du douloureux accablement où l'avait plongé la mort de la comtesse, et songeant à l'exécution des dernières volontés de cette malheureuse femme au sujet de l'orpheline, sentit toute la difficulté de la mission dont il s'était chargé.

Comment, en effet, retrouver cette jeune fille que madame de Beaumesnil lui avait si instamment recommandée?

A qui s'adresser pour recueillir des renseignements ou des indications capables de le mettre sur la voie?

Et comment surtout prendre des informations si délicates sans compromettre la mémoire de madame de Beaumesnil et le secret dont elle avait voulu entourer l'accomplissement de sa volonté suprême, au sujet de cette orpheline inconnue, sa fille naturelle? car M. de Maillefort ne pouvait plus en douter.

En rassemblant ses souvenirs, le bossu se rappela que la comtesse, le jour de sa mort, lui avait envoyé une femme de chambre de confiance, afin de l'inviter à se rendre au plus tôt à l'hôtel de Beaumesnil.

« Cette femme est depuis très-longtemps au service de madame de Beaumesnil, pensa le marquis; elle pourra peut-être m'apprendre quelque chose. »

Le valet de chambre de M. de Maillefort, homme sûr et dévoué, fut chargé d'aller trouver madame Dupont, et l'amena chez le marquis.

— Je sais, ma chère madame Dupont, — lui dit-il, — combien vous êtes attachée à votre maîtresse...

— Ah! monsieur le marquis... madame la comtesse était si bonne!... — répondit madame Dupont en fondant en larmes, — comment ne lui aurait-on pas été dévoué à la vie, à la mort?

— C'est parce que je connais votre dévouement, et le respect que vous avez pour la mémoire de cette excellente maîtresse, que je vous ai priée de venir chez moi, ma chère madame Dupont... Il s'agit d'une chose fort délicate.

— Je vous écoute, monsieur le marquis.

— La preuve de confiance que m'a donnée madame de Beaumesnil en me mandant auprès d'elle le jour de sa mort doit vous persuader, à l'avance, que les questions que je pourrai vous faire... sont d'un intérêt presque sacré... aussi je compte sur votre franchise et sur votre discrétion.

— Oh! vous pouvez y compter, monsieur le marquis.

— Je le sais... Maintenant, voici ce dont il s'agit... Madame de Beaumesnil avait été depuis longtemps, je crois, chargée, par une personne de ses amies, de prendre soin d'une jeune orpheline qui, par la mort de sa protectrice, se trouve à cette heure, peut-être, sans aucun appui... J'ignore le nom, la demeure de cette jeune fille...

et il me serait urgent de la retrouver. Ne pourriez-vous, à ce sujet, me donner quelques renseignements?

— Une jeune fille orpheline? — reprit madame Dupont en rassemblant ses souvenirs.

—Oui...

—Pendant dix ans que je suis restée au service de madame la comtesse, — reprit la femme de chambre après un nouveau silence, — je n'ai vu aucune jeune fille venir chez madame... comme particulièrement protégée par elle.

— Vous en êtes bien sûre?

—Oh! bien sûre, monsieur le marquis.

—Et madame de Beaumesnil ne vous a jamais chargée de quelque commission qui pouvait avoir rapport à la jeune fille dont je vous parle?

— Jamais, monsieur le marquis... Souvent on s'adressait à madame la comtesse pour des secours... car elle donnait beaucoup... mais je n'ai pas remarqué qu'elle donnât de préférence ou s'intéressât davantage à une personne qu'à une autre... et je crois que si madame avait eu quelque commission de confiance, elle ne se serait pas adressée à d'autres qu'à moi.

— C'est ce que j'avais pensé... et c'est pour cela que j'espérais me renseigner auprès de vous... voyons... cherchez. . vous ne vous souvenez de rien qui puisse vous rappeler une jeune fille que madame de Beaumesnil protégeait particulièrement et depuis longtemps?

— Je ne me rappelle rien de cela, — reprit madame Dupont après de nouvelles réflexions; — rien absolument, — ajouta-t-elle.

Le souvenir d'Herminie lui était, il est vrai, un instant venu à l'esprit; mais la femme de chambre ne s'arrêta pas à cette pensée. En effet, rien dans la conduite apparente de la comtesse envers Herminie, qu'elle avait reçue pour la première fois quelques jours avant sa mort, ne pouvait mettre madame Dupont sur la voie de cette protection spéciale, et depuis longtemps accordée à la jeune fille dont parlait le marquis.

—Allons, — dit celui-ci avec un soupir, — il faudra tâcher de me renseigner autrement.

—Pourtant, attendez donc... monsieur le marquis, —reprit madame Dupont, — cela ne paraît avoir aucun rapport avec la jeune fille dont vous parlez... mais enfin, autant vous le dire...

— Voyons, qu'est-ce ?

— La veille de sa mort, madame la comtesse m'a fait venir et m'a dit : « Vous allez prendre un fiacre et vous irez porter cette lettre chez une femme qui demeure aux Batignolles, sans lui dire de quelle part vous venez ; vous la ramènerez avec vous... et vous l'introduirez chez moi dès son arrivée... »

— Et le nom de cette femme ?

— Oh ! un nom singulier, monsieur le marquis, je ne l'ai pas oublié... Elle se nomme madame *Barbançon*.

— Et vous l'avez vue souvent chez madame de Beaumesnil ?

— Seulement cette fois-là, monsieur le marquis.

— Et cette femme, vous l'avez amenée chez madame de Beaumesnil ?

— Non pas moi, monsieur le marquis.

— Comment cela ?

— Après m'avoir donné le premier ordre dont j'ai parlé à monsieur le marquis, madame s'est ravisée et m'a dit, je me le rappelle bien : « Tout bien considéré, madame Dupont, vous n'irez pas chercher cette femme en fiacre... cela aurait l'air d'un mystère... Faites atteler ma voiture, donnez la lettre à un valet de pied, et qu'il la porte à cette personne en lui disant qu'il vient la chercher de la part de madame de Beaumesnil. »

— Et l'on a été ainsi chercher cette femme ?

— Oui, monsieur le marquis.

— Et madame de Beaumesnil s'est entretenue avec elle ?

— Pendant deux grandes heures, monsieur le marquis.

— Et quel âge a-t-elle ?

— Au moins cinquante ans... monsieur le marquis... et c'est une femme du commun.

— Et ensuite de son entretien avec la comtesse ?

— La voiture de madame l'a reconduite chez elle, aux Batignolles.

— Et, depuis, vous n'avez pas revu cette femme à l'hôtel Beaumesnil ?

— Non, monsieur le marquis.

Après être resté quelque temps pensif, le bossu s'adressant à madame Dupont :

— La femme dont vous me parlez se nommait, dites-vous ?

— Madame Barbançon...

Le bossu écrivit ce nom sur un portefeuille et reprit :

— Elle demeure ?

— Aux Batignolles.

— Quelle rue ? quel numéro ?

— Je n'en sais rien, monsieur le marquis. Je me rappelle seulement que le valet de pied nous a dit que la maison où elle logeait était dans une rue très-déserte, et qu'il y avait un jardin que l'on voyait de dehors à travers une petite grille en bois.

Le bossu, après avoir écrit ces renseignements sur son carnet, dit à madame Dupont :

— Je vous remercie de ces indications, les seules que vous puissiez me donner. Malheureusement, peut-être elles seront inutiles pour les recherches dont je m'occupe... Si plus tard cependant vous vous rappeliez quelque fait nouveau qui vous parût propre à m'éclairer... je vous prie de m'en instruire.

— Je n'y manquerai pas, monsieur le marquis.

M. de Maillefort, ayant généreusement récompensé madame Dupont, monta en fiacre et se fit conduire aux Batignolles.

Après deux heures de recherches et d'investigations, le bossu découvrit enfin la maison du commandant Bernard, où il ne trouva que madame Barbançon.

Olivier était parti depuis plusieurs jours avec son maître maçon, et le vétéran venait de sortir pour aller faire sa promenade habituelle dans la plaine de Monceau.

La ménagère, ayant ouvert au bossu, fut désagréablement frappée de la laideur narquoise et de la difformité du marquis ; aussi, loin de l'introduire dans l'appartement, elle resta sur le seuil de la porte, barrant pour ainsi dire le passage à M. de Maillefort.

Celui-ci, s'apercevant de l'impression peu favorable qu'il causait à la ménagère, la salua très-poliment et lui dit :

— C'est à madame Barbançon que j'ai l'honneur de parler ?

— Oui, monsieur. Qu'est-ce que vous lui voulez, à madame Barbançon ?

— Je désire, madame, — répondit le bossu, — que vous veuilliez bien m'accorder quelques instants.

— Et... pourquoi donc faire, monsieur? — demanda la ménagère en toisant le bossu d'un regard défiant.

— J'aurais, madame, à vous entretenir de choses fort importantes.

— Moi... je ne vous connais pas.

— Et moi... madame, j'ai l'avantage de vous connaître... de nom seulement... il est vrai.

— La belle histoire!... moi aussi, je connais de nom le Grand Turc!

— Permettez-moi, ma chère madame Barbançon, de vous faire observer que, chez vous, nous causerions infiniment plus à notre aise que sur ce palier.

—Monsieur!—riposta aigrement la ménagère,—je n'aime à être à mon aise qu'avec les personnes qui m'en donnent envie.

—Je comprends parfaitement votre défiance, ma chère madame,—reprit le marquis en dissimulant son impatience; — aussi, je me recommanderai d'un nom qui ne vous est pas inconnu.

—Quel nom?

—Celui de madame la comtesse de Beaumesnil.

—Vous venez de sa part, monsieur?—dit vivement la ménagère.

— De sa part... non, madame, — répondit tristement le bossu en secouant la tête,—madame de Beaumesnil est morte.

—Ah! mon Dieu! morte... et depuis quand? pauvre chère femme!...

— Je vous en prie, madame, entrons chez vous, et je vous répondrai, — reprit le marquis avec une sorte d'autorité qui imposa à madame Barbançon, très-curieuse d'ailleurs de tout ce qui se rapportait à madame de Beaumesnil.

La ménagère introduisit donc le bossu dans le modeste appartement du commandant Bernard.

—Monsieur,—reprit la ménagère,— vous disiez donc que madame la comtesse de Beaumesnil était morte?

—Il y a plusieurs jours, madame... et justement le lendemain de l'entretien qu'elle a eu avec vous.

— Comment! monsieur, vous savez?

— Je sais que madame de Beaumesnil s'est longtemps entretenue avec vous... et je viens accomplir une de ses dernières volontés, en vous remettant de sa part ces vingt-cinq napoléons.

Et le bossu fit voir à madame Barbançon une petite bourse de soie verte, dont les mailles laissaient briller l'or qu'elle renfermait.

Ces mots : vingt-cinq NAPOLÉONS, sonnaient horriblement mal aux oreilles de la ménagère : le marquis eût dit vingt-cinq LOUIS, que l'impression de l'ennemie jurée de la mémoire de l'ogre de Corse eût sans doute été différente.

Ainsi, loin de prendre l'or que le bossu lui offrait pour la tenter et la mettre en confiance, madame Barbançon, sentant renaître ses préventions, répondit majestueusement en repoussant d'un geste de dédain superbe la bourse qu'on lui offrait :

— Je ne reçois pas comme ça des NAPOLÉONS (et elle accentua très-amèrement ce nom détesté). — Non, je ne reçois pas comme ça des NAPOLÉONS du premier venu... sans savoir... entendez-vous, monsieur?

— Sans savoir... quoi? ma chère madame.

— Sans savoir qui sont les gens qui disent des NAPOLÉONS, comme si de dire des *louis* leur écorcherait la bouche... Mais c'est connu, — ajouta-t-elle d'un ton sardonique. — Dis-moi qui tu hantes, je te dirai qui tu es. Suffit, vous êtes jugé...

— Je suis jugé?

— Jugé et toisé... Maintenant, qu'est-ce que vous me voulez? j'ai mon pot-au-feu à inspecter...

— Je vous l'ai dit, madame, je venais vous apporter une preuve de la gratitude de madame de Beaumesnil pour la discrétion... pour la réserve... que vous avez montrée lors de l'affaire... en question...

— Quelle affaire?..

— Vous le savez bien...

— Pas du tout.

— Allons, ma chère madame Barbançon, mettez-vous en confiance avec moi, j'étais l'un des meilleurs amis de madame de Beaumesnil... et je n'ignore pas... que l'orpheline... vous savez... l'orpheline...

— L'orpheline?

— Oui... une jeune fille... je n'ai pas besoin de vous en dire davantage... vous voyez bien que je suis instruit de tout?

— Alors... qu'est-ce que vous venez me demander, puisque vous savez tout?

— Je viens... dans l'intérêt de la jeune fille... que vous connaissez... vous prier de me donner son adresse... j'ai à lui faire... une communication très-importante...

— Vraiment?

— Sans doute...

— Voyez-vous ça?... — dit la ménagère d'un ton sardonique et pénétrant.

— Mais, ma chère madame Barbançon... qu'y a-t-il donc de si extraordinaire... dans ce que je vous dis?

— Il y a, — s'écria la ménagère en éclatant, — il y a que vous êtes un vieux roué!

— Moi!!

— Un malfaiteur, qui voulez me corrompre à force d'or... pour me faire jaser.

— Ma chère madame, je vous assure...

— Mais votre bosse en serait pleine de... *napoléons*, voyez-vous... elle sonnerait l'or et vous m'autoriseriez à y fouiller et à y farfouiller, que je ne vous dirais pas un mot de ce que je ne veux pas dire... Ah!... ah!... voilà comme je suis bâtie, moi... c'est un peu plus *droit* que vous, ça, hein?... et ça vous vexe.

— Madame Barbançon, écoutez-moi, de grâce... vous êtes une digne et honnête femme.

— Et je m'en vante...

— Et vous avez raison... Aussi, en votre qualité d'excellente femme... vous m'écouterez et vous me répondrez... car...

— Ni l'un ni l'autre... Ah! vous vous êtes dit, vieux bombé: « Je m'en vas mettre les fers au feu pour tirer les vers du nez de madame Barbançon, afin de voir ce qu'elle a dans le ventre. » Mais minute... votre indécence est dévoilée... aussi je vous prie de me laisser tranquille...

— Un mot, de grâce... un seul mot, ma chère amie, — dit le marquis d'une voix affectueuse en voulant prendre la main de la ménagère.

Mais celle-ci, se rejetant vivement en arrière, s'écria avec un effroi pudique et courroucé.

— Des attouchements!... jour de Dieu! Maintenant je comprends tout... l'office de votre bourse. Ne m'approchez pas... affreux libertin... je vous ai vu venir... serpent... D'abord vous m'avez dit *madame*... et puis... *ma chère madame*... maintenant... c'est *ma chère amie*... pour finir par *mon trésor*, n'est-ce pas?

— Madame Barbançon... je vous jure que...

— On me l'avait bien dit : ces gens *noués*, c'est pire que des singes ! — s'écria la ménagère en se reculant encore. — Monsieur... si vous ne vous en allez pas... j'appelle les voisins... je crie à la garde... au feu...

— Eh ! morbleu ! vous êtes folle, — s'écria le marquis, désolé de l'inutilité de ses tentatives auprès de madame Barbançon, qu'il pouvait supposer instruite d'une partie du secret de madame de Beaumesnil. — A qui diable en avez-vous, avec vos effarouchements? Vous êtes au moins aussi laide que moi, et nous ne sommes pas faits pour nous tenter l'un ou l'autre. Je vous le répète pour la dernière fois, et pesez bien mes paroles, je viens ici pour tâcher d'être utile à une pauvre et intéressante jeune fille, que vous devez connaître... et si vous la connaissez... vous lui faites un tort irréparable... entendez-vous ? en ne me disant pas où elle est, ou en ne m'aidant pas à la retrouver... Réfléchissez bien;... le sort, l'avenir de cette jeune fille sont entre vos mains,... et vous avez trop bon cœur, j'en suis sûr... pour vouloir nuire à une digne créature qui ne vous a jamais fait de mal.

M. de Maillefort parlait avec tant d'émotion; son accent était à la fois si ferme, si pénétrant, que madame Barbançon revint d'une partie de ses préventions contre le marquis.

— Allons, monsieur, — lui dit-elle, — mettons que je me suis trompée en pensant que vous vouliez m'en conter...

— C'est bien heureux !

— Mais, quant à vous dire un mot de ce que je ne dois pas dire, monsieur... vous aurez beau faire... vous n'y parviendrez pas... vous êtes un brave homme et vous n'avez que de bonnes intentions, c'est possible; mais moi, je suis aussi une brave femme... je sais ce que j'ai à faire et surtout à ne pas dire. Ainsi, vous me couperiez en quatre, que vous ne m'arracheriez pas un traître mot... je ne sors pas de là; voilà mon caractère...

— Où diable la discrétion va-t-elle se nicher ? — dit M. de Maillefort en quittant madame Barbançon, désespérant avec raison de rien obtenir de la digne ménagère, et voyant avec douleur la vanité de ses premières recherches au sujet de la fille naturelle de madame de Beaumesnil.

XIII

Deux mois s'étaient écoulés depuis la mort de madame de Beaumesnil.

Une grande activité régnait dans la maison de *M. le baron de la Rochaiguë*, nommé tuteur d'Ernestine de Beaumesnil par un conseil de famille convoqué peu de temps après la mort de la comtesse.

Transportant et plaçant des meubles, les domestiques de M. de la Rochaiguë allaient et venaient, surveillés et dirigés par sa femme et par lui, ainsi que par sa sœur, *mademoiselle Héléna de la Rochaiguë*, fille de quarante-cinq ans environ, toute de noir vêtue : ses yeux toujours baissés, sa figure pâle et maigre, sa physionomie timide, son allure discrète et le sévère arrangement de sa coiffe blanche, lui donnaient l'aspect d'une sorte de religieuse, quoique mademoiselle Héléna n'eût prononcé aucun vœu monastique.

M. de la Rochaiguë, grand homme sec de cinquante à soixante ans, avait le front chauve et fuyant, le nez busqué, le menton rentrant, l'œil bleu faïence à fleur de tête; il souriait presque toujours, découvrant ainsi des dents très-blanches, mais trop longues, qui achevaient de donner à sa figure un caractère très-analogue à celui de la race ovine. Le baron avait d'ailleurs les formes excellentes, tandis que, par son maintien et jusque par la coupe de son habit, toujours soigneusement boutonné à la hauteur de sa cravate blanche et de son jabot, il s'évertuait à se transformer en une copie vivante du portrait de *Canning*, le type parfait de l'*homme d'État gentleman*, — disait le baron.

M. de la Rochaiguë n'était pourtant pas homme d'État; mais, depuis longtemps, il espérait le devenir; en un mot, l'ambition de la pairie était tournée chez ce personnage (président d'un conseil général) à l'état de manie, d'idée fixe, de maladie chronique et dévorante. Se croyant un Canning inconnu, et ne pouvant se produire à la tribune de la Chambre haute, il saisissait la moindre occasion de prononcer un *speach*, prenant ainsi le ton et l'attitude parlementaires, à propos des sujets les plus insignifiants.

Un des traits saillants de la manière oratoire du baron était une redondance d'épithètes ou d'adverbes qui devaient, selon lui, *tripler* l'effet de ses plus belles pensées, et, pour employer la phraséologie du baron, nous dirons que rien n'était d'ailleurs plus *insignifiant, plus terne, plus vide*... que ce qu'il appelait sa pensée.

Madame de la Rochaiguë, âgée de quarante-cinq ans, avait été jolie, coquette et fort galante; sa taille était encore svelte; mais la recherche élégante et trop juvénile de sa toilette contrastait toujours maladroitement avec la maturité de son âge.

La baronne aimait passionnément les plaisirs, le grand luxe, les fêtes magnifiques, et surtout à les diriger, à les présider en souveraine; malheureusement, ses revenus, bien qu'honorables, n'étaient nullement en rapport avec ses goûts d'énormes dépenses; d'ailleurs elle se fût bien gardée de se *ruiner*; aussi trouvait-elle, en femme habile et économe, le moyen de jouir de la haute influence que donne une grande existence en se faisant, à l'occasion, la *patronnesse* de ces étrangers obscurs, mais colossalement riches, météores splendides qui, après avoir brillé durant quelques années à Paris, disparaissent à jamais dans le néant de la ruine et de l'oubli.

Madame de la Rochaiguë se chargeait donc (ainsi qu'on dit en argot de bonne compagnie) de *faire un monde* à ces inconnus; en un mot, elle leur imposait la liste des gens qu'ils devaient exclusivement recevoir, ne leur accordant pas même quelques invitations pour ceux de leurs amis ou de leurs compatriotes qu'elle ne jugeait pas dignes de figurer parmi la fine fleur de l'aristocratie parisienne.

La baronne, appartenant à la meilleure compagnie, lançait ses *clients* dans le plus grand monde, jusqu'au jour prévu de la ruine de ces étrangers; madame de la Rochaiguë restait donc en réalité la maîtresse de leur maison; seule, elle dirigeait, ordonnait les fêtes; à elle seule, enfin, on s'adressait pour être porté sur les listes des élus appelés à ces somptueuses et élégantes réunions.

Il va sans dire qu'elle faisait sentir à ses *clients* l'indispensable nécessité d'une loge à l'Opéra et aux Italiens, où la meilleure place lui était réservée; il en était de même pour les courses de Chantilly ou pour quelques excursions aux bains de mer; les *clients* y louaient une maison, y envoyaient cuisiniers, gens, chevaux, voitures, et là madame de la Rochaiguë tenait ainsi table ouverte pour ses amis, le tout au nom du ménage.

Il y a dans le monde, et dans le plus grand monde, une telle et si basse avidité de plaisirs, que, loin de se révolter de voir une femme de haute naissance se livrer à l'indigne exploitation de ces malheureux, qu'une folle vanité conduisait à leur ruine, ce monde flattait, adulait madame de la Rochaiguë, suprême dispensatrice de ces fêtes splendides, et qu'elle-même se targuait effrontément de tous les avantages qu'elle devait à son patronage intéressé ; du reste, spirituelle, rusée, insinuante, et partant très-comptée, madame de la Rochaiguë, était une des sept ou huit femmes qui ont une véritable influence sur ce qu'on appelle le monde à Paris.

Les trois personnes dont nous parlons présidaient aux derniers arrangements d'un grand appartement restauré, doré et meublé à neuf avec un luxe inouï, occupant tout le premier étage d'un hôtel situé dans le faubourg Saint-Germain.

M. et madame de la Rochaiguë quittaient ce logement pour aller s'établir au second, dont une partie était habitée par mademoiselle de la Rochaiguë et l'autre avait jusqu'alors servi à loger le gendre et la fille de M. de la Rochaiguë, lorsqu'ils venaient de leur terre, où ils résidaient ordinairement, passer deux ou trois mois à Paris.

Naguère presque délabré et meublé avec une extrême parcimonie, ce vaste appartement, alors si splendide, était destiné à mademoiselle Ernestine de Beaumesnil ; sa santé, suffisamment rétablie, lui permettait de revenir en France ; elle devait arriver le jour même d'Italie, accompagnée de sa gouvernante et d'un intendant ou homme d'affaires que M. de la Rochaiguë avait envoyé à Naples pour y chercher l'orpheline.

Il est impossible d'imaginer les soins minutieux que le baron, sa sœur et sa femme apportaient à l'arrangement des pièces destinées à mademoiselle de Beaumesnil.

Les moindres circonstances révélaient l'empressement, l'obséquiosité exagérée, pour ne rien dire de plus, avec lesquels mademoiselle de Beaumesnil était attendue... Il y avait même quelque chose d'insolite et presque d'attristant, dans l'aspect de tant de somptueuses et vastes pièces consacrées à l'habitation de cette enfant de seize ans, qui semblait devoir se perdre dans ces appartements immenses.

Après un dernier coup d'œil jeté sur ces préparatifs, M. de la Rochaiguë assembla ses gens, et, saisissant cette belle occasion de débiter un *speach*, prononça ces mémorables paroles avec sa majesté habituelle :

— Je rassemble ici mes gens pour leur apprendre, leur déclarer, leur signifier que mademoiselle de Beaumesnil, ma cousine et pupille, doit arriver ce soir ; madame de la Rochaiguë et moi nous entendons... nous désirons... nous voulons... que nos gens soient aux ordres de mademoiselle de Beaumesnil avant que d'être aux nôtres :... c'est dire à nos gens qu'à tout ce que leur dira... leur ordonnera,.. leur commandera mademoiselle de Beaumesnil, ils doivent obéir aveuglément, et comme si ces ordres leur étaient donnés par madame de la Rochaiguë ou par moi... Je compte sur le zèle... sur l'intelligence... sur l'exactitude de mes gens... Nous saurons reconnaître ceux qui se seront montrés remplis de bon vouloir, de soins, de prévenances, pour mademoiselle de Beaumesnil.

Après cette belle allocution, les gens furent congédiés, et l'on donna ordre aux cuisines de tenir continuellement et toute prête une réfection chaude et froide, dans le cas où mademoiselle de Beaumesnil voudrait prendre quelque chose en arrivant.

Ces préparatifs terminés, madame de la Rochaiguë dit à son mari et à sa sœur :

— Nous devrions maintenant monter là-haut, pour bien nous recorder et convenir de nos faits.

— J'allais vous le proposer, ma chère, — dit M. de la Rochaiguë en souriant et montrant ses longues dents de l'air le plus courtois.

Ces trois personnages traversaient un des salons pour sortir de l'appartement, lorsqu'un des gens de M. de la Rochaiguë lui dit :

— Il y a là une demoiselle qui demande à parler à madame la baronne.

— Qu'est-ce que c'est que cette demoiselle ?

— Elle ne m'a pas dit son nom ; elle vient pour quelque chose qui a rapport à feu madame la comtesse de Beaumesnil.

— Faites entrer, — dit la baronne.

Puis, s'adressant à son mari et à sa belle-sœur :

— Qu'est-ce que ça peut être que cette demoiselle ?

— Je n'en sais rien... nous allons voir... — dit le baron d'un air méditatif.

— Quelque réclamation peut-être... — ajouta madame de la Rochaiguë. — Il faudra envoyer cela au notaire de la succession.

Bientôt le domestique ouvrit la porte et annonça :

— Mademoiselle Herminie.

Quoique toujours charmant, le joli visage de la *duchesse*, pâli, altéré par la douleur profonde que lui causait la mort de sa mère, révélait une tristesse difficilement contenue ; ses beaux cheveux blonds, ordinairement déroulés en longues *anglaises*, se réunissaient alors en bandeaux autour de son noble front : car la pauvre enfant, abîmée dans son amer chagrin, n'avait pas, depuis deux mois, un instant songé aux innocentes coquetteries de son âge. Enfin... puérils... mais significatifs et navrants détails, les blanches et belles mains d'Herminie étaient nues... ses pauvres petits vieux gants, si souvent, si industrieusement recousus par elle, n'étaient plus mettables... et sa misère croissante ne lui permettait pas d'en acheter d'autres.

Hélas! oui... sa misère, car, frappée au cœur par la mort de sa mère, et cruellement malade pendant six semaines, la jeune fille n'avait pu donner ses leçons de musique, sa seule ressource ; ses minces épargnes étaient absorbées par les frais de sa maladie ; aussi, en attendant le produit des leçons qu'elle recommençait depuis peu de jours, Herminie s'était vue obligée de mettre au mont-de-piété un couvert d'argent, acheté au temps de sa *richesse;* et du modique produit de cet emprunt elle vivait alors, avec une parcimonie que le malheur seul peut enseigner.

A l'aspect de cette pâle et belle jeune fille dont les vêtements, malgré leur minutieuse propreté, annonçaient une misère décente, le baron et sa femme se regardèrent fort surpris. Madame de la Rochaiguë dit à Herminie :

— Je suis madame de la Rochaiguë, mademoiselle ; qu'y a-t-il pour votre service?

— Madame, — dit Herminie en rougissant d'orgueil, — je viens réparer une erreur, involontaire sans doute, et vous rapporter ce billet de cinq cents francs qui m'a été envoyé ce matin par le notaire de... feu madame la comtesse de Beaumesnil.

Malgré son courage, Herminie sentit les larmes lui monter aux yeux en prononçant le nom de sa mère ; mais, en faisant un vaillant effort sur elle-même afin de vaincre son émotion, elle tendit à madame de la Rochaiguë le billet de banque plié dans une lettre à son adresse, où on lisait :

A mademoiselle Herminie, maîtresse de chant.

Madame de la Rochaiguë, ayant parcouru la lettre, répondit :

— Ah !... pardon... c'est vous, mademoiselle, qui aviez été appelée auprès de madame de Beaumesnil, comme... musicienne ?

— Oui, madame.

— Je me souviens qu'en effet le conseil de famille a décidé que l'on vous enverrait cinq cents francs pour vos honoraires ; on a cru que cette somme...

— Suffisante... convenable... acceptable, — ajouta sentencieusement le baron en interrompant sa femme, qui reprit :

— Nous ne croyons donc pas, mademoiselle, que vous veniez ici réclamer...

— Je viens, madame, — dit Herminie avec un accent rempli de douceur et d'orgueil, — je viens vous rendre cet argent..... j'ai été payée...

Aucun des acteurs de cette scène ne sentit, ne pouvait sentir ce qu'il y avait de douleur amère dans ces mots :

« J'ai été payée. »

Mais la dignité, le désintéressement d'Herminie, désintéressement que la pauvreté si apparente des vêtements de la jeune fille rendait plus remarquable encore, frappèrent surtout madame de la Rochaiguë, qui reprit :

— En vérité, mademoiselle, je ne puis que louer la délicatesse d'un pareil procédé... La famille ignorait que vous eussiez déjà été rémunérée. Mais... — ajouta la baronne en hésitant, car le grand air naturel d'Herminie lui imposait, — mais je crois pouvoir, au nom de la famille, vous prier de conserver ces cinq cents francs... comme... une gratification...

Et la baronne tendit le billet de banque à la jeune fille en jetant de nouveau un regard sur ses pauvres vêtements.

Une seconde fois, la noble rougeur de l'orgueil blessé monta au front d'Herminie.

Il est impossible d'exprimer avec quelle convenance parfaite, avec quelle simplicité fière, la jeune fille répondit à madame de la Rochaiguë :

— Veuillez, madame, réserver cette généreuse aumône pour les personnes qui s'adresseront à votre charité...

Puis, sans ajouter un mot, Herminie salua madame de la Rochaiguë et se dirigea vers la porte du salon.

— Mademoiselle... pardon... dit vivement la baronne, — un mot encore... un seul.

La jeune fille se retourna sans pouvoir cacher ses larmes d'humiliation péniblement contenues jusqu'alors, et dit à madame de la Rochaiguë, qui semblait frappée d'une idée subite :

— Que désirez-vous, madame ?

— Je vous prie d'abord, mademoiselle, d'excuser une insistance qui a pu froisser votre délicatesse et vous faire croire peut-être que j'ai voulu vous humilier... mais je vous proteste que...

— Je ne crois jamais, madame, que l'on veuille m'humilier, — répondit Herminie d'une voix douce et ferme sans laisser madame de la Rochaiguë achever sa phrase.

— Et vous avez raison, mademoiselle, — reprit la baronne, — c'est un sentiment tout contraire que vous devez inspirer ; maintenant, j'ai un service, je dirais même une grâce à vous demander.

— A moi, madame?

— Vous continuez à donner des leçons de piano, mademoiselle ?

— Oui, madame...

— M. de la Rochaiguë, — et elle désigna le baron qui souriait comme d'habitude, — est le tuteur de mademoiselle de Beaumesnil ; elle doit arriver ici ce soir.

— Mademoiselle de Beaumesnil ! dit vivement Herminie avec un tressaillement et une émotion involontaires. — Elle arrive... ici?..... aujourd'hui ?

— Ainsi que madame la baronne a eu l'honneur de vous le dire, nous attendons ce soir mademoiselle de Beaumesnil, ma bien-aimée cousine et pupille, reprit le baron. Cet appartement lui est destiné, — ajouta-t-il en jetant un regard complaisant autour du magnifique salon, — un appartement digne en tout de *la plus riche héritière de France*... car... rien n'est trop...

La baronne interrompit son mari et dit à Herminie :

— Mademoiselle de Beaumesnil a seize ans, son éducation n'est pas complétement achevée... elle aura besoin de plusieurs professeurs... s'il pouvait donc vous convenir, mademoiselle... de donner des leçons de musique à mademoiselle de Beaumesnil... nous serions charmés de vous la confier...

Quoique, peu à peu, elle eût pressenti l'offre que venait de lui faire la baronne... Herminie, à cette pensée qu'un hasard providentiel allait la rapprocher de sa sœur... Herminie fut si impressionnée, qu'elle se fût sans doute trahie, si le baron, jaloux de saisir cette nouvelle occasion de *poser* en orateur, et ne donnant pas à la jeune fille le temps de répondre, n'eût ajouté en mettant, selon son habitude, sa main gauche entre les revers de son habit boutonné, tandis qu'il imprimait à son bras droit un mouvement de pendule des plus insupportables :

— Mademoiselle, si pour nous c'est un devoir sacré de veiller scrupuleusement... rigoureusement... prudemment... au choix des maîtres auxquels nous confions notre chère pupille... c'est aussi pour nous un plaisir... un bonheur... une satisfaction... de rencontrer des personnes qui, comme vous, mademoiselle, réunissent toutes les conditions désirables pour remplir l'emploi auquel elles se sont vouées dans l'intérêt sacré de l'éducation et des familles...

Ce *speach*, prononcé tout d'un trait et tout d'une haleine par le baron, toujours avide de s'exercer aux luttes de la parole, dans la prévision de cette pairie si ardemment désirée, cette tirade, disons-nous, donna heureusement à Herminie le temps de reprendre son sang-froid ; elle répondit à la baronne d'une voix presque calme :

— Je suis touchée, madame, de la confiance que vous m'accordez... j'espère vous montrer que j'en étais digne.

— Eh bien donc ! mademoiselle, — reprit madame de la Rochaiguë, — puisque vous acceptez mes offres... nous vous ferons prévenir dès que mademoiselle de Beaumesnil sera en état de prendre ses premières leçons ; car, pendant quelques jours, il lui faudra sans doute se reposer des fatigues de son voyage.

— J'attendrai donc que vous vouliez bien m'écrire, madame, pour me présenter chez mademoiselle de Beaumesnil, dit Herminie en quittant le salon.

Avec quel attendrissement, avec quelle joie, la jeune fille regagna sa modeste demeure !

Elle pouvait espérer de revoir sa sœur... de la voir souvent, car elle comptait sur toutes les ressources de sa tendresse cachée pour se faire aimer d'Ernestine.

Sans doute, et pour de toutes-puissantes raisons puisées dans ce qu'il y a de plus pur dans le respect filial, dans ce qu'il a de plus délicat, de plus élevé, dans le noble sentiment de l'orgueil, Herminie devait à jamais taire à sa sœur le lien secret qui les unissait, ainsi qu'elle avait eu le courage de le taire à madame de Beaumesnil; mais la perspective de ce rapprochement, peut-être prochain, jetait la jeune artiste dans un ravissement ineffable, lui apportait la plus inespérée des consolations.

Puis sa sagacité naturelle, jointe à un vague instinct de défiance envers M. et madame de la Rochaiguë, qu'elle voyait cependant pour la première fois, disait à Herminie que cette enfant de seize ans, que cette sœur qu'elle chérissait sans la connaître, aurait pu être confiée à des personnes plus dignes de sa tutelle. Si ses prévisions ne la trompaient pas, l'affection qu'Herminie espérait inspirer à sa sœur pourrait donc avoir sur celle-ci une influence doublement salutaire.

Est-il besoin de dire que, malgré la gêne, la pénurie extrême où elle se trouvait, il ne vint pas un moment à la pensée d'Herminie de comparer l'opulence presque fabuleuse dont allait jouir sa jeune sœur à sa condition à elle, pauvre artiste, exposée à tous les hasards de la maladie et de la pauvreté?

Les caractères généreux et fiers ont des rayonnements si chaleureux, qu'ils fondent parfois les glaces de l'égoïsme : ainsi, dans la scène précédente, la dignité d'Herminie, la grâce exquise et naturelle de ses manières, avaient inspiré tant d'intérêt, imposé tant de considération à M. et à madame de la Rochaiguë, personnages cependant peu sympathiques, qu'ils s'étaient empressés de faire à la jeune fille l'offre dont elle se trouvait si heureuse.

La baronne, le baron et sa sœur, restés seuls après le départ d'Herminie, se retirèrent chez eux afin d'avoir une conférence importante ar sujet de la prochaine arrivée d'Ernestine de Beaumesnil.

XIV

Lorsque madame de la Rochaiguë, son mari et sa sœur, furent réunis dans un salon du second étage, Héléna de la Rochaiguë, qui, depuis la venue d'Herminie, avait semblé pensive, dit à la baronne d'une voix douce et lente :

— Je crois, ma sœur, que vous avez eu tort de prendre cette musicienne comme maîtresse de piano pour Ernestine de Beaumesnil.

— Tort! et pourquoi ? — demanda la baronne.

— Cette jeune fille paraît *orgueilleuse*, — répondit Héléna avec la même placidité ; — avez-vous remarqué avec quelle surprenante hauteur elle a rendu ce billet de cinq cents francs, quoique l'usure de ses vêtements prouvât suffisamment que cette somme lui aurait été nécessaire ?

— C'est justement cela qui m'a touchée, — reprit madame de la Rochaiguë ; — il y avait quelque chose de si intéressant dans cet orgueilleux refus d'une personne pauvre... il y avait tant de dignité naturelle dans ses manières, que j'ai été pour ainsi dire amenée malgré moi à lui faire l'offre que vous blâmez, ma chère sœur.

— L'ORGUEIL n'est jamais intéressant, c'est le plus damné des SEPT PÉCHÉS CAPITAUX, reprit mielleusement Héléna ; — l'orgueil est le contraire de l'humilité chrétienne, sans laquelle il n'y a pas de salut, — ajouta-t-elle, — et je crains que l'influence de cette jeune fille ne soit pernicieuse à Ernestine de Beaumesnil.

Madame de la Rochaiguë sourit imperceptiblement en regardant son mari : celui-ci répondit par un léger haussement d'épaules qui montrait assez le peu de cas que tous deux faisaient des observations d'Héléna.

Depuis longtemps habitués à considérer la dévote comme une personne parfaitement nulle, le baron et sa femme ne supposaient pas que cette vieille fille, d'une inaltérable douceur, d'un esprit borné, et qui ne disait pas vingt paroles en un jour, pût concevoir une idée en dehors de la pratique de ses habitudes de sacristie.

— Nous ferons notre profit de votre observation, ma chère sœur, — dit la baronne à Héléna. — Après tout, nous n'avons qu'un engagement insignifiant avec cette demoiselle. D'ailleurs, votre observation nous conduit tout naturellement à l'objet de cet entretien...

Aussitôt le baron se leva, retourna prestement sa chaise afin de pouvoir s'appuyer sur son dossier et donner ainsi toute l'ampleur convenable à ses gestes oratoires et à ses attitudes parlementaires. Déjà, mettant la main gauche sous le revers de son habit et balançant son bras droit, il s'apprêtait à parler lorsque sa femme lui dit :

— Monsieur de la Rochaigué, pardon, mais... vous allez me faire la grâce de laisser votre chaise tranquille et de vous asseoir... Vous voudrez bien dire votre opinion sans vous mettre en frais d'éloquence... causons tout simplement, ne pérorons pas..... conservez votre puissance oratoire pour la tribune, où vous arriverez infailliblement, mais aujourd'hui résignez-vous à parler tout bonnement comme un homme de beaucoup de tact et de beaucoup d'esprit... sinon... je vous interromps à chaque instant.

Le baron connaissait par expérience l'horreur profonde de sa femme pour ses *speach* : il retourna donc piteusement sa chaise et se rassit en soupirant.

La baronne prit la parole.

— Ernestine arrive ce soir... convenons donc de nos faits...

— C'est indispensable, — dit le baron, — tout dépend de notre bon accord... il faut que nous ayons les uns dans les autres la confiance la plus aveugle... la plus entière... la plus absolue !

— Sans cela, — reprit la baronne. — nous perdrons tous les avantages que nous devons attendre de cette tutelle.

— Car enfin, — dit le baron, — l'on n'est pas tuteur pour son plaisir.

— Il faut au contraire que cette tutelle ne nous rapporte que plaisir et profit, — reprit la baronne.

— C'est ce que je voulais dire, — riposta son mari.

— Je n'en doute pas, — répondit la baronne, et elle ajouta :

— Posons d'abord bien en fait qu'en ce qui touche Ernestine, nous n'agirons jamais isolément.

— Adopté, — dit le baron.

— C'est juste, — dit Héléna.

— Comme depuis longtemps nous avions absolument rompu avec la comtesse de Beaumesnil, dont le caractère m'a toujours été antipathique et insupportable, — reprit madame de la Rochaigué, —

nous n'avons pas la moindre donnée sur les sentiments d'Ernestine... Mais heureusement elle n'a pas seize ans, et en deux jours nous l'aurons pénétrée à fond... traversée à jour...

— Quant à cela, fiez-vous à ma sagacité, — dit le baron d'un air machiavélique.

— Je me fierai sans doute à votre pénétration, mais aussi un peu à la mienne, si vous le permettez, — répondit la baronne. — Du reste, quel que soit le caractère d'Ernestine, nous n'avons rien à changer à nos dispositions. La combler d'attentions, de prévenances, aller au-devant de ses moindres désirs, épier, deviner ses goûts, les flatter, l'aduler, l'enchanter, nous en faire, en un mot, chérir, adorer... voilà où il faut en arriver... c'est le but... Quant aux moyens, nous les trouverons dans la connaissance des habitudes et des sentiments d'Ernestine.

— Voici comment je résume la question... — dit le baron en se levant avec solennité. — Et d'abord... je pose en fait que...

Mais, à un regard de sa femme, le baron se rassit aussitôt, et continua modestement :

— Il faut qu'en un mot, Ernestine ne pense, ne voie, n'agisse que par nous, voilà l'important.

— « La fin... justifie les moyens, » — ajouta pieusement Héléna.

— Nous avons d'ailleurs parfaitement engagé la partie, — reprit la baronne. — Ernestine nous saura infailliblement bon gré de nous être retirés au second pour lui abandonner le premier étage de l'hôtel, qui a coûté près de cinquante mille écus à restaurer, à dorer et à meubler pour son usage.

— Dorures, meubles et restaurations qui nous resteront, bien entendu, puisque la maison est à nous, — ajouta le baron d'un air guilleret, — car, avant tout... il fallait loger décemment *la plus riche héritière de France*... ainsi que cela a été réglé dans le conseil de famille.

— Arrivons maintenant à la question la plus importante, la plus délicate de toutes, — reprit la baronne, — à la question des prétendants qui vont indubitablement surgir de toutes parts...

— C'est certain, — dit le baron en évitant de regarder sa femme.

Héléna ne prononça pas une parole, mais parut redoubler d'attention.

La baronne poursuivit :

— Ernestine a seize ans, elle est en âge d'être mariée... aussi notre position auprès d'elle doit-elle nous donner une influence énorme dans le monde... car l'on croira... (et l'on ne se trompera pas) que nous aurons l'action la plus décisive sur le choix de notre pupille.

— C'est bien le moins, — dit le baron.

— Cette influence nous est déjà tellement acquise depuis que nous avons la tutelle, — reprit la baronne, — que beaucoup de gens, et des plus considérables par leur position ou par leur naissance, ont fait et font journellement toutes sortes de démarches et même de bassesses auprès de moi... pour se *mettre bien dans mes papiers*, comme on dit vulgairement ; nous pouvons donc tirer un immense parti d'une pareille clientèle.

— Et moi donc, — dit le baron, — des personnes que je ne voyais plus depuis des siècles, et avec qui j'étais même en froideur ou en assez mauvais termes, ont fait mille platitudes pour renouer avec moi leurs anciennes relations... L'autre jour, chez madame de Mirecourt, on faisait foule autour de moi... j'étais littéralement entouré, obsédé, étouffé...

— Il n'est pas, — reprit la baronne, — jusqu'à ce méchant marquis de Maillefort, que j'ai toujours eu en exécration...

— Et vous avez raison! — s'écria le baron en interrompant sa femme, — je ne sais rien de plus sardonique, de plus déplaisant, de plus insolent, que cet infernal bossu!

— Je l'ai vu deux fois, — dit à son tour pieusement Héléna ; — il a tous les vices écrits sur le visage, il a l'air d'un Satan.

— Eh bien! reprit la baronne, — il y a qu'un jour ce Satan tombe chez moi comme des nues avec son aplomb ordinaire, quoiqu'il n'ait pas mis les pieds chez moi depuis cinq ou six ans... et il est déjà revenu plusieurs fois me voir le matin.

— J'espère bien que si celui-là vous flatte et vous flagorne, — reprit le baron, — ce n'est pas pour son compte... à moins qu'il ne s'abuse étrangement.

— Évidemment, — reprit la baronne ; — aussi je suis convaincue que M. de Maillefort s'est rapproché de nous avec une arrière-pensée, avec une prétention quelconque; or, je vous déclare que cette arrière-pensée je la pénétrerai, et que, cette prétention, il ne me l'imposera pas.

— Maudit bossu! je suis désolé de le voir revenir ici, — reprit

M. de la Rochaiguë; — c'est ma bête d'antipathie, ma bête noire... ma bête d'horreur.

— Eh! mon Dieu! — reprit la baronne avec impatience, — il n'y a pas de bête d'horreur qui fasse, il faut subir le marquis... Et d'ailleurs, si un homme ainsi posé nous fait de telles avances, que sera-ce des autres? Avant tout, cela prouve notre influence. Sachons donc en tirer parti de plus d'une façon, et, cette première *monture* épuisée, nous serons bien malhabiles si nous n'amenons pas Ernestine à un choix très-avantageux pour nous-mêmes.

— Vous posez les questions à merveille, ma chère, — dit le baron en redoublant d'attention, tandis qu'Héléna, non moins intéressée, rapprochait sa chaise de celle de son frère et de sa femme.

— Maintenant, — reprit la baronne, — devons-nous précipiter ou retarder le moment où il faudra qu'Ernestine fasse un choix?

— Très-importante question! — dit le baron.

— Mon avis serait d'ajourner à six mois au moins toute détermination à ce sujet, — dit la baronne.

— C'est aussi mon avis, — s'écria le baron, comme si les intentions de sa femme lui eussent causé une satisfaction secrète.

— Je pense absolument comme vous, mon frère, et comme vous, ma sœur, — dit Héléna, qui, silencieuse, mais profondément réfléchie, écoutait, les yeux baissés, ne perdant pas un mot de cet entretien.

— A merveille, — dit la baronne évidemment aussi très-contente de ce commun accord, — c'est en nous entendant toujours ainsi que nous mènerons cette affaire à bien, car il va sans dire que nous nous jurons formellement, — ajouta la baronne d'un ton solennel, — que nous nous jurons, au nom de nos plus chers intérêts, de n'accepter aucun prétendant à la main d'Ernestine, sans nous en prévenir et sans nous concerter...

— Agir isolément et secrètement serait une trahison indigne, infâme... horrible, — s'écria le baron, semblant se révolter à la seule pensée de cette énormité.

— Jésus! mon Dieu! — dit Héléna en joignant les mains, — qui pourrait songer à une si vilaine traîtrise?

— Ce serait une infamie, — reprit à son tour la baronne, — et plus qu'une infamie... une insigne maladresse... Autant nous serons forts en nous concertant, autant nous serons faibles en nous divisant.

— L'union fait la force, — reprit péremptoirement le baron.

— Ainsi donc, sauf changement de résolution concerté entre nous trois, nous ajournons à six mois tout projet sur l'établissement d'Ernestine, afin d'avoir le temps d'exploiter son influence.

— Ces points résolus, — reprit la baronne, — arrivons à une chose qui ne manque pas de gravité : faudra-t-il, oui ou non, laisser à Ernestine sa souveraineté? Cette madame Lainé, autant que j'ai pu me renseigner, est un peu au-dessus de la classe des femmes de chambre ordinaires; elle est depuis deux ans auprès d'Ernestine, elle doit donc exercer une certaine influence sur elle.

— Une idée! — s'écria le baron d'un air capable et profond. — Il faut évincer la gouvernante! la perdre dans l'esprit d'Ernestine!... Ce serait très-fort!

— Ce serait très-faible, — reprit la baronne.

— Mais, ma chère...

— Mais, monsieur, il s'agit tout simplement de faire tourner cette influence à notre profit, d'avoir la gouvernante à notre discrétion, d'arriver à ce qu'elle n'agisse que selon nos instructions. Alors... cette influence de tous les moments, au lieu de nous être redoutable, nous pourra servir très-puissamment.

— C'est juste... — dit Héléna.

— Le fait est que, sous ce point de vue, — dit le baron en réfléchissant, — la gouvernante peut être... très-utile, très-avantageuse, très-serviable. Mais pourtant, si elle refusait de se mettre dans nos intérêts, ou si nos tentatives pour nous concilier cette femme éveillaient la défiance d'Ernestine?

— Il faudra d'abord s'y prendre adroitement, et je m'en charge... — dit la baronne. — Si nous pressentons que l'on ne peut gagner cette femme, alors nous en reviendrons à l'idée de M. de la Rochaiguë, nous évincerons la gouvernante.

Cet entretien fut interrompu par un des gens de la maison, qui vint dire à madame de la Rochaiguë :

— Madame la baronne, le courrier qui précède la voiture de mademoiselle de Beaumesnil vient de descendre de cheval dans la cour... il n'a qu'une demi-heure d'avance...

— Vite... vite... à notre toilette! — dit la baronne dès que le domestique fut sorti.

Puis elle ajouta, comme par réflexion :

— Mais j'y pense... nous avons, comme cousins, porté pendant six semaines le deuil de la comtesse... il serait peut-être d'un bon effet de le porter encore... ce deuil? Tous les gens d'Ernestine sont en noir, et, par nos ordres, ses voitures seront drapées... Ne craignez-vous pas que si, pour les premiers temps, je m'habillais de couleur, cela ne parût désobligeant à cette petite?

— Vous avez raison, ma chère amie, — dit le baron, — reprenez votre deuil... ne fût-ce que quinze jours.

— C'est assez désagréable, — dit la baronne, — car le noir me va comme une horreur... Mais il est des sacrifices qu'il faut s'imposer. Quant à nos conventions, — ajouta la baronne, — aucune démarche isolée... ou secrète... au sujet d'Ernestine... c'est juré...

— C'est juré, dit le baron.

— C'est juré, fit Héléna.

Après quoi les trois personnages se séparèrent pour aller faire leur toilette du soir, et rentrèrent chacun dans son appartement.

Aussitôt après avoir quitté M. de la Rochaigué et sa sœur, la baronne se renferma chez elle, et écrivit à la hâte un billet ainsi conçu :

« Ma chère Julie, la petite arrive ce soir... je serai chez vous demain sur les dix heures du matin : nous n'avons pas un moment à perdre ; *prévenez qui vous savez*, il faut bien nous entendre.

« Silence... et défiance...

« L. de L. R. »

Sur ce billet, la baronne écrivit l'adresse suivante :

A madame la vicomtesse de Mirecourt.

S'adressant alors à sa femme de chambre et lui remettant la lettre :

— Tout à l'heure, mademoiselle, pendant que nous serons à table, vous porterez ceci à madame de Mirecourt... Vous prendrez un carton à dentelles, comme si vous alliez faire une commission pour ma toilette.

Presque au même instant, s'enfermant à double tour, le baron de son côté écrivait cette lettre :

« M. de la Rochaigué prie M. le baron de Ravil de vouloir bien l'attendre chez lui demain, entre une heure et deux heures de l'après-midi ; ce rendez-vous est très-urgent.

« M. de la Rochaigué compte sur l'obligeante exactitude de M. de

Ravil et lui offre ici l'assurance de ses sentiments les plus distingués. »

Sur l'adresse de ce billet, le baron écrivit :

A monsieur le baron de Ravil, 7, rue Godot-de-Mauroy.

Puis il dit à son valet de chambre :

— Vous allez envoyer quelqu'un jeter tout de suite cette lettre à la poste.

Enfin, mademoiselle Héléna, s'entourant des mêmes précautions que M. et madame de la Rochaiguë, écrivit secrètement, comme eux, la lettre suivante :

« Mon cher abbé, ne manquez pas de venir demain à dix heures du matin, c'est justement notre jour de conférence.

« Que Dieu soit avec nous... *L'heure est venue.*

« Priez pour moi comme je prie pour vous.

« H. de L. R. »

Sur ce billet, Héléna écrivit cette adresse :

A monsieur l'abbé Ledoux, rue de la Planche.

XV

Le lendemain de la réunion de la famille de la Rochaiguë, trois scènes importantes se passaient chez différents personnages.

La première avait lieu chez M. l'abbé Ledoux, que nous avons vu administrer les derniers sacrements à madame de Beaumesnil.

L'abbé était un petit homme au sourire insinuant, à l'œil fin et pénétrant, à la joue vermeille, aux cheveux gris légèrement poudrés.

Il se promenait d'un air inquiet, agité, dans sa chambre à coucher, regardant sa pendule de temps à autre, et semblait attendre quelqu'un avec impatience.

Un bruit de sonnette se fit entendre, une porte s'ouvrit, et un domestique à tournure de sacristain annonça : *M. Célestin de Macreuse.*

Ce pieux fondateur de l'*œuvre de Saint-Polycarpe* était un grand jeune homme de bonnes manières, aux cheveux d'un blond fade, et dont la figure pleine, colorée, assez régulière, du reste, aurait pu passer pour belle sans sa remarquable expression de doucereuse perfidie et de suffisance contenue.

Lorsqu'il entra, M. de Macreuse baisa chrétiennement l'abbé Ledoux sur les deux joues; l'abbé lui rendit non moins chrétiennement ses baisers et lui dit :

— Vous n'avez pas d'idée, mon cher Célestin, de l'impatience avec laquelle je vous attendais.

— C'est qu'il y avait aujourd'hui séance de l'*œuvre*, monsieur l'abbé, séance orageuse s'il en fut; vous ne pouvez concevoir l'esprit d'aveuglement et de révolte de ces malheureux-là... Ah! que de peines pour faire comprendre à ces brutaux d'ouvriers tout ce qu'il y a pour eux d'inappréciable, d'ineffablement divin... au point de vue de leur rédemption, dans l'atroce misère où ils vivent... Mais non, au lieu de se trouver très-satisfaits de cette chance de salut et de marcher les yeux levés au ciel, ils s'obstinent à regarder ce qui se passe sur la terre... à comparer leur condition à d'autres conditions, à parler de leurs droits au travail, au bonheur... au bonheur!! cette autre hérésie!... C'est désespérant!

L'abbé Ledoux écoutait parler Célestin et le contemplait en souriant, songeant intérieurement à la surprise qu'il lui ménageait.

— Et pendant que vous prêchiez si sagement le détachement des choses d'ici-bas à ces misérables, mon cher Célestin, — dit l'abbé au jeune homme de bien, — savez-vous ce qui se passait? Je m'entretenais de vous avec mademoiselle Héléna de la Rochaiguë... et savez-vous le sujet de notre conversation? L'arrivée de la petite Beaumesnil...

— Que dites-vous? — s'écria M. de Macreuse en devenant pourpre de surprise et d'espoir, — mademoiselle de Beaumesnil...

— Est à Paris depuis hier soir.

— Et mademoiselle de la Rochaiguë?

— Est toujours dans les mêmes dispositions à votre égard... prête à tout pour empêcher que cet immense héritage ne tombe entre de mauvaises mains... J'ai vu ce matin cette chère personne, nous nous sommes concertés, et ce ne sera pas notre faute si vous n'épousez pas mademoiselle de Beaumesnil.

— Ah! si ce beau rêve se réalisait, — s'écria M. de Macreuse d'une voix âpre et palpitante en serrant les mains de l'abbé entre les siennes, — c'est à vous que je devrais cette fortune immense, incalculable !

— C'est ainsi, mon cher Célestin, que sont récompensés les jeunes gens pieux qui, dans ce siècle pervers, donnent l'exemple des vertus catholiques, — dit l'abbé d'un air jovial et en chafriolant.

— Ah ! — s'écria Célestin avec une expression de cupidité ardente, — une telle fortune, c'est comme un horizon d'or, j'en suis ébloui !

— Ce pauvre enfant, comme il aime l'argent avec sincérité ! — dit l'abbé en souriant d'un air paterne, et en pinçant la joue rebondie de Célestin ; — ainsi donc pensons au solide, et raisonnons serré... Malheureusement, je n'ai pu décider cette opiniâtre madame de Beaumesnil à vous désigner au choix de sa fille par une sorte de testament... l'affaire eût été ainsi sûrement enlevée... Forts de ces dernières volontés d'une mère mourante, mademoiselle de la Rochaiguë et moi nous chambrions la petite, qui consentait à tout... par respect pour la mémoire de sa mère... C'était superbe, ça allait de soi et sans conteste possible... mais à cela il ne faut plus songer...

— Pourquoi n'y plus songer ? — dit M. de Macreuse avec une certaine hésitation, et en attachant un instant ses yeux clairs et perçants sur ceux de l'abbé.

Celui-ci, à son tour, le regarda fixement.

Célestin baissa les yeux, et répondit en souriant :

— Quand je disais que nous ne devions pas renoncer peut-être à l'appui qu'une espèce de testament de madame de Beaumesnil aurait prêté à nos projets, c'était une simple supposition...

— D'écriture?

Demanda l'abbé, qui, à son tour, baissa les yeux sous le regard audacieusement affirmatif de Célestin.

Il y eut un nouveau moment de silence, ensuite duquel l'abbé reprit, comme si ce dernier incident n'eût pas interrompu l'entretien...

— Il nous faut donc commencer une nouvelle campagne : les circonstances nous sont favorables, car nous avons les devants, le baron et sa femme n'ont encore personne en vue pour Ernestine de Beaumesnil, à ce que m'a dit mademoiselle de la Rochaiguë, qui est toute à nous... Quant à son frère et à sa femme, ce sont des gens très-égoistes, très-cupides, il n'est donc pas douteux qu'une fois la chose engagée par nous de façon à leur donner des craintes sur notre réussite, ils ne se rangent de notre bord s'ils y trouvent, bien entendu, de solides avantages; et ces avantages, rien ne sera plus facile que de les leur assurer; mais il faut d'abord nous emparer d'une position tellement forte... qu'elle nous rende maîtres des conditions.

— Et quand? et de quelle façon serai-je présenté à mademoiselle de Beaumesnil, monsieur l'abbé?

— Cette urgente et grave question nous a fort préoccupés, mademoiselle Héléna et moi; évidemment une présentation officielle, en règle, est impossible : ce serait tout compromettre en donnant l'éveil au baron et à sa femme sur nos prétentions; il faut donc du secret, du mystère, de l'imprévu, afin d'exciter la curiosité, l'intérêt de mademoiselle de Beaumesnil; or, cette présentation, pour avoir son effet, doit être étudiée au point de vue du caractère de cette jeune fille.

Célestin regarda l'abbé d'un air surpris et interrogatif.

— Laissez-nous faire, pauvre enfant, — lui dit l'abbé d'un ton d'affectueuse supériorité, — nous savons l'humanité sur le bout du doigt; ainsi donc, d'après les renseignements que j'ai pu recueillir, et surtout d'après les remarques de mademoiselle Héléna, de qui, sur certains sujets, la pénétration est aussi sûre que rapide, la petite Beaumesnil doit être très-religieuse, très-charitable; et, particularité bonne à connaître, — reprit l'abbé, — mademoiselle de Beaumesnil fait de préférence ses dévotions à l'autel de Marie... prédilection très-naturelle à une jeune fille...

— Permettez-moi de vous interrompre, monsieur l'abbé, — dit vivement Célestin.

— Voyons, mon cher enfant.

— M. et madame de la Rochaiguë ne sont pas réguliers dans l'observance de leurs devoirs religieux, mais mademoiselle Héléna ne manque jamais un office?...

— Non, certes.

— Elle peut donc se charger tout naturellement de conduire mademoiselle de Beaumesnil à l'église de Saint-Thomas-d'Aquin, sa paroisse?

— Évidemment.

— Il sera bon que mademoiselle Héléna fasse, à partir de demain ses dévotions à l'autel de Marie, où elle conduira sa pupille... à neuf heures du matin.

— C'est très-facile...

— Ces dames prendront place, je suppose... à gauche... de l'autel

— A gauche de l'autel... et pourquoi cela, Célestin?

— Parce que j'y serai, faisant mes dévotions au même autel que mademoiselle de Beaumesnil.

— A merveille ! — dit l'abbé, — cela va tout seul... Mademoiselle Héléna se charge d'attirer sur vous l'attention de la petite, et, dès la première entrevue, vous voici admirablement posé... C'est parfaitement imaginé, mon cher Célestin.

— Ne m'attribuez pas la gloire de cette invention, monsieur l'abbé, — reprit Célestin avec une ironique modestie; — rendons à César ce qui appartient à César.

— Et à quel César attribuer l'heureuse idée de cette première entrevue ainsi préparée?

— A celui qui a écrit ces vers, monsieur l'abbé.

Et M. de Macreuse récita la tirade suivante avec un accent sardonique :

> Ah! si vous aviez vu comme j'en fis rencontre,
> Vous auriez pris pour lui l'amitié que je montre.
> Chaque jour à l'église il venait d'un air doux
> Tout vis-à-vis de moi se mettre à deux genoux.
> Il attirait les yeux de l'assemblée entière
> Par l'ardeur dont au ciel il poussait sa prière, etc.

— Tout est prévu, jusqu'à l'eau bénite à offrir en sortant, — ajouta Macreuse. — Et que l'on dise encore que les œuvres de cet impie, de cet insolent histrion n'ont pas leur moralité et leur utilité !

— Ma foi, reprit l'abbé en riant aux éclats, — c'est de bonne guerre... Puisse le ciel faire triompher la bonne cause, quelles que soient les armes employées! Allons, mon cher Célestin, bon courage; nous sommes en excellente voie : vous êtes habile, insinuant, opiniâtre, capable plus que personne de séduire cette orpheline par les oreilles et par les yeux, pour peu qu'elle vous entende et qu'elle vous voie; et, à ce propos, soignez toujours votre toilette, mettez-y plus de recherche; rien d'affecté, mais du goût, une simplicité très-élégante; voyons, regardez-moi un peu... Oui, — reprit l'abbé après une minute de contemplation, j'aimerais mieux qu'au lieu de porter vos cheveux plats, vous leur fissiez donner une légère frisure. On ne prend pas seulement les jeunes filles avec des paroles.

— Soyez tranquille, monsieur l'abbé, je comprends toutes ces nuances; les grands succès s'obtiennent souvent par de petits moyens... Ah !... ce succès... ce serait l'avenir le plus beau, le plus splendide qu'il ait été donné à un homme de rêver ! s'écria Célestin, dont les yeux clairs brillèrent d'un ardent éclat.

— Et ce succès, — reprit l'abbé, il faut que vous l'obteniez; toutes les ressources dont nous pouvons disposer... (et elles sont immenses... et de toutes sortes), nous les emploierons.

— Ah !... monsieur l'abbé, dit Célestin avec onction, — que ne vous devrai-je pas ?

— Ne vous exagérez pas ce que vous nous devrez, candide garçon, — dit l'abbé en souriant, — votre bon succès n'intéresse pas que vous seul...

— Comment cela ? monsieur l'abbé.

— Eh ! sans doute, votre réussite aurait une énorme portée... une influence incalculable... oui : à tous ces beaux petits messieurs qui font les esprits forts... à tous ces tièdes, à tous ces indifférents qui ne nous soutiennent pas assez vigoureusement, votre réussite prouverait en lettres d'or, en chiffres éblouissants, ce que l'on gagne à être toujours *avec nous, pour nous... et par nous...* Ceci était déjà quelque peu démontré, je crois, par la position considérable... inespérée pour votre âge... et pour... votre... naissance... inconnue, — ajouta plus bas l'abbé et en rougissant imperceptiblement, tandis que Célestin semblait partager le même embarras.

Puis le prêtre poursuivit :

— Allez, allez, mon cher Célestin... tandis que ces envieux et impudents petits et grands seigneurs ruineront leur bourse et leur santé dans de sales orgies, dans de stupides et bruyants plaisirs, vous, mon cher enfant, venu on ne sait d'où... patronné, poussé, élevé par on ne sait qui... vous aurez, dans l'ombre, fait silencieusement votre chemin, et bientôt le monde restera stupéfié de votre inconcevable et presque effrayante fortune...

— Ah ! croyez... monsieur l'abbé... que ma reconnaissance...

L'abbé interrompit M. de Macreuse en lui disant avec un singulier sourire :

— Ne vous obstinez donc pas à parler de votre reconnaissance..... on ne peut pas être ingrat avec nous... Vous pensez bien que nous ne sommes pas des enfants... nous prenons nos sûretés...

Et, répondant à un mouvement de M. de Macreuse, l'abbé ajouta :

— Et quelles sont ces sûretés?... c'est le cœur et l'esprit de ceux à qui nous nous dévouons...

Puis, toujours paterne, l'abbé plaça de nouveau l'oreille du jeune homme de bien et reprit :

— Maintenant, autre chose non moins importante. Qui n'entend qu'une cloche n'entend qu'un son. Sans doute, mademoiselle Héléna ne tarira pas sur vous auprès de la petite de Beaumesnil dès que celle-ci vous aura remarqué. Mademoiselle de la Rochaiguë vantera sans cesse vos vertus, votre piété, la douceur angélique de votre figure, la gracieuse modestie de votre maintien... elle fera tout enfin pour monter, pour exalter au plus haut degré la tête de cette enfant à votre endroit ; mais il serait d'un effet excellent, décisif peut-être, que ces louanges vous concernant trouvassent de l'écho ailleurs, et fussent répétées par des personnes d'une position telle, que leurs paroles eussent une grande autorité sur l'esprit de la petite de Beaumesnil, qui s'enorgueillirait beaucoup de vous voir unanimement loué.

— Cela est vrai, monsieur l'abbé, ce serait un coup de partie.

— Eh bien ! voyons, Célestin... parmi vos amies, vos prôneuses, vos fanatiques, quelle est la femme qui, selon vous, pourrait être priée de se charger de cette mission délicate..... madame de Franville ?

— Elle est trop sotte... — dit Célestin.

— Madame de Bonrepos? — poursuivit l'abbé.

— Elle est trop indiscrète et trop décriée.

— Madame Lefébure ?

— Elle est trop bourgeoise...

Et Célestin reprit, après un assez long silence :

— Il n'y a qu'une femme sur la discrétion et sur l'amitié de qui je puisse assez compter pour lui faire une pareille demande, c'est madame la duchesse de Senneterre...

— Ce serait parfait... car la duchesse a une extrême influence dans le monde, — reprit l'abbé en réfléchissant, — et je crois que vous ne vous trompez pas... Je l'ai entendue plusieurs fois vous défendre en vous prôner avec une chaleur incroyable, et regrettant hautement que son fils Gerald ne vous ressemblât pas... l'effronté débauché... l'impie libertin!

Au nom de Gerald, la physionomie de M. de Macreuse se contracta; il répondit avec un accent de haine concentrée :

— Cet homme m'a insulté... en face de tous... oh! je me vengerai...

— Enfant, — reprit l'abbé toujours souriant et paterne, *la vengeance se mange froide*, dit le proverbe romain, et il a raison... Souvenez-vous... et attendez... N'avez-vous pas déjà sur sa mère une grande influence?

— Oui, oui, — reprit Célestin après un moment de réflexion. — Plus j'y pense, plus je crois que pour mille raisons c'est à madame de Senneterre que je dois m'adresser. Déjà, maintes fois, j'ai pu juger de la solidité de l'intérêt qu'elle me porte..... La confiance que je lui témoignerai en cette occasion la touchera..... je n'en doute point..... Quant aux moyens de la mettre en rapport avec mademoiselle de Beaumesnil, je m'en entendrai avec elle. Ce sera chose facile, je pense...

— En ce cas, — reprit l'abbé, — il faudrait voir la duchesse le plus tôt possible.

— Il n'est que midi et demi, — dit Célestin en consultant la pendule. On rencontre souvent madame de Senneterre chez elle de une heure à deux... c'est le privilége des intimes seulement... J'y cours à l'instant.

— En vous y rendant, mon cher Célestin, dit l'abbé, — réfléchissez bien... si vous ne voyez à cette ouverture aucun inconvénient... Quant à moi, j'ai beau songer... je n'y vois que des avantages.

— Et moi aussi, monsieur l'abbé... néanmoins je vais y réfléchir encore... Quant au reste, c'est bien convenu. Demain à neuf heures... à gauche de l'autel de la chapelle de la Vierge... *à Saint-Thomas-d'Aquin*?

— C'est entendu, — reprit l'abbé, — je vais aller prévenir mademoiselle Héléna de nos arrangements; demain à neuf heures elle sera à cette chapelle avec mademoiselle de Beaumesnil... je puis vous en répondre d'avance... Maintenant courez vite chez madame de Senneterre. Après une dernière et chrétienne accolade échangée avec l'abbé Ledoux, Célestin se rendit chez madame la duchesse de Senneterre.

XVI

Dans la matinée du même jour où l'entretien précédent avait eu lieu entre l'abbé Ledoux et M. de Macreuse, madame la duchesse de Senneterre, ayant reçu une lettre très-pressante, était sortie à dix heures contre son habitude; de retour vers les onze heures et demie, elle avait aussitôt fait demander *son* fils Gerald. Le valet de chambre du jeune homme avait répondu à la femme de chambre de madame de Senneterre que M. le duc n'avait pas couché à l'hôtel.

Vers midi, un second et impatient message de la duchesse..... Son fils n'était pas encore de retour; enfin, à midi et demi, Gerald parut chez sa mère; il s'apprêtait à l'embrasser avec une affectueuse gaieté lorsque la duchesse le repoussa doucement, et lui dit d'un ton de reproche :

— Voilà trois fois que je vous fais demander, mon fils.

— Je rentre, et me voici.... Que me veux-tu, chère mère?

— Vous rentrez, Gerald... vous rentrez à cette heure? Quelle conduite!

— Comment!... quelle conduite!...

— Ecoutez-moi, — mon fils, — il est des choses que je ne veux... que je ne dois pas savoir; mais ne prenez pas pour de la tolérance ou pour de l'aveuglement la répugnance que j'éprouve à vous faire certaines observations.

— Ma chère mère, — dit Gerald, d'une voix à la fois respectueuse et ferme, — tu m'as trouvé... tu me trouveras toujours le plus respectueux, le plus tendre des fils; je n'ai pas besoin d'ajouter que mon nom, qui est aussi le tien, sera partout et toujours honoré et honorable. Mais, que veux-tu? j'ai vingt-quatre ans... je vis et je m'amuse en homme de vingt-quatre ans...

— Gerald, ce n'est pas d'aujourd'hui, vous le savez, que votre genre d'existence m'afflige profondément, et pour moi et pour vous; c'est à peine si vous voyez le monde, où votre nom et votre esprit vous assignent une place si distinguée, et vous fréquentez continuellement la plus mauvaise compagnie.

— En femmes... c'est vrai... et, pour moi, sous ce rapport... la mauvaise compagnie... est la bonne... Allons... ne te fâche pas... Je suis, tu le sais, resté toujours soldat pour la franchise du langage..... j'avoue donc mon peu de faible pour les rosières... Mais j'ai le plus glorieux choix d'amis qui puisse rendre fier un galant homme..... tiens : j'en ai un entre autres, le plus cher de tous, un ancien soldat de mon régiment... Si tu le connaissais, celui-là... chère mère, tu aurais meilleure opinion de moi, — ajouta Gerald en souriant, — car tu sais qu'on juge aussi des hommes par leurs amitiés...

— Il n'y a au monde que vous, Gerald, pour aller choisir vos amis intimes parmi les soldats... — dit la duchesse en haussant les épaules.

— Je le crois pardieu bien! chère mère... il n'est pas donné à tout le monde... d'aller choisir ses amis sur le champ de bataille.

— D'ailleurs, je ne vous parle pas de vos relations d'hommes, mon fils, je vous reproche de vous commettre avec d'indignes créatures.

— Elles sont si amusantes!...

— Mon fils...

— Pardon... bonne mère, — dit Gerald en embrassant la duchesse malgré elle ; — voyons, j'ai tort... oui... là... j'ai tort... d'avoir avec toi cette franchise de caserne ; mais pourtant... — ajouta-t-il, souriant et hésitant, — je ne voudrais certes pas te scandaliser encore... Et cependant... que veux-tu que je te dise, chère mère... on a vingt-quatre ans... c'es. pour s'en servir... Je n'ai pas le goût des vestales... soit.... mais aimerais-tu mieux me voir porter le trouble et la désolation dans toutes sortes d'honnêtes ménages? — ajouta Gerald d'un ton comi-tragique, — et puis, vois-tu, j'ai essayé, j'ai même réussi... Eh bien! franchement... (par vertu) j'aime mieux les lorettes... D'abord, ça n'outrage pas la sainteté du mariage... et puis c'est plus drôle...

— Eh! mon Dieu! monsieur, je n'ai pas à me prononcer sur le choix de vos maîtresses, — reprit impatiemment la duchesse, mais il est de mon devoir de blâmer sévèrement l'inconcevable légèreté de votre conduite... Vous ne savez pas le tort que cela vous fait...

— Quel tort ?

— Croyez-vous, par exemple, que s'il s'agissait d'un mariage...

— Comment, d'un mariage! — s'écria Gerald, — mais je ne me marie pas, moi! diable!

— Vous me ferez, je l'espère, la grâce de m'écouter...

— Je t'écoute...

— Vous connaissez madame de Mirecourt?

— Oui... heureusement elle est mariée celle-là... et tu ne me la proposeras pas : c'est bien la plus abominable intrigante!...

— C'est possible... mais elle est intimement liée avec madame de la Rochaiguë, qui est aussi de mes amies.

— Depuis peu, donc? car je t'en ai souvent entendu dire un mal affreux; que c'était la bassesse même, que c'était...

— Il ne s'agit pas de tout cela, — dit la duchesse en interrompant son fils, — madame de la Rochaiguë a pour pupille mademoiselle de Beaumesnil, *la plus riche héritière de France*...

— Qui est en Italie?

— Qui est à Paris...

— Elle est de retour?

— D'hier soir... et ce matin, à dix heures, j'ai eu, chez madame de Mirecourt, une longue et dernière conférence avec madame de la Rochaiguë; car, depuis près d'un mois, je m'occupais de cette affaire dont je n'ai pas voulu vous dire un mot, sachant votre légèreté habituelle; heureusement, tout a été jusqu'ici tenu si secret entre madame de la Rochaiguë, madame de Mirecourt et moi... que nous avons le meilleur espoir.

— De l'espoir... pourquoi? — dit Gerald, abasourdi.

— Mais pour la réussite de votre mariage avec mademoiselle de Beaumesnil...

— Comment, mon mariage!... — s'écria Gerald, en bondissant sur sa chaise.

— Oui, votre mariage... avec *la plus riche héritière de France*, — reprit madame de Senneterre.

Puis elle ajouta sans cacher son inquiétude :

— Hélas! toutes les chances seraient pour nous sans votre malheureuse conduite... car les prétendants, les rivaux, vont surgir de tous côtés... Ce sera une concurrence acharnée, sans merci ni pitié, et Dieu sait combien, sans vous calomnier... on pourra vous desservir. Ah! si avec votre nom, votre esprit, votre figure, vous étiez cité comme un modèle de conduite et de régularité... comme cet excellent M. de Macreuse par exemple!

— Ah çà! ma mère.. c'est sérieusement que vous pensez à ce mariage, — dit enfin Gerald, qui avait écouté sa mère avec une stupeur toujours croissante.

— Si c'est sérieusement que j'y pense ? vous me le demandez !

— Ma chère mère, je vous sais un gré infini de vos bonnes intentions ; mais, je vous le répète, je ne veux pas me marier...

Madame de Senneterre crut avoir mal entendu, se renversa brusquement dans son fauteuil, joignit les mains et s'écria d'une voix altérée :

— Comment... vous dites... que?...

— Je dis, ma chère mère, que je ne veux pas me marier...

— Mon Dieu ! mon Dieu ! c'est de la démence ! — s'écria madame de Senneterre. — Il refuse *la plus riche héritière de France !*

— Ecoute, ma mère, — reprit Gerald avec une gravité douce et tendre, — je suis honnête homme, et, comme tel, je t'avoue que j'aime le plaisir à la folie... je l'aime autant et plus qu'à vingt ans... je serais donc un détestable mari, même pour *la plus riche héritière de France.*

— Une fortune inouïe ! — répéta madame de Senneterre comme hébétée par le refus de son fils ; — plus de trois millions de rentes... en biens-fonds ! ! !

— J'aime mieux le plaisir et la liberté.

— Ce que vous dites là est stupide, est indigne ! — s'écria madame de Senneterre hors d'elle-même ; — mais vous êtes donc insensé ! ! !

— Que veux-tu, chère mère, — répondit Gerald en souriant, — j'aime tout naïvement les gais soupers, les joyeuses maîtresses et l'indépendance... de la vie de garçon !... Vive Dieu !... j'ai encore devant moi six belles années fleuries, que je ne donnerais pas pour tous les millions de la terre ; et, de plus, — ajouta Gerald d'un ton noble et ferme, — jamais je n'aurai l'ignoble courage de rendre aussi malheureuse que ridicule une pauvre fille que j'aurai prise pour son argent... Et d'ailleurs, ma mère, tu sais bien que je n'ai pas voulu acheter un homme pour l'envoyer se faire tuer à ma place ; tu trouveras donc tout simple que je ne me vende pas aux millions d'une femme...

— Mais, mon fils !

— Ma chère mère, c'est comme ça... Ton M. de Macreuse (et, par intérêt pour lui, ne me le propose plus pour modèle, car je finirais par lui casser une infinité de cannes sur le dos), ton M. de Macreuse, qui est très-dévot, n'aurait pas les mêmes scrupules que moi... qui suis un vrai païen... c'est probable... Mais, tel je suis, tel tu me garderas, et tel je t'aimerai plus tendrement que jamais, chère mère, — ajouta Gerald en baisant avec respect la main de la duchesse, qui le repoussa.

Il est des incidents singuliers.

A peine Gerald venait-il de prononcer le nom du protégé de sa mère et de l'abbé Ledoux, que le valet de chambre de la duchesse entra, après avoir frappé, et lui dit :

— M. de Macreuse désirerait parler à madame la duchesse ; c'est pour une affaire très-importante et très-pressée.

— Vous avez donc dit que j'étais chez moi ? — demanda madame de Senneterre.

— Madame la duchesse ne m'ayant pas donné d'ordre contraire...

— C'est bien... priez M. de Macreuse d'attendre un instant, — dit madame de Senneterre au valet, qui sortit.

S'adressant à son fils, elle lui dit, non plus avec sévérité mais avec une douloureuse émotion :

— Votre inconcevable refus m'accable et m'afflige à un point que je ne saurais vous dire... Aussi, je vous en prie... je vous en prie en grâce... Gerald, attendez-moi un instant, je reviens tout à l'heure. Ah ! mon fils, mon ami... vous ne pouvez vous imaginer l'affreux chagrin que vous me faites...

— Tiens... ma mère... ne me parle pas ainsi, — dit Gerald, touché de l'accent attristé de la duchesse. — Ne sais-tu pas combien je t'aime ?...

— Vous le dites... Gerald, j'ai besoin de le croire...

— Envoie donc promener cet animal de Macreuse, et causons... Je tiens à te convaincre que ma conduite est du moins honnête et loyale... Allons, tu me quittes... ajouta-t-il en voyant sa mère se diriger vers la porte.

— M. de Macreuse m'attend... — répondit la duchesse.

— Eh pardieu ! je vais lui faire dire qu'il s'en aille. Ne faut-il pas se gêner avec lui ?...

Et comme M. de Senneterre, voulant donner cet ordre, s'approchait de la cheminée pour sonner, sa mère l'arrêta et lui dit :

— Gerald... un autre de mes chagrins est de voir avec quelle aversion, je ne veux pas dire avec quelle jalousie trop significative, vous parlez d'un jeune homme de bien, dont la conduite exemplaire, dont la modestie, dont la piété, devraient servir de modèle à tous... Ah ! plût au ciel... que vous eussiez ses mœurs, ses vertus... vous ne préféreriez pas les coupables égarements qui perdent votre jeunesse à un magnifique mariage qui assurerait votre bonheur et le mien.

Ce disant, madame de Senneterre alla rejoindre M. de Macreuse, et laissa son fils seul, en lui faisant promettre qu'il attendrait son retour.

XVII

Lorsque la duchesse revint auprès de son fils, elle avait le teint coloré, l'indignation éclatait sur son visage, et elle s'écria en entrant :

— C'est à n'y pas croire... voilà qui est d'une audace !

— Qu'as-tu, ma mère ?

— Ce M. de Macreuse, — reprit madame de Senneterre avec une explosion de courroux, — ce M. de Macreuse... est un drôle !

Gerald ne put s'empêcher de partir d'un grand éclat de rire, malgré l'agitation où il voyait sa mère, mais, regrettant cette inopportune hilarité, il reprit :

— Pardon, ma mère... c'est qu'en vérité le revirement est si brusque, si singulier !... Mais j'y songe, — ajouta sérieusement cette fois Gerald, — est-ce que cet homme... aurait manqué d'égards envers toi ?

— Est-ce que ces gens-là manquent jamais de formes ? — répondit la duchesse avec dépit.

— Alors, ma mère... d'où te vient cette colère ?... Tout à l'heure... tu ne jurais que par ton M. de Macreuse, et...

— D'abord, je vous prie de ne pas dire : *mon* M. de Macreuse, — s'écria impétueusement madame de Senneterre en interrompant son fils. — Savez-vous le but de sa visite ?... Il venait me prier de dire de lui tout le bien que j'en pense. Il est joli maintenant, le bien que j'en pense !

— A qui le dire ? et pourquoi faire ?

— A-t-on idée d'une pareille audace !

— Mais dans quel but cette recommandation, ma mère ?

— Comment, dans quel but !... Ce monsieur ne prétend-il pas épouser mademoiselle de Beaumesnil ?

— Lui ! ! !

— C'est d'une insolence !...

— Macreuse !

— Un pied plat, un je ne sais quoi ! — s'écria la duchesse. — Car, en vérité, on est à se demander et à chercher quelle est la personne qui a eu l'inconvenance de présenter et d'amener dans notre monde... une pareille espèce !

— Mais comment est-il venu te faire part de ses projets ?

— Eh ! mon Dieu !... parce que je l'avais accueilli avec distinction, avec préférence... parce que, comme tant d'autres sottes... je m'étais engouée de lui sans savoir pourquoi, de sorte que ce monsieur s'est imaginé de venir me dire qu'en raison de l'intérêt que je lui avais toujours porté, des éloges que je lui avais donnés, il regardait comme un devoir de venir me confier, sous le sceau du secret, ses intentions au sujet de mademoiselle de Beaumesnil, ne doutant pas, a-t-il eu le front d'ajouter, — des bons témoignages que je voudrais bien rendre de lui à mademoiselle de Beaumesnil, laissant à ma bienveillance (je crois même qu'il a eu l'impudence de dire à mon amitié) le soin de faire naître au plus tôt l'occasion de le servir, ce monsieur ! ! En vérité, tout cela est d'une effronterie qui n'a pas de nom.

— Entre nous, ma chère mère... c'est un peu... c'est beaucoup ta faute... avoue-le... Je t'ai entendu louer... ce Macreuse... le flatter... à outrance.

— Le louer... le flatter, — s'écria naïvement madame de Senneterre, — est-ce que je savais alors, moi, qu'il aurait un jour l'insolence de se mettre en tête d'épouser *la plus riche héritière de France?* d'aller sur les brisées de mon fils? Du reste, avec toute sa finesse, ce monsieur n'est qu'un imbécile : il vient justement s'adresser à moi ! C'est étonnant comme je vais le servir !... Et d'ailleurs, ses prétentions font pitié. C'est un bélître, il est commun, il n'a pas de nom, il a la tournure d'un sacristain endimanché qui va dîner chez son curé ; c'est un pédant, un hypocrite, et il est ennuyeux comme la pluie, avec toutes ses feintes vertus ; du reste, il n'a pas la moindre chance, car mademoiselle de Beaumesnil, d'après ce que m'a dit madame de la Rochaiguë, serait ravie d'être duchesse ; femme à la mode, elle a le goût de tous les plaisirs, de tous les avantages que donne une grande fortune jointe à une grande position dans le monde, et ce n'est certes pas un pleutre comme ce M. de Macreuse qui la lui donnera, cette grande position !

— Et, à la demande du Macreuse, qu'as-tu répondu, ma mère ?

— Indignée de son audace, j'ai été sur le point de lui répondre que ses prétentions étaient aussi ridicules qu'impertinentes, et de lui défendre de remettre les pieds ici ; mais j'ai réfléchi que, pour lui nuire davantage, il valait mieux paraître vouloir le servir... et je lui ai promis de parler de lui... comme il le méritait... et je n'y manquerai certes pas... Oui, je le servirai... de bonne sorte, j'en réponds.

— Sais-tu une chose, ma mère ? c'est qu'il serait fort possible que le Macreuse en vînt à ses fins.

— Lui, épouser mademoiselle de Beaumesnil ?

— Oui.

— Allons donc, vous êtes fou !

— Ne t'abuse pas... la coterie qui le soutient est toute-puissante... Il a pour lui, je puis te dire cela, maintenant que tu le détestes, il a pour lui les femmes qui sont devenues bigotes... parce qu'elles sont vieilles ; les jeunes femmes rigides, parce qu'elles sont laides ; les hommes dévots, parce qu'ils font état de leur dévotion ; et les hommes sérieux, parce qu'ils sont bêtes... C'est énorme !

— Mais il me semble que je suis assez comptée dans le monde... moi ! — reprit la duchesse, — et mon opinion est quelque chose... je pense !

— Ton opinion a été jusqu'ici, et hautement, des plus favorables à ce mauvais garçon, et l'on ne s'expliquera pas ton changement subit... ou plutôt on se l'expliquera ; et, loin de nuire au Macreuse, la guerre que tu lui feras... le servira. Le drôle est très-madré, c'est un *roué de sacristie*, et ce sont les pires... Ah ! tu ne sais pas à qui tu as affaire, ma pauvre chère mère..

— En vérité, Gerald, vous prenez cela avec un calme... avec une abnégation... héroïques!—dit amèrement la duchesse.

— Ma foi non! je te le jure; cela m'indigne, me révolte... Un Macreuse!! avoir ces prétentions, et pouvoir peut-être les réaliser! un homme qui, depuis le collége, m'a toujours inspiré autant de dégoût que d'aversion! Et cette pauvre mademoiselle de Beaumesnil, que je ne connais pas... mais qui devient intéressante à mes yeux du moment où elle est exposée à devenir la femme de ce misérable... Ah! pardieu! j'aurais bien envie... quand cela ne serait que pour renverser les projets du Macreuse, et sauver ainsi de ses griffes cette pauvre petite de Beaumesnil...

— Ah! Gerald! mon enfant!... — s'écria la duchesse interrompant son fils,—ton mariage me rendrait la plus heureuse des mères!

— Oui... mais ma liberté, ma chère liberté?

— Gerald, songes-y donc!... Avec un des plus beaux noms de France... devenir le plus riche... le plus grand propriétaire de France!

— Et ma belle et bonne vie de jeune homme!

— Mais une fortune immense! et la puissance qu'elle donne lorsqu'elle est jointe à une position comme la tienne, mon bon Gerald!

— Oui... c'est vrai... répondit Gerald en réfléchissant; — mais me condamner à l'ennui... à la gêne... et aux bas de soie le soir... à perpétuité... et ces bonnes filles qui m'aiment tant! et toutes à la fois, car, ayant le bonheur de n'être pas riche et d'être jeune... je suis bien forcé de croire leur amour désintéressé.

— Mais, mon ami, dit la duchesse entraînée malgré elle par l'ambitieux désir de voir son fils contracter cet opulent mariage, — tu t'exagères par trop aussi la rigueur de tes devoirs: parce que l'on se marie... ce n'est pas une raison pour...

— Allons, bon!—reprit Gerald en riant, — c'est toi qui maintenant vas me prêcher la facilité des mœurs dans le mariage...

— Mon ami,—reprit madame de Senneterre assez embarrassée,— tu te méprends sur ma pensée... ce n'est pas cela... que je voulais dire...

— Tiens, chère mère... parle-moi de Macreuse, ça vaut mieux...

— Si je t'en parle, Gerald, ce n'est pas seulement pour te donner l'envie de supplanter cet abominable homme, car il y a aussi là une question pour ainsi dire d'humanité... de pitié!

— D'humanité! de pitié!

— Certainement, cette pauvre petite mademoiselle de Beaumesnil mourrait de chagrin avec un pareil monstre... et la lui enlever!! ce serait une généreuse, une excellente action que tu ferais là... Gerald... ce serait admirable!!

— Allons, chère mère! — reprit Gerald en riant, — tu vas dire tout à l'heure que j'aurai mérité le prix Monthyon... si je fais ce mariage.

— Oui, si le prix Monthyon se donnait au fils qui a rendu sa mère la plus heureuse des femmes, répondit madame de Senneterre en attachant sur son fils ses yeux remplis de larmes.

Gerald aimait tendrement sa mère. Quoique celle-ci eût un caractère impérieux, hautain et rempli de contradiction, l'émotion qu'elle ressentait gagna le jeune duc, et il reprit en souriant :

— Oh! que c'est dangereux, une mère!... c'est pourtant capable de vous faire épouser malgré vous une héritière de trois millions de rentes... surtout lorsqu'il s'agit d'enlever la pauvre millionnaire à un scélérat de Macreuse! Le fait est que plus j'y pense... plus je me sens ravi de la pensée de jouer ce tour à cet homme et à l'hypocrite séquelle dont il est le Benjamin. Quel soufflet... pour lui!... adorable soufflet... qui retomberait à la fois sur mille faces béates!... Seulement, il n'y a qu'une petite difficulté, ma mère... et j'y songe un peu tard.

— Que voulez-vous dire?

— Je ne sais pas, moi... si je plairai à mademoiselle de Beaumesnil.

— Vous n'aurez qu'à le vouloir, mon cher Gerald, et vous lui plairez.

— Vraie réponse de mère...

— Je vous connais bien, peut-être.

— Toi? — dit Gerald en embrassant sa mère, — tu ne peux pas avoir d'opinion là-dessus : ta tendresse t'aveugle... je te récuse.

— Laissez-moi faire, Gerald; suivez mes conseils, et vous verrez qu'ils mèneront toute cette affaire à bien...

— Sais-tu que l'on te prendrait pour une fameuse intrigante, si l'on ne te connaissait pas! dit gaiement Gerald; — mais, une fois que les mères veulent quelque chose... dans l'intérêt de leur fils... elles deviennent des lionnes, des tigresses... Eh bien! voyons, quel est ton avis? je m'abandonne à toi les yeux fermés.

— Bon Gerald, — dit la duchesse ravie en attachant sur son fils des yeux humides de larmes, — tu ne peux t'imaginer combien tu me rends heureuse en me parlant ainsi... Oh! maintenant, nous réussirons... je n'en doute plus... Cet affreux Macreuse en mourra de dépit.

— C'est ça... chère mère... bravo!... Je lui donnerai la jaunisse au lieu d'un coup d'épée qu'il aurait refusé.

— Gerald, je t'en conjure, parlons un peu raison.

— Je t'écoute...

— Puisque tu es décidé, il est urgent que tu voies au plus tôt mademoiselle de Beaumesnil.

— Bien...

— Cette première entrevue est, comme tu le penses, de la dernière importance.

— Vraiment?

— Mais sans doute... aussi nous avons ce matin longuement causé à ce sujet avec mesdames de Mirecourt et de la Rochaiguë. D'après la connaissance que celle-ci croit déjà avoir du caractère de mademoiselle de Beaumesnil, voilà ce que nous croyons de plus convenable;... tu en jugeras, Gerald.

— Voyons... chère mère.

— Nous avons d'abord malheureusement reconnu l'impossibilité de te poser en homme grave et rangé...

— Et vous avez bien fait, — répondit Gerald en souriant, — je vous aurais trop vite démenties.

— Nous nous attendons à toutes les médisances que semble justifier, mon pauvre Gerald, la légèreté de ta conduite... mais enfin, cela étant, il faut tâcher de faire tourner à ton avantage ce qui pourrait être invoqué contre toi.

— Il n'y a que les mères pour posséder une pareille diplomatie...

— Heureusement mademoiselle de Beaumesnil, d'après ce que dit madame de la Rochaiguë, qui l'a fait causer hier soir... (et l'on voit bientôt le fond du cœur d'une enfant de quinze ans); heureusement, dis-je, Ernestine de Beaumesnil semble aimer le grand luxe, les plaisirs, l'élégance; nous avons donc pensé que tu devais, pour la première fois, apparaître à mademoiselle de Beaumesnil dans une occasion qui te montre comme un des hommes les plus élégants de Paris.

— Si tu as le talent de trouver cette occasion-là, j'y consens...

— C'est après-demain, n'est-ce pas, Gerald, le jour de la course au bois de Boulogne, dans laquelle tu dois courir?

— Oui, j'ai promis à ce niais de Courville, qui a d'excellents chevaux dont il a peur, de monter pour lui, dans une course de haies, son cheval *Young-Emperor*.

— A merveille! Madame de la Rochaiguë conduira mademoiselle de Beaumesnil à cette course; ces dames me prendront ici, et, une fois arrivées au bois de Boulogne, tu viendras tout naturellement nous saluer avant la course. Ton costume de jockey avec ta veste de satin orange et ta toque de velours noir te sied à ravir.

— Ma chère mère... une observation...

— Laisse-moi continuer... mademoiselle de Beaumesnil te verra donc au milieu de cette jeunesse élégante que tu primes de toutes façons, il faut bien l'avouer. Et puis, enfin, je ne doute pas que tu ne gagnes la course... Il est indispensable que tu la gagnes, Gerald.

— C'est une opinion, chère mère, que mes éperons tâcheront de faire partager au brave *Young-Emperor*... mais... je...

— Tu montes à cheval à ravir, reprit la duchesse en interrompant de nouveau son fils, — et, lorsque Ernestine de Beaumesnil te verra arriver, dépassant tes rivaux au milieu des applaudissements de cette foule choisie... nul doute qu'avec le caractère et les goûts qu'elle paraît avoir, la première impression que tu lui causeras ne soit excellente... et si, après cette rencontre, tu veux être aussi aimable que tu peux l'être, cet impudent Macreuse paraîtra odieux, affreux, à mademoiselle de Beaumesnil, dans le cas où il aurait l'audace de vouloir lutter avec toi.

— Maintenant, puis-je parler, ma chère mère?

— Certainement.

— Eh bien! je ne vois aucun inconvénient à être présenté par toi à mademoiselle de Beaumesnil, dans une rencontre au bois de Boulogne... Seulement tu trouveras bon que ce ne soit pas un jour où je serai affublé en jockey?

— Mais pourquoi donc cela? ce costume te sied à ravir, au contraire.

— Allons donc, cela sent trop son acteur, — dit Gerald en riant.

— Comment, son acteur! vous voilà scrupuleux à présent?

— Voyons, chère mère, veux-tu que je ressuscite les procédés de séduction d'Elleviou, qui tirait, disait-on, un si prodigieux parti... du *collant*.

— En vérité, Gerald... — dit la duchesse avec une expression de pudeur révoltée, — vous avez des idées...

— Dame... chère mère... c'est toi qui les as, ces idées... sans t'en douter... Mais sérieusement tu me présenteras à mademoiselle de Beaumesnil où tu voudras, quand tu voudras, comme tu voudras, à pied ou à cheval... Tu vois que tu peux choisir... Seulement, je ne veux pas avoir recours aux indiscrétions du costume de jockey... Je n'ai pas besoin de ça, — ajouta Gerald avec une affectation de fatuité comique, — je saurai éblouir, fasciner mademoiselle de Beaumesnil par une foule de qualités morales... vénérables et conjugales.

— En vérité, Gerald, vous êtes désolant... vous ne pouvez même traiter sérieusement les choses les plus importantes.

— Qu'est-ce que cela fait... pourvu que les choses s'accomplissent?

L'entretien de la duchesse et de son fils fut une seconde fois interrompu par le valet de chambre de madame de Senneterre, qui entra après avoir frappé.

— M. le baron de Ravil voudrait parler à monsieur le duc pour une affaire très-pressée, — dit le domestique; il attend monsieur le duc chez lui.

— C'est bien, — dit Gerald assez étonné de cette visite.

Le valet de chambre se retira.

— Quelle affaire peux-tu avoir avec M. de Ravil? — dit la duchesse à son fils, — je n'aime pas cet homme... On le reçoit partout, et je dois avouer qu'autant qu'une autre je donne réellement, sans savoir pourquoi, le mauvais exemple.

— C'est tout simple, son père était un très-galant homme, parfaitement apparenté; il a mis son fils dans le monde; une fois le pli pris, on a continué d'accepter de Ravil; d'ailleurs il me déplaît fort. Je ne l'ai pas revu depuis le jour de ce drôle de duel du marquis et de M. de Mornand. Je ne sais ce que ce de Ravil peut me vouloir... et, à propos de ce cynique, on m'a cité hier un mot de lui qui le peint à ravir... Un pauvre garçon très-peu riche lui avait obligeamment ouvert sa bourse; voici comment de Ravil a reconnu cette obligeance: « Où diable, a-t-il dit, ce niais-là a-t-il filouté les deux cents louis qu'il m'a prêtés? »

— C'est odieux! — s'écria la duchesse.

— Je vais donc me débarrasser de cet homme, — reprit Gerald. — D'ailleurs, quelquefois il n'est pas mauvais à entendre; cette langue de vipère sait tout, est au fait de tout. Attends-moi, chère mère, dans un instant je reviens peut-être enthousiasmé de ce cynique personnage... Tu es bien revenue tout à l'heure exaspérée contre la Macreuse.

— Gerald, vous n'êtes pas généreux.

— Avoue, du moins, que, ce matin, chère mère, ni toi ni moi n'avons pas la chance... pour les bonnes connaissances...

Et M. de Senneterre alla rejoindre de Ravil, qui l'attendait.

XVIII

Gerald trouva M. de Ravil chez lui, et l'accueillit avec une politesse glaciale qui ne déconcerta nullement l'impudent personnage.

— A quoi dois-je attribuer, monsieur, l'honneur de votre visite? lui dit sèchement Gerald en restant debout et sans engager de Ravil à s'asseoir.

Ce dernier reprit, très-indifférent à cette froide réception :

— Monsieur le duc, je viens vous proposer une excellente affaire.

— Je ne fais pas d'affaires... monsieur.

— C'est selon !

— Comment cela?

— Voulez-vous vous marier, monsieur le duc?

— Monsieur... — dit Gerald avec hauteur, cette question...

— Permettez, monsieur le duc... je viens ici dans votre intérêt... et nécessairement aussi... dans le mien... Veuillez donc m'écouter, que risquez-vous? je vous demande dix minutes...

— Je vous écoute, monsieur, dit Gerald, dont la curiosité était d'ailleurs assez excitée par cette question de de Ravil : « Voulez-vous vous marier? » Question d'une singulière coïncidence si l'on songe au dernier entretien de Gerald et de sa mère.

— Je reprends donc, monsieur le duc. Voulez-vous vous marier? Il me faut une réponse avant de poursuivre cet entretien.

— Mais, monsieur... je...

— Pardon, j'oubliais d'accentuer suffisamment ma phrase... Donc : Voulez-vous faire un mariage fabuleusement riche, monsieur le duc?

— Monsieur de Ravil a quelqu'un à marier?

— Probablement.

— Mais vous êtes célibataire, homme du monde et d'esprit... mon cher monsieur... Pourquoi ne vous mariez-vous pas vous-même?

— Monsieur... je n'ai pas de fortune, mon nom est assez insignifiant... je suis, dit-on, quelque peu véreux, de plus, laid, et d'un commerce désagréable et hargneux; en un mot, je n'ai aucune chance pour arriver à un tel mariage... J'ai donc pensé à vous... monsieur le duc.

— Je vous sais gré de cette générosité, mon cher monsieur; mais, avant d'aller plus loin... permettez-moi une question assez délicate... Je ne voudrais pas, vous comprenez, blesser votre susceptibilité...

— J'en ai peu...

— Je m'en doutais. Eh bien! à quel prix mettez-vous votre généreux intérêt?

— Je vous demande *un et demi pour cent* de la dot, — reprit audacieusement le cynique.

Et, comme Gerald ne put dissimuler le dégoût que lui causaient ces paroles, de Ravil reprit froidement :

— Je crois vous avoir prévenu qu'il s'agissait d'une *affaire?*

— C'est juste... monsieur.

— A quoi bon les phrases?...

— A rien du tout; je vous dirai donc sans phrases, — reprit Gerald en se contenant, — que cet escompte de *un et demi pour cent* sur la dot me paraît assez raisonnable.

— N'est-ce pas?

— Certainement... mais encore faudrait-il savoir avec qui vous voulez me marier, monsieur, et comment vous parviendrez à me marier?

— Monsieur le duc, vous aimez beaucoup la chasse?

— Oui, monsieur.

— Vous la savez à merveille?

— Parfaitement.

— Eh bien! quand votre *Pointer* ou votre *Setter* vous ont fait un arrêt ferme et sûr... ils ont accompli leur devoir, n'est-ce pas? le reste dépend de la précision de votre coup d'œil et de la prestesse de votre tirer.

— Si vous entendez par là, monsieur, qu'une fois que vous m'aurez dit : « Telle riche héritière est à marier, » votre un et demi pour cent vous sera acquis... je...

— Permettez, monsieur le duc... je suis trop galant homme en affaires pour venir vous faire une semblable proposition : en un mot, je me fais fort de vous mettre dans une position excellente, sûre, inaccessible à tout autre... et vos avantages naturels, votre grand nom, feront le reste...

— Et cette position?

— Vous sentez bien, monsieur le duc, que je ne suis pas assez *jeune*... pour vous dire mon secret avant que vous m'ayez donné votre parole de galant homme de...

— Monsieur de Ravil, — reprit Gerald en interrompant ce misérable qu'il avait grande envie de jeter à la porte, — la plaisanterie a suffisamment duré...

— Quelle plaisanterie, monsieur le duc?

— Vous comprenez bien, monsieur, que je ne peux pas répondre sérieusement à une proposition pareille... Me marier sous vos auspices... ce serait par trop plaisant.

— Vous refusez?

— J'ai cette ingénuité.

— Réfléchissez... monsieur le duc... Rappelez-vous ce mot de Talleyrand...

— Vous citez beaucoup M. de Talleyrand?

— C'est mon maître... monsieur le duc.

— Et vous lui faites honneur... Mais voyons ce mot du grand diplomate.

— Le voici, monsieur le duc : « Il faut toujours se défier de son premier mouvement, parce que c'est ordinairement le bon. » Le mot est profond... faites-en votre profit.

— Pardieu! monsieur, vous ne savez pas combien ce que vous dites là est vrai et rempli d'à-propos... à votre endroit.

— Vraiment?

— J'ai devancé votre conseil; car, si j'avais cédé au premier mouvement que m'a inspiré votre honnête proposition... (et ce mouvement était excellent...) je... vous aurais...

— Qu'auriez-vous fait, monsieur le duc?

— Vous êtes trop pénétrant pour ne pas le deviner, mon cher monsieur... et je suis trop poli... pour vous dire cela chez moi...

— Pardon, monsieur le duc, mais je suis pressé, et n'ai point le loisir de m'amuser aux charades... vous refusez mes offres?

— Oui.

— Un mot encore, monsieur le duc... Je dois vous prévenir que ce soir il serait trop tard... dans le cas où vous vous raviseriez... car j'ai quelqu'un à mettre à votre place... j'avais même d'abord songé à ce quelqu'un-là; mais, après mûre réflexion, j'ai senti que vous réunissiez plus de chances de réussite que l'*autre*... Or, ce qu'il me faut à moi, c'est que l'affaire se fasse, et que j'aie mon *un et demi* de commission sur la dot... mais, si vous refusez, je reviens à ma première combinaison...

— Vous êtes du moins homme de précaution, mon cher monsieur.. et je n'aurai pas le chagrin de voir manquer par mon refus... (car je continue de refuser) le gain loyal que vous poursuivez par des moyens si honorables... Seulement ne craignez-vous pas que j'aie l'indiscrétion d'ébruiter un peu votre curieuse industrie?

— J'en serais ravi, monsieur le duc... cette révélation me servirait de *réclame* et m'attirerait des clients. Au revoir donc, monsieur le duc, je n'en serai pas moins, dans une autre occasion, tout à votre service.

Et, après avoir profondément salué Gerald, de Ravil sortit aussi impassible qu'il était entré, et se rendit dans la rue de la Madeleine, où demeurait son ami de Mornand.

— Ce *ducaillon* a sans doute soupçonné qu'il s'agissait de mademoiselle de Beaumesnil, ce qui m'est fort égal, — se dit le cynique, — et il espère me voler en gagnant par lui-même la prime que je lui demandais sur la dot... C'est ignoble!... mais rien n'est désespéré... on ne me prend pas sans vert, moi. Pourtant, c'est dommage, ce garçon est duc, il est beau, assez spirituel, j'avais des chances; allons, il me faut en revenir à ce pataud de Mornand... J'ai bien fait de ne rien dire à ce vieux crétin de la Rochaiguë de mes visées sur le duc de Senneterre; il eût toujours été temps, si ce bel oison avait répondu à cette pipée, de détruire tout ce que j'ai échafaudé en faveur de Mornand depuis six semaines, et de donner pour mot d'ordre à cette vieille rouée de Lainé, la gouvernante, *Senneterre* au lieu de *Mornand;* car, ce que je voudrai, la gouvernante le fera.. elle est à moi... et elle peut m'être d'un secours immense... son intérêt me répond de son dévouement et de sa discrétion. Heureusement encore j'ai trouvé l'enit sensible du bonhomme la Rochaiguë... et, sauf l'incident de ce omont de Senneterre, je n'ai qu'à tout raconter sincèrement *cèrement*... c'est drôle !) à ce gros Mornand, qui doit m'attendre hennissant d'impatience, afin de savoir le résultat de mon entre-n avec le baron de la Rochaiguë.

En se livrant ainsi au courant de ses réflexions, M. de Ravil était rivé dans la rue des Champs-Elysées, où, pour la première fois, il ait rencontré Herminie lorsque la jeune fille se rendait chez la omtesse de Beaumesnil.

— C'est ici, — se dit de Ravil, — que j'ai vu cette jolie fille, cette égueule, le jour du duel de Mornand avec le bossu ; elle a passé la uit à l'hôtel Beaumesnil, et, le lendemain, j'ai su par les gens de hôtel qu'elle était maîtresse de musique, s'appelait Hermi. e, et deneurait rue de Monceau, du côté des Batignolles... En vain, j .i rôdé ar là... je n'ai pu la revoir... Je ne sais pourquoi diable cette charpante blonde me tient tant au cœur... Ah ! si j'avais ma commission sur a dot de cette petite Beaumesnil, je me passerais la fantaisie de cette musicienne ; car, avec son air de duchesse, accompagné d'un parapluie et d'une mauvaise robe noire... elle ne résistera pas, j'en uis sûr, à l'offre d'un bon petit établissement très-peu légitime... Elle doit crever de faim avec ses leçons... Allons, allons, chauffons e gros Mornand... il est bête, mais persévérant... d'une ambition féroce... Le bonhomme la Rochaiguë est très-bien disposé... ayons bon espoir.

Et de Ravil entra chez son ami intime.

XIX

— Eh bien ! — dit M. de Mornand à de Ravil dès qu'il le vit enrer dans son modeste cabinet de travail, encombré de liasses, de apports imprimés et communiqués aux membres de la Chambre des airs; — eh bien ! as-tu vu M. de la Rochaiguë ?

— Je l'ai vu... tout marche à merveille.

— Tiens, de Ravil, je n'oublierai jamais ta conduite dans cette circonstance... Je le vois, c'est pour toi autant une affaire d'argent qu'une affaire de sincère et bonne amitié... Je t'en sais d'autant plus de gré, que, chez toi, la place du cœur n'est pas grande...

— Elle l'est assez pour toi... C'est tout ce qu'il me faut... Je suis ménager à cet endroit.

— Et la gouvernante, lui as-tu parlé ?

— Pas encore.

— Pourquoi pas ?

— Parce qu'il fallait être convenu de différentes choses entre nous... je te dirai quoi ; du reste, il n'y a pas de temps perdu : madame Lainé, la gouvernante, agira comme je voudrai... et quand je voudrai... Elle est à moi...

— Que t'a dit M. de la Rochaiguë ? a-t-il été satisfait des renseignements qu'il a pris ? mes collègues et amis politiques m'ont-ils bien servi ? crois-tu que...

— Ah ! si tu ne me laisses pas parler...

— C'est que, vois-tu, depuis que la première pensée de ce mariage m'est venue, et j'ai une bonne raison pour ne pas oublier la date de ce jour-là, — ajouta M. de Mornand avec un sourire amer, — ce duel ridicule avec ce maudit bossu me la rappellera toujours, cette date ; mais enfin depuis lors, te dis-je, ce mariage est pour moi une idée fixe... C'est qu'aussi, juge un peu, placé comme je le suis, quel levier qu'une telle fortune !... Le pouvoir, les plus grandes ambassades... C'est immense, te dis-je, c'est immense !

— As-tu fini ?

— Oui... oui... je t'écoute.

— C'est heureux. Eh bien ! tous les renseignements que M. de la Rochaiguë a obtenus sur toi corroborent ce que j'avais avancé : il a l'intime conviction que tôt ou tard tu dois arriver au ministère ou à une grande ambassade, mais que ton heure serait singulièrement avancée si tu jouissais d'une position de fortune aussi considérable que celle que t'assurerait ton mariage avec mademoiselle de Beaumesnil. On préfère, quand par hasard ça se trouve, des ministres ou des ambassadeurs puissamment riches. On se figure que c'est là une garantie contre toutes sortes de vilenies. Donc, le bonhomme la Rochaiguë est certain que, s'il arrange ton mariage avec sa pupille, une fois au pouvoir, tu le feras nommer pair de France; or, si les pendus ressuscitaient, cet enragé se ferait pendre pour siéger au Luxembourg: c'est sa manie, son infirmité, sa lèpre... ça le dévore, et tu penses bien que je l'ai gratté à vif là où il lui démangeait.

— Mon mariage fait, sa pairie est assurée; il est président d'un conseil général depuis longues années... J'emporterai la nomination de haute lutte...

— Il n'en doute pas, et, comme il est de mœurs antiques, il s'en rapporte à ta promesse, et promet d'agir immédiatement dans tes intérêts auprès de sa pupille...

— Bravo!... et mademoiselle de Beaumesnil, qu'en dit-il? il doit avoir bon espoir?... si jeune... si isolée... elle ne peut pas avoir de volonté... on en fera ce qu'on voudra?

— Il ne la connaît que depuis hier... mais, grâce à quelques mots assez adroitement jetés... il a cru deviner que cette petite personne a de grandes dispositions à être ambitieuse, vaniteuse à l'excès, et que la tête lui tournerait infailliblement à la pensée d'épouser un ministre ou un ambassadeur futur, afin d'avoir ainsi à la cour le pas sur une foule de femmes d'une condition plus subalterne.

— C'est providentiel! — s'écria M. de Mornand ne se possédant pas de joie, et quand la verrai-je?

— A ce sujet... j'ai une idée... je n'ai pas voulu en faire part à la Rochaiguë avant de t'en parler.

— Voyons l'idée, — dit M. de Mornand en se frottant joyeusement les mains.

— Il est d'abord entendu que tu n'es pas beau, que tu es gros, que tu as du ventre, que tu as l'air horriblement commun... crois à ma sincérité, c'est un ami qui te parle.

— A la bonne heure! — répondit de Mornand en cachant le désagrément que lui causait la trop amicale franchise de de Ravil; — entre amis, on doit oser tout se dire et savoir tout entendre.

— La maxime est bonne... J'ajouterai donc que tu n'es ni séduisant, ni spirituel, ni aimable; mais, heureusement, tu as mieux que cela... tu as... à ce qu'il paraît... un grand tact politique; tu as fait une étude approfondie de tous les moyens employés pour corrompre les consciences; tu es né corrupteur comme on naît chanteur, et, de plus, tu jouis d'une éloquence à *jet continu* capable d'éteindre, de noyer la fougue des plus chaleureux orateurs... de l'opposition; tu es appelé à devenir le *clysopompe*... que dis-je? la pompe à incendie du cabinet qui t'appellera dans son sein; de sorte que, si, dans un salon, tu es lourd, empêtré, mal tourné, comme tous les gros hommes, une fois à la tribune, tu es imposant, ronflant, triomphant, la balustrade cache ton ventre; sous ton habit brodé, ton buste tourne au majestueux, tu peux même prétendre à une belle tête.

— A quoi bon tout cela? — répondit de Mornand avec impatience, — tu sais bien que nous autres hommes politiques, nous autres hommes sérieux, nous ne tenons pas le moins du monde à être des freluquets, des *beaux*.

— Ce que tu dis là est bête comme tout, et il ne fallait pas m'interrompre... Je poursuis : bien des choses dépendent d'une première impression, il faut donc tout de suite apparaître aux yeux de mademoiselle de Beaumesnil sous ton plus brillant côté... afin de la fasciner... de la magnétiser. Comprends-tu cela?

— C'est juste... mais comment?

— Tu dois parler dans trois jours à la Chambre?

— Oui, sur la pêche de la morue... un discours très-étudié.

— Eh bien! il faut que tu sois triomphant... poétique... attendrissant... pastoral... dans la pêche de la morue, et c'est facile, en se tenant toujours à côté de la question. Tu peux parler des pêcheurs, de leur intéressante petite famille, des tempêtes sur la grève, de la lune sur la dune, du commerce européen, de la marine, et autres balivernes.

— Mais je n'ai envisagé la question que sous le point de vue économique.

— Il ne s'agit pas d'économie, — s'écria de Ravil en interrompant son ami, — il faut au contraire prodiguer les trésors de ton éloquence pour éblouir la petite Beaumesnil... à l'endroit de la pêche de la morue.

— Ah çà! tu es fou?

— Ecoute-moi donc, gros innocent. Le bonhomme la Rochaiguë aura le mot, la gouvernante aussi; de sorte que, demain et après-demain, la petite fille entendra dire autour d'elle, sur tous les tons : « C'est jeudi que doit parler à la Chambre des pairs le fameux, l'éloquent M. de Mornand, le futur ministre; tout Paris sera là, on s'arrache les billets de tribune!... car, lorsque M. de Mornand parle, c'est un événement. »

— Je comprends... de Ravil, tu as le génie de l'amitié... — s'écria M. de Mornand.

— La Rochaiguë trouve naturellement le moyen d'amener mademoiselle de Beaumesnil à vouloir assister à cette fameuse séance, par curiosité; moi je les ai devancés; il est convenu que la Rochaiguë amusera l'infante aux bagatelles de la porte, qu'au moment où, montant à la tribune, tu auras ouvert le robinet... de ton éloquence.. alors... je sors, je cours avertir le tuteur, qui entre avec sa pupille au plus beau moment de ton triomphe...

— C'est parfait!

— Et si, parmi tes compères, tu peux, à charge de revanche, recruter une *claque* bien nourrie et lardée de : *Ah! très-bien!... c'est évident! bravo! admirable!* etc., etc., la chose est enlevée.

— Encore une fois, c'est parfait, il n'y a qu'une chose qui me contrarie, — dit Mornand.

— Quoi?

— Dès que j'ai parlé, cet enragé de Montdidier prend à tâche de me réfuter... Ce n'est ni un homme politique ni un homme pratique... mais il est mordant comme un démon; il a l'audace de dire tout haut ce que beaucoup de gens pensent tout bas; et si, devant mademoiselle de Beaumesnil... il allait...

— Homme de peu de ressources, rassure-toi donc; dès que tu auras fermé ton robinet, et pendant que tu recevras les nombreuses félicitations de tes compères, nous nous exclamerons : « C'est admirable, étonnant, étourdissant! c'est du Mirabeau, du Fox, du Shéridan, du Canning... » Il faut rester là-dessus... ne rien entendre après cela, et nous sortons vite avec l'infante; en suite de quoi cet enragé de Montdidier pourra venir à la tribune t'immoler, te ridiculiser tant qu'il lui plaira. Du reste, sois certain d'une chose, et je te gardais cela pour le bouquet... Tu te retirerais de la vie politique, tu dirais catégoriquement au bonhomme la Rochaiguë que tu ne peux pas le faire pair de France, que, grâce à une idée lumineuse qui m'est venue, non-seulement le baron pousserait encore de toutes ses forces à ton mariage, mais tu aurais aussi pour toi madame de la Rochaiguë, et sa belle-sœur, tandis que maintenant, tout ce que nous pouvons espérer de plus avantageux, c'est qu'elles restent neutres...

— Mais, alors... pourquoi ne pas employer ce moyen..... tout de suite?

— J'ai bien posé quelques jalons... hasardé quelques mots... mais j'ai tout laissé dans le vague...

— Pourquoi cela?

— Dame... c'est que je ne sais pas... moi, si cela te conviendrait... tu pourrais avoir des scrupules... et pourtant... on a vu les gens les plus honnêtes, les plus considérables... des rois mêmes...

— Des rois? que je meure si je te comprends, de Ravil, explique-toi donc...

— J'hésite... les hommes placent quelquefois si singulièrement leur amour-propre !...

— Leur amour-propre?

— Après tout, on n'est pas responsable de cela; que peut-on contre la nature?...

— Contre la nature? mais, en vérité, de Ravil, tu deviens fou !... Qu'est-ce que tout cela signifie?

— Et dire que tu es assez heureux pour que les apparences soient pour toi... tu es gras... tu as la voix claire et presque pas de barbe...

— Eh bien! après?

— Tu ne comprends pas?

— Non...

— Et il se dit homme politique !...

— Que diable viens-tu me chanter là, de ma voix claire, de mon peu de barbe et de la politique?

— Mornand... tu me fais douter de ta sagacité; voyons, que m'as-tu dit avant-hier, à propos du projet de mariage de la jeune reine d'Espagne?

— Avant-hier?

— Oui, en me confiant un secret d'État surpris en haut lieu.

— Silence !...

— Sois donc tranquille, je suis discret comme la tombe... rappelle-toi ce que tu me disais.

— Je te disais que, si un jour l'on pouvait marier un prince français à la sœur de la reine d'Espagne, le triomphe de la diplomatie serait de donner pour mari à ladite reine un prince... qui offrît assez... de sécurité, assez... de garanties... par ses antécédents...

— Il paraît qu'en diplomatie... de famille... ils appellent ça des garanties et des antécédents... Va toujours.

— Un prince, dis-je, qui offrît des garanties telles, que la reine ne devant jamais avoir d'enfants... le trône appartiendrait plus tard aux enfants de sa sœur... c'est-à-dire à des princes français. Magnifique combinaison! — ajouta le futur ministre avec admiration. — Ce serait continuer la politique monarchique du grand roi : question européenne... question dynastique!

— Question de hauts-de-chausses, — répondit de Ravil en haussant les épaules, mais il n'importe... l'enseignement est bon... profites-en donc.

— Quel enseignement?

— Réponds-moi. Quels sont les seuls parents qui restent à mademoiselle de Beaumesnil?

— M. de la Rochaiguë, sa sœur, et, après eux, la fille de M. de la Rochaiguë, qui est mariée en province.

— Parfaitement... De sorte que si mademoiselle de Beaumesnil mourait sans enfants?...

— Parbleu! c'est la famille la Rochaiguë qui hériterait d'elle..... c'est clair comme le jour. Mais où diable veux-tu en venir?

— Attends..... Maintenant suppose que la famille de la Rochaiguë puisse faire épouser à mademoiselle de Beaumesnil un mari... qui présentât... ces... ces... *garanties*... ces *antécédents* rassurants dont tu me parlais tout à l'heure au sujet du choix désirable du mari de la reine d'Espagne... Est-ce que les la Rochaiguë n'auraient pas le plus immense intérêt à voir conclure un mariage... qui, devant être sans postérité... leur assurerait un jour la fortune de leur parente?

— De Ravil... je comprends, — dit M. de Mornand d'un air cogitatif, et frappé de la grandeur de cette conception.

— Voyons... veux-tu que je te pose... aux yeux de la Rochaiguë, comme un homme (sauf le sang royal) parfaitement digne d'être le mari d'une reine d'Espagne, dont le beau-frère serait un prince français? Songes-y... c'est rallier à toi la sœur et la femme du baron.

Après un long silence, le comte de Mornand dit à son ami d'un air à la fois diplomatique et majestueux :

— De Ravil... je te donne carte blanche.

XX

A la fin de cette journée, pendant laquelle Ernestine de Beaumesnil avait été à son insu l'objet de tant de cupides convoitises, de tant de machinations plus ou moins habiles ou perfides, la jeune fille, seule dans l'un des salons de son appartement, attendait l'heure du dîner.

La plus riche héritière de France était loin d'être belle ou jolie : son front trop grand, trop avancé, les pommettes de ses joues trop saillantes, son menton un peu long, donnaient à ses traits beaucoup d'irrégularité ; mais, en ne s'arrêtant pas à cette première apparence, on se sentait peu à peu attiré par le charme de la physionomie de la jeune fille; son front, trop prononcé, mais uni, mais blanc comme l'albâtre, et encadré d'une magnifique chevelure châtain clair, surmontait des yeux bleus d'une bonté infinie, tandis qu'une bouche vermeille, aux dents blanches, au sourire mélancolique et ingénu, semblait demander grâce pour les imperfections du visage.

Ernestine de Beaumesnil, seulement âgée de seize ans, avait grandi très-rapidement ; aussi, quoique sa taille élevée fût parfaitement svelte, droite et dégagée, la jeune fille, convalescente d'une longue maladie de croissance, se tenait encore parfois légèrement courbée; attitude qui d'ailleurs rendait plus remarquable encore la gracieuse flexibilité de son cou d'une rare élégance.

En un mot, malgré sa vulgarité surannée, la comparaison d'une *fleur penchée sur sa tige* exprimerait à merveille l'ensemble doux et triste de la figure d'Ernestine de Beaumesnil.

Pauvre orpheline abattue par la douleur que lui causait la mort de sa mère!

Pauvre enfant accablée sous le poids écrasant pour elle de son immense richesse!

Contraste bizarre... c'était un sentiment de touchant intérêt..... nous dirions même de tendre pitié... que semblaient demander et inspirer la physionomie, le regard, l'attitude de cette héritière d'une fortune presque royale..

Une robe noire bien simple que portait Ernestine augmentait encore l'éclat de son teint, d'une blancheur délicatement rosée; les mains croisées sur ses genoux, la tête penchée sur son sein, l'orpheline semblait triste et rêveuse.

La demie de cinq heures venait de sonner lorsque la gouvernante de la jeune fille entra discrètement et lui dit :

— Mademoiselle peut-elle recevoir mademoiselle de la Rochaiguë?

— Certainement, ma bonne Lainé, — répondit la jeune fille en tressaillant et sortant de sa rêverie; — pourquoi mademoiselle de la Rochaiguë n'entre-t-elle pas?

La gouvernante sortit, et revint bientôt précédant mademoiselle Héléna de la Rochaiguë.

Cette dévotieuse personne n'aborda Ernestine qu'après deux profondes et cérémonieuses révérences, que la pauvre enfant s'empressa de rendre coup sur coup, surprise, presque peinée de voir une femme de l'âge de mademoiselle Héléna l'aborder avec obséquiosité.

— Je remercie mademoiselle de Beaumesnil de vouloir bien m'accorder un moment d'entretien, — dit mademoiselle Héléna d'un ton formaliste et respectueux, en faisant une troisième et dernière révérence, qu'Ernestine lui rendit encore.

Après quoi elle lui dit, avec un timide embarras :

— J'ai, à mon tour, mademoiselle Héléna, une grâce à vous demander...

— A moi?... quel bonheur!... dit vivement la protectrice de M. de Macreuse.

— Mademoiselle, je vous en prie... ayez la bonté de m'appeler Ernestine... au lieu de me dire : « Mademoiselle de Beaumesnil. » Si vous saviez comme cela m'impose!

— Je craignais de vous déplaire, mademoiselle, en me familiarisant davantage.

— Dites-moi : « Ernestine, » et non : « Mademoiselle. » Encore une fois, je vous en prie : ne sommes-nous pas parentes? et, plus tard, si je mérite que vous m'aimiez, — ajouta la jeune fille avec une grâce ingénue, — vous me direz : « Ma chère Ernestine, » n'est-ce pas?

— Ah! mon affection vous a été acquise dès que je vous ai vue, ma chère Ernestine, — répondit Héléna avec onction; — j'ai deviné que la réunion de toutes les vertus chrétiennes, si désirables chez une jeune personne de votre âge... florissait dans votre cœur. Je ne vous parle pas de votre beauté... si charmante, si idéale qu'elle soit, car vous ressembliez à une madone de Raphaël. Mais, — ajouta la dévote en baissant les yeux, — la beauté est un don fragile... et périssable aux yeux du Seigneur... tandis que les qualités dont vous êtes ornée assureront votre salut.

A cette avalanche de louanges quasi mystiques, l'orpheline éprouva un embarras mortel, ne sut que répondre et balbutia :

— Je ne mérite pas, mademoiselle... de pareilles louanges... et... je ne sais...

Puis elle ajouta, très-satisfaite de trouver un moyen d'échapper à ces flatteries qui, malgré son inexpérience, lui causaient une impression singulière :

— Vous avez quelque chose à me demander, mademoiselle?

— Sans doute, dit Héléna, je venais savoir vos ordres... pour l'office de demain.

— Quel office, mademoiselle?

— Mais l'office où nous irons chaque jour.

Et, comme Ernestine fit un mouvement de surprise, mademoiselle Héléna ajouta pieusement :

— Où nous irons chaque jour... prier pendant une heure pour le repos de l'âme de votre père et de votre mère...

La jeune fille n'avait pas eu jusqu'alors d'*heure fixe* pour prier... pour son père et sa mère.

L'orpheline priait presque tout le jour ; c'est-à-dire que, presque à chaque instant, elle songeait, avec un pieux respect, avec un ineffable attendrissement, aux deux êtres chéris qu'elle regrettait.

Cependant, n'osant pas se refuser à l'invitation de mademoiselle Héléna, Ernestine lui répondit tristement :

— Je vous remercie d'avoir eu cette pensée, mademoiselle, je vous accompagnerai.

— La messe de neuf heures, — dit la dévote, — est la plus convenable... en cela qu'elle se dit à la chapelle de la Vierge, pour laquelle vous avez une dévotion particulière, m'avez-vous dit hier, Ernestine?

— Oui, mademoiselle, en Italie... tous les dimanches... j'assistais à l'office dans la chapelle de la Madone... c'était une mère aussi... et je ne sais pourquoi je préférais lui adresser mes prières pour ma mère...

— Elles seront certainement plus efficaces, ma chère Ernestine, et, puisque vous les avez commencées sous l'invocation de la mère du Sauveur, il faut les continuer... Ainsi nous ferons donc tous les jours nos dévotions à la chapelle de la Vierge, vers neuf heures du matin.

— Je serai prête, mademoiselle.

— Alors, Ernestine, vous m'autorisez à donner des ordres pour que votre voiture et vos gens soient prêts à cette heure.

— Ma voiture? mes gens?

— Certainement, — dit la dévote avec emphase, — votre voiture drapée et armoriée; un des valets de pied nous accompagnera dans l'église, portant derrière nous un sac de velours où seront nos livres de messe; vous savez bien que c'est l'usage chez toutes les personnes comme il faut.

— Pardon, mademoiselle; mais à quoi bon tant d'appareils? je vais seulement à l'église pour prier; ne pourrions-nous y aller à pied? Dans cette saison, le temps est si beau!

— Quelle admirable modestie dans l'opulence! — s'écria la dévote, — quelle simplicité dans la grandeur! Ah! Ernestine, vous êtes bénie du Seigneur! pas une vertu ne vous manque... vous possédez la plus rare de toutes... la sainte... la divine humilité... vous qui êtes cependant *la plus riche héritière de France!*

Ernestine regardait mademoiselle Héléna avec un nouvel étonnement.

La naïve enfant ne croyait pas avoir fait montre de si merveilleux sentiments en désirant d'aller à la messe à pied, par une belle matinée d'été; sa surprise redoubla en entendant la dévote continuer en s'exaltant presque jusqu'au ton prophétique :

— La grâce d'en haut vous a touchée, ma chère Ernestine!... Oh!... oui... tout me le dit, le Seigneur vous a bénie jusqu'ici en vous inspirant des sentiments profondément religieux, en vous donnant le goût d'une vie exemplaire passée dans les exercices de la piété, ce qui n'exclut pas les honnêtes distractions que l'on peut trouver dans le monde... Oui, Dieu vous protége, ma chère Ernestine, et bientôt peut-être, il vous donnera une marque plus visible encore de sa toute-puissante protection.

La faconde de la dévote, ordinairement silencieuse et réservée, fut interrompue par l'arrivée de madame de la Rochaiguë, qui, moins discrète que sa belle-sœur, entra sans se faire annoncer.

La baronne, assez surprise de trouver Ernestine en tête à tête avec Héléna, jeta d'abord sur celle-ci un regard de défiance; mais la dévote reprit aussitôt un masque si béat, si peu intelligent, que les soupçons de la baronne s'effacèrent à l'instant.

L'orpheline se leva et fit quelques pas devant madame de la Rochaiguë, qui, empressée, souriante, charmante et pimpante, lui dit le plus tendrement du monde, en lui prenant les deux mains :

— Ma chère et toute belle, je viens, si vous le permettez, vous tenir un peu compagnie jusqu'à l'heure du dîner... car je suis jalouse du bonheur de ma chère belle-sœur.

— Combien vous êtes aimable pour moi, madame! répondit Ernestine, sensible aux prévenances de la baronne.

Héléna, se dirigeant alors vers la porte, dit à la jeune fille, afin d'aller ainsi au-devant de la curiosité de madame de la Rochaiguë :

— A demain matin, neuf heures, n'est-ce pas, c'est convenu?

Et, après un affectueux signe de tête adressé à la baronne, Héléna sortit, reconduite jusqu'à la porte par mademoiselle de Beaumesnil.

Lorsque celle-ci revint rejoindre madame de la Rochaiguë, la baronne, regardant l'orpheline venir à elle, s'éloigna de quelques pas à reculons, à mesure qu'Ernestine s'approchait, et lui dit d'un ton d'affectueux reproche :

— Ah! ma chère petite belle, vous êtes incorrigible!...

— Comment donc cela, madame?

— Je suis, je vous l'ai dit, d'une franchise, oh! mais d'une franchise... brutale... impitoyable; c'est un de mes défauts; aussi je vous reprocherai encore... je vous reprocherai toujours de ne pas vous tenir assez droite!...

— Il est vrai, madame... c'est malgré moi que je me tiens ainsi quelquefois courbée.

— Et c'est ce que je ne saurais souffrir... ma chère belle... Oui, je serai sans pitié, — reprit gaiement la baronne. — Je vous demande un peu à quoi bon cette délicieuse taille, si vous ne la faites pas mieux valoir?... à quoi bon ce visage ravissant, aux traits si fins, si distingués, si vous le tenez toujours baissé? Il est pourtant charmant à voir.

— Madame... — dit l'orpheline, non moins embarrassée des louanges mondaines de la baronne que des louanges mystiques de la dévote.

— Oh! ce n'est pas tout, — reprit madame de la Rochaiguë avec un affectueux enjouement, — il faudra que je gronde bien fort cette excellente madame Lainé : vous avez des cheveux admirables, et vous seriez mille fois mieux coiffée avec des anglaises. Votre port de tête est si naturellement gracieux et noble (quand vous vous tenez droite, bien entendu), que ces longues boucles vous iraient à merveille...

— J'ai toujours été coiffée comme je le suis, madame, et je ne songeais pas à changer de coiffure, cela m'étant, je vous l'avoue, assez indifférent.

— Et c'est encore un reproche à vous faire, ma chère belle (vous voyez que je ne finis pas) : il faut que vous soyez coquette... certainement très-coquette... ou plutôt... c'est moi qui le serai pour vous. Je suis si fière de ma charmante pupille que je veux qu'elle éclipse, les plus jolies.

— Je ne puis jamais avoir cette prétention, madame, répondit Ernestine en souriant doucement.

— Je voudrais bien que vous vous permissiez d'avoir des prétentions, mademoiselle, — reprit en riant la baronne ; — je n'entends pas cela du tout... c'est moi qui les aurai pour vous... ces prétentions... En un mot, je veux que vous soyez citée comme la plus jolie, la plus élégante des jeunes personnes... de même que vous serez un jour citée comme la plus élégante des femmes... car, entre nous... je vous connais depuis hier seulement, ma chère belle. Eh bien ! à certaines tendances, à des riens que j'ai remarqués en vous, je suis sûre, et je vous l'ai déjà dit, que vous êtes née pour être, un jour, une femme à la mode...

— Moi, madame ? dit ingénument l'orpheline.

— J'en suis sûre... et n'est pas femme à la mode qui veut, il ne suffit pas pour cela d'avoir de la beauté, de la richesse, de la naissance, d'être marquise ou duchesse... quoique ce dernier titre relève singulièrement une femme... Non, non, il faut réunir à tous ces avantages... un je ne sais quoi... qui fixe et commande l'attention... attire les hommages, et ce je ne sais quoi, vous l'aurez... rien n'est plus facile à deviner en vous.

— Mon Dieu ! madame... vous m'étonnez beaucoup, — répondit la pauvre enfant tout abasourdie.

— Je vous étonne... c'est tout simple, vous devez vous ignorer, ma chère belle ; mais moi qui vous étudie, qui vous juge avec l'œil jaloux et orgueilleux d'une mère... je prévois tout ce que vous serez, et je m'en applaudis... C'est une si ravissante existence que celle d'une femme à la mode! Reine de toutes les fêtes, de tous les plaisirs, sa vie est un continuel enchantement. Et tenez, pour vous donner une idée de ce monde, sur lequel vous êtes destinée à régner un jour, il faudra qu'après-demain nous allions en voiture aux Champs-Elysées; il y aura eu une course au bois de Boulogne... vous verrez revenir tout le Paris élégant... C'est une distraction parfaitement compatible avec votre deuil.

— Madame... excusez-moi... mais ces grandes réunions m'intimident... et... je...

— Oh! ma chère belle, — reprit la baronne en interrompant sa pupille, — je suis intraitable; il faudra faire cela pour moi... D'ailleurs, je tiens à être aussi bien traitée que mon excellente sœur... et, à ce propos, voyons, ma chère belle... qu'avez-vous donc comploté... pour de main matin avec cette bonne Héléna?

— Mademoiselle Héléna veut bien me conduire à l'office... madame.

— Elle a raison, ma chère belle, il ne faut pas trop négliger ses devoirs religieux... Mais neuf heures... c'est bien matin... les femmes du monde ne vont guère qu'à l'office de midi; au moins l'on a eu tout le temps de faire une élégante toilette du matin, et l'on rencontre à l'église des figures de connaissance.

— J'ai l'habitude de me lever de bonne heure, madame, « et, puisque mademoiselle Héléna préférait partir à neuf heures, » j'ai pensé que cette heure devait être aussi la mienne.

— Ma chère belle, je vous ai dit que je serai avec vous d'une franchise, d'une sincérité brutale.

— Et je vous en remercie, madame.

— Sans doute, il ne faut pas, voyez-vous, être glorieuse de ce que vous êtes *la plus riche héritière de France*... mais, sans vouloir abuser de cette position pour imposer aux autres vos volontés ou vos caprices... il ne faut pas non plus toujours vous empresser d'aller au-devant du moindre désir d'autrui. Encore une fois, n'oubliez pas que votre immense fortune...

— Hélas! madame, — dit Ernestine sans pouvoir retenir deux larmes qui roulèrent sur ses joues, — je fais mon possible, au contraire, pour n'y pas songer, à cette fortune... car elle me rappelle que je suis orpheline...

— Pauvre chère belle, — dit madame de la Rochaiguë en embrassant Ernestine avec effusion, — combien je m'en veux de vous avoir involontairement attristée! Je vous en conjure, séchez ces beaux yeux, j'ai trop de regret de vous voir pleurer : cela me fait un mal!...

Ernestine essuya lentement ses larmes; la baronne reprit affectueusement :

— Voyons, mon enfant... du courage... soyez raisonnable... sans doute c'est un malheur affreux... irréparable, que d'être orpheline; mais, par cela que ce malheur est irréparable... il faut bien prendre sur vous... vous dire qu'il vous reste du moins des amis, des parents dévoués... et que, si le passé est triste, l'avenir est des plus brillants...

Au moment où madame de la Rochaiguë consolait ainsi l'orpheline, on frappa discrètement à la porte.

— Qui est là? — demanda la baronne.

— Le *majordome* de mademoiselle de Beaumesnil, — répondit une voix, — et il sollicite la grâce de venir se mettre à ses pieds.

Ernestine fit un mouvement de surprise : la baronne lui dit en souriant :

— C'est une plaisanterie de M. de la Rochaiguë, c'est lui qui est là derrière la porte.

Mademoiselle de Beaumesnil tâcha de sourire aussi, et la baronne dit à haute voix :

— Entrez, monsieur le majordome... entrez. A ces mots, le baron parut, montrant plus que jamais ses longues dents, alors complétement découvertes par le rire de satisfaction que lui inspirait sa plaisanterie. Il alla courtoisement s'incliner devant Ernestine, lui baisa la main et lui dit :

— Mon adorable pupille continue-t-elle d'être contente de moi?... rien ne manque-t-il à son service? trouve-t-elle sa maison sur un pied convenable? n'a-t-elle pas découvert d'inconvénients dans son appartement? est-elle satisfaite de ses gens?

— Je me trouve parfaitement bien ici, monsieur; trop bien... même... — répondit Ernestine, — car ce magnifique appartement pour moi seule... est...

— Il n'y a rien de trop beau, charmante pupille, — dit le baron d'un ton péremptoire; — il n'y a rien de trop somptueux pour *la plus riche héritière de France.*

— Je suis surtout heureuse et touchée de l'affectueux accueil que je reçois dans votre famille, monsieur, — reprit Ernestine, — et, je vous l'assure, le reste a pour moi peu d'importance... Soudain les deux battants de la porte du salon s'ouvrirent, et un maître d'hôtel dit à haute voix : — Mademoiselle est servie...

XXI

Le baron offrit son bras à Ernestine, qu'il conduisit dans la salle à manger, où se rendit bientôt Héléna, un peu attardée par l'envoi d'une lettre à l'abbé Ledoux, au sujet de la rencontre du lendemain.

Pendant le dîner, Ernestine fut le constant objet des prévenances, des obséquiosités du baron, de sa femme, d'Héléna et des domestiques, qui subissaient, comme leurs maîtres, l'influence magique de ces mots tout-puissants qui résumaient la position de l'orpheline : *la plus riche héritière de France!...*

Vers la fin du dîner, le baron, affectant l'air du monde le plus détaché, dit à mademoiselle de Beaumesnil :

— Ma chère pupille, vous vous êtes reposée aujourd'hui des fatigues de votre voyage; il faudrait, ce me semble, sortir, demain et les autres jours, pour vous distraire un peu.

— Nous y avions pensé, Héléna et moi, — dit madame de la Rochaiguë; — votre sœur accompagnera demain Ernestine à l'office; dans l'après-dîner, mademoiselle Palmyre et mademoiselle Barenne viendront essayer à notre chère petite belle les robes et les chapeaux commandés hier par mes soins, et, après-demain, nous irons faire un tour en voiture aux Champs-Elysées.

— A merveille, dit le baron; — je vois la journée de demain et celle d'après-demain parfaitement employées. Seulement... je me trouve, moi, très-mal partagé... Aussi, je vous demande ma revanche pour le jour d'ensuite, ma chère pupille... Me l'accorderez-vous?

— Certainement, monsieur, avec le plus grand plaisir, — répondit Ernestine.

— La grâce de cette réponse en double encore le prix, — dit le baron avec une expression si convaincue, que l'orpheline se demandait ce qu'elle avait répondu de si gracieux, lorsque la baronne dit à son mari :

— Voyons, monsieur de la Rochaiguë, quels sont vos projets ?

— Ah ! ah ! — répondit le baron d'un air fin, — je ne suis ni si dévotieux que ma sœur, ni si mondain que vous, ma chère amie ; je propose donc à notre aimable pupille, si le temps le permet, une promenade dans l'un des plus beaux jardins de Paris, où elle verra une merveilleuse collection de rosiers en fleurs.

— Vous ne pouviez mieux choisir, monsieur, dit naïvement Ernestine, — j'aime tant les fleurs !

— Ce n'est pas tout, et, comme je suis homme de précaution, ma charmante pupille, — ajouta le baron, — en cas de mauvais temps, nous ferions notre promenade dans des serres chaudes superbes ou dans une magnifique galerie de tableaux renfermant les chefs-d'œuvre de l'école moderne.

— Et où se trouvent donc réunies toutes ces belles choses, monsieur ? — dit Ernestine véritablement émerveillée.

— Ah ! ma chère pupille... quelle véritable Parisienne vous êtes ! — reprit M. de la Rochaiguë en riant d'un air capable, — et vous aussi, baronne... et vous aussi, ma sœur ; je le vois, à votre air étonné, vous ignorez où se trouve ce pays de merveilles, qui est pourtant presque à notre porte.

— En vérité... — dit mademoiselle de la Rochaiguë, — j'ai beau chercher... je...

— Vous ne trouvez pas ? — reprit le baron radieux, — voyons... j'ai pitié de vous... toutes ces merveilles se trouvent réunies... au Luxembourg.

— Au Luxembourg ! s'écria la baronne en riant.

Et, s'adressant à Ernestine :

— Ah ! ma chère belle, c'est un piége... abominable, car vous ne savez pas la passion de M. de la Rochaiguë pour une autre des merveilles du Luxembourg, dont il se garde bien de vous parler !

— Et quelle est cette autre merveille, madame ? — demanda la jeune fille en souriant.

— Figurez-vous... pauvre chère innocente... que M. de la Rochaiguë est capable de vous conduire à une séance de la Chambre des pairs... sous prétexte de serres, de fleurs et de tableaux !

— Eh bien ! pourquoi pas, dans la tribune diplomatique ? — Ma chère pupille s'y trouverait en belle et bonne compagnie, — riposta le baron; — elle rencontrerait là de ces bienheureuses femmes d'ambassadeurs... de ministres...

— *Bienheureuse*... le mot est charmant, — dit gaiement la baronne, et d'où leur vient cette canonisation, s'il vous plaît?

Puis, se tournant vers Héléna :

— Entendez-vous votre frère... ma chère... quel blasphème!

— Je maintiens, — répondit le baron, — qu'il n'est pas au monde une position plus enviable, plus charmante... plus admirable, que celle de la femme d'un ambassadeur... ou d'un ministre... Ah! ma chère amie... ajouta le *Canning* ignoré en s'adressant à sa femme d'un ton pénétré, — que n'ai-je pu vous donner une pareille position! Vous eussiez été... jalousée... adulée... fêtée... Vous seriez devenue, j'en suis sûr... une femme politique supérieure... Vous eussiez dirigé l'Etat peut-être... Est-il un rôle plus beau pour une femme?

— Voyez-vous, ma chère belle, quel dangereux flatteur que M. de la Rochaiguë, dit la baronne à Ernestine, — il est capable de vouloir peut-être vous donner aussi le goût de la politique...

— A moi, madame? oh! je ne crains pas cela, répondit Ernestine en souriant.

— Vous raillerez tant que vous voudrez, ma chère amie, — dit le baron à madame de la Rochaiguë; — mais je prétends que ma chère pupille... a dans l'esprit quelque chose de réfléchi... de posé... de sérieux... très-remarquable pour son âge, sans compter qu'elle ressemble incroyablement au portrait de la belle et fameuse duchesse de Longueville, qui a eu sous la Fronde une si grande influence politique.

— Ah!... c'est trop fort! — dit la baronne en interrompant son mari avec un redoublement d'hilarité.

L'orpheline, un moment pensive, ne partagea pas cette gaieté; elle trouvait singulier qu'en moins de deux heures, les trois personnes dont nous parlons eussent tour à tour découvert qu'elle réunissait les vocations les plus singulièrement opposées :

Celle de *femme dévote*,

De *femme à la mode*,

De *femme politique*.

La conversation fut interrompue par le bruit retentissant d'une voiture qui entrait dans la cour de l'hôtel.

Le baron dit à sa femme :

— Vous n'avez pas fermé votre porte ce soir ?

— Non... mais je n'attends personne... à moins que ce ne soit madame de Mirecourt, qui, vous le savez, vient quelquefois en *prima sera* avant d'aller dans le monde.

— En ce cas, où voulez-vous la recevoir ?

— Si cela ne vous ennuyait pas trop, ma chère belle, — dit la baronne à Ernestine, — vous me permettriez de recevoir madame de Mirecourt dans votre salon ; c'est une digne et excellente personne.

— Faites absolument comme il vous plaira, madame, — répondit Ernestine.

— Vous ferez entrer dans le salon de mademoiselle de Beaumesnil, — dit la baronne à l'un des domestiques.

Celui-ci sortit, et revint bientôt en disant :

— D'après les ordres de madame la baronne, j'ai fait entrer chez mademoiselle... mais ce n'était pas madame de Mirecourt.

— Et qui donc était-ce ?

— M. le marquis de Maillefort, madame la baronne.

Au nom du marquis, le baron s'écria :

— C'est insupportable ! Une visite à une pareille heure est d'une familiarité inconcevable.

La baronne fit signe à son mari de se contraindre devant les gens, et dit tout bas à Ernestine, qui semblait surprise de cet incident :

— M. de la Rochaiguë n'aime pas M. de Maillefort, qui est un des plus malins et des plus méchants bossus qu'on puisse imaginer.

— Un vrai satan... — ajouta Héléna.

— Il me semble, — dit Ernestine en réfléchissant, — qu'autrefois... chez ma mère, j'ai entendu prononcer le nom de M. de Maillefort.

— Et certes, ma toute belle, reprit la baronne en souriant, — l'on ne parlait pas précisément du marquis comme d'un *bon ange*.

— Je ne me souviens pas d'avoir entendu parler de M. de Maillefort en bien ou en mal, — répondit l'orpheline, — je me rappelle seulement son nom...

— Et ce nom, — dit le baron, — est celui d'une véritable peste !

— Mais, madame, — dit mademoiselle de Beaumesnil en hésitant, — si M. de Maillefort est si méchant, pourquoi le recevez-vous ?

— Ah ! ma chère belle... dans le monde, on est obligé à tant de concessions, surtout lorsqu'il s'agit de personnes de la naissance de M. de Maillefort!

Et s'adressant au baron :

— Il est impossible de prolonger le dîner plus longtemps, car on a servi le café dans le salon.

Madame de la Rochaiguë se leva de table ; le baron, dissimulant son dépit, offrit son bras à sa pupille, et tous entrèrent dans le salon où attendait M. de Maillefort.

Le marquis avait pendant longtemps tellement pris l'habitude de se vaincre, à l'endroit de sa profonde et secrète passion pour la comtesse de Beaumesnil, passion que celle-ci avait seule pénétrée, qu'à la vue d'Ernestine, il ne trahit en rien l'intérêt qu'elle lui inspirait ; il songea, non sans tristesse, qu'il lui fallait se montrer devant l'orpheline ce qu'il avait toujours été devant les autres, incisif et sarcastique ; un changement soudain dans ses manières, dans son langage, eût éveillé les soupçons des la Rochaiguë, et, pour protéger Ernestine à l'insu de tous et peut-être à l'insu d'elle-même, afin d'accomplir ainsi les dernières volontés de la comtesse, il ne devait en rien exciter les défiances des personnes dont l'orpheline était entourée.

M. de Maillefort, doué d'une grande sagacité, s'aperçut, avec un cruel serrement de cœur, de l'impression défavorable que son aspect causait à Ernestine, car celle-ci, encore sous l'influence des calomnies dont le bossu venait d'être l'objet, avait involontairement tressailli et détourné les yeux à la vue de cet être difforme.

Si diversement pénibles que furent alors les sentiments du marquis, il eut la force de les dissimuler ; s'avançant alors vers madame de la Rochaiguë, le sourire aux lèvres, l'ironie dans le regard :

— Je suis bien indiscret, n'est-ce pas, ma chère baronne ? mais, vous le savez... ou plutôt vous l'ignorez ; l'on n'a des amis que pour mettre avec eux ses défauts à l'aise... à moins cependant, — ajouta le marquis en s'inclinant profondément devant Héléna, — à moins que, comme mademoiselle de la Rochaiguë... on n'ait pas de défauts... et qu'on soit un ange de perfection, descendu des cieux pour l'édification des fidèles ; alors, c'est pis encore : quand on est si parfait, l'on inflige à ses amis le supplice de l'envie... ou de l'admiration, car pour beaucoup c'est tout un...

Et s'adressant à M. de la Rochaiguë :

— N'est-ce pas que j'ai raison, baron ? je m'en rapporte à vous, qui avez le bonheur de n'être blessant... ni par vos qualités ni par vos défauts.

Le baron sourit, montra outrageusement ses longues dents et répondit en tâchant de contraindre sa mauvaise humeur :

— Ah! marquis!... marquis... toujours malicieux, mais toujours aimable.

Songeant alors qu'il ne pouvait se dispenser de présenter M. de Maillefort à sa pupille, qui regardait le bossu avec une crainte croissante, le baron dit à Ernestine :

— Ma chère pupille, permettez-moi de vous présenter M. le marquis de Maillefort, un de nos bons amis.

Après s'être incliné devant la jeune fille, qui lui rendit son salut d'un air embarrassé, le bossu lui dit avec une *froideur polie* :

— Je suis heureux, mademoiselle, d'avoir maintenant un motif de plus pour venir souvent chez madame de la Rochaiguë.

Et, comme s'il se croyait libéré envers l'orpheline par cette banalité, le marquis s'inclina de nouveau, et alla s'asseoir auprès de la baronne, pendant que son mari tâchait de donner une contenance à son dépit, en dégustant le café avec lenteur, et qu'Héléna, s'emparant d'Ernestine, l'emmenait à quelques pas, sous prétexte de lui faire admirer les fleurs d'une jardinière.

Le marquis, sans paraître faire la moindre attention à Ernestine et à Héléna, ne les perdit cependant pas de vue ; il avait l'ouïe très-fine, et il espérait surprendre quelques mots de l'entretien de la dévote et de l'orpheline, tout en causant avec madame de la Rochaiguë; conversation d'abord nécessairement insignifiante, chacun des interlocuteurs, cachant soigneusement le fond de sa pensée sous un *parlage* frivole ou banal, tâchait de *voir venir* son adversaire, ainsi que l'on dit vulgairement.

Le vague d'un pareil entretien favorisait à merveille les intentions du marquis ; aussi, tandis que, d'une oreille distraite, il écoutait madame de la Rochaiguë, il écoutait de l'autre et très-curieusement, Ernestine, le baron et Héléna.

La dévote et son frère, croyant le bossu tout à son entretien avec madame de la Rochaiguë, rappelèrent à l'orpheline, dans le courant de leur conversation, la promesse qu'elle avait faite :

A Héléna de l'accompagner le lendemain à l'office de neuf heures;

Au baron d'aller le surlendemain admirer avec lui les merveilles du Luxembourg.

Quoiqu'il n'y eût rien d'extraordinaire dans ces projets acceptés par Ernestine, M. de Maillefort, très en défiance contre les la Rochaiguë, ne regarda pas comme inutile pour lui d'être instruit de ces particularités, en apparence insignifiantes. Il les nota soigneusement dans son esprit, tout en répondant avec son aisance habituelle aux lieux communs de la baronne.

L'attention du bossu était ainsi partagée depuis quelques minutes, lorsqu'il vit du coin de l'œil Héléna parler bas à Ernestine en lui montrant du regard madame de la Rochaiguë, comme pour lui dire qu'il ne fallait pas la déranger de son entretien; puis l'orpheline, Héléna et le baron quittèrent discrètement le salon.

Madame de la Rochaiguë ne s'aperçut de leur absence qu'au bruit que fit la porte en se refermant.

Ce départ servait à souhait la baronne; la présence des autres personnes eût gêné une explication qu'il lui paraissait très-urgent d'avoir avec le marquis; elle était trop fine, trop rompue au monde, pour n'avoir pas pressenti, ainsi qu'elle l'avait dit à son mari, que le marquis, revenant chez elle après une longue interruption dans leurs relations, ne pouvait être ramené que par la présence de l'héritière, sur laquelle il avait nécessairement quelque vue cachée.

La passion du bossu pour madame de Beaumesnil n'ayant été devinée par personne, sa dernière entrevue avec la comtesse mourante ayant aussi été tenue secrète, madame de la Rochaiguë ne pouvait soupçonner et ne soupçonnait pas la sollicitude que le marquis portait à Ernestine...

Voulant néanmoins tâcher de pénétrer les desseins du bossu, afin de les déjouer s'ils contrariaient les siens, madame de la Rochaiguë interrompit son insignifiante conversation dès que la porte se fût refermée sur l'orpheline.

— Eh bien! — demanda la baronne au bossu, — comment trouvez-vous mademoiselle de Beaumesnil?

— Je la trouve très-généreuse...

— Comment cela, marquis, très-généreuse?

— Sans doute... avec sa fortune... votre pupille aurait le droit d'être aussi laide et aussi bossue que moi... mais a-t-elle quelques qualités?

— Je la connais depuis si peu de temps, que je ne saurais trop vous dire...

— Voyons, pourquoi ces réticences?... vous sentez bien que je ne viens pas vous demander la main de votre pupille.

— Qui sait?...—reprit la baronne en riant.

— Moi... je le sais, et je vous le dis...

— Sérieusement, marquis?—reprit madame de la Rochaiguë d'un ton pénétré.—Je suis sûre qu'à l'heure qu'il est, cent projets de mariage sont déjà formés...

— Contre mademoiselle de Beaumesnil?

— *Contre* est très-joli... mais, tenez, marquis, je veux être franche avec vous.

— Vraiment,—dit le bossu avec une surprise railleuse.— Eh bien! moi aussi. Allons, ma chère baronne... faisons cette petite débauche... de sincérité: ma foi! tant pis!

Et M. de Maillefort rapprocha son fauteuil du canapé où la baronne était assise.

XXII

Madame de la Rochaiguë, après un moment de silence, jetant sur M. de Maillefort un regard pénétrant, lui dit:

— Marquis, je vous ai deviné.

— Ah bah!

— Parfaitement deviné.

— Vous faites tout en perfection... ça ne m'étonne pas; voyons donc cette surprenante devination.

— De peur de raviver mes regrets, je ne veux pas compter le nombre d'années pendant lesquelles vous n'avez pas mis les pieds chez moi, marquis... et voilà que, soudain... vous me revenez avec un empressement tout flatteur... Moi qui suis bonne femme et pas du tout glorieuse, je me suis dit...

— Voyons... baronne, qu'est-ce que vous vous êtes dit?

— Oh ! mon Dieu ! je me suis dit tout simplement ceci : « Après le brusque délaissement de M. de Maillefort, qui me vaut donc le nouveau plaisir de le voir si souvent ?... C'est probablement parce que je suis la tutrice de mademoiselle de Beaumesnil, et que cet excellent marquis a un intérêt quelconque à revenir chez moi. »

— Ma foi, baronne, c'est à peu près cela...

— Comment, vous l'avouez ?

— Il le faut bien...

— Vous allez me faire douter de ma pénétration en vous rendant si vite, marquis...

— Ne sommes-nous pas en pleine orgie... de franchise ?

— C'est vrai...

— Alors... à mon tour, je m'en vais d'abord vous dire pourquoi j'ai soudain cessé de venir chez vous... c'est que, voyez-vous, baronne, moi je suis une manière de stoïque...

— Eh bien !... que fait là le stoïcisme ?

— Il fait beaucoup, car il m'a donné l'habitude... lorsqu'une chose me plaît extrêmement... d'y renoncer soudain, afin de ne me point laisser amollir par de trop douces habitudes... Voilà pourquoi, baronne, j'ai brusquement cessé de vous voir.

— Je voudrais croire cela... mais...

— Essayez... toujours... Quant à mon retour chez vous...

— Ah ! ceci est plus curieux.

— Vous avez deviné... à peu près juste...

— A peu près... marquis ?

— Oui, car bien que je n'aie aucun projet au sujet du mariage de votre pupille, je me suis cependant dit ceci : « Cette prodigieuse héritière va être le but d'une foule d'intrigues plus amusantes... ou plus ignobles les unes que les autres... La maison de madame de la Rochaiguë sera le centre où aboutiront tant d'intrigues diverses. On sera là, comme on dit, *aux premières loges*, pour voir tous les actes de cette haute comédie... A mon âge, et fait comme je suis... je n'ai d'autre amusement, dans le monde, que l'observation. J'irai donc en observateur chez madame de la Rochaiguë... Elle me recevra, parce qu'elle m'a reçu autrefois, et qu'après tout je ne suis ni plus sot ni plus ennuyeux qu'un autre. Ainsi, de mon coin, j'assisterai tranquillement à cette lutte acharnée entre les prétendants ; voilà la vérité ; maintenant, baronne, aurez-vous le courage de me refuser de temps à autre une petite place dans votre salon pour observer cette bataille dont votre pupille doit être le prix ?

— Ah ! marquis... — dit madame de la Rochaiguë en hochant la tête, — vous n'êtes pas de ces gens qui, sans prendre part à la mêlée, regardent les autres se battre.

— Eh !... eh !... je ne dis pas non...

— Vous voyez donc bien... vous ne resterez pas neutre.

— Je n'en sais rien... — ajouta le marquis.

Et il appuya beaucoup sur les mots suivants :

— Mais comme je suis assez compté dans le monde, comme je sais beaucoup de choses... comme j'ai toujours su maintenir mon franc parler, comme j'ai horreur des lâchetés, je vous avoue... que si... dans la *mêlée*, comme vous dites, ma chère baronne... je voyais perfidement attaquer ou menacer un brave guerrier, dont la vaillance m'aurait intéressé, j'irais, ma foi, à son secours par tous les moyens dont je puis disposer.

— Mais... monsieur, — dit la baronne en cachant son dépit sous un rire forcé, — cela... permettez-moi de vous le dire... cela est une sorte... d'inquisition permanente... dont vous seriez le grand inquisiteur, et dont le siége serait chez moi...

— Oh ! mon Dieu ! chez vous ou ailleurs... ma chère baronne ; vous sentez bien que si, par un caprice de jolie femme... et plus que personne vous pouvez vous permettre ces caprices-là... vous disiez à vos gens qu'à l'avenir vous n'y serez jamais pour moi...

— Ah ! marquis, pouvez-vous penser ?...

— Je plaisante, — reprit M. de Maillefort d'un ton sec, — le baron est de trop bonne compagnie pour souffrir que votre porte me soit refusée sans raison, et il m'épargnera, j'en suis certain, une explication à ce sujet... J'avais donc l'honneur de vous dire, ma chère baronne, qu'une fois résolu d'observer ce fait fort curieux, à savoir : — *De quelle manière se marie... la plus riche héritière de France...* je puis placer partout le siége de mon observatoire, car, malgré ma taille... j'ai la prétention de voir... droit... de haut... et de loin...

— Allons... mon cher marquis, — dit madame de la Rochaiguë redevenant souriante, — avouez-le, c'est une alliance offensive et défensive que vous me proposez ?

— Pas le moins du monde... Je ne veux être ni pour vous ni contre vous. J'observerai beaucoup, et puis... selon mon petit jugement es mes faibles ressources... je tâcherai de servir ou de desservir celui-ci ou celui-là... si l'envie m'en prend, ou plutôt si la justice et la loyauté l'exigent ; car vous savez combien je suis original.

— Mais pourquoi ne pas vous borner à votre rôle de curieux, d'observateur ? pourquoi ne pas rester neutre ?

— Parce que... et ce n'est pas moi, c'est vous qui l'avez dit, ma chère baronne... parce que je ne suis malheureusement pas de ceux-là qui peuvent voir les autres se battre... sans prendre un peu part à la mêlée...

— Mais enfin, — dit madame de la Rochaiguë poussée à bout, — si... (et c'est une pure supposition, car nous sommes décidés à ne pas songer de longtemps au mariage d'Ernestine), si, par supposition, vous disais-je... nous avions quelqu'un en vue pour elle, que feriez-vous ?...

— Je n'en sais, ma foi, rien du tout.

— Allons, monsieur le marquis, vous jouez au fin avec moi... vous avez un projet quelconque ?

— Aucun. Je ne connais pas mademoiselle de Beaumesnil ; je ne vous propose personne... Je suis donc parfaitement désintéressé dans mon rôle de curieux, d'observateur, et puis enfin, je vous demande un peu, qu'est-ce que cela vous fait, ma chère baronne, que je sois curieux et observateur ?

— Il est vrai, — dit madame de la Rochaiguë en reprenant son sang-froid, — car, après tout, en mariant Ernestine, que pouvons-nous avoir en vue ? son bonheur.

— Parbleu !

— Nous n'avons donc rien à craindre de votre observatoire, comme vous dites, mon cher marquis.

— Rien, absolument, ma chère baronne.

— Car, enfin, si par hasard nous faisions fausse route...

— Ce qui arrive aux mieux intentionnés.

— Certainement... marquis... vous ne manqueriez pas alors de venir à notre aide... et de nous signaler l'écueil... du haut de votre lumineux observatoire.

— On est observateur... c'est pour cela... — dit M. de Maillefort en se levant pour prendre congé de madame de la Rochaiguë.

— Comment, marquis, — dit la baronne en minaudant, — vous me quittez déjà ?

— A mon grand regret... je vais faire ma tournée dans cinq ou six salons, afin d'entendre parler de votre héritière... Vous n'avez pas d'idée comme c'est amusant... et curieux... et parfois révoltant... tous ces bavardages... au sujet d'une dot si phénoménale.

— Ah çà ! mon cher marquis, — dit madame de la Rochaiguë en tendant sa main au bossu de l'air le plus cordial, — parlons sérieusement... J'espère vous voir souvent, n'est-ce pas ? très-souvent... Et, puisque tout ceci vous intéresse... malin curieux, soyez tranquille, je vous tiendrai au fait de tout, ajouta mystérieusement la baronne.

— Et moi aussi, — répondit non moins mystérieusement M. de Maillefort. — De mon côté, je vous raconterai tout... ce sera délicieux ; et, à propos... de propos, — ajouta le marquis en souriant et d'un air très-détaché (quoiqu'il fût venu chez madame de la Rochaiguë autant pour voir Ernestine que pour tâcher d'obtenir quelques éclaircissements sur un mystère encore impénétrable pour lui); — à propos de propos, — reprit donc le marquis, — avez-vous entendu parler d'un enfant naturel que laisserait *monsieur* de Beaumesnil ?

— *Monsieur* de Beaumesnil ? — demanda la baronne avec surprise.

— Oui, — lui répondit le bossu, car, en déplaçant ainsi la question, il espérait arriver au même résultat d'investigation sans risquer de compromettre le secret qu'il croyait avoir surpris à madame de Beaumesnil. — Oui, avez-vous entendu dire que *monsieur* de Beaumesnil eût eu un enfant naturel ?

— Non... — répondit la baronne, — c'est la première fois que ce bruit vient jusqu'à moi... Dans le temps, on a, je crois, parlé d'une liaison de la comtesse avant son mariage... Ce serait donc plutôt à elle... que se rapporterait l'histoire de ce prétendu enfant naturel, mais je n'ai, quant à moi, jamais rien entendu dire à ce sujet.

— Alors, que ce bruit regarde le comte ou la comtesse, — reprit le bossu, — c'est évidemment un conte absurde, ma chère baronne, puisque vous en ignorez complétement, vous qui, par votre position et par votre connaissance des affaires de la famille, devriez être mieux instruite que personne sur un fait si grave.

— Je vous assure, marquis, que nous n'avons rien vu ni lu, qui pût nous donner le moindre soupçon que *monsieur* ou que madame de Beaumesnil ait laissé un enfant naturel...

M. de Maillefort, doué d'infiniment de tact et de pénétration, fut avec raison convaincu de l'ignorance absolue de madame de la Rochaiguë au sujet de la fille naturelle qu'il supposait à la comtesse; il vit avec chagrin la vanité de sa nouvelle tentative, désespérant presque de pouvoir accomplir les dernières volontés de madame de Beaumesnil, ne sachant comment retrouver la trace de cette enfant inconnue.

Madame de la Rochaiguë reprit sans remarquer la préoccupation du bossu :

— Du reste... on dit tant de choses inconcevables à propos de cet héritage! N'a-t-on pas aussi parlé de legs aussi bizarres que magnifiques laissés par la comtesse...

— Vraiment!...

— Ce sont encore là des histoires de l'autre monde, — reprit madame de la Rochaiguë avec un ton de dénigrement marqué, car elle avait toujours été fort hostile à madame de Beaumesnil;—la comtesse a laissé de... mesquines pensions à deux ou trois vieux serviteurs, et une petite gratification à ses autres domestiques... C'est à cela que se réduisent ces legs si magnifiques. Seulement, pendant que la comtesse était en veine de générosité, — ajouta madame de la Rochaiguë avec un redoublement d'aigreur, — elle aurait dû ne pas commettre l'ingratitude d'oublier une pauvre fille à qui elle devait pourtant bien quelque reconnaissance!

— Comment cela? demanda le marquis obligé de cacher ses pénibles sentiments en entendant la baronne attaquer la mémoire de madame de Beaumesnil; de quelle jeune fille voulez-vous parler?

— Vous ne savez donc pas que, pendant les derniers temps de sa vie, la comtesse, suivant l'avis de ses médecins, avait fait venir auprès d'elle une jeune artiste à qui elle a dû souvent de grands soulagements dans ses douleurs?

— En effet, l'on m'en a vaguement parlé, — répondit le bossu en cherchant à rassembler ses souvenirs.

— Eh bien! n'est-il pas inouï que la comtesse n'ait pas laissé le moindre petit legs à cette pauvre fille? Si c'est un oubli... il ressemble furieusement à de l'ingratitude...

Le marquis connaissait si bien la noblesse et la bonté de cœur de madame de Beaumesnil, qu'il fut doublement frappé de cet oubli à l'endroit de la jeune artiste.

Après quelques instants de réflexion, il pressentit vaguement que, par cela même que cet oubli, s'il était réel, semblait inexplicable, il y avait dans cette circonstance autre chose qu'un manque de mémoire.

Aussi reprit-il :

— Vous êtes sûre, baronne, que cette jeune fille n'a reçu aucune rémunération de madame de Beaumesnil ? Vous en êtes bien sûre?

— Notre conviction a été si unanime à ce sujet, — reprit la baronne enchantée de cette occasion de se faire valoir, — que, révoltés de l'ingratitude de la comtesse, nous avons, par égard pour la famille, envoyé un billet de cinq cents francs à cette jeune fille...

— C'était justice.

— Sans doute... Et savez-vous ce qui est advenu?

— Non...

— La jeune artiste nous a rapporté fièrement les cinq cents francs en disant qu'elle avait été payée...

— Cela est d'un noble cœur, — dit vivement le marquis; — mais, vous le voyez, la comtesse n'avait pas oublié cette jeune fille... Sans doute, elle lui aura remis à elle quelque témoignage de sa gratitude... au lieu de lui laisser un legs...

— Vous ne croiriez pas cela, marquis, si vous aviez vu la misère décente mais significative des vêtements de cette jeune fille... Cela faisait mal, et, certes, elle eût été autrement habillée... si elle avait eu quelque part aux largesses de madame de Beaumesnil; d'ailleurs, cette pauvre jeune artiste qui, soit dit en passant, est belle comme un astre, m'a fait si grande pitié, — ajouta madame de la Rochaiguë avec une affectation de sensibilité, — la délicatesse de sa conduite m'a si fort émue, que je lui ai proposé de venir donner des leçons de musique à Ernestine...

— Vrai ! vous avez fait cela?... mais c'est superbe !

— Votre étonnement est peu flatteur, marquis.

— Vous confondez l'admiration avec l'étonnement, baronne; je ne m'étonne pas du tout... je sais les trésors de bonté, de mansuétude, que renferme votre excellent cœur, — dit M. de Maillefort en cachant sous son persiflage habituel l'espérance qu'il avait enfin d'être sur la voie du mystère qu'il avait tant d'intérêt à pénétrer.

— Au lieu de railler... la bonté de mon cœur, marquis, — répondit madame de la Rochaiguë, — vous devriez l'imiter, et tâcher, parmi vos nombreuses connaissances, de procurer des leçons à cette pauvre fille.

— Certainement, — répondit le marquis avec une froideur apparente à l'endroit de la jeune artiste, — je vous promets de m'intéresser à votre protégée... quoique j'aie peu d'autorité comme connaisseur en musique. Mais comment se nomme et où demeure cette jeune fille?

— Elle se nomme Herminie, et demeure rue de Monceau... Je ne me souviens pas du numéro, mais je vous le ferai savoir.

— Je m'emploierai donc pour mademoiselle Herminie, si je le puis... mais à charge de revanche, baronne, dans le cas où j'aurais aussi à réclamer votre patronage, pour quelque prétendant à la main de mademoiselle de Beaumesnil, je suppose... que je verrais du haut de mon observatoire avoir le dessous dans la rude mêlée des concurrents...

— En vérité, marquis, vous savez mettre le prix à vos services... — répondit la baronne en souriant d'un air contraint, — mais je suis certaine que nous nous entendrons toujours parfaitement.

— Et moi donc, ma chère baronne, vous ne sauriez croire combien je me réjouis d'avance du touchant accord qui va désormais exister entre nous deux. Eh bien! après tout, — ajouta le marquis avec un accent rempli de bonhomie, — avouons-le, notre petite débauche de sincérité... nous a fameusement profité... nous voici en pleine confiance... n'est-ce pas, ma chère baronne?

— Sans doute; et malheureusement, — ajouta la baronne avec un soupir, — c'est si rare, la confiance!...

— Mais aussi, quand ça se rencontre, — répondit le marquis, — comme c'est bon!... hein! ma chère baronne?

— C'est divin! mon cher marquis. Ainsi donc, au revoir et à bientôt, je l'espère.

— A bientôt, — dit M. de Maillefort en sortant du salon.

— Maudit homme! — s'écria madame de la Rochaiguë en bondissant de son fauteuil.

Et, marchant à grands pas, elle donna enfin cours à ses sentiments, si difficilement comprimés.

— Il n'y a pas une des paroles de cet infernal bossu, — reprit-elle, — qui n'ait été un sarcasme ou une menace.

— Le fait est que c'est un bien prodigieux scélérat, — s'écria la voix du baron, qui apparut soudain à l'une des portes du salon dont il écarta les portières.

XXIII

A la vue de M. de la Rochaiguë, apparaissant ainsi à peu de distance du canapé où elle s'était tenue pendant son entretien avec M. de Maillefort, la baronne s'écria .

— Comment, monsieur, vous étiez là?

— Certainement... car, pressentant que votre entretien avec M. de Maillefort deviendrait très-intéressant, dès que vous seriez tous deux seuls, j'ai fait le tour par le petit salon, et je suis venu écouter là... derrière ces portières, tout près de vous...

— Eh bien! vous l'avez entendu, ce maudit marquis?

— Oui, madame, et j'ai aussi entendu que vous avez eu la faiblesse de l'engager à revenir, au lieu de lui signifier nettement son congé. Vous aviez une si belle occasion!

— Eh! monsieur, est-ce que M. de Maillefort ne peut pas être aussi dangereux de loin que de près? Il me l'a bien fait comprendre; et, d'ailleurs, on ne traite pas avec cette grossièreté un homme de la naissance et de l'importance de M. de Maillefort.

— Et qu'en adviendrait-il donc, s'il vous plaît?

— Il en adviendrait, monsieur, que le marquis vous ferait demander satisfaction de cette impertinence. Vous ne l'avez donc pas entendu? Ignorez-vous donc qu'il a eu plusieurs duels toujours malheureux... pour ses adversaires, et que, dernièrement encore, il a forcé M. de Mornand à se battre dans une chambre pour une plaisanterie?...

— Et moi, madame, je n'aurais pas été aussi bénévole... aussi débonnaire... aussi simple que M. de Mornand; je ne me serais pas battu... Ah! ah! Et voilà!...

— Alors M. de Maillefort vous eût partout poursuivi, accablé de ses épigrammes... il y avait de quoi vous faire déserter le monde... à force de honte...

— Mais c'est donc une bête enragée que ce monstre-là?... il n'y a donc pas de lois? Ah! si j'étais à la Chambre des pairs, de tels scandales ne resteraient pas impunis; on ne serait plus à la merci du premier coupe-jarret! — s'écria le malheureux baron. — Mais, pour l'amour de Dieu, à qui en a-t-il? que veut-il, ce damné marquis?

— Vous avez, en vérité, bien peu de pénétration, monsieur ! Il a pourtant parlé avec une assez insolente franchise... D'autres auraient pris des détours... auraient agi de ruse... M. de Maillefort... point. « Vous voulez marier mademoiselle de Beaumesnil... Je veux voir, moi, comment et à qui vous la marierez ; et, si l'envie m'en prend, dans ce mariage j'interviendrai. » Voilà ce qu'il a eu l'audace de me dire... Et cette menace... il peut la tenir...

— Heureusement Ernestine paraît avoir une peur horrible de cet affreux bossu, et Héléna doit lui dire qu'il était l'ennemi acharné de la comtesse...

— Qu'est-ce que cela fera?... Supposons que nous trouvions un parti convenable pour nous et pour Ernestine, le marquis, par ses railleries, par ses sarcasmes, n'est-il pas capable de donner à cette innocente fille... l'aversion de celui que nous voudrions lui faire épouser?... Et ce n'est pas seulement ici qu'il peut nous jouer ce tour odieux et bien d'autres qu'il est capable d'imaginer ; il nous les jouera partout où il rencontrera Ernestine... car nous ne pouvons pas la séquestrer, il faut que nous la conduisions dans le monde.

— C'est donc cela surtout que vous craignez? je serais assez de votre avis, si...

— Eh ! monsieur ! est-ce que je sais ce que je crains;... j'aimerais cent fois mieux avoir une crainte réelle, si menaçante qu'elle fût, je saurais du moins où est le péril, je m'arrangerais pour y échapper ; tandis qu'au contraire le marquis nous laisse dans une perplexité incessante, et cela peut nous faire commettre cent maladresses... nous gêner, et paralyser peut-être les résolutions que nous aurons à prendre dans notre intérêt... Il faut, en un mot, nous résigner à nous dire : «Il y a là un homme d'une pénétration et d'un esprit diaboliques, qui voit ou qui cherche à voir ou à savoir tout ce que nous ferons, et qui, malheureusement, a mille moyens de réussir... tandis que nous n'avons aucun moyen, nous, d'échapper à sa surveillance. »

— J'en reviens à mon idée de tout à l'heure, — dit le baron d'un air très-satisfait, — je la crois juste... vraie... évidente... cette idée...

— Quelle idée?

— C'est que le marquis est un bien prodigieux scélérat !

— Bonsoir, monsieur, — dit impatiemment madame de la Rochaiguë en se dirigeant vers la porte du salon.

— Comment, — dit le baron, — vous vous en allez comme cela, dans une pareille extrémité, sans convenir de rien!

— Convenir de quoi?

— De ce qu'il y a à faire.

— Est-ce que j'en sais quelque chose? — s'écria madame de la Rochaiguë hors d'elle-même et en frappant du pied. — Ce méchant bossu m'a complétement démoralisée... et vous achevez de me rendre stupide... par vos belles réflexions.

Et madame de la Rochaiguë quitta le salon, dont elle referma la porte avec violence au nez du baron.

Pendant l'entretien de madame de la Rochaiguë et de M. de Maillefort, Héléna avait reconduit mademoiselle de Beaumesnil chez elle, lui disant, au moment de la quitter :

— Allons... dormez bien, ma chère Ernestine, et priez le Seigneur qu'il éloigne de vos rêves la figure de ce vilain monsieur de Maillefort!

— En effet, mademoiselle, je ne sais pourquoi... il me fait presque peur...

— Ce sentiment est bien naturel... — répondit doucement la dévote, — et plus opportun que vous ne le pensez... car, si vous saviez...

Et, comme Héléna se taisait, la jeune fille reprit :

— Vous n'achevez pas... mademoiselle?

— C'est qu'il est des choses... pénibles à dire contre le prochain... quoique méritées... — ajouta la dévote d'un air béat. — Ce monsieur de Maillefort...

— Eh bien! mademoiselle?

— Je crains de vous attrister, ma chère Ernestine.

— Je vous en prie... parlez... mademoiselle.

— Ce méchant marquis, puisqu'il faut vous le dire, a été l'un des ennemis les plus acharnés de votre pauvre chère mère.

— De ma mère?... — s'écria douloureusement mademoiselle de Beaumesnil.

Puis elle ajouta avec une touchante naïveté :

— L'on vous a trompée, mademoiselle... ma mère ne pouvait pas avoir d'ennemis.

Héléna secoua tristement la tête et répondit d'un ton de tendre commisération :

— Chère enfant... cette candide ignorance fait l'éloge de votre cœur... mais, hélas! les êtres les meilleurs, les plus inoffensifs, sont exposés au courroux des méchants. Les brebis n'ont-elles pas pour ennemis les loups ravisseurs?

— Et que lui avait donc fait ma mère à M. de Maillefort, mademoiselle? — demanda Ernestine, les larmes aux yeux.

— Elle! la pauvre chère femme, mais rien... Jésus, mon Dieu! autant dire que l'agneau irait attaquer le tigre.

— Alors, mademoiselle, quel était le sujet de la haine de M. de Maillefort?

— Hélas! ma pauvre enfant... mes confidences ne peuvent aller jusque-là... c'est trop odieux, — répondit Héléna en soupirant, — trop horrible.

— J'avais donc raison de craindre cet homme, — dit Ernestine avec amertume, — et pourtant je me reprochais... de céder sans raison à un éloignement involontaire...

— Ah! ma chère enfant... puissiez-vous n'avoir jamais d'éloignement plus mal justifié!... — dit la dévote en levant les yeux au ciel.

Puis elle reprit :

— Allons, ma chère Ernestine, je vous laisse... dormez bien... Demain matin, je viendrai vous prendre à neuf heures pour aller à l'office...

— A demain, mademoiselle... Hélas!... vous me laissez avec une triste pensée : — Ma mère... avait un ennemi...

— Il vaut mieux connaître les méchants que les ignorer, ma chère Ernestine... au moins, l'on peut se garantir de leurs maléfices... Adieu donc, à demain matin.

— A demain, mademoiselle.

Et mademoiselle de la Rochaiguë s'en alla tout heureuse de l'adresse perfide avec laquelle elle avait laissé au cœur de mademoiselle de Beaumesnil une cruelle défiance contre M. de Maillefort.

Ernestine, restée seule, sonna sa gouvernante, qui lui servait de femme de chambre.

Madame Lainé entra.

Elle avait quarante ans environ, une physionomie doucereuse, des manières prévenantes, empressées, mais dont l'empressement même annonçait quelque chose de servile, bien éloigné de ce dévouement de *bonne nourrice*, dévouement naïf, absolu, mais cependant empreint de toute la dignité d'une affection désintéressée.

— Mademoiselle veut se coucher? dit madame Lainé à Ernestine.

— Non, ma bonne Lainé, pas encore... Apportez-moi, je vous prie, mon nécessaire à écrire...

— Oui, mademoiselle...

Le nécessaire à écrire étant apporté dans la chambre d'Ernestine, sa gouvernante lui dit :

— J'aurais à faire part de quelque chose à mademoiselle.

— Qu'est-ce que c'est ?

— Madame la baronne a arrêté une femme de chambre coiffeuse, et une autre femme pour mademoiselle... et..

— Je vous ai déjà dit, ma bonne Lainé, que je ne voulais pour mon service particulier aucune autre personne que vous... et Thérèse.

— Je le sais, mademoiselle, et je l'ai fait observer à madame la baronne; mais elle craint que vous ne soyez pas suffisamment servie.

— Vous me suffisez parfaitement.

— Madame la baronne a dit que néanmoins ces demoiselles resteraient à l'hôtel, dans le cas où vous en auriez besoin, et cela se trouve d'autant mieux que madame la baronne a dernièrement renvoyé sa femme de chambre, et que ces demoiselles lui serviront en attendant.

— A la bonne heure... — répondit Ernestine avec indifférence.

— Mademoiselle n'a besoin de rien?

— Non, merci.

— Mademoiselle se trouve toujours bien dans cet appartement?

— Très-bien.

— Il est du reste superbe; mais il n'y a rien de trop beau pour mademoiselle : c'est ce que tout le monde dit.

— Ma bonne Lainé, — dit Ernestine sans répondre à l'observation de sa gouvernante, — vous me préparerez ce qu'il me faut pour ma toilette de nuit... Je me coucherai seule, et vous m'éveillerez demain avant huit heures.

— Oui, mademoiselle.

Puis, au moment de sortir, madame Lainé reprit, pendant qu'Ernestine ouvrait son secrétaire à écrire :

— J'aurais quelque chose à demander à mademoiselle.

— Que voulez-vous?

— Je serais bien reconnaissante à mademoiselle si elle pouvait avoir la bonté de me donner deux heures demain ou après pour aller voir une de mes parentes, madame Herbaut, qui demeure aux Batignolles.

— Eh bien!... allez-y demain matin... pendant que je serai à l'office.

— Je remercie mademoiselle de sa bonté.

— Bonsoir, ma bonne Lainé, — dit Ernestine en donnant ainsi congé à sa gouvernante, qui semblait vouloir continuer la conversation.

Cet entretien donne une idée juste des relations qui existaient entre mademoiselle de Beaumesnil et madame Lainé.

Celle-ci avait souvent, en vain, essayé de se familiariser avec sa jeune maîtresse; mais, aux premiers mots de la gouvernante dans cette voie, mademoiselle de Beaumesnil coupait court à l'entretien, jamais avec hauteur ou avec dureté, mais en lui donnant quelque ordre avec une affectueuse bonté.

Après le départ de madame Lainé, Ernestine resta longtemps pensive, puis, s'asseyant devant la table où était son nécessaire à écrire, elle l'ouvrit et en tira un petit album relié en cuir de Russie, dont les premiers feuillets étaient déjà remplis.

Rien de plus simple, de plus touchant, que l'histoire de cet album.

Lors de son départ pour l'Italie, Ernestine avait promis à sa mère (ainsi que la comtesse l'avait dit à Herminie) de lui écrire chaque jour une espèce de journal de son voyage; à cette promesse, la jeune fille n'avait manqué que pendant les quelques jours qui suivirent la mort inattendue de son père... et pendant les quelques jours non moins affreux qui succédèrent à la nouvelle de la mort de la comtesse de Beaumesnil.

Le premier accablement de la douleur passé, Ernestine trouva une sorte de pieuse consolation à continuer d'écrire chaque jour à sa mère... se faisant ainsi une illusion à la fois douce et cruelle... en poursuivant ces confidences si touchantes.

La première partie de cet album contenait la copie des lettres écrites par Ernestine à sa mère, du vivant de celle-ci.

La seconde partie... séparée de la première par une croix noire... contenait les lettres que la pauvre enfant n'avait, hélas! pas eu besoin de recopier.

Mademoiselle de Beaumesnil s'assit donc devant la table; après avoir essuyé les larmes que provoquait toujours la vue de cet album, rempli pour elle de poignants souvenirs, elle écrivit les lignes suivantes :

« ... Je ne t'ai pas écrit, chère maman, depuis mon arrivée chez M. de la Rochaiguë, mon tuteur, parce que je voulais autant que possible me bien rendre compte de mes premières impressions.

« Et puis, tu sais comme je suis : depuis que je t'ai quittée, lorsque j'arrive quelque part, je me trouve pendant un jour ou deux tout étonnée, presque attristée par le changement; il faut que je m'habitue, pour ainsi dire, à la vue des choses dont je suis entourée pour retrouver ma liberté d'esprit...

« L'appartement que j'occupe ici toute seule est si magnifique, si grand, qu'hier je m'y regardais comme perdue;... cela me fais presque peur... aujourd'hui je commence à m'y habituer.

« Madame de la Rochaiguë, son mari et sa sœur m'ont reçue comme leur enfant; ils me comblent d'attentions, de prévenances, et, si l'on pouvait avoir pour un si bon accueil un sentiment autre que celui de la reconnaissance, je m'étonnerais de ce que des personnes d'un âge si vénérable me traitent avec autant de déférence.

« M. de la Rochaiguë, mon tuteur, est la bonté même; sa femme, qui me gâte à force de tendresse, est très-gaie, très-animée; quant à mademoiselle Héléna, sa belle-sœur, je ne crois qu'il y ait de personne plus douce et plus sainte.

« Tu vois, chère maman, que tu peux être rassurée sur le sort de ta pauvre Ernestine; entourée de tant de soins, elle est aussi heureuse qu'elle peut l'être désormais.

« Mon seul désir serait de me voir mieux connue de M de la Rochaiguë et des siens; alors sans doute ils me traiteraient avec moins de cérémonie, ils ne me feraient plus de ces compliments dont je suis embarrassée, et que l'on se croit sans doute obligé de me faire afin de me mettre en confiance...

« Bons et excellents parents! ils s'ingénient chacun de son côté à chercher ce que l'on peut dire de plus aimable à une jeune fille. Plus tard, ils verront, je l'espère, qu'ils n'avaient pas besoin de me flatter pour s'assurer de mon attachement... En m'accueillant chez eux, on dirait presque qu'ils sont mes obligés... Cela ne m'étonne pas, chère maman, combien de fois ne m'as-tu pas dit que les gens délicats semblaient toujours reconnaissants des services qu'ils avaient le bonheur de pouvoir rendre!

« J'ai eu aussi quelques moments pénibles, — non par la faute de mon tuteur ou de sa famille, mais par une circonstance pour ainsi dire forcée.

« Ce matin, un monsieur (*mon notaire*, à ce que j'ai appris) m'a été présenté par mon tuteur, qui m'a dit :

« — Ma chère pupille, il est bon que vous sachiez le chiffre exact de votre fortune, et monsieur va vous en instruire.

« Alors le notaire, ouvrant un registre qu'il avait apporté, m'en a fait voir la dernière page toute remplie de chiffres, en me disant :

« — Mademoiselle, d'après le relevé exact de... (il a ajouté un mot que je ne me rappelle pas), vos revenus se montent à la somme de *trois millions cent vingt mille francs* environ, ce qui vous fait à peu près *huit mille francs* par jour. Rien que cela, — a ajouté le notaire en riant; — aussi êtes-vous LA PLUS RICHE HÉRITIÈRE DE FRANCE.

« Alors, pauvre chère maman, cela m'a rappelé ce qu'hélas! je n'oublie presque jamais : que j'étais orpheline... seule au monde... et malgré moi j'ai pleuré. »

Ernestine de Beaumesnil s'interrompit d'écrire.

De nouveau ses larmes coulèrent abondamment, car, pour cette tendre et naïve enfant, l'*héritage*... c'était la mort de sa mère, de son père...

Plus calme, elle reprit la plume et continua :

« ... Et puis, maman, il m'est impossible de t'expliquer cela, mais en apprenant que j'avais *huit mille francs* par jour, comme disait le notaire, j'ai ressenti une grande surprise, mêlée presque de crainte.

« Tant d'argent... à moi seule!... pourquoi cela? me disais-je.

« Il me semblait que c'était une injustice.

« Qu'avais-je fait pour être si riche?

« Et puis encore ces mots, qui m'avaient fait pleurer : « *Vous êtes « la plus riche héritière de France...* » alors m'effrayaient presque...

« Oui... je ne sais comment t'expliquer cela... mais, en songeant que je possédais cette immense fortune, je me sentais inquiète... Il me semble que je devais éprouver ce qu'éprouvent les gens qui ont un trésor et qui tremblent à la pensée des dangers qu'ils courraient si on voulait les voler.

« Et pourtant... non... cette comparaison n'est pas bonne, car je n'ai jamais tenu à l'argent que toi et mon père vous me donniez chaque mois pour mes fantaisies...

« Mon Dieu, chère maman, j'analyse mal ce que je ressens en pensant *à mes richesses*, comme ils disent... cela est involontaire et inexplicable ; peut-être je m'accoutumerai à penser autrement.

« En attendant, je suis chez d'excellents parents... Qu'ai-je à craindre? c'est un enfantillage de ma part... sans doute... Mais à qui dirai-je tout? chère maman, si ce n'est à toi ? M. de la Rochaiguë et les siens sont parfaits pour moi, mais je ne serai jamais tout à fait en confiance avec eux : tu le sais, sauf pour toi et pour mon père, j'ai toujours été naturellement très-réservée, et souvent je me reproche de ne pouvoir me familiariser davantage avec ma bonne Lainé, qui est pourtant à mon service depuis plusieurs années, cette familiarité m'est impossible; cependant je suis loin d'être fière... »

Puis, faisant allusion à l'aversion qu'elle éprouvait pour M. de Maillefort, en suite des calomnies de la dévote, Ernestine ajouta :

« J'ai été cruellement émue, ce soir, mais il s'agit d'une chose si indigne... que par respect pour toi, ma chère maman, je ne veux pas l'écrire. Et puis, je n'en aurais pas, je crois, le courage.

« Bonsoir, chère maman, demain matin et les autres jours j'irai à l'office de neuf heures avec mademoiselle de la Rochaiguë ; elle est si bonne que je n'ai pas voulu la refuser... Cependant mes vraies prières, chère et pauvre maman, sont celles que je fais dans le recueillement et dans la solitude... Demain matin et les autres jours, perdue au milieu des indifférents, *je prierai pour toi ;* mais c'est toujours lorsque je suis seule, comme à cette heure, lorsque toutes mes pensées, toute mon âme s'élèvent vers toi, que *je te prie* comme on prie Dieu... bonne et sainte mère !!! »

Après avoir renfermé l'album dans le nécessaire dont elle portait toujours la clef suspendue à son cou, l'orpheline se coucha et s'endormit, le cœur plus calme, plus consolé depuis qu'elle avait épanché ses naïves confidences dans le sein d'une mère... hélas !... alors immortelle.

XXIV

Le lendemain matin du jour où M. de Maillefort avait été pour la première fois présenté à mademoiselle de Beaumesnil, le commandant

Bernard, l'air souffrant, mais résigné, était étendu dans son bon fauteuil, présent d'Olivier.

A travers la fenêtre de sa chambre, le vieux marin regardait tristement, par une belle matinée d'été, la sécheresse de ses platesbandes, qu'envahissaient les mauvaises herbes ; car, depuis un mois, deux des anciennes blessures du vétéran, s'étant rouvertes, le tenaient cloué sur son fauteuil et l'empêchaient de s'occuper de son cher jardinet.

La ménagère, assise auprès du commandant, s'occupait d'un travail de couture; depuis quelques moments, sans doute, madame Barbançon se livrait à ses récriminations habituelles contre *Bûônapartè*, car elle disait au vétéran avec un accent d'indignation concentrée :

— Oui, monsieur... crue... crue... il la mangeait toute crue...

Le vétéran, lorsque ses douleurs aiguës lui laissaient quelque relâche, ne pouvait s'empêcher de sourire aux histoires de la ménagère; aussi reprit-il :

— Quoi ? que mangeait-il cru, ce diable d'*ogre de Corse*, maman Barbançon ?

— Sa viande, monsieur ! oui, la veille du jour de la bataille... il la mangeait crue... sa viande ! Et savez-vous pourquoi ?

— Non, — dit le vétéran, en se retournant avec peine dans son fauteuil, je ne devine pas...

— C'était pour se rendre encore plus féroce, le malheureux ! afin d'avoir le courage de faire exterminer ses soldats par l'ennemi, et surtout les *vélites*, — ajouta en soupirant la rancuneuse ménagère, — le tout dans le but d'en faire de la *chair à canon*, comme il disait, et d'augmenter la conscription pour dépeupler la France... où il ne voulait plus voir un seul Français... C'était son plan...

A cette tirade, débitée d'une haleine, le commandant Bernard partit d'un franc éclat de rire, et dit à sa ménagère :

— Maman Barbançon, une seule question : Si *Bûônapartè* ne voulait plus voir un seul Français en France, sur quoi diable aurait-il régné, alors?

— Eh ! mon Dieu ! — dit la ménagère, en haussant les épaules avec impatience, comme si on lui eût demandé pourquoi il faisait jour en plein midi, — mais il aurait régné sur les nègres donc !

Ceci était d'une telle force de conception, d'un inattendu si saisissant, qu'un moment de stupeur précéda la nouvelle explosion d'hilarité du commandant, qui reprit :

— Comment sur les nègres?... quels nègres?

— Mais les nègres d'Amérique, monsieur, avec qui il manigançait si bien sous main... que, pendant qu'il était sur son rocher, ils ont creusé un canal souterrain qui commençait au *Champ-d'Asile*, serpentait sous *Sainte-Hélène*, et allait aboutir au chef-lieu de l'empire d'autres nègres amis des premiers, de façon que *Bûônapartè* voulait revenir à leur tête tout saccager en France avec son affreux *Roustan*.

— Maman Barbançon, — dit le vétéran avec admiration, — vous ne vous étiez jamais élevée à cette hauteur-là...

— Il n'y a pas là de quoi rire, monsieur... Voulez-vous une dernière preuve que le monstre pensait toujours à remplacer les Français par des nègres?

— Je la demande, maman Barbançon, —dit le vétéran en essuyant ses yeux remplis de larmes joyeuses; — voyons la preuve.

— Eh bien! monsieur, n'a-t-on pas dit de tout temps que votre *Bûônapartè traitait les Français comme des nègres!*

— Bravo, maman Barbançon!

— Or, c'est bien la preuve qu'il aurait voulu, au lieu de Français, avoir tous nègres sous sa griffe!

— Grâce... maman Barbançon, — s'écria le pauvre commandant en se crispant de rire sur son fauteuil, — trop est trop... cela fait mal... à la fin...

Deux coups de sonnette, impérieux, retentissants, firent bondir et déguerpir la ménagère, qui, laissant le commandant au milieu de son accès d'hilarité, sortit vivement en disant :

— En voilà un qui sonne en maître, par exemple!

Et, fermant la porte de la chambre du vétéran, madame Barbançon alla ouvrir au nouveau visiteur.

C'était un gros homme de cinquante ans environ, portant l'uniforme de sous-lieutenant de la garde nationale, uniforme qui ouvrait outrageusement par derrière et bridait sur un ventre énorme, où se balançaient de monstrueuses breloques en graines d'Amérique.

Ce personnage, coiffé d'un formidable ourson qui lui cachait les yeux, avait l'air solennel, rogue et pleinement satisfait de soi.

A sa vue, madame Barbançon fronça le sourcil, et, peu imposée par la dignité du grade de ce soldat citoyen, elle lui dit aigrement et avec un accent de surprise peu flatteur :

— Comment ! c'est encore vous?

— Il serait étonnant qu'un *pôpiétaire*... (*pôpiétaire* fut dit et accentué ainsi avec une majesté souveraine inexprimable) ne pourrait pas venir dans sa maison... quand...

— Vous n'êtes pas chez vous ici... puisque vous avez loué au commandant.

— Nous sommes au 17, et *mon* portier a apporté *ma* quittance imprimée pour toucher *mon* terme qu'il n'a pas touché... aussi je...

— On sait ça, voilà trois fois depuis deux jours que vous venez le rabâcher. Est-ce qu'on veut vous en faire banqueroute, de votre loyer? On vous le payera quand on pourra... et voilà...

— Quand on pourra ! un pôpiétaire ne se paye pas de cette monnaie de singe...

— Singe vous-même, dites donc... *Propriétaire!* vous n'avez que ce mot-là à la bouche, parce que vous avez, pendant vingt ans, mis du poivre dans l'eau-de-vie, de la chicorée dans le café, du grès dans la cassonade, et passé les chandelles dans l'eau bouillante pour rabioter du suif sans que cela y paraisse... et qu'avec ces procédés-là vous avez acheté des maisons sur le pavé de Paris, faut pas être si fier, voyez-vous?

— J'ai été épicier, je me suis enrichi dans mon commerce, et je m'en vante, *madame!*

— Il n'y a pas de quoi ; et, puisque vous êtes si riche, comment avez-vous l'effronterie, pour un pauvre terme, le seul en retard depuis trois ans, de venir relancer un brave homme comme le commandant?

— Je m'importe peu de tout ça, mon argent ou j'assigne! C'est étonnant, ils ne payent pas leur loyer, et il leur faut des jardins encore, à ces particuliers-là !

— Tenez, monsieur Bouffard, ne me poussez pas à bout, ou vous allez voir!!! Il leur faut des jardins ! un brave homme criblé de blessures... qui a ce jardinet pour seul pauvre petit plaisir... Tenez... si, au lieu de rester dans votre comptoir à filouter les acheteurs, vous aviez fait la guerre comme le commandant, et saigné de votre corps aux quatre coins du monde... et en Russie... et partout, vous en aunes des maisons sur le pavé de Paris! Va-t'en voir s'ils viennent..... Voilà la justice pourtant.

— Une fois, deux fois, vous ne pouvez pas me payer plus aujourd'hui qu'hier?

— Trois fois, cent fois, mille fois non! le commandant, depuis que ses blessures se sont rouvertes, ne pouvait dormir qu'à force d'opium; c'est aussi cher que l'or cette drogue-là, et les cent cinquante francs du terme ont passé à ça et aux visites du médecin...

— Je m'importe peu de vos raisons; les pôpiétaires seraient joliment enfoncés s'ils écoutaient ces *floueurs* de locataires; c'est comme dans ma maison de la rue de Monceau, d'où je viens... autre bonne pratique!... une musicienne... une drôlesse qui ne peut pas non plus payer son terme, parce qu'elle a été soi-disant malade pendant deux mois, et qu'elle n'a pu donner ses leçons..... comme à l'ordinaire! Bamboches que tout cela. Quand on est malade... on va *z'à* à l'hôpital, et ça vous permet de payer *son* terme...

— A l'hôpital! jour de Dieu!... le commandant Bernard à l'hôpital! — s'écria la ménagère exaspérée. — Mais, quand je devrais me faire chiffonnière pour gagner la nuit et le soigner le jour, le commandant n'irait pas à l'hôpital, entendez-vous, et c'est vous qui risquez d'y aller, si vous ne filez pas, et vite encore, car M. Olivier va rentrer... et il vous donnera plus de coups de pied dans votre bedaine que votre ourson n'a de poils.

— Je voudrais bien voir qu'un pôpiétaire serait villipendé chez lui-même. Mais, brisons là... Je reviendrai à quatre heures : si les cent cinquante francs ne sont pas prêts, j'assigne et je fais saisir.

— Et moi, je *saisirai* ma pelle à feu pour vous recevoir si vous reparaissez... voilà ma politique!

Et la ménagère, fermant la porte au nez de M. Bouffard, revint auprès du commandant. Son accès d'hilarité était passé; mais il lui restait un fond de bonne humeur; aussi, à la vue de sa femme de confiance, qui, les joues encore enflammées de colère, ferma brusquement la porte en grommelant sourdement, le vieux marin lui dit :

— Voyons, maman Barbançon, est-ce que vous n'avez pas épuisé votre furie sur *Bûônapartè*... A qui, diable! en avez-vous encore à cette heure?

— A qui j'en ai ? quelqu'un qui ne vaut pas mieux que votre empereur... Les deux font la paire, allez!

— Qui est-ce donc qui fait la paire avec l'empereur, maman Barbançon?

— Pardié... c'est...

Mais la ménagère s'interrompit.

— Pauvre cher homme, pensa-t-elle, je lui mettrais la mort dans l'âme... en lui disant que le loyer n'est pas payé... que tout a passé pour sa maladie... même soixante francs à moi... Attendons M. Olivier... peut-être il aura de bonnes nouvelles...

— Mais, que diable ruminez-vous là au lieu de me répondre, maman Barbançon? — dit le vieux marin, est-ce quelque nouvelle histoire? celle du *petit homme* rouge, que vous me promettez toujours?

— Ah bon! heureusement... voilà M. Olivier, — dit la ménagère en entendant sonner de nouveau, mais doucement cette fois. — Ce n'est pas M. Olivier, — ajouta-t-elle, — qui sonnerait à tout casser... comme ce gueux de propriétaire!

Et, laissant de nouveau son maître seul, madame Barbançon courut à la porte : c'était en effet le neveu du commandant.

— Eh bien! monsieur Olivier? lui dit la ménagère avec anxiété.

— Nous sommes sauvés, — répondit le jeune homme en essuyant son front baigné de sueur, — le brave maître maçon a eu de la peine à trouver l'argent qu'il me devait, car je ne l'avais pas prévenu qu'il me le faudrait sitôt... mais enfin voici les deux cents francs, — dit Olivier en donnant un sac à la ménagère.

— Ah! quelle épine hors du pied! monsieur Olivier.

— Est-ce que le propriétaire est revenu?

— Il sort d'ici, le gredin! je l'ai abominé de sottises!

— Ma chère madame Barbançon, quand on doit, il faut payer... Ah çà! et mon pauvre oncle ne se doute de rien?

— De rien... le cher homme... heureusement.

— Ah! tant mieux! — dit Olivier.

— Oh! la fameuse idée, — s'écria la vindicative ménagère en comptant l'argent que le neveu de son maître venait de lui remettre, — une fameuse idée!

— Laquelle, madame Barbançon?

— Ce gredin de propriétaire doit revenir à quatre heures; j'allumerai un bon fourneau dans ma cuisine, je mettrai dedans cent cinquante francs, et quand il arrivera, ce monstre de M. Bouffard, je lui dirai d'attendre; j'irai vite repêcher avec des pincettes mes pièces toutes brûlantes, je les empilerai sur la table et je lui dirai : « Le voilà, votre argent... prenez-le. » Hein! monsieur Olivier, fameux! La loi ne défend pas ça?

— Diable! maman Barbançon, — dit Olivier en souriant, — vous voulez tirer à boulets rouges sur les épiciers enrichis! Faites mieux, allez... économisez votre charbon et donnez les cent cinquante francs à M. Bouffard tout simplement.

— Monsieur Olivier... vous êtes trop bon... laissez-moi lui rissoler le bout des ongles, à ce brigand-là!

— Bah!... il est plus bête que méchant.

— Il est l'un et l'autre, allez, monsieur Olivier, issu d'un *coq* et d'une *oie* comme dit le proverbe.

— Mais mon oncle, comment va-t-il ce matin? Je suis sorti de bonne heure... il dormait encore, je ne l'ai pas réveillé.

— Il va beaucoup mieux, car nous nous sommes disputés à cause de *son monstre*... et puis votre retour... lui a valu mieux que toutes les potions du monde... à ce digne homme... et, tenez, monsieur Olivier... quand je pense que, sans vos deux cents francs, cet affreux Bouffard nous aurait fait saisir dans trois ou quatre jours... et Dieu sait ce que vaut le ménage.... vu qu'il y a trois ans, les six couverts et la timbale du commandant ont fondu dans sa grande maladie.....

— Ma bonne maman Barbançon, ne me parlez pas de cela..... j'en deviendrais fou, car, mon semestre passé, je ne serai plus ici; ce qui est arrivé aujourd'hui peut se renouveler encore, et... alors... mais... tenez .. je ne veux pas penser à cela... c'est trop triste...

La sonnette de la chambre du vieux marin vibra.

A ce bruit, la ménagère dit au jeune homme, dont la physionomie avait alors une expression navrante :

— Voilà le commandant qui sonne. Pour l'amour de Dieu, monsieur Olivier, n'ayez pas l'air triste, il se douterait de quelque chose.

— Soyez tranquille. Mais à propos, — reprit Olivier, Gerald doit venir ce matin; vous le ferez entrer...

— Bien, bien, monsieur Olivier, allez tout de suite chez monsieur, je vas préparer votre déjeuner... Dame, monsieur Olivier, — dit la ménagère avec un soupir, — faudra vous contenter de...

— Brave et digne femme! — reprit le jeune soldat sans la laisser achever. — Est-ce que je n'ai pas toujours assez ! Est-ce que je ne sais pas que vous vous privez pour moi ?

— Ah ! par exemple !... Mais tenez, voilà encore monsieur qui sonne... courez donc !

En effet, Olivier se hâta d'entrer chez le vétéran.

XXV

A la vue d'Olivier, les traits du vieux marin devinrent joyeux ; ne pouvant se lever de son fauteuil, il tendit affectueusement les deux mains à son neveu en lui disant :

— Bonjour, mon enfant.

— Bonjour, mon oncle.

— Ah çà ! il faut que je te gronde.

— Moi, mon oncle ?

— Certainement... A peine arrivé d'avant-hier, te voilà déjà en course dès l'*aurore*... Ce matin, je m'éveille... tout heureux de ne pas m'éveiller seul, comme depuis deux mois... je regarde du côté de ton lit... plus d'Olivier... déjà déniché !

— Mais, mon oncle...

— Mais, mon garçon, sur ton semestre, tu m'as volé près de deux mois d'absence ; un engrenage d'affaires avec ton maître maçon, m'as-tu dit... soit ; mais enfin, grâce au gain de ces deux mois, te voilà riche à cette heure, tu dois être au moins millionnaire... aussi, j'entends jouir de toi, je trouve que tu as assez gagné d'argent, vu que c'est pour moi que tu travailles. Je ne peux malheureusement pas t'empêcher de me faire des cadeaux... et Dieu sait ce qu'à cette heure tu complotes avec tes millions, monsieur *Mondor* ;... mais je te déclare, moi, que si maintenant tu me laisses aussi souvent seul... avant ton départ... je ne reçois plus rien de toi... rien absolument.

— Mon oncle.. écoutez-moi...

— Tu n'as plus que deux mois à passer ici ; je veux largement en profiter... A quoi bon travailler comme tu le fais? Est-ce que tu crois, par hasard, qu'avec une trésorière comme maman Barbançon, ma caisse n'est pas toujours garnie?... Il y a trois jours, je lui ai dit : — « Eh bien! madame l'intendante, où en sommes-nous? — Soyez tranquille, monsieur, m'a-t-elle répondu, — soyez tranquille, — quand il n'y en a plus, il y en a encore. » — J'espère qu'un caissier qui répond ainsi, c'est fièrement rassurant.

— Allons, mon oncle, — dit Olivier — voulant rompre cet entretien qui l'attristait et l'embarrassait, — je vous promets de vous quitter, désormais, le moins possible. Maintenant, autre chose... Pouvez-vous recevoir Gerald ce matin?

— Parbleu! Ah! quel bon et loyal cœur que ce jeune duc! Quand je pense que durant ton absence il est venu plusieurs fois me voir et fumer son cigare avec moi! Je souffrais comme un damné... mais il me mettait un peu de baume dans le sang. « Olivier n'est pas là, mon commandant, me disait ce digne garçon : c'est à moi d'être de planton auprès de vous. »

— Bon Gerald! dit Olivier avec émotion.

— Oui... va, il est bon... car enfin un jeune homme du beau monde comme lui, quitter ses plaisirs, ses maîtresses, les amis de son âge, pour venir passer une ou deux heures avec un vieux podagre comme moi, c'est du bon cœur, cela... Mais je ne fais pas le fat... C'est à cause de toi que Gerald vient ainsi me voir, mon brave enfant... parce qu'il savait te faire plaisir.

— Non, non, mon oncle, — c'est pour vous, et pour vous seul, croyez-le bien...

— Hum... hum...

— Il vous le dira lui-même tout à l'heure, car il m'a écrit hier pour savoir s'il nous trouverait ce matin.

— Hélas! il n'est que trop sûr de me trouver : je ne peux pas me bouger de mon fauteuil, et tu vois la triste preuve de mon inaction, — ajouta le vieux marin en montrant à son neveu ses plates-bandes desséchées et envahies par les mauvaises herbes; — mon pauvre jardinet est rôti par ces chaleurs dévorantes. Maman Barbançon est trop faible, et d'ailleurs... ma maladie l'a mise sur les dents... la digne femme. J'avais parlé de faire venir le portier tous les deux jours en lui donnant un pourboire; mais il faut voir comment elle m'a reçu : « Introduire des étrangers dans la maison, —

s'est-elle écriée, — pour tout mettre au pillage, tout saccager ! » Enfin, tu la connais, cette excellente diablesse... je n'ai pas osé insister... aussi tu vois dans quel état sont mes chères plates-bandes, naguère encore si fleuries.

— Rassurez-vous, mon oncle... me voici de retour, je serai votre premier garçon jardinier, dit gaiement Olivier ; — j'y avais pensé, et, sans une affaire qui m'a fait sortir ce matin de très-bonne heure, vous auriez vu à votre réveil votre jardin débarrassé de ses mauvaises herbes et frais comme un bouquet couvert de rosée... mais demain matin... suffit... je ne vous dis que cela.

Le commandant allait remercier Olivier lorsque madame Barbançon ouvrit la porte, et demanda si M. Gerald pouvait entrer.

— Je le crois pardieu bien qu'il peut entrer ! — s'écria gaiement le vieux marin pendant qu'Olivier allait au-devant de son ami.

Tous deux rentrèrent bientôt.

— Enfin ! Dieu soit loué, monsieur Gerald, — dit le vétéran au jeune duc en lui montrant Olivier, son maître maçon nous l'a rendu !

— Oui, mon commandant, et ce n'est pas sans peine, — reprit Gerald, — ce diable d'Olivier ne devait s'absenter que pendant une quinzaine... et il nous manque pendant deux mois !

— C'était un chaos sans fin que le relevé des travaux de ce brave homme, — reprit Olivier ; — puis le régisseur du château... trouvant mon écriture belle, mes chiffres bien alignés, m'a proposé quelques travaux de comptabilité... et, ma foi... j'ai accepté... Mais maintenant... j'y pense, — ajouta Olivier en paraissant se rappeler un souvenir, — sais-tu, Gerald, à qui appartient ce magnifique château où je suis resté pendant deux mois ?

— Non... à qui ?

— Parbleu ! à la *marquise de Carabas !*

— Quelle marquise de Carabas ?

— Cette héritière si riche, dont tu nous as parlé avant ton départ ; te souviens-tu ?

— Mademoiselle de Beaumesnil !... — s'écria Gerald stupéfait

— Justement... cette superbe terre lui appartient, et elle rapporte cent vingt mille livres de rentes... Il paraît que cette petite millionnaire a des propriétés pareilles par douzaines...

— Excusez du peu ! dit le vétéran, — j'en reviens toujours là : que diable peut-on faire de tant d'argent ?

— Ah ! pardieu... — reprit Gerald, — le rapprochement est étrange, je n'en reviens pas !

— Qu'y a-t-il donc de si étrange à cela, Gerald ?

— C'est qu'il s'agit pour moi d'un mariage avec mademoiselle de Beaumesnil.

— Ah çà !... monsieur Gerald, — dit simplement le vétéran, — l'envie de vous marier vous a donc pris depuis que je vous ai vu ?..

— Tu aimes donc mademoiselle de Beaumesnil ? — demanda non moins naïvement Olivier.

Gerald, d'abord surpris de ces questions, reprit, ensuite d'un moment de réflexion :

— C'est juste !... vous devez parler ainsi, mon commandant... toi aussi, Olivier... et parmi tous ceux que je connais, vous êtes les seuls... oui... car j'aurais dit à mille autres qu'à vous : « On me propose d'épouser *la plus riche héritière de France,* » tous m'auraient répondu sans s'inquiéter du reste : « Épousez... c'est un superbe mariage... épousez ! »

Et, après une nouvelle pause, Gerald reprit :

— Ce que c'est que la droiture... pourtant, comme c'est rare !..

— Ma foi... — reprit le vétéran, — je ne croyais pas, monsieur Gerald, vous avoir dit quelque chose de rare... Olivier pense comme moi, n'est-ce pas, mon garçon ?

— Oui, mon oncle... Mais qu'as-tu donc, Gerald ? te voilà tout pensif.

— C'est vrai... voici pourquoi, — dit le jeune duc, dont les traits prirent une expression plus grave que d'habitude, — j'étais venu ce matin pour vous faire part de mes projets de mariage, au commandant et à toi, Olivier, comme à de bons et sincères amis.

— Quant à ça, vous n'en avez pas de meilleurs, monsieur Gerald, — dit le vétéran.

— J'en suis certain, mon commandant ; aussi... je ne sais quoi... me dit que j'ai doublement bien fait de venir vous confier mes projets.

— C'est tout simple, — reprit Olivier, — ce qui t'intéresse... nous intéresse...

— Voici donc ce qui s'est passé, — dit Gerald en répondant par un geste amical aux paroles de son ami : — hier, ma mère, éblouie par l'immense fortune de mademoiselle de Beaumesnil, m'a proposé d'épouser… cette jeune personne… Ma mère se dit certaine du succès si je veux suivre ses conseils… mais, pensant à ma bonne vie de garçon et à mon indépendance… d'abord j'ai refusé.

— Parbleu ! dit le vieux marin, — vous n'avez pas de goût pour le mariage… des millions de millions ne devaient pas changer votre résolution.

— Attendez… mon commandant, — reprit Gerald avec un certain embarras, — mon refus a irrité ma mère… elle m'a traité d'aveugle, d'insensé ; puis enfin à sa colère a succédé un si grand chagrin, que, la voyant désolée de mon refus…

— Tu as accepté ce mariage ? — dit Olivier.

— Oui… — répondit Gerald.

Et, remarquant un mouvement de surprise du vieux marin, Gerald ajouta :

— Mon commandant, ma résolution vous étonne ?

— Oui, monsieur Gerald.

— Pourquoi cela ? parlez-moi franchement.

— Eh bien ! monsieur Gerald, si vous vous résignez à vous marier contre votre gré, — répondit le vétéran d'un ton à la fois affectueux et ferme, — et cela seulement pour ne pas chagriner votre mère, je crois que vous avez tort… car, tôt ou tard, votre femme souffrira de la contrainte que vous vous imposez aujourd'hui… et l'on ne doit pas se marier pour rendre une femme malheureuse… Est-ce ton avis, Olivier ?

— C'est mon avis, mon oncle.

— Mais, mon commandant, voir pleurer ma mère, qui met tout son espoir dans ce mariage ?

— Mais voir pleurer votre femme, monsieur Gerald ?… Au moins votre mère a votre tendresse pour se consoler… votre femme, pauvre orpheline qu'elle est, qui la consolera ? personne… ou bien elle fera comme tant d'autres… elle se consolera avec des amants qui ne vous vaudront pas, monsieur Gerald… ils la tourmenteront… ils l'aviliront peut-être… autre chance de malheur pour la pauvre créature.

Le jeune duc baissa la tête et ne répondit rien.

— Vous voyez, monsieur Gerald, — reprit le commandant, — vous nous avez demandé d'être sincères… nous le sommes… parce que nous vous aimons sincèrement…

— Je n'ai pas douté de votre franchise... mon commandant ; aussi, je dois vous dire, pour ma défense, qu'en consentant à ce mariage je n'ai pas seulement cédé au désir de me rendre aux vœux de ma mère... un autre sentiment m'a guidé... et ce sentiment, je le crois généreux... Tu te souviens, Olivier, que je t'ai parlé de Macreuse ?

— Ce pauvre garçon qui crevait les yeux des oiseaux à coups d'épingles, — s'écria le vétéran, que cette circonstance avait singulièrement frappé ; — cet hypocrite qui est maintenant enrôlé dans la clique des sacristains ?

— Lui-même, mon commandant... eh bien ! il se met sur les rangs pour épouser mademoiselle de Beaumesnil.

— Macreuse ! s'écria Olivier. — Ah ! pauvre jeune fille... Mais il n'a aucune chance... n'est-ce pas, Gerald ?

— Ma mère dit que non, mais moi je crains que si, car la sacristie pousse Macreuse, et elle pousse ferme, haut et loin.

— Un tel gredin réussir ! — s'écria le vétéran, — ce serait indigne...

— Et c'est parce que cela m'a indigné, révolté comme vous, mon commandant, que, déjà ébranlé par le chagrin de ma mère, je me suis décidé à ce mariage pour faire pièce à ce misérable... Macreuse...

— Mais ensuite, monsieur Gerald... — dit le vétéran, — vous avez réfléchi, n'est-ce pas ? qu'un honnête garçon comme vous ne se marie pas seulement pour plaire à sa mère et faire pièce à un rival... ce rival fût-il un M. Macreuse.

— Comment ! mon commandant, — dit Gerald surpris, — il vaut mieux laisser ce misérable épouser mademoiselle de Beaumesnil, qu'il ne convoite que pour son argent ?

— Pas du tout, — reprit le vétéran, — il faut tâcher d'empêcher une indignité quand on le peut, et, si j'étais à votre place, monsieur Gerald...

— Que feriez-vous, mon commandant ?

— Quelque chose de bien simple... J'irais d'abord trouver ce M. Macreuse, et je lui dirais : « Vous êtes un gredin, et, comme les gredins ne doivent pas épouser des héritières pour les rendre malheureuses comme des pierres... je vous défends et je vous empêcherai d'épouser mademoiselle de Beaumesnil ; je ne la connais pas, je ne pense pas à elle, mais elle m'intéresse parce qu'elle est exposée à devenir votre femme... or, c'est pour moi comme si elle allait être mordue par un chien enragé ; je vas donc de ce pas la prévenir que vous êtes pis qu'un chien enragé. »

— C'est cela, mon oncle ! à merveille ! — dit Olivier.

Gerald lui fit signe de laisser parler le vétéran, qui continua :

— J'irais ensuite tout bonnement trouver mademoiselle de Beaumesnil, et je lui dirais : « Ma chère demoiselle, il y a un M. de Macreuse qui veut vous épouser pour votre argent ; c'est une vraie canaille : je vous le prouverai quand vous voudrez, et cela en face de lui ; faites votre profit du conseil ; il est désintéressé, car je n'ai pas, moi, l'idée de me marier avec vous ; mais entre honnêtes gens on doit se signaler les gueux. » Dame !... monsieur Gerald, — reprit le commandant, — mon moyen est un peu matelot... mais il n'en est pas plus mauvais... pensez-y...

— Que veux-tu, Gerald ? — reprit Olivier, — les procédés de mon oncle, quoiqu'un peu rudes... vont droit au but... Maintenant, toi qui connais autant le monde que moi et mon oncle le connaissons peu... si tu arrives aux mêmes résultats par des moyens moins violents, cela... vaudra sans doute mieux...

Gerald, de plus en plus frappé du bon sens et de la franchise du vétéran, l'avait attentivement écouté.

— Merci, mon commandant, — lui dit-il en lui tendant la main ; — après tout, vous et Olivier, vous m'empêchez de faire une vilenie... d'autant plus dangereuse que je l'avais colorée d'assez beaux semblants : rendre ma mère la plus heureuse des femmes, empêcher mademoiselle de Beaumesnil d'être la victime d'un Macreuse... tout cela d'abord m'avait paru superbe .. je me trompais... je ne tenais aucun compte de l'avenir de cette jeune fille, que je pouvais rendre très-malheureuse... peut-être même subissais-je, à mon insu, la fascination de l'héritage...

— Quant à cela, Gerald, tu te trompes.

— Ma foi, je n'en sais rien, mon pauvre Olivier ; aussi, pour être à l'abri de toute tentation, je reviens à ma première résolution... pas de mariage. Je ne regrette qu'une chose dans ce changement de projets, — ajouta Gerald avec émotion, — c'est le vif chagrin que je vais causer à ma mère ;... heureusement plus tard elle m'approuvera...

— Ecoute donc, Gerald, reprit Olivier qui était resté un moment pensif ;—Il ne faut pas, sans doute, comme dit mon oncle, agir mal pour plaire à sa mère... Pourtant, c'est si bon... une mère... ça vous serre tant le cœur lorsqu'on la voit triste et pleurer : aussi pourquoi ne tâcherais-tu pas de la satisfaire sans rien sacrifier de tes convictions d'honnête homme ?

— Bien, mon garçon, — dit le vétéran ; mais comment faire ?

— Explique-toi, Olivier.

— Tu n'as aucun goût pour le mariage ?

— Non.

— Tu n'as jamais vu mademoiselle de Beaumesnil ?

— Jamais.

— Donc tu ne peux pas l'aimer... c'est tout simple... Mais qui te dit que, si tu la voyais, tu n'en deviendrais pas amoureux ? La vie de garçon te plaît au-dessus de tout, soit. Mais pourquoi mademoiselle de Beaumesnil ne te donnerait-elle pas le goût du mariage ?

— C'est juste, tu as raison, Olivier, — reprit le vétéran, — il faut voir cette demoiselle avant de refuser, monsieur Gerald... et peut-être, comme dit Olivier, le goût du mariage vous prendra.

— Impossible, mon commandant, ce goût ne se donne pas, — dit gaiement Gerald, — c'est le sang... L'on naît mari... comme on naît borgne ou boiteux ; et puis enfin, autre considération, la plus grave de toutes, à laquelle je songe maintenant ; il s'agit de *la plus riche héritière de France*.

— Eh bien ! — dit Olivier, qu'est-ce que cela fait ?

— Cela fait beaucoup, — reprit Gerald ; — car enfin j'admets que mademoiselle de Beaumesnil me plaise infiniment... J'en deviens amoureux fou, elle partage cet amour... soit... mais elle m'apporte une fortune royale, et moi je n'ai rien, car mes pauvres douze mille livres de rentes sont une goutte d'eau dans l'océan de millions de mademoiselle de Beaumesnil. Eh bien ! que pensez-vous de cela, mon commandant ? Cela n'est-il pas dégradant d'épouser une femme qui vous donne tout... à vous qui n'avez rien, et alors, si vrai que soit votre amour, n'avez-vous pas l'air de vous marier par cupidité ? Tenez, savez-vous ce que l'on dirait : « Mademoiselle de Beaumesnil a voulu être duchesse, Gerald de Senneterre n'avait pas le sou, il a vendu son titre et son nom... avec sa personne par-dessus le marché. »

A ces paroles, l'oncle regarda son neveu d'un air embarrassé.

XXVI

Gerald reprit en souriant :

— J'en étais sûr, mon commandant, il y a dans cette choquante inégalité de fortune quelque chose de si blessant pour l'orgueil d'un honnête homme, que vous en êtes frappé comme moi ;... votre silence me le prouve.

— Le fait est, — reprit le vétéran après un moment de silence, — le fait est que je ne sais pas pourquoi la chose me paraîtrait toute simple, si c'était l'homme qui apportât la fortune... et que la femme n'eût rien.

Puis le vieux marin ajouta en souriant avec bonhomie :

— C'est peut-être une niaiserie que je dis là, monsieur Gerald.

— Au contraire, votre pensée est dictée par la plus noble délicatesse, mon commandant, — reprit Gerald — On conçoit qu'une jeune fille sans fortune, mais charmante, remplie de grâces, de qualités, épouse un homme immensément riche... tous deux sont sympathiques ; mais qu'un homme qui n'a rien épouse une femme qui a tout...

— Ah çà ! mon oncle... et toi, Gerald, — reprit Olivier en interrompant son ami, qu'il avait attentivement écouté, — vous n'êtes pas le moins du monde dans la question...

— Comment cela ?

— Vous admettez, et j'admets comme vous, qu'une jeune fille pauvre soit... et reste très-sympathique, quoiqu'elle épouse un homme immensément riche ;... mais cette sympathie, elle ne l'acquiert qu'à la condition d'aimer sincèrement l'homme qu'elle épouse.

— Parbleu ! — dit Gerald, — si elle cède à un sentiment de cupidité... cela devient un calcul ignoble...

— Tout ce qu'il y a de plus honteux, — ajouta le vieux marin.

— Eh bien ! alors, — reprit Olivier, — pourquoi un homme pauvre... puisque, en effet, Gerald, tu es pauvre... auprès de mademoiselle de Beaumesnil, pourquoi, dis-je, serais-tu blâmable en épousant cette jeune fille, si tu l'aimais sincèrement, malgré ses millions, si tu l'aimais enfin comme si elle était sans nom et sans fortune ?

— C'est juste, monsieur Gerald, — reprit le commandant, — dès qu'on aime en honnête homme, et que l'on a la conscience d'aimer, non l'argent, mais la femme, on est tranquille ;... que peut-on avoir à se reprocher ? Enfin, moi, je vous conseille de voir d'abord mademoiselle de Beaumesnil ; vous vous déciderez après.

— En effet... — reprit Gerald, — c'est, je crois, le meilleur parti à prendre : il concilie tout... Ah ! pardieu, que j'ai bien fait de venir causer de mes projets avec vous, mon commandant... et avec toi, Olivier !

— Ah çà ! voyons, monsieur Gerald, vraiment, est-ce que, dans votre grand et beau monde, il n'y a pas une foule de personnes qui vous auraient dit ce que moi et Olivier venons de vous dire ?

— Dans le grand monde ? — reprit Gerald en haussant les épaules. Puis il ajouta :

— Et c'est d'ailleurs la même chose dans la bourgeoisie... si ce n'est pis encore : partout enfin on ne connaît qu'une chose... l'argent.

— Eh ! comment diable Olivier et moi aurions-nous une grâce d'État, monsieur Gerald, et serions-nous autrement que tout le monde ?

— Pourquoi ? — dit Gerald avec émotion, — parce que vous, mon commandant... pendant quarante ans, vous avez vécu de votre vie de marin, vie rude et pauvre... périlleuse, désintéressée ; parce que, dans cette vie-là, vous avez pris la forte habitude de la résignation et du contentement de peu ; parce que, ignorant toutes les lâches complaisances du monde, vous regardez comme aussi misérable... un homme qui se marie pour de l'argent qu'un homme qui vole au jeu ou qui recule au feu ; est-ce vrai, mon commandant ?

— Pardieu ! monsieur Gerald, c'est tout simple... cela...

— Oui, tout simple... pour vous, pour Olivier, car il a vécu comme moi, plus longtemps que moi, de cette vie de soldat... qui enseigne le renoncement et la fraternité... n'est-ce pas, Olivier ?

— Brave et bon Gerald, — dit le jeune homme aussi ému que son ami, — mais, avoue-le... ta générosité naturelle... la vie de soldat l'a peut-être développée davantage, mais elle ne te l'a pas donnée. Toi seul peut-être, sur tant de jeunes gens de ton rang, tu étais capable de croire faire une sorte de lâcheté en envoyant un pauvre diable à la guerre se faire tuer à ta place ; toi seul aussi, parmi tant d'autres, tu éprouves des scrupules au sujet d'un mariage que tous voudraient contracter à n'importe quel prix !

— Ne vas-tu pas maintenant me faire des compliments ? — répondit Gerald en souriant. — Allons, c'est convenu, je verrai mademoiselle de Beaumesnil... les circonstances feront le reste... ma ligne est tracée... je n'en dévierai pas... je vous le jure...

— Bravo, mon cher Gerald, reprit gaiement Olivier, — je te vois marié, amoureux et heureux en ménage : c'est un bonheur qui en vaut bien un autre... va ! Et moi qui, ne sachant rien de tes projets, avais hier, en arrivant, demandé à madame Herbaut la permission de lui présenter un digne garçon, un ancien camarade de régiment, et madame Herbaut t'avait accepté... à ma toute-puissante recommandation.

— Comment ! elle m'*avait* accepté, — dit Gerald en riant, est-ce que tu me regardes déjà comme mort et enterré... tu peux bien dire qu'elle m'*a* accepté, et je te réponds que j'userai de l'acceptation.

— Comment... tu veux ?

— Certainement.

— Mais tes projets de mariage ?

— Raison de plus !

— Explique-toi.

— C'est bien simple : plus j'aurai de raison d'aimer la vie de garçon, plus il faudra que j'aime mademoiselle de Beaumesnil pour renoncer à mes plaisirs, et moins je me tromperai sur le sentiment qu'elle m'inspirera ; ainsi, c'est convenu, tu me présentes chez madame Herbaut, et, pour me rendre encore plus fort... toujours contre la tentation, je deviens amoureux d'une des rivales, ou même d'une des satellites de cette fameuse *duchesse* dont le nom est pour moi un épouvantail... et dont je te soupçonne fort... d'être épris.

— Allons, Gerald... tu es fou.

— Voyons, sois franc, me crois-tu capable d'aller sur tes brisées ? comme s'il n'y avait que la *duchesse* au monde ! Souviens-toi donc de cette jolie petite femme d'un gros employé des vivres... Tu n'as eu qu'un mot à dire, je t'ai laissé le champ libre... et, pendant que le mari allait visiter son parc de bêtes à cornes...

— Comment, encore une autre ! — s'écria le commandant en s'adressant à Gerald, — mais c'est donc un enragé que mon neveu ?

— Ah ! mon commandant si vous saviez quelles razzias de cœurs il faisait en Algérie, le scélérat ! La charmante tribu de madame Herbaut n'a qu'à joliment se tenir sur ses gardes, allez !... si elle ne veut pas être ravagée par Olivier.

— Mais, double fou que tu es, je n'ai aucun mauvais dessein sur cette charmante tribu, comme tu dis... — reprit gaiement Olivier ; — mais sérieusement tu veux que je te présente à madame Herbaut ?

— Oui, certes, répondit Gerald.

Et, s'adressant au vieux marin :

— Il ne faut pas à cause de cela, mon commandant, me prendre pour un écervelé... J'ai accepté vos conseils d'ami, à propos d'un mariage, direz-vous : et je termine l'entretien en priant Olivier de me présenter chez madame Herbaut... Eh bien ! si étrange que cela vous doive paraître, mon commandant, je dirai, non plus en plaisantant, mais sérieusement cette fois, que moins je changerai mes habitudes, plus il faudra, pour les abandonner, que mon amour pour mademoiselle de Beaumesnil soit sincère.

— Ma foi, monsieur Gerald, — reprit le vétéran, — j'avoue qu'au premier abord vos raisons semblent bizarres ; mais, en y réfléchissant, je les trouve justes. Il y aurait peut-être une sorte de préméditation hypocrite à rompre d'avance avec une vie qui vous plaît depuis si longtemps...

— Maintenant, Olivier, viens me présenter à la tribu de madame Herbaut, — dit gaiement Gerald. — Adieu, mon commandant, je vous reviendrai bientôt et souvent... Que voulez-vous ? ce n'est pas pour rien que vous êtes mon *confesseur*.

— Et vous voyez que je ne suis pas un gaillard commode pour l'absolution et pour les arrangements de conscience, — reprit gaiement le vieux marin. — A bientôt donc, monsieur Gerald, vous me tiendrez au courant des choses de votre mariage, n'est-ce pas ?

— C'est maintenant un droit pour moi... de vous en parler, et je n'y manquerai pas, mon commandant. Ah ! mais j'y pense, — dit Gerald, — j'ai à vous rendre compte d'une commission dont vous m'avez chargé, monsieur Bernard. Tu permets, Olivier ?

— Comment donc ? — dit le jeune soldat en se retirant.

— Bonne nouvelle ! mon commandant, — dit tout bas Gerald, — grâce à mes démarches, et surtout à la recommandation du marquis de Maillefort, la nomination d'Olivier comme sous-lieutenant est presque assurée.

— Ah ! monsieur Gerald, serait-il possible ?

— Nous avons le plus grand espoir, car on a su qu'on devait faire à M. de Maillefort des propositions pour être député, ce qui a doublé son influence.

— Monsieur Gerald, dit le vétéran très-ému, — comment jamais reconnaître...

— Je me sauve, mon commandant, répondit Gerald pour se soustraire aux remercîments du vieillard. — je cours rejoindre Olivier : un plus long entretien éveillerait ses soupçons.

— Ah ! tu as des secrets avec mon oncle, toi ! — dit gaiement Olivier à son ami.

— Je crois bien, je suis, tu le sais, un homme tout mystère... et, avant de nous rendre chez madame Herbaut, il faut que je te demande un service très-mystérieux.

— Voyons.

— Toi, qui connais le quartier et les environs, ne pourrais-tu pas m'indiquer un petit logement dans une rue très-retirée, mais en dedans de la barrière ?

— Comment ! — dit Olivier en riant, — tu veux abandonner le faubourg Saint-Germain et devenir *Batignollais ?* C'est charmant.

— Écoute-moi donc... tu conçois que, demeurant chez ma mère, je ne peux pas recevoir de femmes chez moi...

— Ah ! très bien !...

— J'avais un mystérieux *pied-à-terre.*

— J'aime ce mot, il est décent...

— Laisse-moi donc parler. J'avais un petit pied-à-terre très-convenable... mais la maison a changé de propriétaire, et le nouveau est si féroce à l'endroit des mœurs, qu'il m'a donné congé, et mon terme finit après-demain : voilà donc mes amours sur le pavé, ou réduits à s'abriter derrière les stores des citadines, à affronter le sourire narquois des cochers... c'est désolant...

— Au contraire, cela se trouve à merveille ; tu vas te marier, on t'a donné congé... donne à ton tour congé... à tes amours...

— Olivier, tu sais mes principes, ton oncle les approuve ; je ne veux à l'avance rien changer aux habitudes de ma vie de garçon, et, si mon mariage ne se faisait pas, malheureux ! songe que je me trouverais sans *pied-à-terre* et sans amours... Non... non... je suis beaucoup trop prévoyant, trop rangé, pour donner dans ces désordres et ne pas conserver... une poire pour la soif.

— *Poire pour la soif* est très-joli ; allons, tu es un homme de précautions... Eh bien! soit, en allant et venant, je te promets de regarder les écriteaux...

— Deux petites pièces avec une entrée, c'est tout ce qu'il me faut... tu sens bien que je vais m'en occuper de mon côté; tout à l'heure, en sortant de chez madame Herbaut, je vais flâner dans les environs, car ça presse... c'est après-demain le terme fatal... c'est par grâce que j'ai obtenu quelques jours de répit... Dis donc, Olivier, si je découvre par ici ce qu'il me faut...

> Ça fait que, dans le même quartier,
> Je trouverai l'amour et l'amitié!...

Cette profonde réflexion ressemble beaucoup à une devise de mirliton... mais c'est égal... la vérité n'a pas besoin d'ornements... Sur ce... en avant chez madame Herbaut!

— Ah çà! tu y tiens décidément... réfléchis bien...

— Olivier, tu es insupportable... je me présente tout seul si tu ne m'accompagnes pas...

— Allons, le sort en est jeté, il est convenu que tu es M. Gerald Senneterre, un ancien camarade de régiment.

— Senneterre... non, ça serait imprudent, j'aime mieux *Gerald Auvernay*, car je suis aussi orné du marquisat d'*Auvernay*... tel que tu me vois, mon pauvre Olivier.

— Bien... tu es M. Gerald Auvernay, c'est entendu... Ah! diable!

— Qu'as-tu donc?

— Qu'est-ce que tu vas être à cette heure?

— Comment ce que je vais être?

— Oui, ton état?

— Mon état? Mais célibataire jusqu'à nouvel ordre...

— Je ne peux pas te présenter chez madame Herbaut comme un jeune homme qui vit des rentes qu'il a amassées... au régiment. Madame Herbaut ne reçoit pas de flâneurs; tu éveilleras ses soupçons, car la digne femme se défie en diable des gens qui n'ont rien à faire qu'à courtiser les jolies filles, vu qu'elle en a... de jolies filles.

— C'est très-amusant. Eh bien!... qu'est-ce que tu veux que je sois?...

— Dame! je ne sais pas trop, moi!

— Voyons, — dit Gerald en riant, — veux-tu... veux-tu... pharmacien?

— Va pour pharmacien, allons, viens...

— Pas du tout. Je plaisante... tu acceptes cela tout de suite, toi! Pharmacien... quel dangereux ami tu es...

— Gerald, je t'assure qu'il y a de petits pharmaciens très-gentils.

— Laisse-moi donc tranquille, c'est toujours de la famille des apothicaires... je n'oserais regarder en face aucune des jolies filles qui viennent chez madame Herbaut.

— Eh bien!... fou que tu es... cherchons autre chose : clerc de notaire!... Hein? cela te va-t-il?

— A la bonne heure!... ma mère a un interminable procès... je vais quelquefois voir pour elle son notaire et son avoué... J'étudierai le clerc sur nature... je me serai enrôlé dans le régiment de la basoche en sortant des chasseurs d'Afrique... ça va tout seul!...

— Allons, c'est dit, suis-moi... je vais te présenter comme Gerald Auvernay, clerc de notaire...

— Premier clerc de notaire! — dit Gerald avec emphase.

— Ambitieux, va!...

Gerald, présenté chez madame Herbaut, fut, grâce à Olivier, accueilli par elle avec la plus aimable cordialité.

Dans l'après-midi de ce même jour, le terrible M. Bouffard vint chercher l'argent dont lui était redevable le commandant Bernard pour le terme échu; madame Barbançon le paya, résistant à grand' peine au malin plaisir de *rissoler* quelque peu les ongles de ce féroce propriétaire, ainsi qu'elle le disait ingénument.

Malheureusement, l'argent que venait de recevoir M. Bouffard, loin de le rendre moins âpre à ses recouvrements, lui donna une nouvelle énergie, et, persuadé que, sans ses grossières et opiniâtres poursuites, il n'eût pas été payé de madame Barbançon, il se dirigea en hâte vers la rue de Monceau, où demeurait Herminie, bien résolu de redoubler de dureté envers la pauvre jeune fille, afin de la forcer à payer le terme qu'elle lui devait.

XXVII

Herminie demeurait rue de Monceau, dans l'une des nombreuses maisons dont M. Bouffard était propriétaire, occupant, au rez-de-chaussée, une chambre précédée d'une petite entrée, qui donnait sous la voûte de la porte cochère; les deux fenêtres s'ouvraient sur un joli jardin, entouré d'un côté d'une haie vive, de l'autre d'une palissade treillagée, qui le séparait d'une ruelle voisine.

La jouissance de ce jardin dépendait d'un assez grand appartement du rez-de-chaussée, alors inoccupé, ainsi qu'un autre logement du troisième étage, *non-valeurs* qui augmentaient encore la mauvaise humeur de M. Bouffard à l'endroit des locataires arriérés.

Rien de plus simple et de meilleur goût que la chambre de la *duchesse*.

Une toile de Perse, d'un prix modique mais d'un dessin et d'une fraîcheur charmants, tapissait les murailles et le plafond de cette pièce assez élevée; pendant le jour, d'amples draperies de même étoffe cachaient l'alcôve, ainsi que deux portes vitrées y attenant : l'une était celle d'un cabinet de toilette; l'autre s'ouvrait sur l'entrée, espèce d'antichambre de six pieds carrés.

Les rideaux de Perse, doublés de guingan rose, voilaient à demi les fenêtres, garnies de petits rideaux de mousseline relevés par des nœuds de rubans; un tapis fond blanc semé de gros bouquets de fleurs (ça avait été la plus grosse dépense de l'ameublement) couvrait le plancher; la housse de cheminée, merveilleusement brodée par Herminie, était bleu clair, avec un semis de roses et de pâquerettes; deux petits flambeaux d'un goût exquis, moulés sur des modèles de Pompéi, accompagnaient une pendule faite d'un socle de marbre blanc surmonté de la statuette de Jeanne d'Arc.

Enfin, à chaque bout de la tablette de cheminée, deux vases de grès verni (précieuse invention), du galbe étrusque le plus pur, contenaient de gros bouquets de roses récemment achetées, qui répandaient dans cette chambre leur senteur suave et fraîche.

Cette modeste garniture de cheminée en grès et en fonte de zinc, conséquemment de nulle valeur matérielle, avait, au plus, coûté cinquante ou soixante francs; mais, au point de vue de l'art et du goût, elle était irréprochable.

En face de la cheminée, on voyait le piano d'Herminie, son *gagne-pain;* entre les deux fenêtres, une table à colonnes torses, surmontée d'un vieux dressoir en noyer, servait de bibliothèque; la *duchesse* y avait placé quelques auteurs de prédilection et les livres qu'elle avait reçus *en prix* à sa pension.

Çà et là, suspendues le long de la tapisserie par des câbles de coton, on voyait dans de simples cadres de sapin verni, aussi brillant que le citronnier, quelques gravures du meilleur choix, parmi lesquelles on remarquait *Mignon regrettant la patrie* et *Mignon aspirant au ciel,* d'après Scheffer, placés en pendant de chaque côté de la *Françoise de Rimini*, du même et illustre peintre.

Enfin, aux deux angles de la chambre, de petites étagères de bois noir supportaient plusieurs statuettes de plâtre, réduites d'après ce que l'art grec a laissé de plus idéal; une ancienne commode en bois de rose, achetée pour peu de chose chez un brocanteur des Batignolles; deux jolies chaises de tapisserie, ouvrage d'Herminie, ainsi qu'un fauteuil recouvert de satin gros vert, dont la broderie de soie, nuancée des plus vives couleurs, représentait des fleurs et des oiseaux, complétaient l'ameublement de cette chambre.

A force d'intelligence, d'ordre et de travail, Herminie, guidée par un goût exquis, était parvenue à se créer à peu de frais cet entourage élégant et choisi.

S'agissait-il de soins ou de détails qui eussent répugné à cette orgueilleuse *duchesse;* s'agissait-il de la cuisine, par exemple : Herminie avait échappé à cet embarras, en s'adressant à la portière de sa maison, qui, pour un modique abonnement, lui servait chaque jour une tasse de lait le matin, et le soir un excellent potage, accompagné d'un plat de légumes et de quelques fruits, nourriture frugale qui devenait des plus appétissantes lorsqu'elle était rehaussée de toute la coquette propreté du petit couvert d'Herminie; car, si la *duchesse* ne possédait que deux tasses et six assiettes, elles étaient d'une porcelaine choisie, et lorsque, sur sa table ronde, recouverte d'une serviette éblouissante, la *duchesse* avait placé sa carafe et son verre de fin cristal, ses deux uniques couverts d'argent bien brillants et son assiette de porcelaine à fond blanc semé de fleurs bleues et roses, les mets les plus simples semblaient, avons-nous dit, des plus appétissants.

Mais, hélas! et au grand chagrin d'Herminie, ses deux couverts d'argent et sa montre, seuls objets de luxe matériel qu'elle eût jamais possédés, étaient alors *en gage* au mont-de-piété, où elle avait été obligée de les faire mettre par la portière de la maison; la jeune fille n'avait pas eu d'autre moyen de subvenir aux frais journaliers de sa maladie, et de se procurer une faible somme d'argent, dont elle vivait, en attendant le salaire de plusieurs leçons qu'elle avait recommencé à donner, ensuite d'une interruption forcée de près de deux mois.

Ce fatal arriéré causait la gêne extrême d'Herminie et l'impossibilité où elle se voyait de payer cent quatre-vingts francs qu'elle devait au terrible M. Bouffard...

Cent quatre-vingts francs!...

Et la pauvre enfant possédait environ quinze francs, avec lesquels il lui fallait vivre presque tout le mois.

Ainsi qu'on le pense, le seuil de la porte d'Herminie était vierge des pas d'un homme.

La *duchesse*, libre et maîtresse de son choix, n'avait jamais aimé... quoiqu'elle eût inspiré plusieurs passions, sans le vouloir et même à regret, trop orgueilleuse pour s'abaisser jusqu'à la coquetterie, trop généreuse pour se jouer des tourments d'un amour malheureux.

Aucun des soupirants n'avait donc plu à Herminie, malgré la loyauté de leurs offres matrimoniales, appuyées chez plusieurs sur une certaine aisance, car quelques-uns appartenaient au commerce, tandis que d'autres étaient artistes comme la jeune fille, ou bien encore commis de magasin, teneurs de livres, etc., etc.

La *duchesse* devait apporter dans le choix de son amant ce goût épuré, ce tact délicat qui la caractérisaient, mais il est inutile de dire qu'infime ou élevée, la condition de l'homme qu'elle eût aimé n'aurait en rien influencé l'amour de la jeune fille.

Elle savait par elle-même (et elle s'en glorifiait) tout ce que l'on trouve parfois d'élévation et de distinction natives parmi les positions sociales les plus modestes et les plus précaires; aussi ce qui l'avait jusqu'alors choquée dans ses prétendants, c'était de ces imperfections puériles, dira-t-on, inappréciables même pour toute autre que la *duchesse*... mais, pour elle, invinciblement antipathiques : chez les uns.

ça avait été une trop bruyante et trop grosse jovialité; chez les autres, des manières libres ou vulgaires; chez celui-ci un timbre de voix brutal; chez celui-là une tournure ridicule.

Quelques-uns de ces *repoussés* possédaient néanmoins d'excellentes qualités de cœur ou d'esprit; Herminie avait été la première à le reconnaître; elle tenait ceux-là pour les meilleurs et les plus dignes garçons du monde, elle leur accordait franchement son estime, au besoin même son amitié, mais son amour... non.

Et ce n'était pas par dédain, par folle ambition de cœur, qu'Herminie les refusait, mais simplement, ainsi qu'elle le disait elle-même à ses désespérés, « parce qu'elle ne ressentait aucun amour pour eux, et qu'elle était décidée à rester fille toute sa vie plutôt que de se marier sans éprouver un vif et profond amour. »

Et cependant, en raison même de son orgueilleuse et délicate susceptibilité, Herminie devait souffrir plus que personne des inconvénients, parfois si pénibles et presque inévitables, inhérents à la position d'une jeune fille obligée de vivre seule, et forcément exposée à toutes les chances douloureuses que peuvent amener le manque de travail ou la maladie.

Depuis quelque temps, hélas! la *duchesse* expérimentait cruellement les conséquences de son isolement et de sa pauvreté.

L'*orgueil* et le caractère d'Herminie posés (*orgueil* qui avait poussé la jeune fille à rapporter fièrement, malgré sa pressante misère, les cinq cents francs que lui avait alloués la succession de madame de Beaumesnil), l'on comprendra avec quelle confusion mêlée d'effroi la pauvre enfant attendait le retour de M. Bouffard, car, ainsi qu'il l'avait dit à madame Barbauçon, il devait faire dans l'après-dîner une dernière et décisive tournée chez ses locataires en retard.

Herminie cherchait les moyens de désintéresser cet homme insolent et brutal, mais, ayant déjà donné en nantissement ses deux couverts d'argent et sa montre d'or, elle ne possédait plus rien qui pût être mis en gage : on ne lui eût par prêté vingt francs sur sa modeste garniture de cheminée, de si bon goût qu'elle fût; et ses gravures, ainsi que ses statuettes de plâtre, n'avaient pas la moindre valeur vénale; enfin, le linge qu'elle possédait lui eût procuré un prêt bien minime.

En face de cette désolante position, Herminie, accablée, versait des pleurs amers, tremblant à chaque instant d'entendre l'impérieux coup de sonnette de M. Bouffard.

Noble cœur, généreuse nature!... Au milieu de ces cruelles perplexités, Herminie ne songea pas un instant à se dire qu'elle serait sauvée avec une part imperceptible de l'énorme superflu de sa sœur, dont elle avait visité la veille les somptueux appartements...

Si la *duchesse* vint à songer à sa sœur, ce fut pour chercher dans l'espérance de la voir un jour quelque distraction à son chagrin présent.

Et, de ce chagrin, Herminie n'accusait qu'elle-même : jetant des yeux pleins de larmes sur sa coquette petite chambre, la jeune fille se reprochait sincèrement ses folles dépenses.

Elle aurait dû, — pensait-elle, — épargner pour l'avenir et les cas imprévus, tels que la maladie ou le chômage de leçons; elle aurait dû se résigner à prendre un logement au quatrième étage, porte à porte avec des inconnus; à habiter, à peine séparée d'eux par une mince cloison, quelque chambre triste et nue, au carreau froid, aux murailles sordides; elle aurait dû ne pas se laisser séduire par la riante vue d'un joli jardin, et par l'isolement du rez-de-chaussée qu'elle avait préféré; elle aurait dû garder son argent, au lieu de l'employer à l'achat de ces objets d'art et de goût, seul charme, seuls compagnons de sa solitude, qui faisaient de sa chambre un délicieux réduit, où elle avait longtemps vécu heureuse, confiante dans sa jeunesse et dans son travail.

Qui lui eût dit, à elle si orgueilleuse, qu'il lui faudrait subir les grossières mais légitimes réclamations d'un homme à qui elle devait de l'argent... qu'elle ne pourrait pas payer?...

Était-ce assez de honte?

Mais ces reproches, à la fois sévères et justes, à propos du passé, ne changeaient en rien le présent.

Herminie se désolait, assise dans son fauteuil, les yeux gonflés de larmes; tantôt elle cédait à un morne accablement, tantôt elle tressaillait au moindre bruit... songeant à l'arrivée probable de M. Bouffard.

Enfin ces poignantes angoisses eurent un terme.

Un violent coup de sonnette se fit entendre.

— C'est lui... c'est le propriétaire! — murmura la pauvre créature en frémissant de tous ses membres. — Je suis perdue... — ajouta-t-elle.

Et elle restait immobile de crainte.

Un second coup de sonnette, plus brutal encore que le premier, ébranla la porte de la petite entrée qui conduisait à la chambre.

Herminie essuya ses yeux, rassembla son courage, et, pâle, tremblante, elle alla ouvrir.

Elle ne s'était pas trompée...

C'était M. Bouffard.

Ce glorieux représentant du *pays légal*, ayant dépouillé l'uniforme du soldat citoyen, apparut bourgeoisement vêtu d'un paletot-sac de couleur grise.

— Eh bien! dit-il à la jeune fille en restant sur le seuil de la porte qu'elle lui avait ouverte d'une main mal assurée, — eh bien! mon argent?

— Monsieur...

— Voulez-vous me payer, oui ou non? — s'écria M. Bouffard d'une voix si haute qu'il fut entendu par deux personnes.

L'une était alors sous la porte cochère...

L'autre montait au premier étage par l'escalier, dont les marches inférieures aboutissaient auprès de l'entrée du logement d'Herminie.

— Pour la dernière fois, voulez-vous me payer, oui ou non? — répéta M. Bouffard d'une voix encore plus éclatante.

— Monsieur, de grâce! — dit Herminie avec un accent suppliant, ne parlez pas si haut... Je vous jure que si je ne puis vous payer... ce n'est pas ma faute...

— Je suis dans *ma* maison, et je parle comme je veux. Tant mieux si l'on m'entend... ça servira de leçon pour les autres locataires qui s'aviseraient d'être en retard comme vous.

— Monsieur... je vous en conjure... entrez chez moi, — dit Herminie accablée de honte et en joignant les mains, — je vais vous expliquer...

— Eh bien!... voyons, quoi? qu'allez-vous m'expliquer? — répondit M. Bouffard en suivant la jeune fille dans sa chambre, dont il laissa la porte ouverte.

Lorsque des hommes aussi grossiers que M. Bouffard se trouvent dans une position pareille avec une belle jeune fille, de deux choses l'une : ou ils ont l'audace de proposer quelque transaction inl'âme, ou bien, la jeunesse et la beauté, loin de les apitoyer, leur inspirent un redoublement d'insolence et de dureté; on dirait qu'ils veulent se venger de ces charmes qu'ils n'osent convoiter. Ainsi était-il de M. Bouffard; sa *vertu* tournait à une animosité brutale.

En entrant dans la chambre d'Herminie, l'impitoyable propriétaire reprit :

— Il n'y pas d'explication là-dedans... l'affaire est bien simple : encore une fois, voulez-vous me payer, oui ou non?

— Pour le moment, cela m'est malheureusement impossible, monsieur, — dit Herminie en essuyant ses larmes; — mais, si vous voulez avoir la bonté d'attendre...

— Toujours la même chanson... à d'autres! — reprit M. Bouffard en haussant les épaules.

Puis, regardant autour de lui d'un air sardonique, il ajouta :

— C'est bien ça... l'on s'importe peu de ne pas payer son terme, et l'on se flanque des tapis superbes, des tentures d'étoffes et des rideaux à falbalas... Si ça ne fait pas suer!... Moi, qui ai sept maisons sur le pavé de Paris, je n'ai pas seulement de tapis dans mon salon, et le boudoir de madame Bouffard est tendu en simple papier à ramages; mais, quand je vous le dis, on se donne des genres... de *princesse*, et l'on n'a pas le sou.

Herminie, poussée à bout, releva orgueilleusement la tête; d'un regard digne et ferme, elle fit baisser les yeux à M. Bouffard, et lui dit :

— Ce piano a une valeur au moins quatre fois égale à ce que je vous dois, monsieur... Envoyez-le prendre quand vous le voudrez... C'est la seule chose de prix que je possède... disposez-en... faites-le vendre...

— Allons donc! est-ce que je suis marchand de pianos, moi?... Est-ce que je sais ce que j'en retirerai de votre instrument?... encore des tracas, pas de ça!... vous devez me payer mon terme en argent et non en pianos...

— Mais, mon Dieu! monsieur, je n'ai pas d'argent... je vous offre de vendre mon piano, quoiqu'il me serve à gagner ma vie... que puis-je faire de plus?

— Je ne donne pas là-dedans... vous avez de l'argent... je le sais... vous avez des couverts et une montre *chez ma tante*... c'est *ma* portière qui a été les engager... Ah! ah! on ne me dindonne pas, moi, voyez-vous?

— Hélas ! monsieur, le peu que l'on m'a prêté, j'ai été obligée de le dépenser pour...

Herminie ne put achever.

Elle venait de voir M. de Maillefort debout à la porte laissée ouverte; il assistait depuis quelques instants à cette scène pénible.

Au tressaillement soudain de la jeune fille, au regard surpris qu'il la vit jeter du côté de la porte, M. Bouffard tourna la tête, aperçut le bossu, et resta aussi étonné qu'Herminie.

Le marquis, s'avançant alors, dit à la *duchesse* en s'inclinant respectueusement devant elle :

— Je vous demande mille pardons, mademoiselle, de me présenter ainsi chez vous ; mais j'ai trouvé cette porte ouverte, et, comme j'espère que vous me ferez l'honneur de m'accorder quelques moments d'entretien pour une affaire fort importante, je me suis permis d'entrer.

Après ces mots, accentués avec autant de courtoisie que de déférence, le marquis se retourna du côté de M. Bouffard, et le toisa d'un regard si altier, que le gros homme se sentit d'abord tout sot, tout intimidé, devant ce petit bossu, qui lui dit :

— Je viens, monsieur, d'avoir l'honneur de prier mademoiselle de vouloir bien m'accorder quelques instants d'entretien.

— Eh bien ! après ? — reprit M. Bouffard retrouvant son assurance, — qu'est-ce que cela me fait, à moi ?

Le marquis, sans répondre à M. Bouffard, et s'adressant à Herminie, de plus en plus surprise, lui dit :

— Mademoiselle veut-elle me faire la grâce de m'accorder l'entretien que je sollicite ?

— Mais... monsieur... — répondit la jeune fille avec embarras, — je ne sais... si je...

— Je me permettrai de vous faire observer, mademoiselle, — reprit le marquis, — que notre conversation devant être absolument confidentielle... il est indispensable que monsieur, — et il montra du regard le propriétaire, — veuille bien nous laisser seuls, à moins que vous n'ayez encore quelque chose à lui dire ; dans ce cas, alors, je me retirerais...

— Je n'ai plus rien à dire à monsieur, — répondit Herminie, espérant échapper, pour quelques moments du moins, à sa pénible position.

— Mademoiselle n'a plus rien à vous dire, monsieur, — reprit le marquis en faisant un signe expressif à M. Bouffard.

Mais celui-ci, revenant à sa brutalité ordinaire, et se reprochant de se laisser imposer par ce bossu, s'écria :

— Ah ! vous croyez qu'on met comme ça les gens à la porte de chez soi sans les payer... monsieur... et que parce que vous soutenez cette...

— Assez, monsieur, assez... — dit vivement le marquis en interrompant M. Bouffard.

Et il lui saisit le bras avec une telle vigueur, que l'ex-épicier, sentant son poignet serré comme dans un étau entre les doigts longs et osseux du bossu, le regarda avec un mélange d'ébahissement et de crainte.

Le marquis, lui souriant alors de l'air le plus aimable, reprit avec une affabilité exquise :

— Je suis au regret, cher monsieur, de ne pouvoir jouir plus longtemps de votre bonne et aimable compagnie, mais, vous le voyez, je suis aux ordres de mademoiselle, qui me fait la grâce de me donner quelques instants, et je ne voudrais pas abuser de son obligeance...

Ce disant, le marquis, moitié de gré, moitié de force, conduisit jusqu'à la porte M. Bouffard, stupéfait de rencontrer dans un bossu cette vigueur physique et cette autorité de langage et de manières, dont il subissait involontairement l'influence.

— Je sors... parce que j'ai justement affaire dans *ma* maison, — dit M. Bouffard ne voulant pas paraître céder à la contrainte, — je monte là-haut; mais je reviendrai quand vous serez parti... il faudra bien alors que j'aie mon argent, ou sinon, nous verrons.

Le marquis salua ironiquement M. Bouffard, ferma la porte sur lui, et revint trouver Herminie.

XXVIII

M. de Maillefort, frappé de ce que lui avait appris madame de la Rochaiguë au sujet de la jeune artiste, si *injustement oubliée*, disait-on, par madame de Beaumesnil, M. de Maillefort avait de nouveau inrrogé, avec autant de prudence que d'adresse, madame Dupont, ancienne femme de chambre de la comtesse.

Puisant dans cet entretien de nouveaux détails sur les relations de la jeune fille et de madame de Beaumesnil, et devinant, aidé par ses soupçons, ce qui avait dû échapper à la femme de chambre, il acquit bientôt presque la conviction qu'Herminie devait être la fille naturelle de madame de Beaumesnil.

L'on conçoit néanmoins que, malgré cette persuasion quasi-complète, le marquis s'était promis de n'aborder Herminie qu'avec une extrême réserve; non-seulement il s'agissait d'une révélation fâcheuse, presque honteuse pour la mémoire de madame de Beaumesnil, mais encore la comtesse n'avait pas confié ce secret à M. de Maillefort, qui l'avait pour ainsi dire surpris ou plutôt deviné.

Herminie, à la vue du bossu, qui, pour la première fois, se présentait à elle dans une circonstance pénible, resta confuse, interdite, ne pouvant imaginer le sujet de la visite de cet inconnu.

Le marquis, après avoir expulsé M. Bouffard, revint, disons-nous, auprès de la jeune fille, qui, pâle, émue, les yeux baissés, restait immobile auprès de la cheminée.

M. de Maillefort, d'un coup d'œil investigateur et pénétrant jeté sur la chambre de la *duchesse*, avait remarqué l'ordre, le goût et l'excessive propreté de cette modeste demeure; cette observation, jointe à ce que madame de la Rochaiguë lui avait raconté du noble désintéressement de la jeune fille, donna au marquis la meilleure opinion d'Herminie. Presque certain de voir en elle la personne qu'il avait tant d'intérêt à rencontrer, il cherchait sur ses traits charmants quelque ressemblance avec ceux de madame de Beaumesnil, et, cette ressemblance, il crut la retrouver.

De fait, sans ressembler précisément à sa mère, comme elle, Herminie était blonde; comme elle, elle avait les yeux bleus, et, si les lignes du visage ne rappelaient pas exactement les traits de madame de Beaumesnil, il n'existait pas moins entre la mère et la fille ce qu'on appelle un *air de famille*, surtout frappant pour un observateur aussi intéressé que l'était M. de Maillefort.

Celui-ci, sous l'empire d'une émotion que l'on concevra sans peine, s'approcha d'Herminie, de plus en plus troublée par le silence et par les regards curieux et attendris du bossu.

— Mademoiselle, — lui dit-il enfin d'un ton affectueux et paternel,

— excusez mon silence... mais j'éprouve une sorte d'embarras à vous exprimer le profond intérêt que vous m'inspirez...

En parlant ainsi, la voix de M. de Maillefort fut si touchante, que la jeune fille le regarda, de plus en plus surprise, et lui dit timidement :

— Mais cet intérêt, monsieur...

— Qui a pu vous l'attirer, n'est-ce pas? je vais vous le dire, chère enfant... Oui, — ajouta le bossu en répondant à un mouvement d'Herminie, — oui, laissez-moi de grâce vous appeler ainsi : mon âge, et, je ne saurais trop vous le répéter, l'intérêt que vous m'inspirez, me donneraient peut-être le droit de vous dire *ma chère enfant*, si vous me permettiez cette familiarité...

— Ce serait la seule manière de vous prouver, monsieur, ma reconnaissance des bonnes et consolantes paroles que vous venez de me dire... quoique la pénible position où vous m'avez vue, monsieur... ait dû peut-être...

— Quant à cela, — reprit le marquis en interrompant Herminie, — rassurez-vous, je...

— Oh! monsieur, je ne cherche pas à me justifier, — dit orgueilleusement Herminie en interrompant à son tour le bossu, — de cette situation... je n'ai pas à rougir... et, puisque, pour une raison que j'ignore, vous voulez bien me témoigner de l'intérêt, monsieur, il est de mon devoir de vous dire... de vous prouver que ni le désordre, ni l'inconduite, ni la paresse, ne m'ont mise dans le cruel embarras où je me trouve pour la première fois de ma vie! Malade pendant deux mois, je n'ai pu donner mes leçons; je les reprends depuis quelques jours seulement, et j'ai été forcée de dépenser le peu d'avances que je possédais... Voilà, monsieur, la vérité... si je me suis un peu endettée, c'est par suite de cette maladie...

— Ceci est étrange! — pensa soudain le marquis en rapprochant dans sa pensée la date du décès de la comtesse et l'époque présumable du commencement de la maladie d'Herminie. — C'est peu de temps après la mort de madame de Beaumesnil que cette pauvre enfant a dû tomber malade... serait-ce de chagrin?...

Et le marquis reprit tout haut avec un accent de touchant intérêt :

— Et cette maladie, ma chère enfant, a été bien grave?... vous vous êtes peut-être trop fatiguée au travail?

Herminie rougit; son embarras était grand, il lui fallait mentir pour cacher la sainte et véritable cause de sa maladie.

Elle répondit en hésitant :

— En effet, monsieur, je m'étais un peu fatiguée ; cette fatigue a été suivie d'un malaise, d'une sorte d'accablement... mais maintenant... Dieu merci ! je vais tout à fait bien.

L'embarras, l'hésitation de la jeune fille avaient frappé le marquis, déjà surpris de la profonde mélancolie dont les traits d'Herminie semblaient avoir, pour ainsi dire, l'habitude.

— Plus de doute, — pensa-t-il. — Elle est tombée malade de chagrin après la mort de madame de Beaumesnil... Elle sait donc que la comtesse est sa mère... mais alors... comment celle-ci, dans les fréquentes occasions qui ont dû la rapprocher de sa fille, ne lui a-t-elle pas remis ce portefeuille dont elle m'a chargé ?

En proie à ces perplexités, le bossu, après un nouveau silence, dit à Herminie :

— Ma chère enfant, j'étais venu ici avec l'intention de me tenir dans une extrême réserve ; défiant de moi-même, incertain de la conduite que j'avais à tenir, je ne voulais aborder qu'avec la plus grande précaution le sujet qui m'amène... car c'est une mission bien délicate, une mission sacrée...

— Que voulez-vous dire, monsieur ?

— Veuillez m'écouter, ma chère enfant. Ce que je savais déjà de vous, ce que je viens de voir, de deviner peut-être... enfin la confiance que vous m'inspirez, changent ma résolution... je vais donc vous parler à cœur ouvert, certain que je suis de m'adresser à une loyale et noble créature... Vous connaissiez madame de Beaumesnil.. vous l'aimiez ?

Herminie, à ces paroles, ne put réprimer un mouvement d'étonnement mêlé d'inquiétude.

Le bossu reprit :

— Oh ! je le sais ! vous aimiez tendrement madame de Beaumesnil : le chagrin de l'avoir perdue a seul causé votre maladie...

— Monsieur ! — s'écria Herminie effrayée de voir son secret, celui de sa mère surtout, presque à la merci d'un inconnu, — je ne sais ce que vous voulez dire... J'ai eu pour madame la comtesse de Beaumesnil, pendant le peu de temps que j'ai été appelée auprès d'elle, le respectueux attachement qu'elle méritait... Ainsi que tous ceux qui l'ont connue, je l'ai sincèrement regrettée ; mais...

— Vous devez me répondre ainsi, ma chère enfant, — dit le marquis en interrompant Herminie, — vous ne pouvez avoir confiance en moi, ignorant qui je suis, ignorant jusqu'à mon nom. Je m'appelle M. de Maillefort.

— Monsieur de Maillefort! dit vivement la jeune fille en se souvenant d'avoir écrit pour sa mère une lettre adressée au marquis.

— Vous connaissiez mon nom?

— Oui, monsieur. Madame la comtesse de Beaumesnil, se trouvant trop faible pour écrire, m'avait priée de la remplacer, et la lettre que vous avez reçue...

— C'était vous... qui l'aviez écrite?

— Oui, monsieur...

— Vous le voyez, ma chère enfant, maintenant vous devez être en toute confiance... Madame de Beaumesnil... n'avait pas d'ami plus dévoué que moi... et sur cette amitié de vingt ans elle a cru pouvoir assez compter pour me charger d'une mission sacrée...

— Que dit-il? — pensa Herminie, — ma mère lui aurait-elle confié le secret de ma naissance?

Le marquis, remarquant le trouble croissant d'Herminie, et certain d'avoir enfin découvert la fille naturelle de la comtesse, poursuivit :

— La lettre que vous m'aviez écrite, au nom de madame de Beaumesnil, m'assignait chez elle un rendez-vous... à une heure assez avancée de la soirée... n'est-ce pas, vous vous rappelez cela?

— Oui, monsieur.

— A ce rendez-vous... je suis venu... La comtesse se sentait près de sa fin... — continua le bossu d'une voix altérée... — Après avoir recommandé sa fille Ernestine... à ma sollicitude... madame de Beaumesnil... m'a supplié de lui rendre... un dernier service... Elle m'a conjuré... de partager mes soins... mon intérêt... entre sa fille... et une autre jeune personne... qui ne lui était pas moins chère... que son enfant...

— Il sait tout, — se dit Herminie avec un douloureux accablement, — la faute de ma pauvre mère n'est pas un secret pour lui...

— Cette autre personne, continua le bossu de plus en plus ému, était, m'a dit la comtesse, un ange; oui, ce sont ses propres paroles... un ange de vertu, de courage, une noble et vaillante fille, — ajouta le marquis, dont les yeux se mouillèrent de larmes, — une pauvre orpheline abandonnée, qui, sans appui, sans secours, luttait à force de courage, de travail et d'énergie, contre le sort le plus précaire, souvent le plus pénible... Oh !... si vous l'aviez entendue ! avec quel accent de tendresse déchirante elle parlait de cette jeune fille ! malheureuse femme ! mère infortunée !... car, de ce moment, j'ai deviné, quoiqu'elle ne m'ait fait aucun aveu, retenue par la honte sans doute, j'ai deviné qu'une mère seule pouvait ainsi parler... ainsi souffrir en songeant au sort de sa fille... Non, oh ! non... ce n'était pas une étrangère que la comtesse me recommandait avec tant d'instance à son lit de mort.

Le marquis, dont l'émotion était à son comble, s'arrêta un instant et essuya ses yeux baignés de larmes.

— O ma mère ! — se dit Herminie en tâchant de se contraindre, — tes dernières pensées ont été pour ta fille !

— J'ai juré à madame de Beaumesnil mourante, — reprit le bossu, — d'accomplir ses dernières volontés, de partager ma sollicitude entre Ernestine de Beaumesnil et la jeune fille pour qui la comtesse m'implorait si vivement... Alors, elle m'a remis ce portefeuille, — et le bossu le tira de sa poche, — qui contient, m'a-t-elle dit, une petite fortune, me chargeant de le remettre à cette jeune fille, dont le sort serait ainsi à jamais assuré... Malheureusement, madame de Beaumesnil a expiré avant d'avoir pu me dire le nom de l'orpheline...

— Il n'a que des soupçons... Dieu soit béni ! — se dit Herminie avec un ravissement ineffable, — je n'aurai pas la douleur de voir un étranger instruit de la faute de ma mère ; sa mémoire restera pure...

— Vous jugez, ma chère enfant, de mon angoisse, de mon chagrin. Comment accomplir la dernière volonté de madame de Beaumesnil, ignorant le nom de cette jeune fille ? — reprit le bossu en regardant Herminie avec attendrissement. — Cependant, je me suis mis en quête... et enfin... après bien de vaines tentatives... cette orpheline... je l'ai trouvée... belle, vaillante, généreuse... telle, enfin, que sa pauvre mère me l'avait dépeinte, sans me la nommer... et cette jeune fille... c'est vous... mon enfant... ma chère enfant... — s'écria le bossu en saisissant les deux mains d'Herminie.

Et il ajouta, avec un élan de bonheur et de tendresse indicibles :

— Ah ! vous voyez bien que j'avais le droit de vous appeler mon enfant... oh ! non... jamais père n'aura été plus fier de sa fille !

— Monsieur... — répondit Herminie, d'une voix qu'elle tâchait de rendre calme et ferme; — quoiqu'il m'en coûte beaucoup de détruire votre illusion... il est de mon devoir de le faire.

— Que dites-vous?... — s'écria le bossu.

— Je ne suis pas... monsieur, la personne que vous cherchez, — répondit Herminie.

Le marquis recula d'un pas, et regarda la jeune fille sans pouvoir d'abord trouver une parole.

Pour résister à l'entraînement de la révélation que venait de lui faire M. de Maillefort, il fallut à Herminie un courage héroïque, né de ce qu'il y avait de plus pur, de plus saint, dans son orgueil filial.

La fierté de la jeune fille se révoltait à la seule pensée d'avouer la honte maternelle aux yeux d'un étranger, en se reconnaissant devant lui pour la fille de madame de Beaumesnil.

De quel droit Herminie pouvait-elle confirmer les soupçons de cet étranger, par l'aveu d'un secret que la comtesse n'avait pas voulu lui confier à lui, M. de Maillefort, son ami le plus dévoué... un secret... que sa mère à elle avait eu la force de lui taire, lorsque, la pressant sur son sein, les battemens de leurs deux cœurs s'étaient confondus?...

Pendant que ces généreuses pensées venaient en foule à l'esprit d'Herminie, le marquis, stupéfait du refus de la jeune fille, dont il ne pouvait se résoudre à mettre en doute l'identité, cherchait en vain à deviner la cause de cette étrange résolution.

Enfin, il dit à Herminie :

— Un motif qu'il m'est impossible de pénétrer vous empêche de me dire la vérité, ma chère enfant... ce motif... quel qu'il soit... doit être noble et généreux... pourquoi me le cacher, à moi? l'ami... le meilleur ami... de votre mère... à moi qui viens remplir auprès de vous ses dernières volontés?...

— Cet entretien... est aussi douloureux pour moi que pour vous, monsieur le marquis, — répondit tristement Herminie, — car il me rappelle cruellement une personne qui a été remplie de bienveillance à mon égard... pendant le peu de temps où j'ai été appelée près d'elle, seulement *comme artiste et à aucun autre titre*, je vous en donne ma parole... J'ose croire que cette déclaration vous suffira... monsieur le marquis, et m'épargnera de nouvelles insistances... Je vous le répète, je ne suis pas la personne que vous cherchez...

A cette déclaration d'Herminie, le marquis sentit renaître ses incertitudes.

Cependant, ne voulant pas encore renoncer à tout espoir, il reprit :

— Mais non... non... je ne saurais m'abuser à ce point, jamais je n'oublierai la sollicitude, les prières de madame de Beaumesnil en faveur de...

— Permettez-moi de vous interrompre, monsieur le marquis, et de vous dire... que, trompé peut-être par les émotions d'une scène déchirante pour votre cœur, vous vous serez mépris... sur la nature de l'intérêt que madame de Beaumesnil portait à l'orpheline dont vous me parlez... Pour défendre la mémoire de madame de Beaumesnil contre votre erreur... je n'ai d'autre droit que celui de la reconnaissance... mais la respectueuse estime que madame la comtesse inspirait à tous me fait croire... à une erreur de votre part.

Cette manière de voir était trop d'accord avec les désirs de M. de Maillefort pour qu'il n'inclinât pas à se rendre à l'observation d'Herminie.

Cependant, au souvenir de l'émotion déchirante de la comtesse lorsqu'elle lui avait recommandé l'orpheline, il reprit :

— Encore une fois, on ne parle pas ainsi d'une étrangère !...

— Qui sait? monsieur le marquis, — répondit Herminie en défendant le terrain pied à pied, — on m'a cité tant de preuves de générosité de madame de Beaumesnil! Son affection pour ceux qu'elle secourait était, dit-on, si chaleureuse, qu'elle se sera ainsi manifestée en faveur de l'orpheline qui vous a été recommandée... et puis, si cette jeune fille est aussi méritante que malheureuse... cela ne suffit-il pas pour motiver le vif intérêt que lui portait madame de Beaumesnil? Peut-être enfin... cette mystérieuse protection était-elle un devoir pieux... qu'une amie avait confié à madame la comtesse de Beaumesnil, comme celle-ci vous l'a légué à son tour.

— Alors... pourquoi cette prière formelle de toujours taire à la personne à qui je dois remettre ce portefeuille... le nom de la comtesse?...

— Parce que madame de Beaumesnil, cette fois encore, aura voulu cacher sa bienfaisance...

Herminie, ayant retrouvé son calme, son sang-froid, discutait ces raisons avec un tel détachement, que le marquis finit par penser qu'il s'était trompé, et avait injustement soupçonné madame de Beaumesnil.

Alors une idée nouvelle lui vint à l'esprit, et il s'écria :

— Mais, en admettant que le mérite et les malheurs de cette orpheline soient ses seuls et véritables titres, ne seraient-ils pas les vôtres, chère et vaillante enfant? Pourquoi ne serait-ce pas vous que la comtesse a voulu me désigner?

— Je connaissais depuis trop peu de temps madame de Beaumesnil pour mériter de sa part une telle marque de bonté, monsieur le marquis, et puis enfin mon nom n'ayant pas été prononcé par madame la comtesse, je m'adresse à votre délicatesse... puis-je accepter un don considérable... sur votre seule supposition qu'il pouvait m'être destiné?

— Oui... cela serait vrai, si vous ne méritiez pas ce don.

— Et comment l'aurais-je mérité, monsieur le marquis?

— Par les soins dont vous avez entouré la comtesse, par les soulagements que vous avez apportés à ses douleurs, et ces soins, comment se fait-il qu'elle ne les ait pas reconnus?

— Je ne vous comprends pas, monsieur.

— Le testament de la comtesse renferme plusieurs legs... seule... vous avez été oubliée...

— Je n'avais aucun droit à un legs, monsieur le marquis... j'ai été rémunérée de mes soins...

— Par madame de Beaumesnil?

— Par madame de Beaumesnil, — répondit Herminie d'une voix assurée.

— Oui... c'est ce que vous avez déclaré à madame de la Rochaiguë en venant généreusement lui rapporter...

— De l'argent qui ne m'était pas dû, monsieur le marquis... voilà tout...

— Encore une fois, non... — s'écria M. de Maillefort, revenant invinciblement à sa première certitude. — Non... je ne me suis pas trompé... Instinct, pressentiment... ou conviction, tout me dit que vous êtes...

— Monsieur le marquis, — dit Herminie en interrompant le bossu, et voulant mettre un terme à cette pénible scène, — un dernier mot... Vous étiez le meilleur des amis de madame de Beaumesnil... car elle vous a légué en mourant le soin de veiller sur sa fille légitime... Comment ne vous aurait-elle pas aussi confié, à ce moment suprême... qu'elle avait un autre enfant?...

— Eh ! mon Dieu ! — s'écria involontairement le marquis, — la malheureuse femme... aura reculé devant la honte d'un pareil aveu...

— Oui, je n'en doute pas, — pensa Herminie avec amertume, — et c'est moi qui ferais cet aveu de honte... devant lequel ma mère a reculé?...

L'entretien du bossu et d'Herminie fut interrompu par le retour de M. Bouffard.

L'émotion du marquis et de la jeune fille était telle, qu'ils n'avaient pas entendu M. Bouffard ouvrir la première porte d'entrée.

Le *farouche propriétaire* semblait complétement radouci, apaisé; à son air insolent et brutal avait succédé une physionomie à la fois narquoise et sournoise.

— Que voulez-vous encore, monsieur? — lui demanda rudement le marquis, — que venez-vous faire ici ?

— Je viens, monsieur, faire mes excuses à mademoiselle.

— Vos excuses, monsieur ?... — dit la jeune fille, très-surprise.

— Oui, mademoiselle, et je tiens à vous les faire devant monsieur, car je vous ai reproché en sa présence de ne pas me payer... et je déclare devant lui, je jure devant Dieu et devant les hommes ! ! — ajouta M. Bouffard en levant la main comme pour prêter serment, tout en riant d'un gros rire bête que lui inspirait sa plaisanterie, — je jure que j'ai été payé de ce que mademoiselle me devait !... Eh !... eh !...

— Vous avez été payé ! — dit Herminie au comble de l'étonnement, — et par qui donc, monsieur ?

— Parbleu !... vous le savez bien... mademoiselle, — dit M. Bouffard en continuant son rire stupide, — vous le savez bien... quelle malice ! !

— J'ignore ce que vous voulez dire, monsieur, — reprit Herminie.

— Allons donc !... — dit M. Bouffard en haussant les épaules, — comme si les beaux bruns payaient les loyers des belles blondes pour l'amour de Dieu !

— Quelqu'un... vous a payé... pour moi... monsieur ? — dit Herminie en devenant pourpre de confusion.

— On m'a payé, et en bel et bon or encore, — répondit M. Bouffard en tirant de sa poche quelques louis, qu'il fit sauter dans sa main ouverte. — Voyez plutôt ces jaunets... sont-ils gentils !... hein ?

— Et cet or... monsieur, — dit Herminie toute tremblante et ne pouvant croire à ce qu'elle entendait, — cet or... qui vous l'a donné ?

— Faites donc l'innocente... et la rosière... ma petite... Celui qui m'a payé est un très-joli garçon... ma foi... un grand brun, taille élancée... petites moustaches brunes... Voilà son signalement pour son passe-port.

Le marquis avait écouté M. Bouffard avec une surprise et une douleur croissantes.

Cette jeune fille, pour qui jusqu'alors il avait ressenti un si profond intérêt, était soudain presque flétrie à ses yeux.

Après avoir froidement salué Herminie, sans lui dire un seul mot, M. de Maillefort se dirigea vers la porte, les traits empreints d'une tristesse amère.

— Ah !... — fit-il avec un geste de dégoût et d'accablement, — encore une illusion perdue !

Et il s'éloigna.

— Restez, monsieur, — s'écria la jeune fille en courant à lui, tremblante, éperdue de honte ; — oh ! je vous en conjure, je vous en supplie... restez ! !...

XXIX

M. de Maillefort, entendant l'appel d'Herminie, qui le suppliait de rester, se retourna vers elle, et, le visage triste, sévère, lui dit :

— Que voulez-vous, mademoiselle ?

— Ce que je veux, monsieur ! — s'écria-t-elle, la joue en feu, les yeux brillants de larmes d'indignation et d'orgueil ; ce que je veux... c'est dire, devant vous, à cet homme, qu'il a menti...

— Moi ? — dit M. Bouffard, — c'est un peu fort ! quand j'ai les jaunets en poche !

— Je vous dis que vous mentez ! — s'écria la jeune fille en faisant un pas vers lui avec un geste d'une admirable autorité ; — je n'ai donné à personne... le droit de vous payer... de me faire ce sanglant outrage ! !

Malgré la grossièreté de sa nature et de son intelligence, M. Bouffard se sentit ému, tant la fière indignation d'Herminie était irrésistible et sincère. Aussi, reculant de deux pas, le propriétaire balbutia-t-il en manière d'excuse :

— Je vous jure ma parole la plus sacrée... mademoiselle, que, tout à l'heure, en montant, j'ai été arrêté sur le palier du premier étage par un beau jeune homme brun qui m'a donné cet or pour payer votre terme... je vous dis la vérité, foi de Bouffard !

— O mon Dieu ! humiliée... outragée à ce point !... — s'écria la jeune fille, dont les larmes, longtemps contenues, coulèrent enfin.

Tournant alors vers le bossu, muet témoin de cette scène, son beau visage baigné de pleurs, Herminie lui dit d'une voix suppliante :

— Oh ! de grâce, monsieur le marquis, ne croyez pas que j'aie mérité cette insulte !

— Un marquis ! — dit M. Bouffard en ôtant son chapeau, qu'il avait jusqu'alors gardé sur sa tête.

M. de Maillefort, s'approchant d'Herminie, le cœur épanoui, dégagé d'un poids cruel, lui prit paternellement la main et dit :

— Je vous crois, je vous crois, ma chère et noble enfant! ne descendez pas à vous justifier... Vos larmes, la sincérité de votre accent, votre généreuse indignation, tout me prouve que vous dites vrai... que c'est à votre insu que cet outrageant service... vous a été rendu.

— Ce qu'il y a de sûr, c'est que moi, qui viens quasi tous les jours dans *ma maison*, dit M. Bouffard presque attendri, — je n'ai jamais rencontré ce beau jeune homme; mais enfin, que voulez-vous, ma chère demoiselle... votre terme est payé... c'est toujours ça... il faut vous consoler; il y en a tant d'autres qui voudraient être humiliées... de cette manière-là !... Eh! eh! eh ! — ajouta M. Bouffard en riant de son gros rire.

— Cet argent, vous ne le garderez pas, monsieur! — s'écria Herminie, — je vous en supplie... vendez mon piano, mon lit, tout ce que je possède; mais, par pitié, rendez cet argent à celui qui vous l'a donné... Si vous le gardez, la honte est pour moi, monsieur !

— Ah çà! mais, un instant, diable! comme vous y allez! — dit

ffard. — Je ne me trouve pas insulté du tout pour empêcher mon
e, moi ; un bon *tiens vaut mieux que deux tu l'auras*... et,
lleurs, où voulez-vous que je le repêche, ce beau jeune homme,
r lui rendre son argent ? Mais il y a moyen de tout arranger.. Quand vous le verrez, ce godelureau, vous lui direz que c'est malgré vous que j'ai gardé son argent, que je suis un vrai Bédouin, un gredin de propriétaire... allez, allez ! tapez sur moi, j'ai la peau dure... et, comme ça, il verra bien, ce joli garçon, que vous n'êtes pour rien dans la chose !

Et M. Bouffard, enchanté de son idée, dit tout bas au bossu :

— Je suis content de lui avoir rendu service ; je ne pouvais pas la laisser dans cet embarras, cette pauvre fille... car je ne sais pas comment cela se fait... mais... enfin, quoiqu'elle m'ait dû un terme, je me sens tout drôle. Pour sûr, voyez-vous, monsieur le marquis, c'est dans la *débine*, mais c'est honnête.

— Mademoiselle, — dit M. de Maillefort à Herminie, qui, son visage caché dans ses deux mains, pleurait silencieusement, — voulez-vous suivre mon conseil ?

— Hélas !... monsieur... que faire ?... — dit Herminie en essuyant ses larmes.

— Acceptez de moi... qui suis d'âge à être votre père... de moi... qui étais l'ami d'une personne... pour qui vous aviez autant de respect que d'affection, acceptez, dis-je, un prêt suffisant pour payer monsieur. Chaque mois... vous me rembourserez par petites sommes. Quant à l'argent que monsieur a reçu... il fera son possible pour retrouver l'inconnu qui le lui a remis... sinon, il déposera cette somme au bureau de bienfaisance de son quartier.

Herminie avait écouté et regardé le marquis avec une vive reconnaissance.

— Oh ! merci, merci, monsieur le marquis, j'accepte ce service... et je suis fière d'être votre obligée.

— Et moi, — s'écria l'impitoyable M. Bouffard, enfin apitoyé, — je n'accepte pas, nom d'un petit bonhomme !

— Comment cela... monsieur ? — lui dit le marquis.

— Non, sac à papier ! je n'accepte pas ! il ne sera pas dit que... car enfin je ne suis pas assez... rien du tout pour .. enfin n'importe, je m'entends, monsieur le marquis gardera son argent... je tâcherai de repêcher le godelureau ; sinon je mettrai ses louis au tronc des pauvres... je ne vendrai pas votre piano, mademoiselle, et je serai payé tout de même. Ah! ah! qu'est-ce que vous dites de ça?

— A la bonne heure, mais expliquez-vous, mon brave monsieur, répondit le marquis.

— Voilà la chose, reprit M. Bouffard, — ma fille Cornélia a un maître de piano d'une grande réputation... M. Tonnerrilluskoff...

— Avec un nom pareil, — dit le bossu, — on fait nécessairement du bruit dans le monde.

— Et sur le piano donc, monsieur le marquis, un homme de six pieds... une barbe noire comme un sapeur, et des mains larges... comme des épaules de mouton. Mais ce fameux maître me coûte les yeux de la tête: quinze francs par leçon, sans compter les réparations du piano, car il tape comme un sourd: il est si fort!... Maintenant, si mademoiselle voulait donner des leçons à Cornélia, à cinq francs le cachet, non... à quatre francs, un compte rond... trois leçons par semaine, ça ferait douze francs... elle s'acquittera ainsi petit à petit de ce qu'elle me doit... et, une fois quitte, elle pourra désormais me payer son loyer en leçons.

— Bravo, monsieur Bouffard! — dit le marquis.

— Eh bien! mademoiselle, — reprit le propriétaire, — que pensez-vous de cela?

— J'accepte, monsieur... j'accepte avec reconnaissance, et je vous remercie de me mettre à même de m'acquitter envers vous par mon travail; je vous assure que je ferai tout au monde pour que mademoiselle votre fille soit satisfaite de mes leçons...

— Eh bien! ça va... — dit M. Bouffard, — c'est convenu: trois leçons par semaine... à commencer d'après-demain, ça fera douze francs... la huitaine... Bah! mettons dix francs... quarante francs par mois... huit pièces cent sous... un compte tout rond!...

— Vos conditions seront les miennes, monsieur, je vous le répète... et je les accepte avec reconnaissance.

— Eh bien! mon cher monsieur, — dit le marquis à M. Bouffard, — est-ce que vous n'êtes pas plus satisfait de vous, maintenant... que tout à l'heure, lorsque vous effarouchiez cette chère et digne enfant par vos menaces?

— Si fait, monsieur le marquis, si fait, car enfin cette chère demoiselle... certainement était bien... méritait bien... et puis, voyez-vous, je serai débarrassé de ce grand colosse de maître de piano.

avec sa barbe noire et ses quinze francs par cachet, sans compter qu'il avait toujours ses grandes mains sur les mains de Cornélia, sous prétexte de lui donner du *doigté*.

— Mon cher monsieur Bouffard, — dit tout bas le marquis au propriétaire en l'emmenant dans un coin de la chambre, — permettez-moi un conseil...

— Certainement, monsieur le marquis.

— En fait d'art d'agrément, ne donnez jamais de *maîtres* à une jeune fille ou à une jeune femme, parce que, voyez-vous, souvent... les rôles changent.

— Les rôles changent, monsieur le marquis, comment cela?

— Oui, quelquefois l'écolière devient la maîtresse... comprenez-vous? la *maîtresse*... du maître...

— La maîtresse du maître! ah! très-bien! ah! j'y suis parfaitement... C'est très-drôle... Eh! eh! eh!

Mais, redevenant tout à coup sérieux, M. Bouffard reprit:

— Mais j'y pense... ah! saperlotte! si cet Hercule de Tonnerrilluskoff... si Cornélia...

— La vertu de mademoiselle Bouffard doit être au-dessus de pareilles craintes, mon cher monsieur... mais pour plus de sûreté...

— Ce brigand-là ne remettra jamais les pieds chez moi, avec sa barbe de sapeur et ses quinze francs par cachet, — s'écria M. Bouffard. — Merci du conseil, monsieur le marquis.

Puis, revenant auprès d'Herminie, M. Bouffard ajouta:

— Ainsi, ma chère demoiselle, après-demain nous commencerons à deux heures... c'est l'heure de Cornélia.

— A deux heures, monsieur, je serai exacte, je vous le promets.

— Et dix francs par semaine.

— Oui, monsieur... moins encore si vous le désirez.

— Vous viendriez pour huit francs?

— Oui, monsieur, — répondit Herminie en souriant malgré elle.

— Eh bien, ça va... huit francs... un compte rond, — dit l'ex-épicier.

— Allons donc! monsieur Bouffard... un riche propriétaire comme vous est plus grand seigneur que cela, — reprit le marquis. — Comment! un électeur éligible!... peut-être même un officier de la garde nationale... car vous me paraissez bien capable de cela.

M. Bouffard releva fièrement la tête, poussa son gros ventre en avant, et dit avec emphase, en faisant le salut militaire:

— Sous-lieutenant de la *troisième* du *deuxième* de la *première*.

— Raison de plus, cher monsieur Bouffard, — reprit le bossu, — il y va de la dignité du grade.

— C'est juste, monsieur le marquis; j'ai dit dix francs, c'est dix francs. J'ai toujours fait honneur à ma signature. Je vais tâcher de retrouver le godelureau... Il flâne peut-être dans les alentours de *ma* maison pour y revenir tout à l'heure; mais je vas le signaler à la mère Moufflon, *ma* portière... et, soyez tranquille, elle a l'œil bon et la dent idem... Votre serviteur, monsieur le marquis... A après-demain, ma chère demoiselle...

Mais, revenant sur ses pas, M. Bouffard dit à Herminie :

— Mademoiselle... une idée!... Pour prouver à M. le marquis que les Bouffard sont des bons enfants quand ils s'y mettent...

— Voyons l'idée, monsieur Bouffard, — reprit le bossu.

— Vous voyez bien ce joli jardin, monsieur le marquis?

— Oui.

— Il dépend de l'appartement du rez-de-chaussée... Eh bien! je donne à mademoiselle la jouissance de ce jardin... jusqu'à ce que l'appartement soit loué.

— Vraiment! monsieur, — dit Herminie toute joyeuse; — oh! je vous remercie! Quel bonheur de pouvoir me promener dans ce jardin!...

— A la charge par vous de l'entretenir, bien entendu, — ajouta M. Bouffard, qui s'en courut d'un air guilleret, comme pour se soustraire modestement à la reconnaissance que devait inspirer sa proposition.

— On n'a pas idée de ce que *gagnent* ces gaillards-là à être obligeants et généreux, — dit le bossu en riant lorsque M. Bouffard fut sorti.

Puis, redevenant sérieux et s'adressant à Herminie :

— Ma chère enfant, ce que je viens d'entendre me donne une telle idée de l'élévation de votre cœur et de la fermeté de votre caractère... que je comprends l'inutilité de nouvelles instances à propos du sujet qui m'a amené près de vous. Si je me suis trompé... si vous n'êtes pas la fille de madame de Beaumesnil... vous persisterez naturellement dans votre dénégation; si, au contraire, j'ai deviné la vérité, vous persisterez à la nier; et en cela vous obéissez, j'en suis certain, à une raison secrète, mais honorable... Je n'insisterai donc pas... Un mot encore... J'ai été profondément touché du sentiment qui vous a fait défendre la mémoire de madame de Beaumesnil contre les soupçons... qui peuvent m'avoir trompé... Si vous n'étiez une digne et fière créature... je vous dirais que votre désintéressement est d'autant plus beau que votre position est plus précaire, plus difficile... Et, à ce propos, puisque M. Bouffard m'a privé du plaisir de pouvoir vous être utile cette fois... vous me promettez, n'est-ce pas, ma chère enfant... qu'à l'avenir vous ne vous adresserez qu'à moi ?

— Et à qui pourrais-je m'adresser sans humiliation, si ce n'est à vous, monsieur le marquis ?

— Merci... ma chère enfant... mais de grâce, plus de *monsieur le marquis*... Tout à l'heure... au milieu de notre grave entretien... je n'ai pas eu le loisir de me révolter contre cette cérémonieuse appellation ; mais maintenant que nous sommes de vieux amis, plus de *marquis*... je vous en supplie... ce sera plus cordial... C'est convenu, n'est-ce pas ? dit le bossu en tendant sa main à la jeune fille, qui la lui serra affectueusement et répondit :

— Ah ! monsieur... tant de bontés, tant de généreuse confiance... cela console... de l'humiliation dont j'ai tant souffert devant vous.

— Ne pensez plus à cela, ma chère enfant... Cette injure prouve seulement que cet insolent inconnu est aussi niais que grossier... C'est d'ailleurs trop lui accorder que de garder le souvenir de son offense.

— Vous avez raison, monsieur, — répondit Herminie, quoiqu'à ce souvenir elle rougît encore d'indignation et d'orgueil ; — le mépris... le mépris le plus profond... voilà ce que mérite une pareille insulte...

— Sans doute... Mais malheureusement cet outrage... votre isolement a peut-être contribué à vous l'attirer, ma pauvre enfant, et, puisque vous me permettez de vous parler sincèrement... comment, au lieu de vivre ainsi seule, n'avez-vous pas songé à vous mettre en pension auprès de quelque femme âgée et respectable ?

— Plus d'une fois j'y ai pensé, monsieur... mais cela est si difficile à rencontrer... surtout, — ajouta la jeune fille en souriant à demi, — surtout lorsqu'on est aussi exigeante que moi...

— Vraiment ? — reprit le bossu en souriant aussi, — vous êtes bien exigeante ?

— Que voulez-vous, monsieur ? Je ne trouverais à me placer ainsi que chez une personne d'une condition aussi modeste que la mienne... et malgré moi... je suis tellement sensible à certains défauts d'éducation et de manières, que j'aurais trop à souffrir en maintes occasions... Cela est puéril... ridicule... je le sais, car le manque d'usage n'ôte rien à la droiture, à la bonté de la plupart des personnes de la classe à laquelle j'appartiens, et dont mon éducation m'a fait momentanément sortir ; mais il est pour moi des répugnances invincibles, et je préfère vivre seule... malgré les inconvénients de cet isolement ; et puis enfin je contracterais presque une obligation envers la personne qui me recevrait chez elle... et je craindrais que l'on ne me le fît trop sentir.

— Au fait, ma chère enfant, tout ceci est très-conséquent, — dit le bossu après un moment de réflexion ; — vous ne pouvez penser ou agir autrement... avec votre fierté naturelle... et cet *orgueil*, qu'en vous j'aime avant toute chose, a été, j'en suis sûr, et sera toujours votre meilleure sauvegarde... ce qui ne m'empêchera pas, bien entendu, si vous le permettez, de venir de temps à autre... savoir si je peux aussi vous sauvegarder de quelque chose...

— Pouvez-vous douter, monsieur, du plaisir que j'aurai à vous voir ?

— Je vous ferais injure si j'en doutais, ma chère enfant... J'en suis persuadé...

Voyant M. de Maillefort se lever pour prendre congé d'elle, Herminie fut sur le point de demander au marquis des nouvelles d'Ernestine de Beaumesnil, qu'il devait sans doute avoir déjà vue ; mais la jeune fille craignit de se trahir en parlant de sa sœur, et de réveiller les soupçons de M. de Maillefort.

— Allons ! — dit celui-ci en se levant, — adieu, ma chère et noble enfant..... J'étais venu ici dans l'espoir de rencontrer une jeune fille à aimer, à protéger paternellement ; je ne m'en retournerai pas du moins... le cœur vide... Encore adieu... et au revoir...

— A bientôt, je l'espère, monsieur le marquis, — répondit Herminie avec une respectueuse déférence.

— Hein, mademoiselle ? — dit le bossu en souriant, — il n'y a pas ici de *marquis*, mais un vieux bonhomme qui vous aime, oh ! qui vous aime de tout son cœur... N'oubliez pas cela...

— Oh ! jamais je ne l'oublierai, monsieur.

— A la bonne heure ! Cette promesse vous absout. A bientôt donc, ma chère enfant.

Et M. de Maillefort sortit très-indécis sur l'identité d'Herminie, et non moins embarrassé sur la conduite à tenir au sujet de l'accomplissement des dernières volontés de madame de Beaumesnil.

La jeune fille, restée seule et pensive, réfléchit longuement aux divers incidents de ce jour, après tout presque heureux pour elle, car, en refusant un don qui montrait la tendre sollicitude de sa mère, mais qui pouvait compromettre sa mémoire, la jeune fille avait conquis l'amitié de M. de Maillefort.

Mais une chose cruellement pénible pour l'orgueil d'Herminie avait été le payement fait à M. Bouffard par un inconnu.

Le caractère de la *duchesse* admis, l'on comprendra que, malgré ses résolutions de dédaigneux oubli, elle devait plus que toute autre ressentir longtemps une pareille injure, par cela même qu'elle était de tout point imméritée.

— Je passais donc pour bien méprisable aux yeux de celui qui a osé m'offenser ainsi ! — se disait l'orgueilleuse fille avec une hauteur amère, lorsqu'elle entendit sonner timidement à sa porte.

Herminie alla ouvrir.

Elle se trouva en présence de M. Bouffard et d'un inconnu qui l'accompagnait.

Cet inconnu était Gerald de Senneterre.

XXX

Herminie, à la vue du duc de Senneterre, qui lui était absolument inconnu, rougit de surprise et dit à M. Bouffard avec embarras :

— Je ne m'attendais pas, monsieur, à avoir le plaisir de vous revoir... sitôt.

— Ni moi non plus, ma chère demoiselle, ni moi non plus... c'est monsieur qui m'a forcé... de revenir ici.

— Mais, dit Herminie de plus en plus étonnée, je ne connais pas monsieur.

— En effet, mademoiselle, — répondit Gerald dont les beaux traits exprimaient une pénible angoisse, — je n'ai pas l'honneur d'être connu de vous... et pourtant je viens vous demander une grâce... Je vous en supplie... ne me refusez pas!

La charmante et noble figure de Gerald annonçait tant de franchise, son émotion paraissait si sincère, sa voix était si pénétrante, sa contenance si respectueuse, son extérieur à la fois si élégant et si distingué, qu'il ne vint pas un seul instant à la pensée d'Herminie que Gerald pût être l'inconnu dont elle avait tant à se plaindre.

Rassurée d'ailleurs par la présence de M. Bouffard, et n'imaginant pas quelle grâce venait implorer cet inconnu, la *duchesse* dit timidement à M. Bouffard :

— Veuillez vous donner la peine d'entrer, monsieur...

Et, précédant Gerald et le propriétaire, la jeune fille les conduisit dans sa chambre.

Le duc de Senneterre n'avait jamais rencontré une femme dont la beauté fût comparable à celle d'Herminie, et à cette beauté, à cette taille enchanteresse, se joignait le maintien le plus modeste et le plus digne.

Mais, lorsque Gerald, suivant la jeune fille, pénétra dans sa chambre et qu'il reconnut à mille indices les habitudes élégantes, les goûts choisis de celle qui habitait cette demeure, il se sentit de plus en plus confus.

Dans son cruel embarras, il ne put d'abord trouver une seule parole.

Etonnée du silence de l'inconnu, Herminie interrogea du regard M. Bouffard, qui, pour venir sans doute en aide à Gerald, dit à la jeune fille :

— Il faut, voyez-vous, ma chère demoiselle, commencer par le commencement... Je vas vous dire... pourquoi monsieur...

— Permettez, — reprit Gerald en interrompant M. Bouffard.

Et, s'adressant à Herminie avec un mélange de franchise et de respect :

— Il faut vous l'avouer, mademoiselle, ce n'est pas une grâce que je viens vous demander, mais un pardon...

— A moi, monsieur ?... et pourquoi ? — demanda ingénument Herminie.

— Ma chère demoiselle, — lui dit M. Bouffard en lui faisant un signe d'intelligence, — vous savez, c'est ce jeune homme qui avait payé... je l'ai rencontré... et...

— C'était vous... monsieur! — s'écria Herminie, superbe d'orgueilleuse indignation.

Et, regardant Gerald en face, elle répéta :

— C'était vous?

— Oui, mademoiselle... mais, de grâce, écoutez-moi...

— Assez, monsieur... — dit Herminie, — assez, je ne m'attendais pas à tant d'audace... Vous avez, du moins, monsieur, du courage dans l'insulte, — ajouta Herminie avec un écrasant dédain.

— Mademoiselle, je vous en supplie, — dit Gerald, — ne croyez pas que...

— Monsieur, — reprit la jeune fille en l'interrompant encore, mais cette fois d'une voix altérée, car elle sentait des larmes d'humiliation et de douleur lui venir aux yeux, — je ne puis que vous prier de sortir de chez moi... je suis femme... je suis seule...

En prononçant ces mots : « Je suis seule, » l'accent d'Herminie fut si navrant, que Gerald, malgré lui, en fut ému jusqu'aux pleurs; et, lorsque la jeune fille releva la tête en tâchant de se contenir, elle vit deux larmes retenues briller dans les yeux de l'inconnu, qui, atterré, s'inclina respectueusement devant Herminie, et fit un pas vers la porte pour sortir.

Mais M. Bouffard retint Gerald par le bras, et s'écria :

— Un instant, vous ne vous en irez pas comme ça!

Nous devons dire que M. Bouffard ajouta mentalement :

— Et mon petit appartement du *troisième*, donc!

L'on aura tout à l'heure l'explication de ces paroles; elles atténuaient sans doute la généreuse conduite de l'*homme;* mais elles témoignaient de l'intelligence du *propriétaire*.

— Monsieur, — reprit Herminie en voyant M. Bouffard retenir Gerald, — je vous en prie...

— O ma chère demoiselle! — reprit M. Bouffard, — il n'y a pas de *monsieur* qui tienne... Vous saurez au moins pourquoi j'ai ramené ici ce brave jeune homme... Je ne veux pas, moi, que vous croyiez que c'est dans l'intention de vous chagriner. Voilà le fait : le hasard m'a fait rencontrer monsieur près de la barrière. « Ah! ah! mon gaillard, lui ai-je dit, vous êtes encore bon enfant avec vos *jaunets*; les voilà, vos jaunets, et n'y revenez plus, s'il vous plaît; » et, là-dessus, je lui raconte de quelle manière vous avez reçu le joli service qu'il vous a rendu... et combien vous avez pleuré : alors monsieur devient rouge, pâle, vert, et me dit, tout bouleversé de ce que je lui racontais : « Ah ! monsieur, j'ai outragé, sans le vouloir, une jeune personne que son isolement rend plus respectable encore : je lui dois des excuses, une réparation ; ces excuses, cette réparation, je les lui ferai devant vous... monsieur, qui, involontairement, avez été complice de cette offense. Venez... monsieur, venez. » Ma foi, mademoiselle, ce brave jeune homme m'a dit ça d'une façon... enfin d'une façon qui m'a tout remué ; car je ne sais pas ce que j'ai aujourd'hui, je suis sensible... comme une faible femme. J'ai trouvé qu'il avait raison de vouloir vous demander excuse, ma chère demoiselle, et je l'ai amené, ou plutôt c'est lui qui m'a amené, car il m'a pris par le bras et m'a fait marcher d'une force... saperlotte ! c'était le pas gymnastique accéléré, ou je ne m'y connais point.

Les paroles de M. Bouffard avaient un tel accent de vérité, qu'Herminie ne put s'y tromper ; aussi, obéissant à l'équité de son caractère, et déjà touchée des larmes qu'elle avait vu briller un instant dans les yeux de Gerald, elle lui dit avec une inflexion de voix qui annonçait d'ailleurs son désir de terminer là cette explication pénible pour elle :

— Soit, monsieur, l'offense dont j'ai à me plaindre... avait été involontaire, et ce n'est pas pour aggraver cette offense que vous êtes venu ici..... je crois tout cela, monsieur..... vous êtes satisfait..... je pense...

— Si vous l'exigez, mademoiselle, — répondit Gerald d'un air triste et résigné, — je me retire à l'instant... je ne me permettrai pas d'ajouter un mot à ma justification.

— Voyons, ma chère demoiselle, — dit M. Bouffard, — ayez donc un peu de pitié, vous m'avez bien laissé parler... Ecoutez monsieur.

Le duc de Senneterre, prenant le silence d'Herminie pour un assentiment, lui dit :

— Voici, mademoiselle, toute la vérité : je passais tantôt dans cette rue... Comme je cherche à louer un petit appartement, je me suis arrêté devant la porte de cette maison, où j'ai vu plusieurs écriteaux.

— Oui, oui, et tu le loueras, mon *petit troisième !* va, je t'en réponds... — pensa M. Bouffard, qui, on le voit, n'avait pas ramené Gerald sans une arrière pensée *locative* très-prononcée.

Le jeune duc poursuivit :

— J'ai demandé à visiter ces logements... et, précédant la portière de cette maison, qui devait, m'a-t-elle dit, bientôt me rejoindre, j'ai monté l'escalier... Arrivant au palier du premier étage, mon attention a été attirée par une voix timide, suppliante, qui implorait..... Cette voix, c'était la vôtre, mademoiselle... vous imploriez monsieur... A ce moment, je l'avoue, je me suis arrêté, non pour commettre une lâche indiscrétion, je vous le jure... mais je me suis arrêté, comme on s'arrête, malgré soi, en entendant une plainte touchante..... Alors, — continua Gerald en s'animant d'une généreuse émotion, — alors, mademoiselle, j'ai tout entendu, et ma première pensée a été de me dire qu'une femme se trouvait dans une position pareille dont je pouvais à l'instant la sauver, et cela sans jamais être connu d'elle; aussi, voyant presque aussitôt, du haut du palier où j'étais resté, monsieur sortir de chez vous... et monter vers moi... je l'ai abordé...

— Oui, — continua M. Bouffard, — en me disant très-brutalement, ma foi : « Voilà de l'or, payez-vous, monsieur, et ne tourmentez pas davantage une personne qui n'est sans doute que trop à plaindre. »

— Si je ne vous ai pas raconté la chose ainsi tout à l'heure, ma chère demoiselle, c'est que d'abord j'ai voulu faire une drôlerie... et puis qu'après... j'ai été tout ahuri de vous voir si chagrine.

— Voilà mes torts, mademoiselle, — reprit Gerald, — j'ai obéi à un mouvement irréfléchi... généreux peut-être, mais dont je n'ai pas calculé les fâcheuses conséquences; j'ai malheureusement oublié que le droit sacré de rendre certains services n'appartient qu'aux amitiés éprouvées; j'ai oublié enfin que, si spontanée, si désintéressée que soit la commisération, elle n'en est pas moins quelquefois une cruelle injure... Monsieur, en me racontant tout à l'heure votre juste indignation, mademoiselle, m'a éclairé sur le mal qu'involontairement j'avais fait... J'ai cru de mon devoir d'honnête homme de venir vous en demander pardon en vous exposant simplement la vérité, mademoiselle... Je n'avais jamais eu l'honneur de vous voir, j'ignore votre nom, je ne vous reverrai sans doute jamais... puissent mes paroles vous convaincre que je n'ai pas voulu vous offenser, mademoiselle, car c'est surtout à cette heure que je comprends... la gravité de mon inconséquence.

Gerald disait la vérité, omettant nécessairement d'expliquer la destination du petit appartement qui devait lui servir de *pied-à-terre amoureux*, ainsi qu'il l'avait confié à Olivier.

Ainsi donc Gerald disait vrai... et sa sincérité, son émotion, le tact, la convenance parfaite de ses explications, persuadèrent Herminie.

La jeune fille, d'ailleurs, avait, dans son ingénuité, été surtout frappée d'une chose... puérile en apparence, mais significative pour elle, c'est que l'inconnu cherchait un *petit appartement*, donc l'inconnu n'était pas riche, donc il s'était sans doute exposé à quelque privation pour se montrer si malencontreusement généreux envers elle: donc c'était presque d'égal à égal qu'il avait voulu rendre service à une inconnue.

Ces considérations, renforcées peut-être, et pourquoi non? de l'influence qu'exerce presque toujours une charmante figure, remplie de franchise et d'expression, ces considérations apaisèrent le courroux d'Herminie.

Et cette orgueilleuse, si hautaine en dépit de cet entretien, se sentit d'autant plus embarrassée pour le terminer que, loin d'éprouver dès lors la moindre indignation contre Gerald, elle était vraiment émue de la pensée généreuse à laquelle il avait obéi, et dont il venait de donner une loyale explication.

Herminie, trop franche pour cacher sa pensée, dit à Gerald avec une sincérité charmante :

— Mon embarras... est grand... à cette heure, monsieur, car j'ai à me reprocher d'avoir mal interprété... une action... dont j'apprécie maintenant la bonté... Je n'ai plus qu'à vous prier, monsieur, de vouloir bien oublier la vivacité de mes premières paroles.

— Permettez-moi de vous dire qu'au contraire je ne les oublierai jamais, mademoiselle... — répondit Gerald, — car elles me rappelleront toujours qu'il est une chose que l'on doit avant tout respecter chez une femme... c'est sa *dignité*.

Et Gerald, saluant respectueusement Herminie, se préparait à sortir.

M. Bouffard avait, bouche béante, écouté la dernière partie de cet entretien, aussi inintelligible pour lui que si les interlocuteurs avaient parlé turc. L'ex-épicier, arrêtant Gerald, qui se dirigeait vers la porte, lui dit, croyant faire un superbe coup de partie :

— Minute, mon digne monsieur... minute... Puisque mademoiselle n'est plus fâchée contre vous... il n'y a pas de raison pour que vous ne preniez pas mon joli *petit troisième*, composé, je vous l'ai dit, d'une entrée... de deux jolies chambres, dont l'une peut servir de salon, et d'une petite cuisine... charmant logement de garçon.

A cette proposition de M. Bouffard, Herminie devint très-inquiète : il lui eût été pénible de voir loger Gerald dans la même maison qu'elle.

Mais le jeune duc répondit à M. Bouffard :

— Je vous ai déjà dit, mon cher monsieur, que ce logement ne me convenait pas.

— Parbleu ! parce que cette chère demoiselle était fâchée contre vous... et que c'est ennuyant d'être en *bisbille* entre locataires; mais maintenant que cette chère demoiselle vous a pardonné, vous êtes à même d'apprécier la gentillesse de mon *petit troisième*? Et vous le prenez?

— Maintenant... je le prendrais encore moins, — répondit Gerald, en se hasardant de regarder Herminie.

La jeune fille ne leva pas les yeux, mais rougit légèrement; elle était sensible à la délicatesse du refus de Gerald.

— Comment ! — s'écria M. Bouffard abasourdi, — maintenant que vous êtes raccommodé avec mademoiselle, vous pouvez *encore moins* loger chez moi ? Je ne comprends pas du tout... Il faut donc qu'en revenant vous ayez trouvé des inconvénients dans *ma* maison ?... *ma* portière a dû pourtant vous dire....

— Ce ne sont pas précisément des inconvénients qui me privent du plaisir de loger chez vous, mon cher monsieur, — répondit Gerald, — mais...

— Allons, je vous lâche le logement à deux cent cinquante francs, un compte rond, — dit M. Bouffard, — avec une petite cave... pardessus le marché !

— Impossible, mon cher monsieur, absolument impossible.

— Mettons deux cent quarante, et n'en parlons plus.

— Je vous ferai observer, mon cher monsieur, — dit à demi-voix Gerald à M. Bouffard, que ce n'est pas chez mademoiselle que nous devons débattre le prix de votre appartement, débat d'ailleurs absolument inutile.

Et, s'adressant à Herminie, le jeune duc lui dit en s'inclinant devant elle :

— Croyez, mademoiselle, que je conserverai toujours un précieux souvenir de cette première et dernière entrevue...

La jeune fille salua gracieusement sans lever les yeux.

Gerald sortit de chez Herminie opiniâtrément poursuivi par M. Bouffard, bien décidé à ne pas ainsi lâcher sa proie.

Mais, malgré les offres séduisantes du propriétaire, Gerald fut inflexible. De son côté, M. Bouffard s'opiniâtra, et le jeune duc, pour se débarrasser de ce fâcheux, et peut-être aussi pour rêver plus à loisir à l'étrange incident qui l'avait rapproché d'Herminie, le jeune duc hâta le pas, et dit à ce propriétaire aux abois qu'il dirigeait sa promenade du côté des fortifications.

Ce disant, M. de Senneterre prit en effet ce chemin, laissant M. Bouffard au désespoir d'avoir manqué cette belle occasion de louer son charmant *petit troisième*.

Gerald, ayant atteint le chemin stratégique des fortifications, qui, à cet endroit, coupe la plaine de Monceau, se promenait profondément rêveur.

Le souvenir de la rare beauté d'Herminie, la dignité de son caractère, jetaient le jeune duc dans un trouble croissant.

Plus il se disait qu'il avait vu cette ravissante créature pour la première et pour la dernière fois, plus cette pensée l'attristait, plus il se révoltait contre elle...

Enfin, analysant, comparant, pour ainsi dire, à tous ses souvenirs amoureux ce qu'il ressentait de soudain, de profond, pour Herminie, et ne trouvant rien de pareil dans le passé, Gerald se demandait avec une sorte d'inquiétude :

— Ah çà ! mais est-ce que cette fois je serais sérieusement pris ?

Gerald venait de se poser cette question lorsqu'il fut croisé par un officier du génie militaire portant une redingote d'uniforme sans épaulettes et coiffé d'un large chapeau de paille.

— Tiens ! — dit l'officier en regardant Gerald, — c'est Senneterre !

Le jeune duc releva la tête, et reconnut un de ses anciens compagnons de l'armée d'Afrique nommé le capitaine Comtois. Il lui tendit cordialement la main.

— Bonjour, mon cher Comtois ; je ne m'attendais pas à vous rencontrer ici... *quoique vous soyez chez vous*, — ajouta Gerald en montrant du regard les fortifications.

— Ma foi ! oui, mon cher, nous piochons ferme ; l'ouvrage avance... je suis le général en chef de cette armée de braves manœuvres et de maçons que vous voyez là-bas... En Afrique, nous faisons sauter les murailles ; ici, nous en élevons... Ah çà !... vous venez donc voir nos travaux ?

— Oui, mon cher... une vraie curiosité de Parisien... de badaud.

— Ah çà ! quand vous voudrez... ne vous gênez pas...je vous conduirai partout.

— Mille remercîments de votre obligeance, mon cher Comtois... Un de ces jours je viendrai vous rappeler votre promesse.

— C'est dit ; venez sans façon déjeuner à la cantine, car je campe là-bas... ça vous rappellera nos bivacs... vous retrouverez d'ailleurs au camp quelques *Bédouins*... Eh ! mon Dieu ! j'y pense ! vous vous souvenez de Clarville, lieutenant de spahis, qui, par un coup de tête, avait donné sa démission afin de pouvoir, un an après, avoir la facilité de se couper la gorge avec le colonel Duval, auquel il a coupé, non la gorge, mais le ventre ?

— Clarville ?... un brave garçon ?... je me le rappelle parfaitement.

— Eh bien ! une fois sa démission donnée, il n'avait qu'une petite rente pour vivre... une faillite la lui a enlevée, et, si le hasard ne me l'avait fait rencontrer, il mourrait de faim... Heureusement, je l'ai pris comme conducteur de travaux, et il a de quoi vivre...

— Pauvre garçon !... tant mieux.

— Je crois bien : d'autant plus qu'il s'est marié... un mariage d'amour... c'est-à-dire sans le sou... deux petits enfants par là-dessus... vous jugez... Enfin, il met à peu près les deux bouts... mais à grand'peine. J'ai été le voir ; il demeure dans une petite ruelle au bout de la rue de Monceau.

— Au bout de la rue de Monceau ? — dit vivement Gerald ; — pardieu ! il faudra que j'aille aussi le voir, ce brave Clarville !

— Vrai ! eh bien ! vous lui ferez un fameux plaisir, mon cher Senneterre, car, lorsqu'on est malheureux, les visiteurs sont rares...

— Et le numéro de la maison ?

— Il n'y a que cette maison dans la ruelle. Dame ! vous verrez, c'est bien pauvre ; toute la petite famille occupe là deux mauvaises chambres... Mais, diable ! voici le second coup de cloche ! — dit le capitaine Comtois en entendant un tintement redoublé, — il faut que je vous quitte, mon cher Senneterre, pour faire l'appel de mon monde... Allons, adieu... N'oubliez pas votre promesse...

— Non, certes...

— Ainsi, je puis dire à ce brave Clarville que vous l'irez voir?

— J'irai peut-être demain.

— Tant mieux, vous le rendrez bien heureux. Adieu, Sennoterre.

— Adieu, mon cher, et à bientôt.

— A bientôt. N'oubliez pas l'adresse de Clarville.

— Je n'ai garde de l'oublier, — pensa Gerald; — la ruelle où il demeure doit borner le jardin de la maison où je viens de voir cette adorable jeune fille.

Pendant que le capitaine doublait le pas afin d'aller gagner une espèce d'agglomération de cabanes en planches que l'on voyait au loin, Gerald, resté seul, se promena encore longtemps avec une sorte d'agitation fiévreuse.

Le soleil déclinait lorsqu'il sortit de sa rêverie.

— Je ne sais pas ce qu'il adviendra de tout ceci, — se dit-il; — mais cette fois, et c'est la seule, je le sens, je suis pris, et très-sérieusement pris.

XXXI

Malgré l'impression profonde et si nouvelle que Gerald avait conservée de son entrevue avec Herminie, il s'était rencontré avec Ernestine de Beaumesnil: car, selon les projets des la Rochaiguë, *la plus riche héritière de France* avait été, soit indirectement, soit directement, mise en rapport avec ses trois prétendants.

Un mois environ s'était passé depuis ces différentes présentations et depuis la première entrevue de Gerald et d'Herminie, entrevue dont on saura plus tard les suites.

Onze heures du soir venaient de sonner.

Mademoiselle de Beaumesnil, retirée seule dans son appartement, semblait réfléchir profondément; sa physionomie n'avait rien perdu de sa douceur candide, mais parfois un sourire amer, presque douloureux, contractait ses lèvres, et son regard annonçait alors quelque chose de résolu qui contrastait avec l'ingénuité de ses traits.

Soudain mademoiselle de Beaumesnil se leva, se dirigea vers la cheminée, et posa sa main sur le cordon de la sonnette... puis elle s'arrêta un moment, indécise et comme hésitant devant une grave détermination.

Paraissant enfin prendre un parti décisif, elle sonna.

Presque aussitôt parut madame Laîné, sa gouvernante, l'air obséquieux et empressé.

— Mademoiselle a besoin de quelque chose?

— *Ma chère Laîné... asseyez-vous là.*

— Mademoiselle est trop bonne...

— Asseyez-vous là, je vous en prie, et causons...

— C'est pour obéir à mademoiselle, — dit la gouvernante très-surprise de la familiarité de sa jeune maîtresse, qui l'avait toujours traitée jusqu'alors avec une extrême réserve.

— Ma chère Laîné, — lui dit mademoiselle de Beaumesnil d'un ton affectueux, — vous m'avez souvent répété que je pouvais compter sur votre attachement?

— Oh! oui, mademoiselle.

— Sur votre dévouement?

— Il est à la vie, à la mort, mademoiselle.

— Sur votre discrétion?

— Je ne demande qu'une chose à mademoiselle, — répondit la gouvernante de plus en plus charmée de ce début, — que mademoiselle me mette à l'épreuve... elle me jugera.

— Eh bien! je vais vous mettre à l'épreuve...

— Quel bonheur!... une marque de confiance de la part de mademoiselle!

— Oui, une marque d'extrême confiance, et j'espère que vous la mériterez.

— Je jure à mademoiselle que...

— C'est bien, je vous crois, — dit Ernestine en interrompant les protestations de sa gouvernante; — mais, dites-moi, il y a aujourd'hui huit jours, vous m'avez demandé de vous accorder votre soirée du lendemain, pour aller à une petite réunion que donne chaque dimanche une de vos amies, nommée... Comment s'appelle-t-elle? j'ai oublié son nom.

— Elle s'appelle madame Herbaut, mademoiselle. Cette amie a deux filles, et, chaque dimanche, elle réunit quelques personnes de leur âge... Je croyais l'avoir dit à mademoiselle en lui demandant la permission d'assister à cette réunion.

— Et quelles sont ces jeunes personnes?

— Mais, mademoiselle, — répondit la gouvernante, ne voyant pas où mademoiselle de Beaumesnil voulait en venir, — les jeunes filles qui fréquentent la maison de madame Herbaut sont, en général, des demoiselles de magasin, ou bien encore de jeunes personnes qui donnent des leçons de musique ou de dessin... Il y a aussi des teneuses de livres de commerce. Quant aux hommes, ce sont des commis, des artistes, des clercs de notaires, mais tous braves et honnêtes jeunes gens; car madame Herbaut est très-sévère sur le choix de sa société en hommes et en femmes; cela se conçoit, elle a des filles à marier, et, entre nous, mademoiselle, c'est pour arriver à les établir qu'elle donne ces petites réunions...

— Ma chère Lainé, — dit Ernestine comme s'il se fût agi de la chose la plus simple du monde, je veux assister à l'une des réunions de madame Herbaut...

— Mademoiselle... — s'écria la gouvernante, qui croyait avoir mal entendu, — que dit mademoiselle ?

— Je dis que je veux assister à l'une des réunions de madame Herbaut... demain soir, par exemple.

— Ah ! mon Dieu ! — reprit la gouvernante avec stupeur, — c'est sérieusement que mademoiselle dit cela?

— Très-sérieusement...

— Comment ? vous ! mademoiselle, vous ! chez de si petits bourgeois ! mais c'est impossible, mademoiselle n'y songe pas !

— Impossible ! pourquoi ?

— Mais, mademoiselle, M. le baron et madame la baronne n'y consentiront jamais !

— Aussi je ne compte pas leur faire cette demande.

La gouvernante ne comprenait pas encore, et reprit :

— Comment ! mademoiselle irait chez madame Herbaut sans en parler à M. le baron?

— Certainement.

— Mais alors, comment ferez-vous, mademoiselle?

— Ma chère Lainé, vous m'avez encore, tout à l'heure, dit que je pouvais compter sur vous.

— Et je vous le répète, mademoiselle.

— Eh bien ! il faut que demain soir vous me présentiez à la réunion de madame Herbaut.

— Moi !... mademoiselle... En vérité, je ne sais si je rêve ou si je veille.

— Vous ne rêvez pas ; ainsi, demain soir, vous me présenterez chez madame Herbaut comme l'une de vos parentes... une orpheline...

— L'une de mes parentes... Ah ! mon Dieu ! je n'oserai jamais... et...

— Laissez-moi achever... Vous me présenterez, dis-je, comme une de vos parentes nouvellement arrivée de province, et qui exerce la profession de... de brodeuse, par exemple. Mais souvenez-vous bien que, si vous commettiez la moindre indiscrétion ou la moindre maladresse, que, si l'on pouvait enfin se douter que je ne suis pas ce que je veux paraître, c'est-à-dire une orpheline qui vit de son travail, vous ne resteriez pas une minute à mon service ; tandis que, si, au contraire, vous suivez bien mes instructions, vous pouvez tout attendre de moi.

— En vérité, mademoiselle, je tombe de mon haut... je n'en reviens pas... Mais pourquoi mademoiselle veut-elle que je la présente comme ma parente, comme une orpheline, chez madame Herbaut? Pourquoi ne pas...

— Ma chère Lainé, assez de questions... puis-je compter sur vous? oui ou non.

— Oh ! mademoiselle, à la vie, à la mort ; mais...

— Pas de mais... et un dernier mot : vous n'êtes pas sans savoir, — ajouta la jeune fille avec un sourire d'une amertume étrange, — que je suis *la plus riche héritière de France?*

— Certainement, mademoiselle ; tout le monde le sait et le dit : il n'y a pas une fortune aussi grande que celle de mademoiselle...

— Eh bien ! si vous faites ce que je vous demande, si vous êtes surtout d'une discrétion à toute épreuve... à toute épreuve, entendez-vous bien?... j'insiste là-dessus, car il faut absolument que chez madame Herbaut l'on me croie ce que je tiens à paraître, *une pauvre orpheline vivant de son travail*... En un mot, si grâce à votre intelligence et à votre extrême discrétion, tout se passe comme je le désire, vous verrez de quelle façon *la plus riche héritière de France* acquitte les dettes de reconnaissance.

— Ah ! — fit la gouvernante avec un geste de désintéressement superbe, — ce que dit mademoiselle est bien pénible pour moi... Mademoiselle peut-elle croire que je mets un prix à mon dévouement?

— Non; mais je tiens, moi, à mettre un prix à ma reconnaissance.

— Mon Dieu! mademoiselle, vous le savez bien, demain vous seriez pauvre comme moi que je vous serais aussi dévouée.

— Je n'en doute pas le moins du monde; mais, en attendant que je sois pauvre, faites ce que je vous demande : conduisez-moi demain chez madame Herbaut.

— Permettez, mademoiselle... raisonnons un peu, et vous allez voir toutes les impossibilités de votre projet.

— Quelles sont ces impossibilités?

— D'abord... comment faire pour disposer de toute votre soirée de demain, mademoiselle? M. le baron, madame la baronne, mademoiselle Héléna, ne vous quittent pas.

— Rien de plus simple... Je dirai demain matin que j'ai passé une mauvaise nuit... que je me sens souffrante... Je resterai toute la journée dans ma chambre... Sur les six heures du soir... vous irez dire que je repose et que j'ai absolument défendu que l'on entre chez moi... Mon tuteur et sa famille respectent si profondément mes moindres volontés... — ajouta mademoiselle de Beaumesnil avec un mélange de tristesse et de dédain, — que l'on n'osera pas interrompre mon sommeil.

— Oh! pour cela, mademoiselle a raison, personne n'oserait la contredire ou la contrarier en rien... Mademoiselle dirait à M. le baron de marcher sur la tête, et à madame la baronne ou à mademoiselle Héléna de se masquer en plein carême, qu'ils le feraient sans broncher.

— Oh! oui, ce sont assurément d'excellents parents, remplis de tendresse et de dignité, — reprit Ernestine avec une expression singulière; — eh bien! vous voyez que me voilà déjà libre de toute ma soirée de demain.

— C'est quelque chose, mademoiselle; mais pour sortir d'ici?

— Pour sortir d'ici?

— Oui, mademoiselle; pour sortir... de l'hôtel sans être rencontrée par personne dans l'escalier. sans être vue du concierge?

— Cela vous regarde; cherchez un moyen.

— Écoutez donc, mademoiselle, c'est bien facile à dire : un moyen... un moyen...

— J'avais, en effet, prévu cet obstacle ; mais je me suis dit : « Ma chère Laîné est très-intelligente : elle viendra à mon secours. »

— Dieu sait si je le voudrais, mademoiselle ! pourtant... je ne vois pas...

— Cherchez bien... Je ne suis jamais montée chez moi que par le grand escalier... N'y a-t-il pas des escaliers... de service... qui conduisent à cet appartement ?

— Sans doute, mademoiselle, il y a deux escaliers de service ; mais vous risqueriez d'y être rencontrée par les gens de la maison... — à moins, dit la gouvernante en réfléchissant, — à moins que mademoiselle ne choisisse le moment où les gens seront à dîner... sur les huit heures... par exemple.

— A merveille... votre idée est excellente.

— Que mademoiselle ne se réjouisse pas trop tôt !

— Pourquoi cela ?

— Il faudra toujours que mademoiselle passe devant la loge du concierge... un vrai cerbère...

— C'est vrai... trouvez donc un autre moyen !

— Mon Dieu ! mademoiselle, je cherche, mais... c'est si difficile !...

— Oui... mais pas impossible, il me semble...

— Ah ! mon Dieu ! — dit soudain la gouvernante après avoir réfléchi, — quelle idée !

— Voyons vite... cette idée !

— Pardon, mademoiselle, je ne réponds encore de rien... mais il serait peut-être possible... Je sors et je reviens dans l'instant, mademoiselle.

La gouvernante sortit précipitamment. L'orpheline resta seule.

— Je ne m'étais pas trompée, — dit-elle avec une expression de dégoût et de tristesse, — cette femme a une âme vénale et basse... comme tant d'autres... mais du moins cette vénalité... cette bassesse même, me répondent de sa soumission, et surtout de sa discrétion.

Au bout de quelques minutes, la gouvernante rentra le visage rayonnant.

— Victoire ! mademoiselle.

— Expliquez-vous !

— Mademoiselle sait que son cabinet de toilette donne dans ma chambre ?

— Ensuite ?

— A côté de ma chambre, il y a une grande pièce où sont les armoires pour les robes de mademoiselle?

— Eh bien?

— Cette pièce une porte qui s'ouvre sur un petit escalier autre que celui de service... et auquel je n'avais jusqu'ici fait aucune attention.

— Et cet escalier... où va-t-il aboutir?

— Il aboutit à une petite porte condamnée qui, autant que j'en ai pu juger, doit s'ouvrir au bas du corps de logis qui est en retour sur la rue.

— Ainsi, — dit vivement mademoiselle de Beaumesnil, — cette porte donnerait sur la rue?

— Oui, mademoiselle, et ce n'est pas étonnant; dans presque tous les grands hôtels de ce quartier, il y a des petites portes dérobées conduisant près des chambres à coucher, parce qu'autrefois... les femmes de la cour...

— Les femmes de la cour?... — demanda si naïvement Ernestine à sa gouvernante que celle-ci baissa les yeux devant l'innocent regard de la jeune fille.

Et, craignant d'aller trop loin et de compromettre sa récente familiarité avec Ernestine, madame Lainé reprit :

— Je ne veux pas ennuyer mademoiselle de caquets d'antichambre.

— Et vous avez raison. — Mais, si cette porte qui donne sur la rue est condamnée, comment l'ouvrir?

— Il m'a semblé qu'elle était verrouillée et fermée en dedans... Mais, que mademoiselle soit tranquille, j'ai toute la nuit devant moi... et, demain matin, j'espère pouvoir en rendre bon compte a mademoiselle.

— A demain, donc, ma chère Lainé. Si vous avez besoin de prévenir à l'avance votre amie madame Herbaut que vous devez le soir lui présenter une de vos parentes, n'y manquez pas.

— Je le ferai, quoique ce ne soit pas indispensable. Mademoiselle, présentée par moi, sera accueillie comme moi-même : entre petites gens, on ne fait pas tant de façons...

— Allons, c'est entendu. Mais, je vous le répète une dernière fois, j'attends de vous la plus entière discrétion : votre fortune à venir est à ce prix.

— Mademoiselle pourra m'abandonner, me renier comme une malheureuse, si je manque à ma parole.

— J'aimerais bien mieux avoir à vous récompenser. Occupez-vous donc de cette porte, et à demain.

— Mon Dieu ! mademoiselle, que tout cela est donc extraordinaire !

— Que voulez-vous dire ?

— Je parle du désir qu'a mademoiselle d'être présentée chez madame Herbaut. Je n'aurais jamais cru que mademoiselle pût avoir une idée pareille. Du reste, je suis bien tranquille, — ajouta la gouvernante d'un air grave et compassé, — je connais mademoiselle, elle ne voudrait pas engager une pauvre femme comme moi dans une démarche fâcheuse... compromettante... et, sans oser me permettre d'adresser une question à mademoiselle... ne pourrais-je pas.., par cela même que je ne dois parler de ceci à personne au monde... ne pourrais-je pas savoir pourquoi mademoiselle...

— Bonsoir, ma chère Lainé, — dit mademoiselle de Beaumesnil en se levant et en interrompant sa gouvernante ; — demain matin vous me tiendrez au courant de vos recherches de cette nuit.

Trop heureuse d'avoir enfin un secret entre sa jeune maîtresse et elle, secret qui, à ses yeux, était le gage d'une confiance qui assurait sa fortune, la gouvernante se retira discrètement.

Mademoiselle de Beaumesnil resta seule.

Après quelques moments de réflexion, l'orpheline ouvrit son nécessaire et écrivit ce qui suit sur l'album, où elle tenait une sorte de journal de sa vie, journal que, par un pieux souvenir, elle adressait à la mémoire de sa mère.

XXXII

« La résolution que je viens de prendre, ma chère maman, — écrivait Ernestine de Beaumesnil sur son journal, — est peut-être dangereuse ; j'ai tort, je le crains ; mais à qui, mon Dieu, demander conseil ?

« A toi, tendre mère, je le sais : aussi, est-ce en t'invoquant que j'ai pris cette étrange détermination.

« Oui, car il faut qu'à tout prix j'éclaircisse des doutes qui, depuis quelque temps, me mettent au supplice.

« Tout à l'heure, chère maman, je te dirai quels sont mes projets, et pourquoi je m'y suis décidée.

« Depuis plusieurs jours, bien des choses se sont révélées à moi ; choses si nouvelles, si tristes, qu'elles ont jeté mon esprit dans un trouble extrême.

« C'est à peine si je puis à cette heure mettre un peu d'ordre dans mes idées, afin de te faire lire au plus profond de mon cœur, bonne et tendre mère.

« Pendant les premiers temps de mon arrivée dans cette maison, je n'ai eu qu'à me louer de mon tuteur et de sa famille ; je ne leur reprochais qu'un excès de prévenances et de flatteries.

« Ces prévenances, ces flatteries, n'ont pas cessé ; elles ont au contraire augmenté, si cela est possible...

« Mon esprit, mon caractère, et jusqu'à mes paroles les plus insignifiantes, tout est loué, tout est exalté outre mesure. Quant à ma figure, à ma taille, à ma tournure, à mes moindres mouvements... tout est non moins gracieux, charmant, divin ; enfin, il n'est pas au monde une créature plus accomplie que moi.

« La pieuse mademoiselle Héléna, qui ne ment jamais, m'assure que j'ai l'air d'une MADONE.

« Madame de la Rochaiguë me dit, avec sa *brutale franchise*, que je réunis tant de rares distinctions, en attraits, en élégance, qu'un jour je deviendrai, malgré moi, LA FEMME LA PLUS A LA MODE DE PARIS.

« Enfin, selon mon tuteur, homme grave et réfléchi, la grâce de mon visage, la dignité de mon maintien, me donnent une ressemblance frappante avec la belle DUCHESSE DE LONGUEVILLE, si célèbre sous la Fronde.

« Et comme un jour je m'étonnais, dans ma naïveté, de ressembler à tant de personnes à la fois, sais-tu, ma chère maman, ce que l'on m'a répondu ?

« Cela est très-simple... vous réunissez les charmes les plus di« vers, mademoiselle ; aussi, chacun trouve-t-il en vous l'attrait » qu'il préfère. »

« Et ces flatteries me poursuivent partout, m'atteignent partout.

« Le coiffeur vient-il accommoder mes cheveux : de sa vie il n'a vu plus admirable chevelure...

« On me conduit chez la modiste... « A quoi bon choisir une forme de chapeau plutôt qu'une autre? — dit cette femme, — avec une figure comme celle de mademoiselle, tout paraît charmant et du meilleur goût.

« La couturière affirme, de son côté, que telle est l'incroyable élégance de ma taille, que, *vêtue d'un sac*... je ferais le désespoir des femmes les plus citées pour leurs perfections naturelles.

« Il n'est pas jusqu'au cordonnier, obligé, dit-il, de faire des *formes* particulières, n'ayant jamais eu à chausser un aussi petit pied que le mien.

« Le gantier, par exemple, est plus franc, il prétend que j'ai tout simplement une *main de naine*.

« Tu le vois, chère maman, il s'en faut de peu que je tombe dans le phénomène... dans la curiosité.

« O ma mère!... ma mère!... ce n'est pas ainsi que tu louais ta fille, lorsque, prenant ma tête entre tes deux mains, tu me disais en me baisant au front :

« Ma pauvre Ernestine, tu n'es ni belle ni jolie... mais la candeur
« et la bonté de ton âme se lisent si visiblement sur ton doux visage...
« que pour toi je ne regrette pas la beauté. »

« Et, à ces louanges, les seules que tu m'aies jamais données, ma mère, je croyais! J'en étais heureuse... car je me sentais le cœur simple et bon.

« Mais, hélas! ce cœur que tu aimais ainsi, chère maman... est-il resté digne de toi? Je ne sais.

« Jamais je n'avais connu la défiance, le doute, la moquerie amère... et, depuis quelques jours, ces tristes et mauvais pressentiments se sont tout à coup développés en moi avec une rapidité dont je suis aussi surprise qu'alarmée...

« Ce n'est pas tout..

« Il faut qu'il y ait quelque chose de dangereusement pénétrant dans la flatterie; car, à toi... je dois tout dire... Bien que taxant quelquefois d'exagération les louanges que l'on me prodiguait, je m'étais demandé comment il se faisait pourtant que tant de personnes différentes, n'ayant aucun rapport entre elles, se trouvassent si unanimes pour me louer en tout et sur tout.

« Il y a plus... L'autre jour, madame de la Rochaiguë m'a conduite à un concert... Je me suis aperçue que tout le monde me regardait... quelques personnes, même, passaient et repassaient devant moi avec affectation; cependant j'étais bien simplement mise... A l'église même... lorsque j'en sors... je ne suis pas sans voir que l'on me remarque.

« Et mon tuteur et sa famille de me dire :

« — Eh bien!... vous avions-nous trompée? Voyez *quel effet* vous produisez partout et sur tout le monde!

« A cela, à cette évidence, que pouvais-je répondre, chère maman? Rien... Aussi...

« Ces louanges, ces flatteries commençaient, je l'avoue, à me paraître douces... Je m'en étonnais moins, et, si parfois encore je les taxais d'exagération, je me répondais aussitôt :

« Mais pourquoi l'*effet* que je produis, comme dit mon tuteur, est-« il si unanime? »

« Hélas! la cause de cette unanimité, on devait me l'apprendre.

« Voici ce qui m'est arrivé :

« Plusieurs fois, j'ai vu chez mon tuteur une personne dont je n'avais osé te parler jusqu'ici : c'est M. le marquis de Maillefort : il est difforme, il a l'air sardonique, et il ne dit à tout le monde que des méchancetés ou des douceurs ironiques, pires que des méchancetés.

« Presque toujours, cédant à l'antipathie qu'il m'inspirait, j'avais trouvé le moyen de quitter le salon très-peu de temps après l'arrivée de ce méchant homme; ces marques de mon éloignement pour lui étaient encouragées, favorisées, par les personnes dont je suis entourée, car elles redoutent M. de Maillefort, quoiqu'elles l'accueillent avec une affabilité forcée.

« Il y a trois jours, on l'annonce.

« Je me trouvais seule avec mademoiselle Héléna. Quitter le salon à l'instant même eût été de ma part une impolitesse trop grande; je restai donc, comptant me retirer au bout de quelques moments.

« Tel fut alors le court entretien de M. de Maillefort et de mademoiselle Héléna; je me le rappelle comme si je l'entendais... Hélas! je n'en ai pas perdu un seul mot!

« — Eh! bonjour donc, ma chère demoiselle Héléna, — lui dit le marquis de son air sardonique, — je suis toujours ravi de voir mademoiselle de Beaumesnil auprès de vous... elle a tant à gagner dans vos pieux entretiens... elle a tant à profiter de vos excellents conseils, ainsi que de ceux de votre digne frère et de votre non moins digne belle-sœur !

« — Mais, nous l'espérons bien, monsieur le marquis ; nous remplissons en cela un devoir sacré envers mademoiselle de Beaumesnil.

« — Certainement, — a répondu M. de Maillefort d'un ton de plus en plus sardonique, — à ce devoir sacré... vous et les vôtres, vous ne faillissez point : ne répétez-vous point sans cesse, et sur tous les tons, à mademoiselle de Beaumesnil : « Vous êtes la plus riche héri-« tière de France... donc vous êtes, en cette qualité, la personne du « monde la plus admirablement accomplie... donc la plus universelle-« ment douée. »

« — Mais, monsieur, — s'écria mademoiselle Héléna en interrompant M. de Maillefort, — ce que vous dites là...

« — Mais, mademoiselle, — reprit le marquis, — j'en appelle à mademoiselle de Beaumesnil elle-même... qu'elle dise si, de toutes parts, ne retentit pas autour d'elle un éternel concert de louanges, magnifiquement organisé d'ailleurs par ce cher baron, par sa femme et par vous, mademoiselle Héléna ; charmant concert dans lequel vous faites tous trois votre partie avec un talent enchanteur... avec une abnégation touchante, avec un désintéressement sublime ! Tous les rôles vous sont bons... aujourd'hui simples chefs de chœur, vous donnez le ton à la foule des admirateurs de mademoiselle de Beaumesnil... demain, brillants solo, vous improvisez des hymnes à sa louange, où se revèlent toute l'étendue de vos ressources, toute la flexibilité de votre art... et surtout l'adorable sincérité de vos nobles cœurs...

« — Ainsi, monsieur, — dit mademoiselle Héléna en devenant rouge, de colère sans doute, — ainsi notre chère pupille n'a aucune des qualités, aucun des agréments, aucun des charmes qui lui sont si unanimement reconnus ?

« — *Parce qu'elle est la plus riche héritière de France*, — répondit M. de Maillefort en s'inclinant ironiquement devant moi, — et, en cette qualité, mademoiselle de Beaumesnil a droit... aux flatteries les plus outrageuses... et les plus... outrageantes... parce qu'elles sont mensongères et uniquement dictées par la bassesse ou par la cupidité.

« Je me levai et je sortis, pouvant à peine contenir mes larmes...

. . . .

« Ces paroles, je ne les ai pas oubliées, ô ma mère !

« Toujours je les entends...

« Oh ! la méchanceté de M. de Maillefort a été pour moi une révélation ; mes yeux se sont ouverts... j'ai tout compris...

« Ces louanges de toutes sortes, ces prévenances, ces protestations d'attachement dont on m'accable ; l'*effet* que j'ai produit dans quelques réunions, et jusqu'aux flatteries de mes fournisseurs, tout cela s'adresse à *la plus riche héritière de France*...

« Ah ! ma mère, ce n'était donc pas sans raison que je t'écrivais l'impression douloureuse, étrange, que j'ai ressentie lorsque, le lendemain de mon arrivée dans cette maison, l'on m'a si pompeusement annoncé que j'étais maîtresse d'une fortune énorme.

« Il me semble, — te disais-je, — que je suis dans la position d'une personne qui possède un trésor... et qui craint à chaque instant d'être volée. »

« Cette impression, alors confuse, inexplicable, je la comprends maintenant.

« C'était le vague pressentiment de cette crainte, de cette défiance inquiète, ombrageuse, amère, dont je suis poursuivie sans relâche... depuis que cette pensée accablante est sans cesse présente à mon esprit :

« C'est uniquement à ma fortune que s'adressent toutes les marques d'affection que l'on me témoigne, toutes les louanges que l'on m'accorde. »

« Oh ! je te le répète, ma mère, la méchanceté de M. de Maillefort a du moins eu, contre son gré, un bon résultat ; sans doute cette révélation m'a fait et me fera cruellement souffrir... mais, au moins, elle m'éclaire, elle explique, elle autorise l'espèce d'éloignement incompréhensible et toujours croissant que m'inspiraient mon tuteur et sa famille.

« Cette révélation me donne enfin la clef de l'obséquiosité, des basses prévenances dont je suis partout et toujours entourée.

« Et cependant, chère et tendre mère, c'est maintenant que mes aveux deviennent pénibles... même envers toi...

« Oui... je te l'ai dit... soit que l'atmosphère d'adulation et de fausseté où je vis maintenant m'ait déjà corrompue... soit peut-être que je recule devant ce qu'il y a d'horrible dans cette pensée :

« Toutes les louanges, toutes les preuves d'affection que l'on me donne ne sont adressées qu'à ma fortune. »

« Je ne puis croire à tant de bassesse, à tant de fausseté chez les autres, et, faut-il te le dire, je ne puis croire non plus que je vaille si peu... et que je sois incapable d'inspirer la moindre affection sincère et désintéressée...

« Ou plutôt, vois-tu, chère mère, je ne sais plus que penser... ni des autres, ni de moi-même... Ce continuel état de doute est insupportable : en vain j'ai cherché les moyens d'en sortir, de savoir la vérité. Mais à qui la demander ? De qui puis-je attendre une réponse sincère ? Et encore, maintenant pourrais-je jamais croire à la sincérité ?

« Ce n'est pas tout : de nouveaux événements sont venus rendre plus cruelle encore cette situation déjà si pénible pour moi...

« Tu vas en juger.

« Les amères et ironiques paroles de M. de Maillefort, à propos des perfections que je devais réunir en ma qualité d'*héritière*, ont sans doute été répétées à mon tuteur et à sa femme par mademoiselle Héléna, ou bien quelque autre événement, que j'ignore, a forcé les personnes dont je suis entourée à hâter et à me dévoiler des projets auxquels j'étais jusqu'alors restée absolument étrangère, et qui portent à leur comble mes incertitudes et ma défiance. »

Mademoiselle de Beaumesnil, à cet endroit de son journal, fut interrompue par deux coups frappés discrètement à la porte de sa chambre à coucher.

Surprise, presque effrayée, ayant oublié, au milieu de ses tristes préoccupations, le sujet de son dernier entretien avec sa gouvernante, l'orpheline demanda d'une voix tremblante :

— Qui est là ?

— Moi, mademoiselle, — répondit madame Lainé à travers la porte.

— Entrez, — dit Ernestine se rappelant tout alors.

Et s'adressant à sa gouvernante :

— Qu'y a-t-il donc ?

— Bonne nouvelle... excellente nouvelle, mademoiselle... Vous voyez, j'ai les mains en sang... mais... c'est égal !

— Ah ! mon Dieu !... c'est vrai, — s'écria mademoiselle de Beaumesnil avec effroi, — que vous est-il donc arrivé ?... Tenez, prenez ce mouchoir... étanchez ce sang...

— Oh ! ce n'est rien, mademoiselle, — répondit la gouvernante avec héroïsme, — pour votre service je braverais la mort !...

Cette exagération attiédit la compassion de mademoiselle de Beaumesnil, qui répondit :

— Je crois à votre courageux dévouement, mais, de grâce, enveloppez votre main.

— C'est pour obéir à mademoiselle, peu m'importe cette blessure... car, enfin, la porte est ouverte... Mademoiselle, je suis parvenue à dévisser les pitons d'un cadenas... à soulever une barre de fer... J'ai entr'ouvert la porte, et, comme je m'en doutais, elle donne dans la rue...

— Soyez sûre, ma chère Lainé, que je saurai reconnaître...

— Ah ! je conjure mademoiselle de ne pas me parler de sa reconnaissance ; ne suis-je pas payée par le plaisir que j'ai à la servir ?... Seulement que mademoiselle m'excuse d'être ainsi revenue, malgré ses ordres... mais j'étais si contente d'avoir réussi !...

— Je vous sais, au contraire, beaucoup de gré de cet empressement... Ainsi, nous pouvons en toute certitude convenir de nos projets pour demain ?...

— Oh ! maintenant, mademoiselle, c'est chose faite.

— Eh bien donc ! vous me préparerez une robe de mousseline blanche, très-simple, et, la nuit venue, nous nous rendrons chez madame Herbaut. Et, encore une fois... la plus grande discrétion.

— Que mademoiselle soit tranquille... elle n'a rien de plus à m'ordonner ?

— Non, je n'ai qu'à vous remercier de votre zèle.

— Je souhaite une bonne nuit à mademoiselle.

— Bonsoir, ma chère Lainé.

La gouvernante sortit.

Mademoiselle de Beaumesnil continua d'écrire son journal.

XXXIII

Après le départ de sa gouvernante, mademoiselle de Beaumesnil continua donc d'écrire son journal ainsi qu'il suit :

« Pour bien comprendre ces nouveaux événements, il faut revenir sur le passé... chère maman...

« Le lendemain de mon arrivée chez mon tuteur, je suis allée à l'église avec mademoiselle Héléna; je me recueillais dans ma prière en songeant à toi, ma mère, lorsque mademoiselle Héléna m'a fait remarquer un jeune homme qui priait avec ferveur au même autel que nous.

« — Ce jeune homme, je l'ai su plus tard, se nomme M. Célestin de Macreuse.

« L'attention de mademoiselle Héléna avait été attirée sur lui, me dit-elle, parce qu'au lieu de s'agenouiller, comme tout le monde, sur une chaise, il était à genoux sur les dalles de l'église; c'était aussi pour sa mère qu'il priait... car nous l'avons ensuite entendu demander, au prêtre qui vint faire la quête de notre côté, une nouvelle neuvaine de messes à la même chapelle pour le repos de l'âme de sa mère.

« En sortant de l'église, et au moment où nous allions prendre de l'eau bénite, M. de Macreuse nous en a offert en nous saluant, car il nous précédait au bénitier; plusieurs pauvres ont ensuite entouré ce jeune homme; il leur a distribué une abondante aumône, en leur disant d'une voix émue : « Le peu que je vous donne, je vous l'offre « au nom de ma pauvre mère qui n'est plus. Priez pour elle. »

« A l'instant où M. de Macreuse disparaissait dans la foule, j'ai aperçu M. de Maillefort; entrait-il dans l'église? en sortait-il? je ne sais; mademoiselle Héléna, l'apercevant en même temps que moi, a paru surprise, presque inquiète, de sa présence.

« En revenant à la maison elle m'a plusieurs fois parlé de M. de Macreuse, dont la piété paraissait si sincère, la charité si grande; elle ne connaissait pas ce monsieur, — me dit-elle, — mais il lui inspirait beaucoup d'intérêt, parce qu'il semblait posséder des qualités presque introuvables chez les jeunes gens de notre temps.

« Le lendemain, nous sommes retournées à l'église ; nous avons de nouveau rencontré M. de Macreuse ; il fait ses dévotions à la même chapelle que nous ; cette fois il semblait si absorbé dans sa prière, que, l'office terminé, il est resté à genoux sur la pierre, qu'il touchait presque du front, tant il semblait accablé, anéanti par la douleur ; puis, s'affaissant bientôt sur lui-même... il est tombé à la renverse.... évanoui, et on l'a transporté dans la sacristie...

« — Malheureux jeune homme, — m'a dit mademoiselle Héléna, — combien il regrette sa mère ! quel bon et noble cœur il doit avoir !

« J'ai partagé l'attendrissement de mademoiselle Héléna, car mieux que personne je pouvais compatir aux souffrances de M. de Macreuse, dont la figure douce et triste révélait un profond chagrin.

« Au moment où la sacristie s'ouvrait aux bedeaux qui emportaient M. de Macreuse, M. de Maillefort, qui se trouvait sur son passage, se mit à rire d'un air ironique.

« Mademoiselle Héléna parut de plus en plus inquiète de rencontrer une seconde fois M. de Maillefort à l'église.

« — Ce satan, — me dit-elle, — ne peut venir dans la maison de Dieu que pour quelque maléfice...

« Dans l'après-dînée de ce jour, madame de la Rochaiguë m'a décidée, malgré ma répugnance, à venir faire une promenade avec elle et une de ses amies ; nous avons été prendre madame la duchesse de Senneterre, que je ne connaissais pas, et nous sommes allées aux Champs-Elysées ; il y avait beaucoup de monde ; notre voiture s'étant mise au pas, madame de la Rochaiguë a dit à madame de Senneterre :

« — Ma chère duchesse, est-ce que ce n'est pas monsieur votre fils que je vois là-bas à cheval ?

« — En effet, c'est Gerald, — a répondu madame de Senneterre en lorgnant de ce côté.

« — J'espère bien qu'il nous verra, — a ajouté madame de Mirecourt, — et qu'il viendra nous saluer.

« — Oh ! — a repris madame de la Rochaiguë, — M. de Senneterre n'y manquera pas... puisque heureusement madame la duchesse est avec nous... Je dis heureusement, et je me trompe, — a ajouté madame de la Rochaiguë, — car la présence de madame la duchesse nous empêche de dire tout le bien que nous pensons de M. Gerald.

« — Oh! quant à cela, — a répondu madame de Senneterre en souriant, — je n'ai aucune modestie maternelle ; jamais je n'entends dire assez de bien de mon fils.

« — Vous devez pourtant, madame, — a répondu madame de Mirecourt, — être bien satisfaite à ce sujet, si avide que vous soyez...

« — Mais, à propos de M. de Senneterre, — a dit madame de Mirecourt à madame de la Rochaiguë, — savez-vous pourquoi M. de Senneterre s'est à dix-huit ans engagé comme simple soldat?

« — Non, — a répondu madame de la Rochaiguë. — Je sais, en effet, que M. de Senneterre, parti comme soldat malgré sa naissance, a gagné ses grades et sa croix sur le champ de bataille, au prix de nombreuses blessures, mais j'ignore pourquoi il s'est engagé.

« — Madame la duchesse, — a ajouté madame de Mirecourt en s'adressant à madame de Senneterre, — n'est-il pas vrai que votre fils a voulu partir comme soldat parce qu'il trouvait lâche d'acheter un homme pour l'envoyer à la guerre se faire tuer à sa place?

« — Il est vrai, — répondit madame de Senneterre, — telle est la raison que mon fils nous a donnée, et il a accompli son dessein, malgré mes larmes et les prières de son père.

« — C'est superbe, — a dit madame de la Rochaiguë. — Il n'y a au monde que M. de Senneterre capable de montrer une résolution si chevaleresque...

« — Et par ce seul fait on peut juger de la générosité de son caractère, — ajouta madame de Mirecourt.

« — Oh!... je puis dire avec un juste orgueil qu'il n'est pas de meilleur fils que Gerald, — dit madame de Senneterre.

« — Et qui dit bon fils... dit tout, — reprit madame de la Rochaiguë.

« J'écoutais en silence cette conversation, partageant la sympathie qu'inspirait aux personnes dont j'étais accompagnée la généreuse conduite de M. de Senneterre s'engageant comme simple soldat plutôt que d'envoyer quelqu'un se faire tuer pour lui.

« A ce moment, plusieurs jeunes gens passaient au pas de leurs chevaux, en sens inverse de nous ; je vis l'un d'eux s'arrêter, retourner son cheval, et venir se placer à côté de notre calèche, qui allait aussi au pas.

« Ce jeune homme était M. de Senneterre ; il salua sa mère. Madame de la Rochaiguë me le présenta ; il me dit quelques paroles gracieuses, puis il fit en causant plusieurs tours de promenade auprès de nous

« Il ne passait pour ainsi dire pas une voiture élégante sans que les personnes qui l'occupaient n'échangeassent quelque signe amical avec M. de Senneterre, qui me parut inspirer une bienveillance générale.

« Pendant l'entretien qu'il eut avec nous, il fut très-gai, légèrement moqueur, mais sans méchanceté ; il ne railla que des ridicules évidents pour tous, et qui passèrent devant nos yeux.

« Peu de temps avant que M. de Senneterre nous quittât, nous fûmes croisés par une magnifique voiture à quatre chevaux, marchant au pas comme nous, et dans laquelle se trouvait un homme devant qui un grand nombre de personnes se découvraient avec déférence. Cet homme salua profondément M. de Senneterre, qui, au lieu de lui rendre son salut, le toisa du plus dédaigneux regard.

« — Ah ! mon Dieu ! monsieur de Senneterre, — lui dit madame de la Rochaiguë tout ébahie, — mais c'est M. du Tilleul qui vient de passer.

« — Eh bien ! madame ?

« — Il vous a salué.

« — C'est vrai, j'ai eu ce désagrément-là, — répondit M. de Senneterre en souriant.

« — Et vous ne lui avez pas rendu son salut ?

« — Je ne salue plus M. du Tilleul, madame.

« — Mais tout le monde le salue...

« — On a tort.

« — Pourquoi cela, monsieur de Senneterre ?

« — Comment ? pourquoi ?... et son aventure avec madame de...

« Puis s'interrompant, sans doute gêné par ma présence, M. de Senneterre reprit en s'adressant à madame de la Rochaiguë :

« — Connaissez-vous sa conduite avec certaine marquise ?

« — Sans doute.

« — Eh bien ! madame, un homme qui agit avec cette cruelle lâcheté est un misérable... et je ne salue pas un misérable...

« — Pourtant, dans le monde, on continue de l'accueillir à merveille, — dit madame de Mirecourt.

« — Oui, parce qu'il a la meilleure maison de Paris, — reprit M. de

Senneterre, — et qu'on veut aller à ses fêtes... Aussi l'on y va, ce qui est une indignité de plus.

« — Allons, monsieur Gerald, — dit madame de Mirecourt, — vous êtes trop rigoriste.

« — Moi ! — reprit M. de Senneterre en riant, — moi, rigoriste... quelle affreuse calomnie !... je veux vous prouver le contraire... tenez... regardez bien ce petit *brougham* vert qui vient là... et...

« — Gerald ! — s'écria vivement madame de Senneterre en me désignant du regard à son fils, car j'avais machinalement tourné la tête du côté de la voiture signalée par M. de Senneterre, et occupée par une très-jeune et très-jolie femme qui me parut le suivre des yeux.

« A l'interpellation de sa mère et au regard qu'elle jeta sur moi, M. de Senneterre se mordit les lèvres, et répondit en souriant :

« — Vous avez raison, ma mère, les anges seraient trop malheureux s'ils apprenaient qu'il y a des démons...

« Sans doute, cette sorte d'excuse m'était indirectement adressée par M. de Senneterre, car deux de ces dames me regardèrent en souriant à leur tour, et je me sentis très-embarrassée.

« L'heure étant venue de quitter la promenade, madame de Senneterre dit à son fils :

« A tout à l'heure... vous dînez avec moi, n'est-ce pas, Gerald ?

« — Non, ma mère... et je vous demande pardon de ne pas vous avoir prévenue que je disposais de ma soirée.

« — C'est très-malheureux pour vous, — reprit madame de Senneterre en souriant, — car j'ai, moi, disposé de vous ce soir.

« — A merveille, ma mère, — répondit affectueusement M. de Senneterre, — j'écrirai un mot pour me dégager, et je serai à vos ordres...

« Et, après nous avoir saluées, M. de Senneterre partit au galop de son cheval, qu'il montait avec une aisance et une grâce parfaites.

« J'ai fait cette remarque, et elle m'a attristée, car la tournure de M. de Senneterre m'a rappelé la rare élégance de mon pauvre père.

« Autant qu'il m'a paru, dans cette entrevue, et quoiqu'il m'eût très-peu adressé la parole, M. de Senneterre doit avoir un caractère franc, généreux, résolu, et une tendre déférence pour sa mère. C'était d'ailleurs ce que pensaient ces dames, car, jusqu'au moment où nous les avons quittées, elles n'ont pas cessé de faire l'éloge de M. de Senneterre.

« Le lendemain et le jour suivant, nous avons revu M. de Macreuse à l'église : sa douleur paraissait non moins profonde, mais plus calme, ou plutôt plus morne. Deux ou trois fois le hasard voulut qu'il jetât les yeux sur nous, et je ne sais pourquoi mon cœur se serra en comparant ses traits d'une douceur si mélancolique, son extérieur humble et timide, à l'aisance cavalière de M. le duc de Senneterre.

« Le surlendemain de notre promenade aux Champs-Elysées, j'accompagnai mon tuteur au jardin du Luxembourg, ainsi que je le lui avais promis.

« Nous visitions les serres et les belles collections de rosiers lorsque nous avons été abordés par un ami de M. de la Rochaiguë : il me l'a présenté sous le nom de M. le baron de Ravil ou du Ravil, je crois.

« Ce monsieur nous a accompagnés pendant quelques instants; puis, tirant sa montre, il a dit à M. de la Rochaiguë :

« — Pardon de vous quitter si tôt, monsieur le baron ; mais je tiens à ne pas manquer la fameuse séance...

« — Quelle séance? — a demandé mon tuteur.

« — Comment ! monsieur le baron, vous ignorez que M. de Mornand parle aujourd'hui?

« — Il serait possible?...

« — Certainement : tout Paris est à la Chambre des pairs, car M. de Mornand y parle... c'est un événement.

« — Je le crois bien, un si admirable talent, — a repris mon tuteur, — un homme qui ne peut pas manquer d'être ministre un jour ou l'autre... Ah ! quel malheur de n'avoir pas été prévenu... Je suis sûr, ma chère pupille, que cette séance vous eût intéressée malgré les folies que vous a contées madame de la Rochaiguë. C'est pour le coup qu'elle m'eût accusé de guet-apens si j'avais pu vous faire assister à la séance d'aujourd'hui.

« — Mais, si mademoiselle en avait le moindre désir, — a dit M. de Ravil à mon tuteur, — je suis à votre disposition, monsieur le baron... Justement, lorsque je vous ai rencontré, j'attendais une de mes parentes et son mari; ils ne viendront probablement pas; je m'étais procuré des billets de la tribune diplomatique, et s'ils pouvaient vous être agréables...

« — Ma foi ! qu'en dites-vous, ma chère pupille?

« — Je ferai, monsieur, ce qu'il vous plaira ; et, d'ailleurs, si une semble, — ajoutai-je par égard pour mon tuteur, — qu'une séance de la Chambre des pairs doit être, en effet, fort intéressante.

« — Eh bien! j'accepte votre offre, mon cher monsieur de Ravil, — reprit vivement M. de la Rochaiguë — et vous aurez la rare et bonne fortune, ma chère pupille, — ajouta-t-il, — de tomber justement un jour où doit parler M. de Mornand. C'est une faveur du sort.

« Nous hâtâmes le pas pour gagner le palais du Luxembourg.

« Au moment où nous sortions des quinconces, j'ai vu de loin M. de Maillefort, qui semblait nous suivre. Cela m'a surprise et inquiétée...

« — Comment ce méchant homme se rencontre-t-il presque toujours sur nos pas? — me suis-je dit; — qui donc pouvait ainsi l'instruire de nos projets.

« La tribune diplomatique, où nous avons pris place, était déjà remplie de femmes très-élégantes; je me suis assise sur l'une des dernières banquettes, entre mon tuteur et M. de Ravil.

« Celui-ci ayant entendu quelqu'un dire à côté de nous qu'un célèbre orateur (il ne s'agissait pas de M. de Mornand) devait aussi parler dans cette séance, M. de Ravil a répondu qu'il n'y avait pas d'autre orateur célèbre que M. de Mornand, et que cette foule n'était venue que pour l'entendre. Presque aussitôt, celui-ci est monté à la tribune, et l'on a fait un grand silence.

« J'étais incapable de juger et, en grande partie, de comprendre le discours de M. de Mornand; il s'agissait de sujets auxquels je suis tout à fait étrangère, mais j'ai été frappée de la fin de ce discours, dans lequel il a parlé avec une chaleureuse compassion du triste sort des familles de pêcheurs, attendant sur le rivage un père, un fils, un époux, au moment où la tempête s'élève.

« Le hasard voulut que M. de Mornand, en prononçant ces touchantes paroles, se tournât du côté de notre tribune; sa figure imposante me parut émue d'une profonde commisération pour le sort des infortunés dont il paraissait prendre la défense.

« — Il est admirable! — dit à demi-voix M. de Ravil en essuyant ses yeux, car il semblait vivement ému.

« — M. de Mornand est sublime! — s'écria mon tuteur, — il suffit de son discours pour faire améliorer le sort de mille familles de pêcheurs.

« D'assez nombreux applaudissements accueillirent la fin du discours de M. de Mornand; il allait quitter la tribune lorsqu'un autre pair de France, d'une figure maligne et caustique, dit de sa place d'un air railleur :

« — Je demande à la Chambre la permission de poser une simple question à M. le comte de Mornand avant qu'il ne descende de cette tribune... et que sa généreuse et soudaine compassion pour les pêcheurs de morue ne soit conséquemment évaporée ..

« — Si vous m'en croyez, monsieur le baron, — dit aussitôt M. de Ravil à mon tuteur, — nous quitterons tout de suite la tribune, de peur de la foule : M. de Mornand a parlé, tout le monde va vouloir s'en aller, car il n'y a plus rien d'intéressant.

« M. de la Rochaigué m'offrit son bras, et, au moment où nous quittions la salle, nous avons entendu des éclats de rire universels.

« — Je vois ce que c'est, — dit M. de Ravil ; — M. de Mornand écrase sous ses sarcasmes l'imprudent qui avait eu l'audace de vouloir lui poser une question, car, lorsqu'il le veut, ce diable de M. de Mornand a de l'esprit comme un démon.

« Mon tuteur m'ayant proposé de reprendre notre promenade et d'aller jusqu'à l'Observatoire, j'y ai consenti. M. de Ravil nous accompagnait.

« — Monsieur le baron, — dit-il à mon tuteur, — avez-vous remarqué madame de Bretigny, qui est sortie presque en même temps que nous ?

« — La femme du ministre ? non, je ne l'avais pas remarquée, — répondit mon tuteur.

« — Je le regrette pour vous, monsieur, car vous eussiez vu l'une des meilleures personnes que l'on puisse rencontrer ; on n'a pas d'idée de l'admirable parti qu'elle sait tirer de sa position de femme de ministre, de tout le bien qu'elle fait, des injustices qu'elle répare, des secours qu'elle obtient. . C'est une véritable Providence.

« — Cela ne m'étonne pas, — reprit mon tuteur ; — dans une condition pareille à celle de madame de Bretigny, on peut faire tant de bien... car...

« Et, s'interrompant, mon tuteur dit vivement à M. de Ravil :

« — Ah ! mon Dieu ! est-ce que ce n'est pas lui, là-bas, dans cette allée retirée ? Tenez... il se promène en regardant les fleurs.

« — Qui cela, monsieur le baron ?

« — M. de Mornand... voyez donc.

« — Si fait, — répondit M. de Ravil, — c'est lui... c'est bien lui

Il vient oublier son triomphe de tout à l'heure... se délasser de ses grands travaux politiques en s'amusant à regarder des fleurs. Cela ne m'étonne pas, car, avec son talent, son génie politique, c'est l'homme le meilleur, le plus simple qu'il y ait au monde, et ses goûts le prouvent bien. Après son admirable succès, que recherche-t-il? la solitude et des fleurs.

« — Monsieur de Ravil, vous connaissez M. de Mornand? — lui demanda mon tuteur.

« — Très-peu; je le rencontre dans le monde...

« — Mais, enfin, vous le connaissez assez pour l'aborder, n'est-ce pas?

« — Certainement.

« — Eh bien! allez donc le féliciter sur le succès qu'il vient d'obtenir; nous vous suivrons, et nous verrons de près ce grand homme. Que dites-vous de notre complot, ma chère pupille?

« — Je vous accompagnerai, monsieur; l'on aime toujours à voir des hommes qui semblent aussi distingués que M. de Mornand.

« Changeant alors la direction de notre marche, et guidés par M. de Ravil nous sommes bientôt arrivés dans l'allée où se trouvait M. de Mornand Aux compliments que lui adressa M. de Ravil, et, par occasion, mon tuteur, M. de Mornand répondit avec autant de modestie que de simplicité, m'adressa deux ou trois fois la parole avec une extrême bienveillance, et, après un court entretien, nous laissâmes M. de Mornand à sa promenade solitaire.

« — Quand on pense, — dit M. de Ravil, — qu'avant six mois, peut-être, cet homme de formes si simples gouvernera la France!

« — Dites donc de formes excellentes, mon cher monsieur de Ravil, — reprit mon tuteur. — M. de Mornand a tout à fait des manières de grand seigneur; il est à la fois affable et imposant. Dame! ce n'est pas un de ces freluquets imbéciles, comme on en voit tant, qui ne songent qu'à leurs cravates et à leurs chevaux

« — Et ces freluquets-là seront généralement peu appelés à gouverner la France, — reprit M. de Ravil; — je dis gouverner, parce que M. de Mornand n'accepterait pas un ministère en sous-ordre; il sera chef du cabinet qu'il formera.

« — Eh! mon Dieu! — dit M. de la Rochaiguë, — il n'y a pas encore six semaines que l'on parlait de lui dans les journaux comme président d'un nouveau ministère.

« — Dieu le veuille ! monsieur le baron. Dieu le veuille pour le bonheur de la France ! pour le repos du monde ! — ajouta d'un ton profondément pénétré M. de Ravil, qui nous quitta bientôt.

« En rentrant avec mon tuteur, je pensais que c'était une bien belle et bien haute position que celle d'un homme qui pouvait, comme M. de Mornand, avoir une si grande influence sur le bonheur de la France, sur la paix de l'Europe et sur le repos du monde.

« Voilà, ma chère maman, dans quelles circonstances j'ai rencontré, pour la première fois, MM. de Macreuse, de Senneterre et de Mornand.

« Telles ont été les suites de ces rencontres. »

XXXIV

Mademoiselle de Beaumesnil continua son journal de la sorte :

« Au bout de quelques jours, mademoiselle Héléna était parvenue, me dit-elle, à savoir le nom du jeune homme que nous rencontrions chaque matin à l'église.

« Il s'appelait M. Célestin de Macreuse.

« Mademoiselle Héléna avait eu sur lui les renseignements les plus précis ; elle m'en parla d'abord souvent, puis presque incessamment.

« M. de Macreuse appartenait, — disait-elle, — par ses relations, au meilleur et au plus grand monde : d'une piété exemplaire, d'une charité angélique, il avait fondé une œuvre d'une admirable philanthropie, et, quoique jeune encore, son nom était prononcé partout avec affection et respect.

« Madame de la Rochaiguë me faisait, de son côté, les plus grands éloges de M. de Senneterre, tandis que mon tuteur amenait souvent l'occasion de me parler avec enthousiasme de M. de Mornand.

« Je ne trouvai d'abord rien d'extraordinaire à entendre ainsi louer souvent, en ma présence, des personnes qui me semblaient mériter ces louanges ; seulement je remarquai que jamais les noms de MM. de Macreuse, de Senneterre ou de Mornand n'étaient prononcés par mon tuteur, sa sœur ou sa femme, que dans les entretiens que tous trois avaient parfois séparément avec moi.

« Vint enfin le jour où M. de Maillefort m'avait si méchamment..... ou plutôt, hélas ! si véritablement expliqué la cause des prévenances, de l'adulation dont on m'entourait.

« Sans doute, mon tuteur et sa femme, avertis par mademoiselle Héléna, craignirent les conséquences de cette révélation, dont je n'avais paru que trop frappée.

« Le soir et le lendemain de ce jour, tous trois s'ouvrirent isolément à moi de leurs projets, sans doute arrêtés depuis longtemps, et chacun, selon le genre de son esprit et le caractère du *prétendant* qu'il protégeait (car il s'agissait alors de prétendant), me déclara que je tenais entre mes mains le bonheur de ma vie et la certitude du plus heureux avenir en épousant :

« M. de Macreuse, — selon mademoiselle Héléna ;

« M. de Senneterre, — selon madame de la Rochaiguë ;

« M. de Mornand, — selon mon tuteur.

« A ces propositions inattendues, ma surprise, mon inquiétude même, ont été telles, que j'ai pu à peine répondre ; mes paroles embarrassées ont été d'abord prises pour une sorte de consentement tacite... puis, par réflexion, j'ai laissé dans cette erreur les protecteurs de ces trois prétendants.

« Alors les confidences ont été complètes.

« — Ma belle-sœur et mon beau-frère, — me dit mademoiselle Héléna, — sont d'excellentes personnes, mais bien mondaines, bien légères, bien glorieuses ; toutes deux seraient incapables de reconnaître la rare solidité des principes de M. de Macreuse, d'apprécier ses vertus chrétiennes, son angélique piété... il faut donc me garder le secret, ma chère Ernestine, jusqu'au jour où vous aurez fait le choix que je vous propose, parce qu'il est digne d'être approuvé par tous....... Alors, fière, honorée de ce choix..... vous n'aurez qu'à le notifier à mon frère, votre tuteur, qui l'approuvera, je n'en doute pas, si vous le lui imposez avec fermeté... S'il refusait contre toute probabilité... nous aviserions à d'autres moyens, et nous saurions bien le contraindre à assurer votre bonheur.

« — Ma pauvre sœur Héléna, me dit à son tour M. de la Rochaiguë, — est une bonne créature... toute en Dieu... c'est vrai... mais elle ne sait rien des choses d'ici-bas... Si vous vous avisiez, ma chère pupille, de lui parler de M. de Mornand, elle ouvrirait de grands yeux, et vous dirait qu'il n'a aucun détachement des vanités de ce monde, qu'il a l'ambition du pouvoir, etc., etc. Quant à ma femme, elle est parfaite; mais sortez-la de sa toilette, de ses bals, de ses caquets mondains... éloignez-la de ces *beaux* inutiles, qui ne savent que mettre leur cravate et se ganter de frais..... elle est complétement désorientée, car elle n'a pas la moindre conscience des choses élevées... Pour elle, M. de Mornand serait un homme grave, sérieux, un *homme d'État* enfin, et, par la manière dont vous l'avez entendue parler des séances de la Chambre des pairs, ma chère pupille, vous jugez comme elle accueillerait nos projets... Que tout ceci soit donc entre nous, ma chère pupille, et, une fois votre décision prise, comme, après tout, c'est moi qui suis votre tuteur, et que votre mariage dépend de mon seul consentement, votre volonté ne rencontrera aucune difficulté.

« — Vous pensez bien, ma chère belle, — me dit enfin madame de la Rochaiguë, — que tout ce que je viens de vous dire au sujet de M. le duc de Senneterre doit être absolument tenu secret entre nous. En fait de mariage, ma belle sœur Héléna est d'une innocence plus que naïve; elle ne connaît de mariage qu'avec le ciel, et quant à mon mari, la politique et l'ambition lui ont tourné la cervelle... il ne rêve que Chambre des pairs..... et il est malheureusement aussi étranger qu'un Huron à tout ce qui est mode, élégance, plaisirs; or, l'on ne vit après tout que par et pour l'élégance, la mode et les plaisirs..... surtout lorsqu'il s'agit de partager cette vie enchanteresse avec un jeune et charmant duc, le plus aimable et le plus généreux des hommes; gardons-nous donc le secret, ma chère belle, et, le moment venu d'annoncer votre résolution à votre tuteur... je m'en charge... M. de la Rochaiguë a l'habitude d'être le très-humble serviteur..... de mes volontés; je l'ai depuis longtemps accoutumé à cette position subalterne; il fera ce que nous voudrons. J'ai eu d'ailleurs une excellente idée, — ajouta madame de la Rochaiguë, — j'ai prié l'une de mes amies, que vous connaissez déjà, madame de Mirecourt, de donner un grand bal dans huit jours. Ainsi, ma chère belle, jeudi prochain, dans le tête-à-tête public d'une contredanse, vous pourrez juger de la sincérité des sentiments que M. de Senneterre éprouve pour vous.

« Le lendemain de cet entretien avec madame de la Rochaiguë, mon tuteur me dit en confidence :

« — Ma femme a eu l'heureuse idée de vous conduire au bal que donne madame de Mirecourt ; vous verrez M. de Mornand à cette fête, et, Dieu merci ! les occasions ne lui manqueront pas de vous convaincre, je l'espère, de l'impression soudaine, irrésistible, qu'il a éprouvée à votre vue, lorsque nous sommes allés après la séance le complimentar de ses succès.

« Enfin, deux jours après que mon tuteur et sa femme m'eurent entretenue de leurs projets de bal, mademoiselle Héléna m'a dit :

« — Ma chère Ernestine, ma belle-sœur vous conduit au bal jeudi ; j'ai cru l'occasion excellente pour que vous puissiez vous trouver en rapport avec M. de Macreuse ; quoique ce pauvre jeune homme, d'ailleurs accablé de chagrins, n'ait aucun de ces dons frivoles grâce auxquels on brille dans une fête, il a chargé une dame de ses amies, très-hautement placée dans le monde, la sœur de l'évêque de Ratopolis, de demander à madame de Mirecourt une invitation pour lui, M. de Macreuse ; cette invitation lui a été envoyée avec empressement ; ainsi, jeudi vous l'entendrez, et vous ne pourrez, j'en suis sûre, résister à la sincérité de son langage, lorsque vous saurez, ainsi qu'il me l'a dit à moi-même, comment, depuis qu'il vous a vue à l'église, votre image adorée le suit en tous lieux et le trouble jusque dans ses prières.

« C'est donc au bal de jeudi prochain, ma chère maman, que je dois me trouver avec MM. de Macreuse, de Senneterre et de Mornand.

« Lors même que je n'eusse pas dû à une méchanceté de M. de Maillefort cette cruelle révélation sur le vrai motif des sentiments d'admiration et d'attachement que l'on me témoignait si généralement, mes soupçons, mes craintes, auraient enfin été éveillés par le mystère, par la dissimulation, par la fausseté des personnes dont j'étais entourée, préparant, à l'insu les unes des autres, leurs projets de mariage, et se dénigrant, se trompant mutuellement, pour réussir isolément dans leurs desseins. Mais, hélas ! jugez de mon anxiété, bonne et tendre mère, maintenant que ces deux révélations, se succédant, ont acquis l'une par l'autre une nouvelle gravité !

« Pour compléter ces aveux, chère mère, je dois te dire quelles avaient été d'abord mes impressions à propos des personnes que l'on voudrait me faire épouser.

« Jusqu'à ce moment, d'ailleurs, je n'avais aucune pensée de mariage ; l'époque à laquelle j'aurais à songer à cette détermination me paraissait si éloignée ; cette détermination elle-même me semblait tellement grave, que si, parfois, j'y avais vaguement pensé, c'était pour me féliciter d'être encore bien loin du temps où il faudrait m'en occuper, ou plutôt où l'on s'en occuperait sans doute pour moi.

« C'était donc sans aucune arrière-pensée que j'avais été touchée de la douleur de M. de Macreuse, qui, comme moi, regrettait sa mère... puis le bien que mademoiselle Héléna me disait sans cesse de lui, la douceur de sa figure, empreinte de mélancolie, la bonté de son cœur, révélée par ses nombreuses aumônes, tout avait concouru à joindre une profonde estime à la compassion que je ressentais pour lui.

« M. de Senneterre, par la franchise et la générosité de son caractère, par sa gaieté, par la gracieuse élégance de ses manières, m'avait beaucoup plu ; il m'aurait surtout, ce me semble, inspiré une grande confiance, à moi pourtant si réservée !

Quant à M. de Mornand, il m'imposait extrêmement par l'élévation de son caractère et de son talent, ainsi que par la grande influence dont il paraissait jouir ; je m'étais sentie tout interdite, mais presque fière, des quelques paroles bienveillantes qu'il m'avait adressées lors de ma rencontre avec lui dans le jardin du Luxembourg.

« Je dis que *j'éprouvais* tout cela, chère maman, car à cette heure que je suis instruite des projets de mariage que l'on prête à ces trois personnes, à cette heure que la révélation de M. de Maillefort me fait douter de tout et de tous, de chacun et de moi-même, je ne puis plus lire dans mon propre cœur.

« Et, assiégée de soupçons, je me demande pourquoi ces trois prétendants à ma main ne seraient pas aussi guidés par le honteux mobile auquel obéissent peut-être toutes les personnes dont je suis entourée ?

« Et, à cette pensée, tout ce qui me plaisait, tout ce que j'admirais en eux, m'inquiète et m'alarme.

« Si ces apparences, touchantes et pieuses chez M. de Macreuse, charmantes et loyales chez M. de Senneterre, imposantes et généreuses chez M. de Mornand, cachaient des âmes basses et vénales !

« O ma mère ! si tu savais ce qu'il y a d'horrible dans ces doutes, qui complètent l'œuvre de défiance commencée par la révélation de M. de Maillefort.

« Ma mère, ma mère, cela est affreux ! car enfin je ne dois pas toujours vivre avec mon tuteur et sa famille, et du jour où j'aurai la conviction qu'ils m'ont trompée, adulée, dans un intérêt misérable, je n'aurai pour eux qu'un froid dédain.

« Mais me dire que, parce que je suis immensément riche, *je ne serai jamais épousée que pour mon argent.*

« Mais penser que je suis fatalement vouée à subir les douloureuses conséquences d'une pareille union, c'est-à-dire... tôt ou tard l'indifférence, le mépris, l'abandon, la haine peut-être, car tels doivent être dans la suite les sentiments d'un homme assez vil pour rechercher une femme par un intérêt cupide...

« Oh ! je te le répète, ma mère, cette pensée est horrible, elle m'obsède, elle m'épouvante, et j'ai voulu essayer de lui échapper à tout prix.

« Oui, même au prix d'une action dangereuse, funeste peut-être.

« Voici, chère maman, comment j'ai été amenée à la résolution dont je te parle.

« Pour sortir de ces cruelles incertitudes, qui me font douter des autres et de moi-même, il faut que je sache enfin *ce que je suis, ce que je parais, ce que je vaux, abstraction faite de ma fortune.*

« Fixée sur ce point, je saurai reconnaître le vrai du faux, les adulations vénales de l'intérêt sincère que je mérite peut-être par moi-même, et en dehors de cette fortune maudite.

« Mais, pour savoir ce que je suis, ce que je vaux réellement, à qui m'adresser ? qui aura la franchise d'isoler dans son appréciation la jeune fille de l'*héritière.*

« Et, d'ailleurs, un jugement partiel, si sévère ou si bienveillant qu'il soit, suffirait-il à me convaincre, à me rassurer ?

« Non, non, je le sens, il me faut donc le jugement, l'appréciation de plusieurs personnes forcément désintéressées.

« Mais ces juges, où les trouver ?

« A force de penser à cela, chère maman, voici ce que j'ai imaginé :

« Madame Lainé m'a parlé, il y a huit jours, de petites réunions que donnait chaque dimanche une de ses amies. J'ai cherché et trouvé ce soir le moyen de me faire présenter demain à l'une de ces réunions par ma gouvernante, comme sa parente, une jeune orpheline, sans fortune et vivant de son travail, ainsi que toutes les personnes dont se compose cette société.

« Là, je ne serai connue de personne, le jugement que l'on portera de moi me sera manifesté par l'accueil que je recevrai; les *rares perfections* dont je suis douée, selon ceux qui m'entourent, ont eu jusqu'ici un effet si *soudain*, si *irrésistible*, disent-ils, sur eux et sur les personnes qu'ils désignent à mon choix; je produis enfin, dans les assemblées où je vais, un effet si général, que je devrai produire un effet non moins saisissant sur les personnes qui composent la modeste réunion de madame Herbaut.

« Sinon, j'aurai été abusée, on se sera cruellement joué de moi... l'on n'aura pas craint de vouloir compromettre à jamais mon avenir en tâchant de fixer mon choix sur des prétendants uniquement attirés par la cupidité.

« Alors, j'aurai à prendre une résolution dernière pour échapper aux piéges qui me sont tendus de toutes parts.

« Cette résolution, quelle sera-t-elle?

« Je l'ignore; hélas! isolée, abandonnée comme je suis, à qui me confier désormais?

« A qui? Eh! mon Dieu! à toi, ô ma mère!... à toi comme toujours; j'obéirai aux inspirations que tu m'enverras comme tu m'as peut-être envoyé celle-ci, car, si étrange qu'elle paraisse, qu'elle soit peut-être, l'isolement où je suis l'excuse. Elle part, enfin, d'un sentiment juste et droit : *le besoin de savoir la vérité, si décevante qu'elle soit.*

« Demain donc, j'y suis résolue, je me rendrai à la réunion de madame Herbaut. »

. . . .

Le lendemain, en effet, mademoiselle de Beaumesnil ayant, selon qu'elle en était convenue avec madame Lainé, simulé une indisposition et échappé, par un ferme refus, aux soins empressés des la Rochaiguë, sortit dès la nuit avec sa gouvernante par le petit escalier dérobé communiquant à son appartement.

Puis, montant en fiacre à quelque distance de l'hôtel de la Rochaiguë, mademoiselle de Beaumesnil et madame Lainé se firent conduire et arrivèrent aux Batignolles chez madame Herbaut.

XXXV

Madame Herbaut occupait, au troisième étage de la maison qu'habitait aussi le commandant Bernard, un assez grand appartement.

Les pièces consacrées à la réunion de chaque dimanche se composaient de la salle à manger, où l'on dansait au piano; du salon, où étaient dressées deux tables de jeu pour les personnes qui ne dansaient pas; et enfin de la chambre à coucher de madame Herbaut, où l'on pouvait se retirer et causer sans être distrait par le bruit de la danse et sans distraire les joueurs.

Cet appartement, d'une extrême simplicité, annonçait la modeste aisance dont jouissait madame Herbaut, veuve et retirée du commerce avec une petite fortune honorablement gagnée.

Les deux filles de cette digne femme s'occupaient lucrativement, l'une de peinture sur [illegible], l'autre de gravure de musique, travaux qui avaient mis cette jeune personne en rapport avec Herminie, la *duchesse*, nous l'avons dit, gravant aussi de la musique lorsque les leçons de piano lui manquaient.

Rien de plus gai, de plus riant, de plus allègrement jeune, que la majorité de la réunion rassemblée ce soir-là chez madame Herbaut : il y avait une quinzaine de jeunes filles, dont la plus âgée ne comptait pas vingt ans, toutes bien déterminées à passer joyeusement leur dimanche, journée de plaisir et de repos vaillamment gagnée par le travail et la contrainte de toute une semaine, soit au comptoir, soit au magasin, soit dans quelque sombre arrière-boutique de la rue Saint-Denis ou de la rue des Bourdonnais, soit, enfin, dans quelque pensionnat.

Plusieurs d'entre ces jeunes filles étaient charmantes; presque toutes étaient mises avec ce goût que l'on ne trouve peut-être qu'à Paris dans cette classe modeste et laborieuse; les toilettes étaient d'ailleurs très-fraîches.

Ces pauvres filles, ne se parant qu'une fois par semaine, réservaient toutes leurs petites ressources de coquetterie pour cet unique jour de fête, si impatiemment attendu le samedi, si cruellement regretté le lundi!

La partie masculine de l'assemblée offrait, ainsi que cela se rencontre d'ailleurs dans toutes les réunions, un aspect moins élégant, moins distingué, que la partie féminine; car, sauf quelques nuances presque imperceptibles, la plupart de ces jeunes filles avaient autant de bonne et gracieuse contenance que si elles eussent appartenu à ce qu'on appelle la *meilleure compagnie*; mais cette différence, toute à l'avantage des jeunes filles, on l'oubliait, grâce à la cordiale humeur des jeunes gens et à leur franche gaieté, tempérée d'ailleurs par le voisinage des grands parents, qui inspirait une sage réserve.

Au lieu de n'être dans tout son lustre que vers une heure du matin, ainsi qu'un bal du grand monde, ce petit bal avait atteint son apogée d'animation et d'entrain vers les neuf heures, madame Herbaut renvoyant impitoyablement avant minuit cette folle jeunesse, car elle devait se trouver le lendemain matin, qui à son bureau, qui à son magasin, qui à la pension, pour la classe de ses écolières, etc., etc.

Terrible moment, hélas! que cette première heure du lundi... alors que le bruit de la fête du dimanche résonne encore à votre oreille, et que vous songez tristement à cet avenir de six longues journées de travail, de contrainte... et d'assujettissement.

Mais, aussi, à mesure que se rapproche ce jour tant désiré, quelle impatience croissante!... quel élan de joie anticipée!...

Enfin il arrive, ce jour fortuné entre tous les jours, et alors quelle ivresse!

Rares et modestes joies! jamais du moins vous n'êtes émoussées par la satiété... Le travail au prix duquel on vous achète vous donne une saveur inconnue des oisifs.

Mais les invités de madame Herbaut philosophaient peu ce soir-là, réservant leur philosophie pour le lundi.

Une entraînante polka faisait bondir cette infatigable jeunesse. Telle était la magie de ces accords, que les joueurs et les joueuses eux-mêmes, malgré leur âge et les graves préoccupations du *nain-jaune* et du *loto*... (seuls jeux autorisés chez madame Herbaut) s'abandonnaient, à leur insu et selon la mesure de cet air si dansant, à de petits balancements sur leur siége, se livrant à une sorte de vénérable polka assise, qui témoignait de la puissance de l'artiste qui tenait alors le piano.

Cet artiste était Herminie.

Un mois environ s'était passé depuis la première entrevue de la jeune fille avec Gerald.

Après cette entrevue, commencée sous l'impression d'un fâcheux incident... et terminée par un gracieux pardon... d'autres rencontres avaient-elles eu lieu entre les deux jeunes gens ? On le saura plus tard.

Toujours est-il que ce soir-là... au bal de madame Herbaut, la *duchesse*, habillée d'une robe de mousseline de laine à vingt sous, d'un fond bleu très-pâle, avec un gros nœud pareil dans ses magnifiques cheveux blonds, la *duchesse* était ravissante de beauté.

Un léger coloris nuançait ses joues ; ses grands yeux bleus s'ouvraint brillants, animés ; ses lèvres de carmin, aux coins ombragés d'un imperceptible duvet doré, souriant à demi, laissaient voir une ligne blanc émail, tandis que son beau sein virginal palpitait doucement sous le léger tissu qui le voilait, et que son petit pied, merveilleusement chaussé de bottines de satin turc, marquait prestement la mesure de l'entraînante polka...

C'est que, ce jour-là, Herminie était bien heureuse !... Loin de se regarder commé isolée de l'allégresse de ses compagnes, Herminie jouissait du plaisir qu'elle leur donnait et qu'elle leur voyait prendre... mais ce rare et généreux sentiment ne suffisait peut-être pas à expliquer l'épanouissement de vie, de bonheur et de jeunesse qui donnait alors aux traits enchanteurs de la *duchesse* une expression inaccoutumée ; on sentait, si cela se peut dire, que cette délicieuse créature savait depuis quelque temps tout ce qu'il y avait en elle de charmant, de délicat et d'élevé, et qu'elle en était, non pas fière, mais heureuse, oh ! heureuse comme ces généreux riches, ravis de posséder des trésors pour pouvoir donner beaucoup et se faire adorer !...

Quoique la *duchesse* fût toute à sa polka et à ses danseurs, plusieurs fois elle tourna presque involontairement la tête en entendant ouvrir la porte de l'antichambre qui donnait dans la salle de bal ; puis, à la vue des personnes qui chaque fois entrèrent, la jeune fille parut, tardivement peut-être, se reprocher sa distraction.

La porte venait de s'ouvrir de nouveau, et de nouveau Herminie avait jeté de ce côté un coup d'œil curieux, peut être même impatient.

Le nouveau venu était Olivier, le neveu du commandant Bernard.

Voyant le jeune soldat laisser la porte ouverte, comme s'il était suivi de quelqu'un, Herminie rougit légèrement et hasarda un nouveau coup d'œil; mais, hélas! à cette porte, qui se referma bientôt derrière lui, apparut un bon gros garçon de dix-huit ans, d'une figure honnête et naïve, et ganté de *vert-pomme.*

Nous ne saurions dire pourquoi, à l'aspect de ce jouvenceau (peut-être elle détestait les gants *vert-pomme*), Herminie parut désappointée, désappointement qui se trahit par une petite moue charmante et par un redoublement de vivacité dans la mesure que battait impatiemment son petit pied.

La polka terminée, Herminie, qui tenait le piano depuis le commencement de la soirée, fut entourée, remerciée, félicitée, et surtout invitée pour une foule de contredanses; mais elle jeta le désespoir dans l'âme des solliciteurs en se prétendant *boiteuse* pour toute la soirée.

Et il faut voir la démarche qu'Herminie se donna pour justifier son affreux mensonge (prémédité du moment où elle avait vu Olivier arriver seul); non, jamais colombe blessée n'a tiré son petit pied rose d'un air plus naturellement souffrant.

Désolés de cet accident, qui les privait du plaisir envié de danser avec la *duchesse*, les solliciteurs, espérant une compensation, offrirent leur bras à l'intéressante boiteuse; mais elle eut la cruauté de préférer l'appui de la fille aînée de madame Herbaut, et se rendit avec elle dans la chambre à coucher pour se reposer et prendre un peu le frais, disait-elle, les fenêtres de cet appartement s'ouvrant sur le jardinet du commandant Bernard.

A peine Herminie avait-elle quitté la salle de bal, donnant le bras à Hortense Herbaut, que mademoiselle de Beaumesnil arriva, accompagnée de madame Laîné.

La plus riche héritière de France portait une robe de mousseline blanche, bien simple, avec une petite écharpe de soie bleu de ciel, ses cheveux, en bandeaux, encadraient sa figure douce et triste.

L'*entrée* de mademoiselle de Beaumesnil resta complétement inaperçue, quoiqu'elle eût lieu pendant l'intervalle qui séparait deux contredanses.

Ernestine n'était pas jolie; elle n'était pas laide non plus; aussi ne lui accorda-t-on pas la moindre attention.

Venue pour observer et se rendre compte de l'épreuve qu'elle voulait subir, la jeune fille compara cet accueil au tumultueux empressement dont elle s'était déjà quelquefois vue entourée à son apparition dans plusieurs assemblées...

Malgré son courage, la pauvre enfant sentit son cœur se serrer; les paroles de M. de Maillefort commençaient à être justifiées par l'événement.

— Dans le monde où j'allais, on savait *mon nom*, — se dit Ernestine, et c'était seulement l'*héritière* que l'on regardait, que l'on entourait, autour de laquelle on s'empressait !

. . . .

Madame Lainé conduisait Ernestine auprès de madame Herbaut lorsque sa fille aînée, qui avait accompagné Herminie dans la chambre à coucher, lui dit, après avoir regardé dans le salon :

— Ma petite *duchesse*, il faut que je te quitte : je viens de voir entrer une dame de nos amies, qui a écrit ce matin à maman pour lui demander de lui présenter ce soir une jeune personne, sa parente. Elles viennent d'arriver, et tu conçois...

— C'est tout simple, va vite, ma chère Hortense ; il faut bien que tu fasses les honneurs de chez toi, — répondit Herminie, peut-être satisfaite de pouvoir rester seule en ce moment.

Mademoiselle Herbaut alla rejoindre sa mère, qui accueillait avec une simplicité cordiale Ernestine présentée par madame Lainé.

— Je vais vous mettre bientôt au fait de nos habitudes, ma chère demoiselle, — disait madame Herbaut à Ernestine, — les jeunes filles avec les jeunes gens dans le salon où l'on danse, les mamans avec les mamans dans le salon où l'on joue ; chacun ainsi s'amuse selon son âge et son goût.

Puis, s'adressant à sa fille aînée :

— Hortense, conduis mademoiselle dans la salle à manger, et vous, ma chère amie, — reprit madame Herbaut en se tournant vers la gouvernante, — venez vous mettre à cette table de nain-jaune; je connais votre goût.

Madame Lainé hésitait à se séparer de mademoiselle de Beaumesnil ; mais, obéissant à un regard de celle-ci, elle la laissa aux soins de mademoiselle Herbaut, et alla s'établir à une des deux tables de jeu.

Cette présentation s'était passée, nous l'avons dit, dans l'intervalle d'une polka à une contredanse; la *duchesse* avait été remplacée au piano par un jeune peintre, très-bon musicien, qui, préludant bientôt, convia par ses accords les danseurs à se mettre en place.

Mesdemoiselles Herbaut, en leur qualité de *filles de la maison*, et fort aimables, fort jolies d'ailleurs, ne pouvaient manquer une contredanse; bientôt Olivier, portant avec grâce son élégant uniforme, qui eût suffi pour le faire distinguer des autres hommes, lors même que le jeune sous-officier n'eût pas été très-remarquable par les agréments de son extérieur, Olivier vint d[illegible]e à mademoiselle Hortense qui entrait dans la salle à manger avec Ernestine :

— Mademoiselle Hortense, vous n'avez pas oublié que cette contredanse m'appartient? et nous devons, je crois, prendre nos places.

— Je suis à vous dans l'instant, monsieur Olivier, — répondit mademoiselle Hortense, qui conduisit mademoiselle de Beaumesnil auprès d'une banquette où étaient assises plusieurs autres jeunes filles.

— Je vous demande pardon de vous quitter sitôt, mademoiselle, — dit-elle à Ernestine, — mais je suis engagée pour cette contredanse, veuillez prendre place sur cette banquette, et vous ne manquerez pas, j'en suis sûre, de danseurs.

— Je vous en prie, mademoiselle, — répondit Ernestine, — ne vous occupez pas de moi.

Les accords du piano devinrent de plus en plus pressants, Hortense Herbaut alla rejoindre son danseur, et mademoiselle de Beaumesnil prit place sur la banquette.

De ce moment commençait, à bien dire, l'épreuve que venait courageusement tenter Ernestine; près d'elle étaient assises cinq ou six jeunes filles, il faut le dire, les moins jolies ou les moins agréables de la réunion, et qui, n'ayant point été engagées d'avance avec empressement, comme les *reines du bal*, attendaient modestement, ainsi que mademoiselle de Beaumesnil, une invitation au moment de la contredanse.

Soit que les compagnes d'Ernestine fussent plus jolies qu'elle, soit que leur extérieur parût plus attrayant, elle les vit toutes engagées les unes après les autres sans que personne songeât à elle.

Une jeune fille, assez laide, il est vrai, partageait le délaissement de mademoiselle de Beaumesnil, lorsque ces mots retentirent :

— Il manque un *vis-à-vis* il faut tout de suite un *vis-à-vis*.

Le danseur dévoué qui voulut bien se charger de remplir cette lacune chorégraphique était le jouvenceau aux gants vert-pomme.

Ce bon gros garçon, de façons vulgaires, voyant de loin deux jeunes filles *disponibles*, accourut pour inviter l'une d'elles ; mais, au lieu de faire son choix sans hésiter, afin d'épargner au moins à celle qui ne lui agréait pas la petite humiliation d'être délaissée *après examen*, ce Pâris ingénu, dont l'irrésolution ne dura guère, il est vrai, que quelques secondes, se décida pour la voisine de mademoiselle de Beaumesnil, victoire que l'objet de la préférence des gants vert-pomme dut sans doute aux éclatantes couleurs et aux luxuriants appas qui la distinguaient.

Si puérile qu'elle semble peut-être, il serait difficile de rendre l'angoisse étrange, amère, qui brisa le cœur de mademoiselle de Beaumesnil pendant les rapides péripéties de cet incident.

En voyant les autres jeunes filles invitées tour à tour sans que personne fît attention à elle, Ernestine revenant déjà à sa modestie naturelle, s'était expliqué ces préférences.

Cependant, à mesure que le nombre des délaissées diminuait autour d'elle, son anxiété, sa tristesse, augmentaient ; mais, lorsque, restée seule avec cette jeune fille laide, dont la laideur n'était pas même compensée par quelque élégance de manières, mademoiselle de Beaumesnil se vit pour ainsi dire dédaignée après avoir été comparée à sa compagne, elle ressentit un coup douloureux.

« Hélas ! — se disait la pauvre enfant avec une tristesse indéfinissable, puisque je n'ai pu supporter la comparaison avec aucune des jeunes filles qui se trouvaient à côté de moi, et même avec la dernière que l'on a invitée, je ne dois donc jamais plaire à personne ? Si l'on veut me persuader le contraire, l'on obéira, je n'en puis plus douter maintenant, à une arrière-pensée basse et cupide. Au moins, toutes ces jeunes filles que l'on m'a préférées sont bien assurées que cette préférence est sincère, aucun doute cruel ne flétrit leur innocent triomphe... Ah ! jamais je ne connaîtrai même cet humble bonheur ! »

A ces pensées, l'émotion de mademoiselle de Beaumesnil fut si poignante, qu'il lui fallut un violent effort pour contenir ses larmes.

Mais, si ses pleurs ne coulèrent pas, son pâle et doux visage trahi un sentiment si pénible, que deux personnes, deux cœurs généreux, en furent frappés tour à tour.

Pendant que mademoiselle de Beaumesnil s'était livrée à ces réflexion cruelles, la contredanse avait suivi son cours. Olivier dansait avec mademoiselle Hortense Herbaut, et le jeune couple se trouvait placé en face d'Ernestine.

Lors d'un repos, Olivier, jetant par hasard les yeux sur les banquettes désertes, remarqua d'autant plus l'humiliant délaissement de mademoiselle de Beaumesnil, qui seule ne dansait pas, puis l'expression navrante de sa physionomie... Olivier en fut sincèrement touché et dit tout bas à mademoiselle Herbaut :

— Mademoiselle Hortense, quelle est donc cette jeune fille qui est là-bas toute seule, sur cette longue banquette, et qui a l'air si triste? je ne l'ai pas encore vue ici... ce me semble?

— Mon Dieu non, monsieur Olivier, c'est une jeune personne qu'une des amies de maman lui a présentée aujourd'hui.

— C'est donc cela. Elle n'est pas jolie, elle ne connaît personne ici : on ne l'a pas engagée. Pauvre petite, comme elle doit s'ennuyer!

— Si je n'avais pas *été* invitée par vous, monsieur Olivier, et si ma sœur n'avait pas comme moi promis d'autres contredanses, je serais restée auprès de cette jeune personne, mais...

— C'est tout simple, mademoiselle Hortense, vous avez à accomplir vos devoirs de maîtresse de maison; mais moi, bien certainement, j'engagerai cette pauvre petite fille pour la première contredanse. Cela fait peine de la voir ainsi délaissée.

— Ah! merci pour maman et pour nous, monsieur Olivier, ce sera une vraie bonne œuvre, — dit Hortense, — une véritable charité...

Peu de temps après qu'Olivier eut remarqué l'isolement de mademoiselle de Beaumesnil, Herminie, qui était restée seule et rêveuse dans la chambre à coucher, rentra au salon.

Elle causait avec madame Herbaut, appuyée sur le dossier de son fauteuil, lorsque, s'interrompant, elle lui dit en regardant par la porte de la salle à manger, dont les vantaux étaient ouverts :

— Mon Dieu! que cette jeune fille qui est là-bas, toute seule sur cette banquette, paraît donc triste!

Madame Herbaut leva les yeux de dessus ses cartes, et, après avoir regardé du côté que lui indiquait Herminie, elle lui répondit :

— C'est une jeune personne qu'une de mes amies, qui est là au nain-jaune, m'a présentée ce soir. Dame, ma chère Herminie, que voulez-vous? cette nouvelle venue ne connaît personne ici, et, entre nous, elle n'est guère jolie; ce n'est pas étonnant qu'elle ne trouve pas de danseur.

— Mais cette pauvre enfant ne peut pourtant pas rester ainsi abandonnée toute la soirée, — dit Herminie, — et comme, par bonheur, je suis boiteuse, je vais m'occuper de l'*étrangère*, et tâcher de lui faire paraître le temps moins long.

— Il n'y a que vous, belle et généreuse *duchesse* que vous êtes, — répondit en riant madame Herbaut, — pour penser à tout et avoir une si bonne idée. Je vous en remercie, car Hortense et Claire sont obligées de danser toutes les contredanses, et il est probable que cette jeune personne les manquera toutes.

— Oh! quant à cela, madame... ne le craignez pas, — dit Herminie, — je saurai épargner ce désagrément à cette jeune fille...

— Comment ferez-vous, belle *duchesse?*

— Oh! c'est mon secret, madame, — répondit Herminie.

Et elle se dirigea, toujours boitant — la menteuse! — vers la banquette où était seule assise mademoiselle de Beaumesnil.

XXXVI

Mademoiselle de Beaumesnil, en voyant s'avancer Herminie, fut si frappée de sa beauté surprenante, qu'elle ne remarqua pas l'affectation de *boiterie* que s'était imposée la *duchesse* afin de ne pas danser de toute la soirée... (Si l'on ne l'a pas deviné, l'on saura plus tard le motif de ce *renoncement* à la danse, si rare chez une jeune fille.)

Quelle fut donc la surprise d'Ernestine lorsque la *duchesse*, s'asseyant à ses côtés, lui dit de la manière du monde la plus aimable :

— Je suis autorisée par madame Herbaut, mademoiselle, à venir, si vous le permettez, vous tenir un peu compagnie, et à remplacer auprès de vous mesdemoiselles Herbaut...

— Allons, on a du moins pitié de moi, — se dit d'abord mademoiselle de Beaumesnil avec une humiliation douloureuse.

Mais l'accent d'Herminie était si doux, si engageant, sa charmante physionomie si bienveillante, qu'Ernestine, se reprochant bientôt l'amertume de sa première impression, répondit à la *duchesse :*

— Je vous remercie, mademoiselle, ainsi que madame Herbaut, d'avoir bien voulu vous occuper de moi, mais je craindrais de vous retenir, et de vous priver du plaisir de...

— De danser? — dit Herminie en souriant et en interrompant Ernestine. — Je puis vous rassurer, mademoiselle... j'ai ce soir un affreux mal au pied qui m'empêchera de figurer dans le bal; mais vous voyez qu'à ce grand malheur je trouve auprès de vous une compensation.

— En vérité, mademoiselle, je suis confuse de vos bontés!

— Mon Dieu, je fais tout simplement ce que vous auriez fait pour moi, j'en suis sûre, mademoiselle, si vous m'aviez vue isolée, ainsi que cela arrive toujours lorsque l'on vient pour la première fois dans une réunion.

— Je ne crois pas, mademoiselle, — répondit mademoiselle de Beaumesnil en souriant, et mise à l'aise par les gracieuses avances d'Herminie, — je ne crois pas que, même la première fois où vous paraissez quelque part, vous restiez jamais isolée.

— Ah! mademoiselle, mademoiselle, — répondit gaiement Herminie, — c'est vous qui allez me rendre confuse si vous me faites ainsi des compliments.

— Oh! je vous assure que je vous dis ce que je pense, mademoiselle, — répondit si naïvement Ernestine, que la *duchesse*, sensible à cette louange ingénue, reprit :

— Alors, je vous remercie de ce qu'il y a d'aimable dans vos paroles. Elles sont sincères, je n'en doute pas : pour justes, c'est autre chose; mais dites-moi, comment trouvez-vous notre petit bal?

— Charmant, mademoiselle.

— N'est-ce pas? c'est si gai, si animé!... Comme on emploie bien le temps! Que voulez-vous? il n'y a qu'un dimanche par semaine.. aussi, pour nous tous qui sommes ici, le plaisir est vraiment un plaisir; tandis que, pour tant de gens, dit-on, c'est une occupation, et des plus fatigantes encore. Rassassiés de tout, ils ne savent que s'imaginer pour s'amuser.

— Et croyez-vous qu'ils s'amusent, au moins, mademoiselle?

— Non, car il me semble que rien ne doit être plus triste que de chercher si péniblement le plaisir.

— Oh! oui, cela doit être triste, aussi triste que de chercher une affection vraie lorsqu'on n'est aimé de personne, — dit involontairement Ernestine, cédant à l'empire de ses tristes préoccupations.

Il y eut tant de mélancolie dans l'accent de la jeune fille et dans l'expression de ses traits en prononçant ces mots, qu'Herminie se sentit émue.

— Pauvre petite, — pensa la *duchesse*, — sans doute, elle n'est pas aimée de sa famille; puis l'espèce d'humiliation qu'elle a dû ressentir en se voyant délaissée par tout le monde doit l'attrister encore, car, je n'y songeais pas, elle est là toute seule, sur cette banquette, exposée, comme en spectacle, aux moqueries peut-être.

Le hasard vint confirmer les craintes d'Herminie...

Les évolutions de la contredanse ayant ramené devant Ernestine la jeune fille aux vives couleurs et son cavalier aux gants *vert-pomme*, la *duchesse* surprit quelques regards de compassion jetés par la *préférée*... sur la *délaissée*.

Ces regards, mademoiselle de Beaumesnil les surprit aussi; elle se crut pour tout le monde l'objet d'une pitié moqueuse. A cette pensée elle souffrait visiblement. Que l'on juge de sa reconnaissance pour Herminie lorsque celle-ci lui dit, en tâchant de sourire, car elle devinait la pénible impression d'Ernestine :

— Mademoiselle, voulez-vous me permettre d'agir avec vous sans façon?

— Certainement, mademoiselle.

— Eh bien! je trouve qu'il fait ici horriblement chaud... Si vous le vouliez, nous irions nous asseoir dans la chambre de madame Herbaut.

— Oh! merci, mademoiselle, — dit Ernestine en se levant vivement et en attachant sur Herminie son regard ingénu, qu'une larme furtive rendit humide. — Oh! merci! — répéta-t-elle tout bas.

— Comment? merci... — lui dit Herminie avec surprise en lui donnant le bras, — c'est au contraire à moi de vous remercier, puisque pour moi vous consentez à quitter la salle du bal.

— Et moi, je vous remercie, parce que je vous ai comprise, mademoiselle... — reprit Ernestine en accompagnant la *duchesse* dans la chambre à coucher de madame Herbaut, où les deux jeunes filles ne trouvèrent personne.

— Maintenant que nous voilà seules, — dit Herminie à Ernestine, — expliquez-moi donc pourquoi vous m'avez remerciée lorsque tout à l'heure...

— Mademoiselle, — dit Ernestine en interrompant la *duchesse*, — vous êtes généreuse, vous devez être franche.

— Mademoiselle, c'est ma qualité... ou mon défaut, — répondit Herminie en souriant, — eh bien! voyons, pourquoi cet appel à ma franchise?

— Tout à l'heure, lorsque vous m'avez priée de vous accompagner ici, sous prétexte qu'il faisait trop chaud dans la salle du bal, vous avez écouté votre bon cœur, vous vous êtes dit : « Cette pauvre jeune fille est délaissée... personne ne l'a invitée à danser parce qu'elle n'est pas jolie, elle reste là comme un sujet de risée, elle souffre de cette humiliation. A cette humiliation je vais la soustraire en l'amenant ici sous quelque prétexte. » Oh! vous vous êtes dit cela, n'est-ce pas? — ajouta mademoiselle de Beaumesnil en ne cherchant pas à cacher cette fois les larmes d'attendrissement qui lui vinrent aux yeux. — Avouez que je vous ai devinée.

— C'est vrai, — dit Herminie avec sa loyauté habituelle, — pourquoi n'avouerais-je pas l'intérêt que votre position m'a inspirée, mademoiselle?

— Oh! merci encore, — dit Ernestine en tendant la main à Herminie, — vous ne savez pas combien je suis heureuse de votre sincérité

— Et vous, mademoiselle, — reprit Herminie en serrant la main d'Ernestine, — puisque vous voulez que je sois franche, vous ne savez pas combien, tout à l'heure, vous m'avez fait de peine.

— Moi?

— Sans doute... lorsque je vous disais que ce devait être une chose triste que de chercher péniblement le plaisir, vous m'avez répondu avec un accent qui m'a serré le cœur : « Oui, c'est aussi triste que de chercher une véritable affection lorsqu'on n'est aimé de personne. »

— Mademoiselle... — reprit Ernestine embarrassée.

— Oh! en disant cela, vous aviez l'air navré, il ne faut pas le nier, ne vous ai-je pas donné l'exemple de la franchise?

— C'est vrai, mademoiselle, en cela je ne vous imitais pas.

— Eh bien! — reprit Herminie en hésitant, — permettez-moi une question, et surtout ne l'attribuez pas à une indiscrète curiosité : vous ne rencontrez peut-être pas... parmi les vôtres... l'affection que vous pourriez désirer?

— Je suis orpheline, — répondit mademoiselle de Beaumesnil d'une voix si touchante, qu'Herminie tressaillit et sentit son émotion augmenter.

— Orpheline! — reprit-elle, — orpheline! Hélas! je vous comprends, car moi aussi...

— Vous êtes orpheline?

— Oui.

— Quel bonheur!... — dit vivement Ernestine.

Mais, pensant aussitôt que cette exclamation involontaire devait paraître cruelle ou au moins bien étrange, elle ajouta :

— Pardon, mademoiselle... pardon... mais...

— A mon tour, je vous ai devinée, — reprit Herminie avec une grâce charmante, — *quel bonheur* veut dire : « Elle sait combien le sort d'une orpheline est triste, et peut-être elle m'aimera, peut-être, en elle, je trouverai l'affection que je n'ai pas rencontrée ailleurs. » Est-ce vrai? — ajouta Herminie en tendant à son tour la main à Ernestine. — N'est-ce pas que je vous ai devinée?

— Hélas! oui, c'est vrai, — répondit Ernestine, cédant de plus en plus à l'attrait singulier que lui inspirait la *duchesse*. — Vous avez été si bonne pour moi, vous semblez si sincère, que j'ambitionnerais votre affection, mademoiselle, mais ce n'est qu'une ambition, je n'ose pas même dire une espérance, — reprit timidement Ernestine, — car vous me connaissez à peine, mademoiselle...

— Et moi, me connaissez-vous davantage?

— Non, mais vous, c'est différent.

— Pourquoi cela?

— Je suis déjà votre obligée, et je vous demande encore.

— Et qui vous dit que cette affection, que vous me demandez, je ne serais pas heureuse de vous l'accorder en échange de la vôtre? Vous semblez si à plaindre, si intéressante, — reprit Herminie, qui, de son côté, ressentait un penchant croissant pour Ernestine.

Mais, devenant tout à coup pensive, elle ajouta :

— Savez-vous que cela est bien singulier?

— Quoi donc, mademoiselle? — demanda Ernestine, inquiète de la gravité des traits de la *duchesse*.

— Nous nous connaissons depuis une demi-heure à peine, j'ignore jusqu'à votre nom, vous ignorez le mien, et nous voici déjà presque aux confidences.

— Mon Dieu, mademoiselle... — dit Ernestine d'un air craintif, presque suppliant, comme si elle eût redouté de voir Herminie revenir par réflexion sur l'intérêt qu'elle lui avait jusqu'alors témoigné, — pourquoi vous étonner de voir naître soudain l'affection et la confiance entre le bienfaiteur et l'obligé? Rien ne rapproche, laissez-moi dire, ne lie plus vite et davantage que la compassion d'un côté et que la reconnaissance de l'autre.

— J'ai trop besoin d'être de votre avis, — reprit Herminie, moitié souriant, moitié attendrie, — j'ai trop envie de vous croire pour ne pas accepter toutes vos raisons.

— Mais ces raisons sont réelles, mademoiselle, — dit Ernestine, encouragée par ce premier succès, et espérant faire partager sa conviction à Herminie. — Et puis enfin, voyez-vous, notre position pareille contribue encore à nous rapprocher l'une de l'autre. Etre toutes deux orphelines, c'est presque un lien.

— Oui, — dit la *duchesse* en serrant les mains d'Ernestine entre les siennes, — c'est un lien doublement précieux pour nous, qui qui n'en avons plus.

— Ainsi, votre affection, — dit Ernestine en répondant avec bonheur à la cordiale étreinte d'Herminie, — votre affection, vous pourrez un jour me l'accorder?

— Tout à l'heure, — dit la *duchesse*, — sans vous connaître, j'ai été touchée de ce que votre position avait de pénible. Maintenant, il me semble que je vous aime parce que l'on voit que vous avez un bon cœur.

— Oh! vous ne pouvez savoir tout le bien que me font vos paroles, — dit mademoiselle de Beaumesnil, — je ne serai pas ingrate, je vous le jure, mademoiselle.

Mais se reprenant, elle ajouta :

— *Mademoiselle?*... non, il me semble que maintenant il me serait difficile de vous appeler ainsi.

— Et il me serait tout aussi difficile de vous répondre sur ce ton cérémonieux, — dit la *duchesse ;* — appelez-moi donc Herminie, à condition que je vous appellerai ?

— Ernestine.

— Ernestine ! — dit vivement Herminie en se souvenant que c'était le nom de sa sœur, nom que la comtesse de Beaumesnil avait plusieurs fois prononcé devant la jeune artiste en lui parlant de cette fille si chérie. — Vous vous nommez Ernestine ? — reprit Herminie. — Vous parliez tout à l'heure de liens : en voici un de plus.

— Comment cela ?

— Une personne qui m'inspirait le plus respectueux attachement avait une fille qui se nommait aussi Ernestine.

— Vous le voyez, Herminie, — dit mademoiselle de Beaumesnil, — combien il y a de raisons pour que nous nous aimions, et, puisque nous voici amies, je vais vous accabler de questions plus indiscrètes les unes que les autres.

— Et moi donc ! — dit Herminie en souriant.

— D'abord, qu'est-ce que vous faites ? quelle est votre profession, Herminie ?

— Je suis maîtresse de chant et de piano.

— Oh ! que vos écolières doivent être heureuses ! que vous devez être bonne pour elles !

— Pas du tout, mademoiselle, je suis très-sévère, — reprit gaiement la *duchesse*. — Et vous, Ernestine, que faites-vous ?

— Moi, — reprit mademoiselle de Beaumesnil assez embarrassée, — moi, je brode et je fais de la tapisserie.

— Et avez-vous au moins suffisamment d'ouvrage, chère enfant ? — lui demanda Herminie avec une sollicitude presque maternelle. — Cette époque de l'année est la morte saison pour les travaux de ce genre.

— Je suis arrivée depuis très-peu de temps de... de province, pour rejoindre ici ma parente, — répondit la pauvre Ernestine de plus en plus embarrassée, mais puisant une certaine assurance dans la difficulté même de sa position. — Aussi, vous concevez, Herminie, — ajouta-t-elle, — que je n'ai pu encore manquer d'ouvrage...

— En tout cas, si vous en manquiez, je pourrais, je l'espère, vous en procurer, ma chère Ernestine.

— Vous ! et comment cela ?

— J'ai aussi brodé pour des marchands, parce que... enfin... on peut se dire cela entre amies et entre pauvres gens, quelquefois mes leçons me manquaient, et la broderie était ma ressource. Aussi, comme on a été très-content de mon ouvrage dans la maison dont je vous parle, maison de broderie très-importante d'ailleurs, j'y ai conservé de bonnes relations; je suis donc certaine que, recommandée par moi, si peu de travail qu'il y ait à donner, vous l'aurez.

— Mais, puisque vous brodez aussi, vous, Herminie, c'est vous priver d'une ressource en ma faveur, et, si vos leçons venaient encore à vous manquer, — dit Ernestine, délicieusement touchée de l'offre généreuse d'Herminie, — comment feriez-vous?

— Oh! je n'ai pas que cette ressource-là, — reprit l'orgueilleuse fille, — je grave aussi la musique. Mais l'important est que vous ayez de l'ouvrage assuré, voyez-vous, Ernestine. Car, hélas! vous le savez peut-être aussi, pour nous autres comme pour tous ceux qui vivent de leur travail, il ne suffit pas d'avoir bon courage, il faut encore trouver de l'occupation.

— Sans doute, car alors c'est bien pénible; et comment faire?... dit tristement Ernestine en songeant pour la première fois au sort fatal de tant de pauvres jeunes filles, et se disant avec tristesse que sa nouvelle amie devait avoir connu la triste position dont elle lui parlait.

— Oui, c'est pénible, — répondit mélancoliquement Herminie, — se voir à bout de ressources, quelque bon vouloir, quelque courage que l'on ait! et c'est pour cela que je ferai mon possible pour que vous ignoriez ce chagrin-là, ma pauvre Ernestine. Mais dites-moi, où demeurez-vous? j'irai vous voir en allant donner mes leçons, si ce n'est pas trop... trop loin des quartiers où je suis appelée, car malheureusement il faut que je sois très-avare de mon temps.

L'embarras de mademoiselle de Beaumesnil arrivait à son comble, embarras encore augmenté par la pénible nécessité d'être obligée de mentir; pourtant elle reprit en hésitant :

— Ma chère Herminie, je serais bien contente de vous voir chez nous, mais ma parente...

— Pauvre enfant! je comprends, — dit vivement Herminie, en venant, sans le savoir, au secours d'Ernestine, — vous n'êtes pas chez vous? Votre parente vous le fait durement sentir peut-être?

— C'est cela, — dit mademoiselle de Beaumesnil, ravie de cette excuse, — ma parente n'est pas précisément méchante, mais elle est bourrue, — ajouta-t-elle en souriant, — et puis grognon, oh ! mais si grognon pour tout le monde, que je craindrais...

— Cela me suffit, — reprit Herminie *en riant à son tour*, — si elle est grognon, tout est dit, elle n'aura jamais ma visite. Mais alors, Ernestine, il faudra venir me voir quelquefois quand vous aurez un instant.

— J'allais vous le demander, Herminie ; je me fais une joie, une fête, de cette visite !

— Vous verrez ma petite chambre, comme elle est gentille et coquette, — dit la *duchesse*.

Mais, réfléchissant que peut-être sa nouvelle amie n'était pas si bien logée qu'elle, Herminie se reprit et ajouta :

— Quand je dis que ma chambre est gentille, c'est une façon de parler, elle est toute simple.

Ernestine avait déjà, pour ainsi dire, la *clef* du cœur et du caractère d'Herminie, aussi lui dit-elle en souriant :

— Herminie, soyez franche.

— A propos de quoi, Ernestine?

— Votre chambre est charmante, et vous vous êtes reprise de crainte de me faire de la peine en pensant que chez ma *grognon* de parente je n'avais pas sans doute une chambre aussi jolie que la vôtre?

— Mais savez-vous, Ernestine, que vous seriez très-dangereuse, si l'on avait un secret, — répondit la *duchesse* en riant, — vous devinez tout.

— J'en étais sûre : votre chambre est charmante; quel bonheur d'aller la voir!

— Il ne s'agit pas de dire : « Quel bonheur d'aller la voir ! » il faut dire : « Herminie, tel jour, je viendrai prendre une tasse de lait le matin avec vous. »

— Oh ! je le dis de grand cœur!

— Et moi j'accepte aussi de grand cœur ; seulement, lorsque vous viendrez, Ernestine, que ce soit à neuf heures, car à dix je commence ma tournée de leçons. Voyons, quel jour viendrez-vous?

Mademoiselle de Beaumesnil fut tirée du nouvel embarras où elle se trouvait par la *Providence*, qui se manifesta sous l'aspect d'un charmant sous-officier de hussards, qui n'était autre qu'Olivier.

Fidèle à la compatissante promesse qu'il avait faite à mademoiselle

Herbaut, le digne garçon venait, par charité, inviter Ernestine pour la prochaine contredanse.

Olivier, après avoir salué Herminie d'un air à la fois respectueux et cordial, s'inclina devant mademoiselle de Beaumesnil avec une politesse parfaite, et lui posa cette question sacramentelle :

— Mademoiselle veut-elle me faire l'honneur de danser la première contredanse avec moi?

XXXVII

Mademoiselle de Beaumesnil fut doublement surprise de l'invitation que lui adressait Olivier, car cette invitation devait être pour ainsi dire *préméditée*, puisque Ernestine ne se trouvait pas alors dans la salle de bal : aussi, très-étonnée, la jeune fille hésitait à répondre lorsque Herminie dit gaiement au jeune soldat :

— J'accepte votre invitation au nom de mademoiselle, monsieur Olivier, car elle est capable de vouloir vous priver du plaisir de danser avec elle afin de me tenir compagnie pendant toute la soirée.

— Puisque mademoiselle a accepté pour moi, monsieur, — reprit Ernestine en souriant, — je ne puis que suivre son exemple.

Olivier s'inclina de nouveau, et s'adressant à Herminie :

— Je suis arrivé malheureusement bien tard, mademoiselle Herminie, d'abord parce que vous ne touchez plus du piano, et puis parce que j'ai appris que vous ne dansez pas.

— En effet, monsieur Olivier, vous êtes arrivé tard, car il m'a semblé vous voir entrer à la fin de la dernière polka que j'ai jouée.

— Hélas ! mademoiselle, vous voyez en moi une victime de ma patience et de l'inexactitude d'autrui. J'attendais un de mes *amis*, qui devait venir avec moi.

Et Olivier regarda Herminie, qui rougit légèrement, et baissa les yeux.

— Mais cet *ami* n'est pas venu.

— Peut-être est-il malade, monsieur Olivier, — demanda la *duchesse* avec une affectation de parfaite indifférence, quoiqu'elle se sentît assez inquiète.

— Non, mademoiselle, il se porte à merveille : je l'ai vu tantôt; je crois que c'est sa mère qui l'aura retenu, car ce brave garçon n'a aucune force contre la volonté de sa mère.

Ces paroles d'Olivier parurent dissiper le léger nuage qui, de temps à autre, avait, pendant cette soirée, assombri le front de la *duchesse*.

Elle reprit donc gaiement :

— Mais alors, monsieur Olivier, vous êtes trop injuste de blâmer votre *ami*, puisque son absence a une si bonne excuse.

— Je ne le blâme pas du tout, mademoiselle Herminie, je le plains de n'être pas venu, car le bal est charmant, et je me plains d'être arrivé si tard; j'aurais eu plus tôt le plaisir de danser avec mademoiselle, — ajouta obligeamment Olivier en s'adressant à mademoiselle de Beaumesnil, afin de ne pas la laisser en dehors de la conversation.

Soudain ces mots : « A vos places! à vos places! » retentirent dans la salle à manger, en même temps que les accords du piano.

— Mademoiselle, — dit Olivier en offrant son bras à Ernestine, — je suis à vos ordres.

La jeune fille se leva.

Elle allait suivre Olivier, lorsque Herminie, la prenant par la main, lui dit tout bas :

— Un instant, Ernestine, laissez-moi arranger votre écharpe : il y manque une épingle.

Et la *duchesse*, avec une sollicitude charmante, effaça un pli disgracieux de l'écharpe, la fixa au moyen d'une épingle qu'elle prit à sa ceinture, détira un froncement du corsage de la robe d'Ernestine, rendant enfin à sa nouvelle amie tous ces petits soins coquets que deux bonnes sœurs échangent entre elles.

— Maintenant, mademoiselle, — reprit Herminie avec une gravité plaisante, après avoir jeté un coup d'œil sur la toilette d'Ernestine, — je vous permets d'aller danser, mais surtout amusez-vous bien!

Mademoiselle de Beaumesnil fut si touchée de la gracieuse attention d'Herminie, qu'avant d'accepter le bras d'Olivier elle trouva moyen l'effleurer d'un baiser la joue de la duchesse en lui disant tout bas :

— Merci encore, merci toujours !

Et, heureuse pour la première fois depuis la mort de sa mère, Ernestine quitta Herminie, prit le bras d'Olivier, et le suivit dans la salle de bal.

Le jeune sous-officier, d'une figure remarquablement agréable et distinguée, cordial avec les hommes, prévenant avec les femmes, portant enfin avec une rare élégance son charmant uniforme de hussard, rehaussé d'une croix que l'on savait vaillamment gagnée, le jeune sous-officier, disons-nous, avait le plus grand succès chez madame Herbaut, et Ernestine, naguère si délaissée, fit bien des jalousies lorsqu'elle apparut dans la salle de bal, au bras d'Olivier.

Les femmes les plus ingénues ont, à l'endroit de l'effet qu'elles produisent sur les autres femmes, une pénétration rare.

Chez mademoiselle de Beaumesnil, à cette pénétration se joignait la ferme volonté d'observer avec une extrême attention tous les incidents de cette soirée.

Aussi, s'apercevant bientôt de l'envie que lui attirait la préférence qu'Olivier montrait pour elle, la reconnaissance de la jeune fille s'en augmenta.

Elle n'en doutait pas : Olivier, par bonté de cœur, avait voulu la venger du pénible et presque humiliant délaissement dont elle avait souffert.

Ce sentiment de gratitude disposa mademoiselle de Beaumesnil à se montrer envers Olivier un peu moins réservée peut-être qu'il ne convenait dans une position aussi délicate que celle où elle se trouvait.

Mise d'ailleurs très en confiance avec le jeune soldat par cela seulement qu'il paraissait amicalement traité par Herminie, Ernestine se sentit donc très-décidée à provoquer toutes les conséquences de l'épreuve qu'elle venait subir.

Olivier, en promettant à mademoiselle Herbaut d'engager mademoiselle de Beaumesnil, avait seulement obéi à un mouvement de son généreux naturel, car, voyant mademoiselle de Beaumesnil de loin, il l'avait trouvée presque laide ; il ne la connaissait pas, il ignorait si elle était spirituelle ou sotte : aussi, enchanté de trouver un sujet de conversation dans l'amitié qui semblait lier Herminie et Ernestine, il dit à celle-ci, pendant un de ces repos forcés que laissent les évolutions de la contredanse :

— Mademoiselle, vous connaissez mademoiselle Herminie! Quelle bonne et charmante personne, n'est-ce pas?

— Je pense absolument comme vous, monsieur, quoique j'aie vu ce soir mademoiselle Herminie pour la première fois.

— Ce soir... seulement?

— Cette soudaine amitié vous étonne, n'est-ce pas, monsieur? Mais que voulez-vous? quelquefois les plus riches sont les plus généreux : ils n'attendent pas qu'on leur demande, ils vous offrent. Il en a été ainsi ce soir d'Herminie à mon égard.

— Je vous comprends, mademoiselle, vous ne connaissiez personne ici, et mademoiselle Herminie...

— Me voyant seule, a eu la bonté de venir à moi. Cela doit, monsieur, *vous surprendre moins que tout autre...*

— Et pourquoi cela, mademoiselle?

— Parce que, *tout à l'heure,* — *répondit Ernestine en souriant,* — vous avez, monsieur, cédé, comme Herminie, à un sentiment de charité à *mon égard*... de charité... *dansante,* bien *entendu.*

— De charité... Ah! mademoiselle, cette expression...

— Est trop vraie?

— Au contraire.

— Voyons, monsieur, avouez-le, vous devez, il me semble, toujours dire la vérité.

— Franchement, mademoiselle, — reprit Olivier en souriant à son tour, — ferais-je acte de *charité,* je suppose, — permettez-moi cette comparaison, en cueillant une fleur oubliée, inaperçue?

— Ou plutôt délaissée.

— Soit, mademoiselle.

— A la bonne heure.

— Mais qu'est-ce que cela prouverait? sinon le mauvais goût de celui qui aurait préféré, par exemple, à une petite violette, un énorme coquelicot.

Et Olivier montra, d'un regard moqueur, la robuste et grosse jeune fille pour qui Ernestine avait été délaissée, et dont les vives couleurs avaient, en effet, beaucoup d'analogie avec le pavot sauvage...

Mademoiselle de Beaumesnil ne put s'empêcher de sourire à cette comparaison; mais elle reprit en secouant la tête :

— Ah! monsieur, si aimable que soit votre réponse, elle me prouve que j'avais doublement raison.

— Comment cela, mademoiselle ?

— Vous avez eu pitié de moi, et vous en avez encore assez pitié pour craindre de me l'avouer.

— Au fait, mademoiselle, vous avez raison de vouloir de la franchise, cela vaut toujours mieux que des compliments.

— Voilà, monsieur, ce que j'attendais de vous.

— Eh bien ! oui, mademoiselle, en voyant que, seule, vous n'étiez pas engagée, je n'ai pensé qu'à une chose : à l'ennui que vous deviez éprouver, et je me suis promis de vous inviter pour la contredanse suivante. J'espère que voilà de la sincérité, mais vous l'avez voulu.

— Certes, monsieur, et je m'en trouve si bien, que, si j'osais...

— Osez, mademoiselle, ne vous gênez pas.

— Mais non, si franc que vous soyez, si amie de la vérité..... que vous me supposiez, monsieur, votre sincérité s'arrêterait, j'en suis sûre, à de certaines limites.

— A celles que vous poseriez, mademoiselle, pas à d'autres.

— Bien vrai ?

— Oh ! je vous le promets.

— C'est que la question que je vais vous faire, monsieur, devra vous paraître... si étrange... si hardie peut-être.

— Alors, mademoiselle, je vous dirai qu'elle me paraît étrange ou hardie, voilà tout.

— Je ne sais si j'oserai jamais.

— Ah ! mademoiselle, — dit Olivier en riant, — à votre tour, vous avez peur de la franchise.

— C'est-à-dire que j'ai peur pour votre sincérité, monsieur, il faudrait qu'elle fût si grande, si rare.

— Soyez tranquille, mademoiselle, je réponds de moi.

— Eh bien ! monsieur, comment me trouvez-vous?

— Mademoiselle... — balbutia d'abord Olivier, qui était loin de s'attendre à cette brusque et embarrassante question, permettez... je..

— Ah! voyez-vous, monsieur, reprit gaiement Ernestine, — vous n'osez pas me répondre tout de suite; mais tenez, pour vous mettre à l'aise, supposez qu'en sortant de ce bal, et rencontrant un de vos amis, vous lui parliez de toutes les jeunes personnes avec qui vous avez dansé, que diriez-vous de moi à votre ami, si, par hasard, vous vous souveniez que j'ai été l'une de vos danseuses?

— O mon Dieu! mademoiselle, — reprit Olivier en se remettant de sa surprise, — je dirais tout uniment ceci à mon ami : « J'ai vu une jeune demoiselle que personne n'invitait : cela m'a intéressé à elle, je l'ai engagée, tout en pensant que notre entretien ne serait peut-être pas fort amusant, car, ne connaissant pas cette demoiselle, je n'avais à lui dire que des banalités; eh bien! pas du tout : grâce à ma danseuse, notre entretien a été très-animé; aussi, le temps de la contredanse a-t-il passé comme un songe. »

— Et cette jeune personne, vous demandera peut-être votre ami, monsieur, était-elle laide ou jolie?

« — De loin, — répondit intrépidement Olivier, — je n'avais pu bien distinguer ses traits. Mais, en la voyant de près, à mesure que je l'ai regardée plus attentivement, et que je l'ai surtout entendue parler, j'ai trouvé dans sa physionomie quelque chose de si doux, de si bon, une expression de franchise si avenante, que je ne pensais plus qu'elle aurait pu être jolie. » Mais, — reprit Olivier, — j'ajouterai (toujours parlant à mon ami) : « Ne répétez pas ces confidences, car il n'y a que les femmes de bon esprit et de bon cœur qui demandent et pardonnent la sincérité. » C'est donc à un ami discret que je parle, mademoiselle.

— Et moi, monsieur, je vous remercie; je vous suis reconnaissante, oh! profondément reconnaissante de votre franchise, — dit mademoiselle de Beaumesnil d'une voix si émue, si pénétrante, qu'Olivier, surpris et ému lui-même, regarda la jeune fille avec un vif intérêt.

A ce moment, la contredanse finissait.

Olivier reconduisit Ernestine auprès d'Herminie, qui l'attendait; puis, très-frappé du singulier caractère de la jeune fille qu'il venait de faire danser, le jeune sous-officier se retira à l'écart quelque peu rêveur.

— Eh bien! — dit affectueusement Herminie à Ernestine, — vous vous êtes amusée, n'est-ce pas? je le voyais à votre figure : vous avez causé tout le temps que vous ne dansiez pas.

— C'est que M. Olivier est très-aimable, et puis, sachant que vous le connaissiez, Herminie, cela m'a mise tout de suite en confiance avec lui.

— Et il le mérite, je vous assure, Ernestine; il est impossible d'avoir un plus excellent cœur, un caractère plus noble : son ami intime (et la *duchesse* rougit imperceptiblement) me disait que M. Olivier s'occupe des travaux les plus ennuyeux du monde, afin d'utiliser son congé et de venir en aide à son oncle, ancien officier de marine, criblé de blessures, qui demeure dans la maison, et qui n'a pour vivre qu'une petite retraite insuffisante.

— Cela ne m'étonne pas du tout, Herminie; j'avais deviné que M. Olivier avait bon cœur.

— Avec cela, brave comme un lion; son *ami*, qui servait avec lui dans le même régiment, m'a cité plusieurs traits d'admirable bravoure de M. Olivier.

— Il me semble que cela doit être : je me suis toujours figuré que les personnes très-braves devaient être très-bonnes, — répondit Ernestine. — Vous, par exemple, Herminie, vous devez être très-courageuse.

L'entretien des jeunes filles fut interrompu de nouveau par un danseur qui vint inviter Ernestine en échangeant un regard avec Herminie.

Ce regard, mademoiselle de Beaumesnil le surprit et il la fit rougir et sourire; elle accepta néanmoins l'engagement pour la contredanse qui allait commencer dans quelques instants.

Le danseur éloigné, Ernestine dit gaiement à sa nouvelle amie :

— Vous m'avez mise en goût d'être dangereuse, et je le deviens prodigieusement, ma chère Herminie.

— Et à propos de quoi me dites-vous cela, Ernestine?

— Cette invitation que l'on vient de me faire..

— Eh bien?

— C'est encore vous.

— Encore moi ?

— Vous vous êtes dit : « Il faut au moins que cette pauvre Ernestine danse deux fois dans la soirée : tout le monde n'a pas le bon cœur de M. Olivier; or, je suis reine ici, et j'ordonnerai à l'un de mes sujets. »

Mais le sujet de la reine Herminie vint dire à mademoiselle de Beaumesnil :

— Mademoiselle, on est en place.

— A tout à l'heure, mademoiselle la devineresse, — dit Herminie à mademoiselle de Beaumesnil en la menaçant affectueusement du doigt, — je vous apprendrai à être si fière de votre pénétration.

A peine la jeune fille venait-elle de s'éloigner avec son danseur, qu'Olivier, s'approchant de la *duchesse*, s'assit auprès d'elle et lui dit :

— Mais quelle est donc cette jeune fille avec qui je viens de danser?

— Une orpheline qui vit de son état de brodeuse, monsieur Olivier, et qui, je le pense, n'est pas très-heureuse, car vous ne pouvez vous imaginer avec quelle expression touchante elle m'a remerciée de m'être occupée d'elle ce soir; c'est cela qui nous a soudain rapprochées l'une de l'autre, car je ne la connais que d'aujourd'hui.

— C'est ce qu'elle m'a dit en parlant naïvement de ce qu'elle appelle votre *pitié* et la mienne.

— Pauvre petite! il faut qu'elle ait été bien maltraitée, qu'elle le soit peut-être encore, pour se montrer si reconnaissante de la moindre preuve d'intérêt qu'on lui donne.

— Elle est avec cela fort originale. Vous ne savez pas, mademoiselle Herminie, la singulière question qu'elle m'a faite en invoquant ma franchise?

— Non.

— Elle m'a demandé si je la trouvais laide ou jolie.

— Quelle singulière petite fille! Et vous lui avez répondu?

— La vérité, puisqu'elle la demandait.

— Comment, monsieur Olivier, vous lui avez dit qu'elle n'était pas jolie?

— Certainement, mais en ajoutant (et c'était aussi la vérité) qu'elle avait l'air si doux, si franc, qu'on oubliait qu'elle aurait pu être belle.

— Ah! mon Dieu! monsieur Olivier, — dit Herminie presque avec crainte, — c'était dur à entendre pour elle. Et elle n'a pas semblé blessée?

— Pas le moins du monde, au contraire, et c'est cela surtout qui m'a beaucoup frappé. Lorsqu'on pose des questions de cette nature, *soyez franc* veut ordinairement dire *mentez*. Tandis qu'elle m'a remercié de ma sincérité en deux mots, mais avec un accent si pénétré, si touchant, et surtout si vrai, que, malgré moi, j'en ai été tout ému.

— Savez-vous ce que je crois, monsieur Olivier? C'est que la pauvre créature aura été très-durement traitée chez elle; on lui aura peut-être dit cent fois qu'elle était laide comme un petit monstre, et, se trouvant sans doute pour la première fois de sa vie en confiance avec quelqu'un, elle aura voulu savoir de vous la vérité sur elle-même.

— Vous avez probablement raison, mademoiselle Herminie : et ce qui m'a touché comme vous, c'est de voir avec quelle reconnaissance cette pauvre jeune fille accueille la moindre preuve d'intérêt, pourvu qu'elle la croie sincère.

— Figurez-vous, monsieur Olivier, que parfois j'ai vu de grosses larmes rouler dans ses yeux...

— En effet, il me semble que sa gaieté doit cacher un fond de mélancolie habituelle : elle cherche à s'étourdir peut-être.

— Et puis, malheureusement son état, qui demande beaucoup de travail et de temps, est peu lucratif, pauvre enfant ! Si les préoccupations de la pauvreté viennent se joindre à ses autres chagrins !...

— Cela n'est que trop possible, mademoiselle Herminie... — dit Olivier avec sollicitude, — elle doit être, en effet, bien à plaindre.

— Mais silence ! la voilà ! — dit Herminie.

Puis elle ajouta :

— Ah ! mon Dieu ! elle met son châle ; on nous l'emmène...

En effet, Ernestine, derrière qui marchait madame Lainé d'un air imposant, s'avança dans la chambre à coucher, et fit à Herminie un signe de tête qui semblait dire qu'elle partait à regret.

La *duchesse* alla au-devant de sa nouvelle amie et lui dit :

— Comment ! vous nous quittez déjà ?

— Il le faut bien, — répondit Ernestine en accusant d'un petit regard sournois l'innocente madame Lainé.

— Mais, au moins, vous viendrez dimanche, ma chère Ernestine ? Vous savez que nous avons mille choses à nous dire.

— Oh ! j'espère bien venir, ma chère Herminie ; j'ai autant que vous le désir de nous revoir bientôt.

Et, faisant un salut gracieux au jeune sous-officier, Ernestine lui dit :

— Au revoir, monsieur Olivier.

— Au revoir, mademoiselle, — répondit le jeune soldat en s'inclinant.

Une heure après, mademoiselle de Beaumesnil et madame Lainé étaient de retour à l'hôtel de la Rochaiguë.

XXXVIII

Mademoiselle de Beaumesnil, de retour du bal de madame Herbaut, resta seule et écrivit son journal :

« Dieu soit béni ! chère maman : l'inspiration à laquelle j'ai cédé... était bonne.

« Oh ! dans cette soirée, quelle cruelle leçon d'abord, puis quel profitable enseignement, et enfin quelles douces compensations !

« Deux personnes de cœur m'ont témoigné un intérêt *vrai*.

« Oh ! oui, cette fois bien vrai, bien désintéressé, car ces personnes-là, du moins, ignorent que je suis *la plus riche héritière de France*...

« Elles me croient pauvre, dans un état voisin de la misère, et puis surtout elles ont été sincères envers moi, je le sais, j'en suis certaine ; oui, elles ont été sincères.

« Jugez de mon bonheur ! je puis enfin avoir foi en quelqu'un, ma mère, moi qui suis arrivée à la défiance de tout et de tous, grâce aux adulations des gens qui m'entourent.

« *Enfin... je crois savoir ce que je vaux, ce que je parais.*

« Je suis loin d'être jolie, je n'ai rien au monde qui puisse me faire remarquer, je suis une de ces créatures qui doivent toujours passer inaperçues, à moins que quelques cœurs compatissants ne soient touchés de mon air naturellement doux et triste.

« Ce que je dois réellement inspirer (si j'inspire quelque chose) est cette sorte de tendre commisération que les âmes d'une délicatesse rare ressentent parfois à la vue d'un être inoffensif, souffrant de quelque peine cachée.

« Si cette commisération me rapproche d'une de ces natures d'élite, ce qu'elle trouve et aime en moi, c'est une grande douceur de caractère, jointe à un besoin de réciproque sincérité.

« Voilà ce que je suis, rien de plus, rien de moins.

« Et quand je compare ces humbles avantages, les seuls que je possède, aux perfections inouïes, idéales, que la flatterie se plaît à m'accorder si magnifiquement ;

« Quand je pense à ces *passions soudaines*, *irrésistibles*, que j'ai inspirées à des gens qui ne m'ont jamais parlé ;

« Quand je pense enfin à l'*effet* que je produisais en entrant quelque part, et que je me rappelle qu'au bal de ce soir je n'ai été invitée à danser *que par charité*, toutes les jeunes filles ayant été engagées de préférence à moi, car j'étais la plus laide de cette réunion, ô ma mère ! moi qui n'ai jamais eu de haine pour personne, je le sens, je les hais autant que je les méprise, ces gens qui se sont joués de moi par leurs basses flatteries.

« Je suis tout étonnée des mots durs, amers, insolents, qui me viennent à l'esprit, et dont j'espère un jour accabler ceux qui m'ont voulu tromper, lorsqu'une épreuve à laquelle je veux les soumettre au grand bal de jeudi, chez madame la marquise de Mirecourt, m'aura complétement prouvé leur fausseté.

« Hélas ! chère maman, qui m'eût dit, il y a quelque temps, que moi, si timide, je prendrais un jour de ces résolutions hardies ?

« Mais la nécessité d'échapper à de grands malheurs donne du courage, de la volonté aux plus craintifs.

« Puis il me semble que, de moment en moment, mon esprit, jusqu'alors fermé à tout ce qui était défiance, observation, je dirais presque intrigue et ruse, s'ouvre davantage à ces pensées, mauvaises sans doute, mais que l'abandon où je suis fait excuser peut-être.

« Je te l'ai dit, chère maman, la cruelle leçon que j'ai subie n'a pas été du moins sans compensation.

« D'abord, j'ai trouvé, j'en suis certaine, une amie généreuse et sincère. Me voyant délaissée, cette charmante jeune fille a eu pitié de mon humiliation, elle est venue à moi, elle s'est ingéniée à me consoler avec autant de bonté que de grâce.

« J'ai ressenti, je ressens pour elle la plus tendre reconnaissance.

« Oh ! si tu savais, chère maman, ce qu'il y a de nouveau, de doux, de délicieux pour moi, *la plus riche héritière de France*, jusqu'alors assaillie de tant de protestations menteuses, à chérir quelqu'un qui m'a vue humiliée, qui me croit malheureuse, et qui, pour cela seul, me témoigne le plus touchant intérêt, *qui m'aime enfin pour moi-même !*

« Que te dirai-je ? être recherchée, aimée à cause des infortunes que l'on vous suppose, combien cela est ineffable pour le cœur, lorsque jusqu'alors on a été recherchée, aimée (en apparence) seulement à cause des richesses que l'on vous sait !

« La sincère affection que j'ai trouvée, cette fois, m'est si précieuse, qu'elle me donne l'espérance d'un heureux avenir : désormais, sûre d'une amie éprouvée, que puis-je craindre ? Ah ! cette amie, je n'aurai pas à trembler de la voir changer lorsqu'un jour je lui avouerai qui je suis !

« Ce que je te dis d'Herminie (elle s'appelle ainsi) peut s'appliquer aussi à M. Olivier, que l'on croirait le frère de cette jeune fille par le cœur et par la loyauté ; voyant que personne ne m'invitait, c'est lui qui m'a engagée *par charité*, et telle est sa franchise, qu'il n'a pas nié cette compassion ; bien plus, lorsque j'ai eu la hardiesse de lui demander s'il me trouvait jolie, il m'a répondu que non, mais que *j'avais une physionomie qui intéressait par son expression de douceur et de bonté*.

« Ces simples paroles m'ont fait un plaisir inouï, je les sentais vraies, car elles se rapportaient à ce que tu me disais, bonne mère, lorsque tu me parlais de ma figure ; et ces paroles, c'était bien à la pauvre petite brodeuse qu'elles s'adressaient, et non pas à la riche héritière.

« M. Olivier est simple soldat, je crois ; il a dû cependant recevoir une éducation distinguée, car il s'exprime à merveille, et ses manières sont parfaites ; de plus, il est aussi bon que brave ; il prend un soin filial de son vieil oncle, ancien officier de marine.

« O ma mère !... quelles vaillantes natures que celles-là ! comme on est à l'aise auprès d'elles ! comme à leur sincérité le cœur s'épanouit ! comme ces relations semblent bonnes et saines à l'âme ! quelle gaieté douce et sereine dans la pauvreté, quelle résignation dans le travail, car tous les deux sont pauvres, tous deux travaillent, Herminie pour vivre, M. Olivier pour ajouter à l'insuffisante retraite de son vieil oncle.

« Travailler pour vivre !...

« Et encore Herminie me disait que quelquefois le travail manquait, car l'excellente sœur (oh ! je peux l'appeler ma sœur) m'a proposé de me recommander à une maison de broderie, afin, m'a-t-elle dit, que j'ignore ce qu'il y a de cruel dans le chômage d'occupation.

« Manquer de travail !...

« Mais alors, mon Dieu! c'est manquer de pain! mais c'est le besoin! c'est la misère! c'est la maladie! c'est la mort peut-être!

« Toutes ces jeunes filles que j'ai vues à cette réunion, si riantes, si gaies ce soir, et qui vivent, comme Herminie, uniquement de leur travail, peuvent donc souffrir demain de toutes les horreurs de la misère, si ce travail leur manque?

« Il n'y a donc personne à qui elles puissent dire :

« J'ai bon courage, bonne volonté : donnez-moi seulement de l'oc« cupation. »

« Mais c'est injuste! mais c'est odieux cela! on est donc sans pitié les uns pour les autres? Ça est donc égal qu'il y ait tant de personnes ignorant aujourd'hui si elles auront du pain demain?

« O ma mère! ma mère! maintenant je comprends ce vague sentiment de crainte, d'inquiétude, dont j'ai été saisie quand on m'a appris que j'étais si riche; j'avais donc raison de me dire avec une sorte de remords :

« Tant d'argent à moi seule! Pourquoi cela?

« Pourquoi tant à moi, rien aux autres?

« Cette fortune immense, comment l'ai-je gagnée?

« Hélas! je l'ai gagnée seulement par ta mort, ô ma mère! par ta « mort, ô mon père! »

« Ainsi, pour que je sois si riche, il faut que j'aie perdu les êtres que je chérissais le plus au monde.

« Pour que je sois si riche, peut-être faut-il qu'il y ait des milliers de jeunes filles, comme Herminie, toujours exposées à la détresse, joyeuses aujourd'hui, désespérées demain!

« Et quand elles ont perdu la seule richesse de leur âge, leur insouciance et leur gaieté, quand elles sont vieilles, quand ce n'est plus seulement le travail, mais les forces qui leur manquent, que deviennent-elles ces infortunées?

« O ma mère! plus je songe à la disproportion effrayante entre mon sort et celui d'Herminie, ou de tant d'autres jeunes filles, plus je songe à toutes les ignominies qui m'assiégent, à tous les projets ténébreux dont je suis le but parce que je suis *riche*, il me semble que la richesse laisse au cœur une amertume étrange.

« A cette heure où ma raison s'éveille et s'éclaire, il faut enfin que j'éprouve la toute-puissance de la fortune sur les âmes vénales, il faut que je voie jusqu'à quel honteux abaissement je puis, moi jeune fille de seize ans, faire courber tout ce qui m'entoure. Oui, car mes yeux s'ouvrent maintenant : je reconnais avec une gratitude profonde que la révélation de M. de Maillefort m'a seule mise sur la voie de ces idées que je sens, pour ainsi dire, éclore en moi de minute en minute.

« Je ne sais, mais il me semble, chère maman, que maintenant je t'exprime mieux ma pensée, que mon intelligence se développe, que mon esprit sort de son engourdissement, qu'en certaines parties enfin mon caractère se transforme, et que, s'il reste tendrement sympathique à ce qui est généreux et sincère, il devient résolu, agressif, à l'égard de tout ce qui est faux, bas et cupide.

« Je ne me trompe pas : on m'a menti en me disant que M. de Maillefort était ton ennemi, chère et tendre mère ; on a voulu me mettre en défiance contre ses conseils. C'est à dessein que l'on a favorisé mon fâcheux éloignement pour lui, éloignement causé par des calomnies dont j'ai été dupe.

« Non ! jamais, jamais je n'oublierai que c'est aux révélations de M. de Maillefort que j'ai dû l'inspiration d'aller chez madame Herbaut, dans cette modeste maison où j'ai puisé d'utiles enseignements, et où j'ai rencontré les deux seuls cœurs généreux et sincères que j'aie connus depuis que je vous ai perdus, ô mon père ! ô ma mère !... »

. . . .

Le lendemain matin du jour où elle avait assisté au bal de madame Herbaut, mademoiselle de Beaumesnil sonna sa gouvernante un peu plus tôt que d'habitude.

Madame Laîné parut à l'instant, et dit à Ernestine :

— Mademoiselle a passé une bonne nuit?

— Excellente, ma chère Laîné; mais, dites-moi, avez-vous fait causer, ainsi que je vous en avais priée hier au soir, les gens de mon tuteur, afin de savoir si l'on avait quelque soupçon sur notre absence?

— L'on ne se doute absolument de rien, mademoiselle; madame la baronne a seulement envoyé ce matin, de très-bonne heure, une de ses femmes pour savoir de vos nouvelles.

— Et vous avez répondu ?

— Que mademoiselle avait passé une meilleure nuit, quoiqu'un peu agitée ; mais que le calme absolu de la soirée d'hier avait fait beaucoup de bien à mademoiselle.

— C'est à merveille. Maintenant, ma chère Lainé, j'ai autre chose à vous demander...

— Je suis aux ordres de mademoiselle; seulement, je suis désolée de ce qui est arrivé hier soir chez madame Herbaut, — dit la gouvernante d'un ton pénétré, — j'étais au supplice pendant toute la soirée.

— Et que m'est-il donc arrivé chez madame Herbaut?

— Comment! mais l'on a accueilli mademoiselle avec une indifférence, une froideur... Enfin, c'était une horreur, car mademoiselle est habituée à voir tout le monde s'empresser autour d'elle comme cela se doit.

— Ah! cela se doit?

— Dame! mademoiselle sait bien les égards que l'on doit à sa position, tandis qu'hier j'en étais mortifiée, révoltée. « Ah! pensais-je, à part moi, si l'on savait que cette jeune personne, à qui on ne fait pas seulement attention, est mademoiselle de Beaumesnil, il faudrait voir tout ce monde-là se mettre à plat ventre! »

— Ma chère Lainé, je veux d'abord vous tranquilliser sur ma soirée d'hier : j'en ai été ravie, et tellement, que je compte aller au bal de dimanche.

— Comment! mademoiselle veut encore...

— C'est décidé : j'irai. Maintenant, autre chose. L'accueil même que l'on m'a fait chez madame Herbaut, et qui vous scandalise si fort, est une preuve de la discrétion que j'attendais de vous; je vous en remercie, et, si vous agissez toujours de la sorte, je vous le répète, votre fortune est assurée.

— Mademoiselle peut être certaine que ce n'est pas l'intérêt... qui...

— Je sais ce que j'aurai à faire; mais, ma chère Lainé, ce n'es pas tout; il faut que vous demandiez à madame Herbaut l'adresse d'une des jeunes personnes que j'ai vues hier soir. Elle s'appelle Herminie, et donne des leçons de musique.

— Je n'aurai pas besoin de m'adresser à madame Herbaut pour cela, mademoiselle; le maître d'hôtel de M. le baron sait cette adresse.

— Comment! — dit Ernestine très-étonnée, — le maître d'hôtel sait l'adresse de mademoiselle Herminie?

— Oui, mademoiselle ; et justement on causait d'elle à l'office il y a quelques jours.

— De mademoiselle Herminie ?...

— Certainement, mademoiselle, à cause du billet de cinq cents francs qu'elle a rapporté à madame la baronne. Louis, le valet de chambre, a tout entendu à travers les portières du salon d'attente.

— Madame de la Rochaiguë connaît Herminie ! — s'écria Ernestine, dont la surprise et la curiosité augmentaient à chaque parole de sa gouvernante. — Et ce billet de cinq cents francs, qu'est-ce que cela signifie ?

— Cette honnête jeune fille... (j'avais bien dit à mademoiselle que madame Herbaut choisissait parfaitement sa société), cette honnête jeune fille rapportait ces cinq cents francs parce qu'elle avait été, disait-elle, payée par madame la comtesse.

— Quelle comtesse ?

— Mais... la mère de mademoiselle.

— Ma mère, payer Herminie, et pourquoi ?

— Ah ! mon Dieu ! c'est juste, mademoiselle ignore sans doute.. on n'a pas dit cela à mademoiselle de peur de l'attrister encore.

— Quoi ? que ne m'a-t-on pas dit ? Au nom du ciel, parlez... parlez donc !...

— Que feu madame la comtesse avait tant souffert dans ses derniers moments, que les médecins, à bout de ressources, avaient imaginé de conseiller à madame la comtesse d'essayer si la musique ne calmerait pas ses douleurs.

— Oh ! mon Dieu ! je ne puis croire... achevez, achevez !

— Alors on a cherché une artiste, et c'était Herminie !

— Herminie !

— Oui, mademoiselle. Pendant les dix ou douze derniers jours de la maladie de madame la comtesse, mademoiselle Herminie a été faire de la musique chez elle ; on dit que cela a beaucoup calmé feu madame la comtesse ; mais malheureusement il était trop tard.

Pendant qu'Ernestine essuyait les larmes que lui arrachaient ces tristes détails, jusqu'alors inconnus d'elle, madame Lainé continua :

— Il paraît qu'après la mort de madame la comtesse, madame la baronne, croyant que mademoiselle Herminie n'avait pas été payée, lui envoya cinq cents francs ; mais cette brave fille, comme je le disais tout à l'heure à mademoiselle, a rapporté l'argent, disant qu'on ne lui devait rien.

— Elle a vu ma mère mourante! elle a calmé ses souffrances, — pensait Ernestine avec une émotion inexprimable. — Ah! quand pourrai-je lui avouer que je suis la fille de cette femme qu'elle aimait sans doute, car comment connaître ma mère sans l'aimer?

Puis, tressaillant soudain à un souvenir récent, la jeune fille se dit encore :

— Mais je me rappelle maintenant! hier, lorsque j'ai dit à Herminie que je m'appelais Ernestine, elle a paru frappée : elle m'a dit tout émue qu'une personne qu'elle vénérait avait une fille qui s'appelait aussi Ernestine. Ma mère lui a donc parlé de moi? Et, pour parler à Herminie avec cette confiance, ma mère l'aimait donc? J'ai donc raison de l'aimer aussi! C'est un devoir pour moi. Oh! ma tête se perd, mon cœur déborde! c'est trop... mon Dieu! c'est trop de bonheur!...

Essuyant alors des larmes d'attendrissement, Ernestine dit à sa gouvernante :

— Et cette adresse?

— Le maître d'hôtel était allé pour la savoir chez le notaire qui avait envoyé les cinq cents francs; on la lui a donnée, et il a été la porter de la part de madame la baronne chez M. le marquis de Maillefort.

— M. de Maillefort connaît aussi Herminie?

— Je ne saurais le dire à mademoiselle; tout ce que je sais, c'est qu'il y a un mois le maître d'hôtel a porté l'adresse d'Herminie chez M. le marquis.

— Cette adresse, ma chère Lainé, cette adresse!

Au bout de quelques instants, la gouvernante rapporta l'adresse d'Herminie, et Ernestine lui écrivit aussitôt :

« Ma chère Herminie,

« Vous m'avez invitée à aller voir votre gentille petite chambre; j'irai après-demain *mardi matin*, de très-bonne heure, bien certaine de ne pas vous déranger ainsi de vos occupations; je me fais une joie de vous revoir, j'ai mille choses à vous dire.

« Votre sincère amie qui vous embrasse.

« Ernestine. »

Après avoir cacheté cette lettre, mademoiselle de Beaumesnil dit à sa gouvernante :

— Ma chère Laîné, vous porterez vous-même cette lettre à la poste.

— Oui, mademoiselle.

Ernestine se dit :

— Mais après-demain matin, pour sortir seule avec madame Laîné, comment faire? Oh ! je ne sais, mais mon cœur me dit que je verrai Herminie !

XXXIX

Le matin du jour fixé par mademoiselle de Beaumesnil pour aller voir Herminie, Gerald de Senneterre venait d'avoir un long entretien avec Olivier.

Les deux jeunes gens étaient assis sous cette tonnelle si particulièrement affectionnée par le commandant Bernard.

La figure du duc de Senneterre était très-pâle, très-altérée; il semblait en proie à de pénibles préoccupations.

— Ainsi, mon bon Olivier, — dit-il à son ami, — tu vas *la* voir..

— A l'instant... Je lui ai écrit hier soir pour lui demander une entrevue... Elle ne m'a pas répondu... donc elle consent.

— Allons, — dit Gerald avec un soupir d'angoisse, — dans une heure mon sort sera décidé...

— Je ne te le cache pas, Gerald, tout ceci est très-grave... tu connais mieux que moi le caractère et l'orgueil de cette jeune fille, et ce qui, auprès de toute autre, serait une certitude de réussite, peut avoir près d'elle un effet tout contraire; mais enfin rien n'est désespéré...

— Tiens, vois-tu... Olivier... s'il fallait renoncer à elle, — s'écria Gerald d'une voix sourde, — je ne sais ce que je ferais.

— Gerald... Gerald...

— Eh bien! oui... je l'aime comme un fou... Je n'avais jamais cru que l'amour, même le plus passionné, pût atteindre ce degré d'exaltation... Cet amour est une fièvre dévorante, une idée fixe qui m'absorbe et me brûle!... Que veux-tu que je te dise? la passion me déborde, je ne vis plus; et d'ailleurs, tu comprends cela, toi, tu connais Herminie!

— Il n'est pas au monde, je le sais, une plus noble et plus belle créature.

— Olivier, — reprit Gerald en cachant sa figure dans ses mains, — je suis le plus malheureux des hommes!

— Allons, Gerald, pas de faiblesse; compte sur moi, compte aussi sur elle. Ne t'aime-t-elle pas autant que tu l'aimes? Voyons, ne te désole donc pas ainsi. Espère, et, si malheureusement...

— Olivier, — s'écria M. de Senneterre en relevant son beau visage, où l'on voyait la trace de larmes récentes, — je t'ai dit que je ne vivrais pas sans elle!

Il y eut dans ces mots de Gerald un accent si sincère, une résolution si farouche, qu'Olivier trembla; car il savait l'énergie du caractère et de la volonté de son ancien frère d'armes.

— Pour Dieu! Gerald, — lui dit-il avec émotion, — encore une fois rien n'est désespéré. Attends du moins mon retour.

— Tu as raison, — dit Gerald en passant sa main sur son front brûlant, — j'attendrai.

Olivier, voulant tâcher de ne pas laisser son ami sous l'empire de pensées pénibles, reprit :

— J'oubliais de te dire que j'ai causé avec mon oncle de ton dessein au sujet de mademoiselle de Beaumesnil, que tu dois rencontrer après-demain dans une fête; il t'approuve fort. « Cette conduite est digne de lui, » m'a-t-il dit. Ainsi, Gerald, après-demain...

— Après-demain! — s'écria le duc de Senneterre avec une impatiente amertume, — je ne pense pas si loin; est-ce que je sais seulement ce que je ferai tantôt?

— Gerald, il s'agit d'accomplir un devoir d'honneur.

— Ne me parle pas d'autre chose que d'Herminie, le reste m'est égal. Que me font à moi les devoirs d'honneur, quand je suis à la torture!

— Tu ne penses pas ce que tu dis là, Gerald.

— Si, je le pense.

— Non.

— Olivier !

— Fâche-toi si tu veux ; mais je te dis, moi, que ta conduite, cette fois comme toujours, sera celle d'un homme de cœur. Tu iras à ce bal pour y rencontrer mademoiselle de Beaumesnil.

— Mais mordieu ! monsieur, je suis libre de mes actions, peut-être !

— Non, Gerald, tu n'es pas libre de faire le contraire d'une chose loyale et bonne !

— Savez-vous, monsieur, — s'écria le duc de Senneterre, pâle de colère, — que ce que vous me dites là est...

Mais voyant une expression de douloureux étonnement se peindre sur les traits d'Olivier, Gerald revint à lui-même, eut honte de son emportement, et dit à son ami d'une voix suppliante, en lui tendant la main :

— Pardon, Olivier, pardon, c'est au moment même où tu te charges pour moi de la mission la plus grave, la plus délicate, que j'ose...

— Ne vas-tu pas me faire des excuses, maintenant? — dit Olivier en empêchant son ami de continuer et lui serrant cordialement la main.

— Olivier, — reprit Gerald avec accablement, — il faut avoir pitié de moi, je te dis que je suis fou.

L'entretien des deux amis fut interrompu par la soudaine arrivée de madame Barbançon, qui, en entrant sous la tonnelle, s'écria :

— Ah ! mon Dieu ! monsieur Olivier.

— Qu'y a-t-il, madame Barbançon?

— Le commandant!...

— Eh bien?

— Il est sorti!

— Souffrant comme il l'est, — dit Olivier avec une surprise inquiète, — c'est de la plus grande imprudence. Et vous n'avez pas tenté de le dissuader de sortir, madame Barbançon?

— Hélas! mon Dieu! monsieur Olivier, je crois que le commandant est fou!

— Que dites-vous?

— C'est la portière qui a ouvert à M. Gerald en mon absence.

Quand je suis revenue tout à l'heure, M. Bernard riait, chantait, je crois même qu'il sautait, malgré sa faiblesse. Enfin il m'a embrassée en criant comme un déchaîné : « Victoire! maman Barbançon! victoire! »

Gerald, malgré sa tristesse, ne put s'empêcher de sourire d'un air sournois, comme s'il eût connu le secret de la joie subite du vieux marin; mais lorsque Olivier, véritablement inquiet, lui dit :

— Y comprends-tu quelque chose, Gerald?

Le duc de Senneterre répondit de l'air le plus naturel :

— Ma foi non! je n'y comprends rien, si ce n'est que le commandant aura sans doute appris quelque heureuse nouvelle, et je ne vois là rien de bien inquiétant.

— Une heureuse nouvelle? — dit Olivier surpris, cherchant en vain ce que cela pouvait être, — je ne vois pas quelle bonne nouvelle mon oncle aura pu apprendre.

— Ce qu'il y a de certain, — reprit madame Barbançon, — c'est qu'après avoir crié *victoire!* le commandant m'a dit :

« — Olivier est-il au jardin? — Oui, monsieur, il y est avec M. Gerald. — Ah! Olivier est au jardin. Alors, vite, maman Barbançon, ma canne et mon chapeau. Je me sauve.

« — Comment, vous vous sauvez? Mais, monsieur, — lui ai-je dit, — faible comme vous l'êtes, il n'y a pas de bon sens de vouloir sortir. » — Mais bah! le commandant ne m'a pas seulement écoutée, il a sauté sur son chapeau et a fait deux pas comme pour aller vous trouver dans le jardin, monsieur Olivier, et puis il s'est arrêté court, a retourné sur ses pas et est sorti par la porte de la rue, en trottinant comme un jeune homme, et en chantonnant sa vilaine romance : — *Pour aller à Lorient pêcher des sardines*, chanson marine qu'il ne chante que dans ses grandes joies, vous le savez, monsieur Olivier, et pour lui les grandes joies sont rares, pauvre cher homme!

— Raison de plus, si elles sont rares, pour qu'elles soient grandes, madame Barbançon, — dit Gerald en souriant.

— En vérité, — lui dit Olivier, — je t'assure que cela m'inquiète. Mon oncle est si faible depuis sa maladie, qu'hier encore il s'est presque trouvé mal dans le jardin après une promenade d'une demi-heure, tant il était fatigué.

— Rassure-toi, mon ami, jamais la joie ne fait de mal.

— Je vas toujours courir du côté de la plaine, monsieur Olivier.

— dit madame Barbançon. — Il avait l'idée que l'exercice au grand air lui ferait plus de bien que ses promenades dans le jardin. Peut-être le trouverai-je par là. Mais qu'est-ce qu'il pouvait vouloir dire avec sa *victoire! maman Barbançon! victoire!* Il faut qu'il ait découvert quelque chose de nouveau en faveur de son *Buonaparté.*

Et la digne ménagère sortit précipitamment.

— Allons, Olivier, — reprit Gerald, — ne t'alarme pas. Le pis qu'il puisse arriver au commandant est de se fatiguer un peu.

— Je t'assure, Gerald, que je suis moins inquiet que surpris. Cet accès de joie subite est pour moi incompréhensible.

Neuf heures sonnèrent.

Olivier, songeant à la mission qu'il allait remplir pour Gerald, lui dit :

— Allons, neuf heures, je vais chez elle.

— Bon Olivier, — dit Gerald avec émotion, — tu oublies tout ce qui t'intéresse pour ne songer qu'à moi, et moi, dans mon égoïsme, tout à mon amour, à mes angoisses, je ne te parle pas même de ton amour à toi.

— Quel amour?

— Cette jeune fille que tu as vue dimanche chez madame Herbaut.

— Je voudrais, mon pauvre Gerald, que ton amour fût aussi tranquille que le mien, si toutefois on peut appeler de l'amour l'intérêt naturel qu'on ressent pour une pauvre petite fille, peu heureuse, qui n'est pas jolie, mais qui a pour elle une physionomie d'une douceur angélique, un excellent naturel, et un petit babil très-original.

— Et tu y penses souvent, à cette pauvre fille?

— C'est vrai, je ne sais vraiment pas trop pourquoi, si je le découvre, je te le dirai. Mais assez parlé de moi, tu viens de montrer de l'héroïsme en oubliant un instant ta passion pour t'intéresser à ce que tu appelles *mon amour*, — dit Olivier en souriant afin de tâcher d'éclaircir le front de Gerald, — cette généreuse action sera récompensée... Allons, bon courage! espère, et attends-moi ici.

. . . .

Herminie, de son côté, songeait à la visite d'Olivier avec une vague inquiétude, qui jetait un léger nuage sur ses traits naguère épanouis, rayonnants de bonheur.

— Que peut me vouloir M. Olivier? — pensait la *duchesse;* —

c'est la première fois qu'il me demande à venir chez moi, et c'est pour une *affaire très-importante*, me dit-il dans sa lettre. Cette affaire importante ne doit pas le concerner, lui... Mon Dieu! s'il s'agissait de Gerald, dont M. Olivier est le meilleur ami? Mais non..... hier encore j'ai vu Gerald... je le verrai aujourd'hui... car c'est demain qu'il doit parler à sa mère de nos projets. Cependant je ne sais pourquoi cette entrevue me tourmente... En tout cas, je veux prévenir la portière que j'y suis pour M. Olivier.

Et Herminie tira le cordon d'une sonnette qui communiquait à la loge de madame Moufflon la portière.

Celle-ci, se rendant aussitôt à cet appel, entra chez la jeune fille au moyen d'une double clef.

— Madame Moufflon, — lui dit Herminie, — quelqu'un viendra ce matin me demander, et vous laisserez entrer.

— Si c'est une dame, bien entendu. Je sais ma consigne, mademoiselle.

— Non, madame Moufflon, ce n'est pas une dame,—répondit Herminie avec un léger embarras.

— Ce n'est pas une dame? alors ce ne peut être que ce petit bossu pour qui vous y êtes toujours, mademoiselle?

— Non, madame Moufflon, il ne s'agit pas de M. de Maillefort, mais d'un jeune homme...

— Un jeune homme! — s'écria la portière, — un jeune homme! voilà, par exemple, du fruit nouveau! C'est la première fois...

— Ce jeune homme vous dira son nom, il se nomme Olivier.

— Olivier, ça n'est pas malin: je me rappellerai des *olives*; je les adore. *Olivier, olives, huile d'olive*, c'est la même chose, je ne l'oublierai pas. Mais, à propos, non pas de jeune homme, car il ne l'est plus, jeune, le grand vilain serpent! je l'ai encore vu rôder hier dans l'après-midi devant la porte.

— Qui cela, madame Moufflon?

— Vous savez bien, ce grand sec, qui a une figure si ingrate, et qui a voulu récidiver pour m'induire à vous remettre un poulet; mais, jour de Dieu! je l'ai reçu aussi bien la seconde fois que la première.

— Ah! encore! — fit Herminie avec un sourire de dégoût et de mépris en songeant à de Ravil.

En effet, ce cynique, depuis sa rencontre avec Herminie, avait plusieurs fois tenté de se rapprocher de la jeune fille ; mais, ne pouvant y parvenir ni triompher de l'incorruptibilité de la portière, il avait écrit par la poste à Herminie, et ses lettres avaient été accueillies avec le mépris qu'elles méritaient.

— Oui, mademoiselle, il est encore venu rôder hier, — reprit la portière, — et, comme je me suis mise sur le pas de la porte pour le surveiller, il a ricané en passant devant moi. Je me suis dit : « Ricane, va, grande vipère ! tu ris jaune. »

— Je ne puis malheureusement éviter la rencontre de cet homme, qui quelquefois affecte de se trouver sur mon passage, — dit Herminie, — mais je n'ai pas besoin, madame Moufflon, de vous recommander de ne jamais le laisser s'approcher de chez moi.

— Oh ! soyez tranquille, mademoiselle, il sait bien à qui il a affaire, allez !

— J'oubliais de vous dire, — reprit Herminie, — qu'une jeune personne viendra sans doute aussi me voir ce matin.

— Les jeunes personnes et les dames, ça va tout seul, mademoiselle. Mais si le jeune homme, M. *Olivier*... (vous voyez que je n'oublie pas le nom) était encore chez vous quand cette jeune personne viendra ?

— Eh bien ?

— Est-ce qu'il faudra la laisser entrer tout de même ?

— Certainement.

— Ah ! tenez, mademoiselle, — dit la portière, — M. Bouffard, qui était si féroce pour vous, et que vous avez rendu comme un vrai mérinos depuis que vous donnez des leçons à sa fille, a bien raison de dire : « Il y a des rosières qui ne valent pas mademoiselle Herminie... c'est une demoiselle qui... »

Un coup de sonnette coupa court aux louanges de madame Moufflon.

— C'est sans doute M. Olivier, — dit Herminie à madame Moufflon, — priez-le d'entrer.

En effet, au bout d'un instant, la portière introduisit Olivier auprès de la jeune fille, et celle-ci resta seule avec l'ami intime de Gerald.

XL

L'inquiétude vague que ressentait Herminie augmenta encore à la vue d'Olivier ; le jeune homme paraissait triste, grave, et la *duchesse* crut remarquer que par deux fois il évita de la regarder, comme s'il éprouvait un pénible embarras ; embarras, hésitation qui se manifestèrent encore par le silence de quelques instants qu'Olivier garda avant d'expliquer le sujet de sa visite.

Ce silence, Herminie le rompit la première en disant :

— Vous m'avez écrit, monsieur Olivier, pour me demander une entrevue à propos d'une chose très-grave ?

— Très-grave, en effet, mademoiselle Herminie.

— Je vous crois, car vous me semblez ému, monsieur Olivier, qu'avez-vous donc à m'apprendre ?

— Il s'agit de Gerald, mademoiselle.

— Grand Dieu ! s'écria la *duchesse* avec effroi, — que lui est-il arrivé ?

— Rien, — se hâta de dire Olivier, — rien de fâcheux, je le quitte à l'instant.

Herminie, rassurée, se sentit d'abord confuse de son indiscrète exclamation, et dit à Olivier en rougissant :

— Veuillez, je vous prie, ne pas mal interpréter...

Mais, la franchise et la fierté de son caractère l'emportant elle reprit :

— Après tout, pourquoi vouloir vous cacher ce que vous savez, monsieur Olivier ? N'êtes-vous pas le meilleur ami, presque le frère de Gerald ? Ni lui, ni moi, n'avons à rougir de notre attachement. C'est demain qu'il doit faire part à sa mère de ses intentions, et lui demander un consentement que, d'avance, il est certain d'obtenir. Pourquoi ne l'obtiendrait-il pas ? notre condition est pareille. Gerald vit de sa profession comme je vis de la mienne... notre sort sera modeste, et... Mais pardon, monsieur Olivier, de vous parler ainsi de nous..... c'est le défaut des amoureux. Voyons, puisqu'il n'est rien arrivé de fâcheux à Gerald, quelle peut être la chose si grave qui vous amène ici?

Les paroles d'Herminie annonçaient tant de sécurité, qu'Olivier sentit surtout alors la difficulté de la mission dont il s'était chargé; il reprit donc avec une pénible hésitation :

— Il n'est rien arrivé de fâcheux à Gerald, mademoiselle Herminie, mais je viens vous parler de sa part.

Un moment rassérénné, le visage de la *duchesse* redevint inquiet.

— Monsieur Olivier, expliquez-vous, de grâce, — dit-elle, — vous venez me parler de la part de Gerald? pourquoi un intermédiaire entre lui et moi, cet intermédiaire fût-il même vous, son meilleur ami? Cela m'étonne. Pourquoi Gerald ne vient-il pas lui-même?

— Parce qu'il est des choses qu'il craint de vous avouer, mademoiselle.

Herminie tressaillit; sa physionomie s'altéra, et, regardant fixement Olivier, elle reprit :

— Il est des choses que Gerald craint de m'avouer, à moi?

— Oui, mademoiselle.

— Mais alors, — s'écria la jeune fille en pâlissant, — c'est donc quelque chose de bien mal, s'il n'ose pas me le dire?

— Tenez, mademoiselle, — reprit Olivier, qui était au supplice, — je voulais prendre des détours, des précautions; cela ne servirait qu'à prolonger votre anxiété.

— O mon Dieu! — murmura la jeune fille toute tremblante, — que vais-je donc apprendre?

— La vérité, mademoiselle Herminie, elle vaut mieux que le mensonge.

— Le mensonge?

— En un mot, Gerald ne peut supporter plus longtemps la position fausse à laquelle l'ont contraint la fatalité des circonstances et le besoin de se rapprocher de vous. Son courage est à bout, il ne veut plus vous mentir, et, quoi qu'il puisse en arriver, n'ayant d'espoir que dans votre générosité, il m'envoie, je vous le répète, vous dire ce qu'il craint de vous avouer lui-même, car il sait combien la fausseté vous fait horreur, et, malheureusement Gerald vous a trompée.

— Trompée... moi?

— Gerald n'est pas ce qu'il paraît, il a pris un faux nom, il s'est donné pour ce qu'il n'était pas.

— Grand Dieu ! — murmura la jeune fille avec épouvante.

Et une idée terrible lui traversa l'esprit.

Étant à mille lieues de penser qu'Olivier pût avoir une intimité dans une classe éminemment aristocratique, la malheureuse enfant s'imagina tout le contraire : elle se persuada que Gerald avait pris un faux nom, s'était donné une fausse profession, afin de cacher sous ces dehors, non l'humilité de sa naissance ou de son état (aux yeux d'Herminie le travail et l'honorabilité égalisaient toutes les conditions), mais quelques antécédents honteux, coupables, enfin. Herminie se figura que Gerald avait commis quelque action déshonorante.

Aussi, dans sa folle terreur, la jeune fille, tendant ses deux mains vers Olivier, lui dit d'une voix entrecoupée :

— N'achevez pas, oh ! n'achevez pas cet aveu de honte !

— De honte ! — s'écria Olivier, — comment, parce que Gerald vous a caché qu'il était duc de Senneterre ?

— Vous dites que Gerald, votre ami ?...

— Est le duc de Senneterre ! oui, mademoiselle, nous avions été au collége ensemble, il s'était engagé ainsi que moi ; c'est ainsi que je l'ai retrouvé au régiment ; depuis, notre intimité a toujours duré ; maintenant, mademoiselle Herminie, vous devinez pour quelle raison Gerald vous a caché son titre et sa position. C'est un tort dont je me suis rendu complice par étourderie, car il ne s'agissait d'abord que d'une plaisanterie que je regrette cruellement : c'était de présenter Gerald chez madame Herbaut, comme clerc de notaire. Malheureusement cette présentation était déjà faite lorsqu'après la singulière rencontre qui a rapproché Gerald de vous il vous a retrouvée chez madame Herbaut : vous comprenez le reste. Mais, je vous le répète, Gerald a préféré vous avouer la vérité, ce continuel mensonge révoltait trop sa loyauté.

En apprenant que Gerald, au lieu d'être un homme avili, se cachant sous un faux nom, n'avait eu d'autre tort que de dissimuler sa haute naissance, le revirement des idées d'Herminie fut si brusque, si violent, qu'elle éprouva d'abord une sorte de vertige ; mais lorsque la réflexion lui revint ; mais lorsqu'elle put envisager d'un coup d'œil les conséquences de cette révélation, le saisissement de la jeune fille fut tel, que, devenant pâle comme une morte, elle trembla de tous ses membres, ses genoux vacillèrent, et il lui fallut s'appuyer un moment sur la cheminée.

Lorsque Herminie put parler, elle reprit d'une voix profondément altérée :

— Monsieur Olivier, je vais vous dire quelque chose qui vous semblera insensé. Tout à l'heure, avant que vous m'eussiez tout révélé, une idée folle, horrible, m'est venue, c'est que Gerald m'avait dissimulé son vrai nom, parce qu'il était coupable de quelque action mauvaise, déshonorante peut-être.

— Ah! vous avez pu croire...

— Oui, j'ai cru cela ; mais je ne sais si la vérité que vous m'apprenez sur la position de Gerald ne me cause pas un chagrin plus désespéré que celui que j'ai ressenti en pensant que Gerald pouvait être un homme avili.

— Que dites-vous ? mademoiselle, c'est impossible !

— Cela vous semble insensé, n'est-ce pas? — reprit la jeune fille avec amertume.

— Comment ! Gerald avili !

— Eh ! que sais-je! je pouvais espérer, à force d'amour, de le tirer de son avilissement, de le relever à ses propres yeux, aux miens, enfin de le réhabiliter ; mais, — reprit Herminie dans un accablement profond, — entre moi et M. le duc de Senneterre il y a maintenant un abîme.

— Oh! rassurez-vous, — dit vivement Olivier, espérant guérir la blessure qu'il venait de faire et changer en joie la douleur de la jeune fille, — rassurez-vous, mademoiselle Herminie, j'ai mission de vous avouer les torts de Gerald ; mais, grâce à Dieu ! j'ai aussi mission de vous dire qu'il entend les réparer, oh! les réparer de la façon la plus éclatante. Gerald a pu vous tromper sur des apparences, mais il ne vous a jamais trompée sur la réalité de ses sentiments : ils sont, à cette heure, ce qu'ils ont toujours été; sa résolution n'a pas varié. Aujourd'hui comme hier, Gerald n'a qu'un vœu, qu'un espoir, c'est que vous consentiez à porter son nom ; seulement, aujourd'hui, ce nom est celui de duc de Senneterre. Voilà tout.

— Voilà tout! — s'écria Herminie, dont l'accablement faisait place à une indignation douloureuse. — Ah ! voilà tout? ainsi ce n'est rien, monsieur, que d'avoir surpris mon affection à l'aide de faux dehors? de m'avoir mise dans cette affreuse nécessité de renoncer à un amour qui était l'espoir, le bonheur de ma vie, ou d'entrer dans une famille qui n'aura pour moi qu'aversion et dédain? Ah ! cela n'est rien, monsieur? ah! votre ami prétend m'aimer, et il m'estime assez peu pour croire que je subirai jamais les humiliations sans nombre auxquelles m'exposerait un pareil mariage?

— Mais, mademoiselle Herminie...

— Monsieur Olivier, écoutez-moi. Lorsque je l'ai revu après une première rencontre, qui, par son étrangeté même, ne m'avait laissé que trop de souvenirs, si Gerald m'eût franchement avoué qu'il était le duc de Senneterre, j'aurais résisté de toutes mes forces à une affection naissante, j'en aurais triomphé peut-être, mais, en tout cas, de ma vie je n'aurais revu Gerald, je ne pouvais pas être sa maîtresse, et je n'étais pas faite, je vous le répète, pour subir les humiliations qui m'attendent si je consens à être sa femme.

— Vous vous trompez, mademoiselle Herminie, acceptez l'offre de Gerald, et vous n'aurez à redouter aucune humiliation; il est maître de lui. Depuis plusieurs années il a perdu son père; il dira donc tout à sa mère; il lui fera comprendre ce que cet amour est pour lui; mais, si madame de Senneterre veut sacrifier à des convenances factices le bonheur de Gerald, celui-ci, à regret sans doute, et après avoir épuisé toutes les voies de persuasion, est décidé à se passer du consentement de sa mère.

— Et moi, monsieur, je ne me passerai, à aucun prix, non de l'affection, elle ne se commande pas, mais de l'estime de la mère de mon mari, parce que, cette estime, je la mérite. Jamais, entendez-vous bien? l'on ne dira que j'ai été un sujet de rupture entre Gerald et sa mère, et que c'est en abusant de l'amour qu'il avait pour moi que je me suis imposée à cette noble et grande famille; non, monsieur... jamais l'on ne dira cela de moi... mon *orgueil* ne le veut pas!

En prononçant ces derniers mots, Herminie fut superbe de douleur et de dignité.

Olivier avait le cœur trop bien placé pour ne pas partager le scrupule de la jeune fille, scrupule que lui et Gerald avaient redouté, car ils ne s'abusaient pas sur l'indomptable fierté d'Herminie.

Néanmoins, Olivier, voulant tenter un dernier effort, lui dit :

— Mais enfin, mademoiselle Herminie, songez-y, je vous en supplie, Gerald fait tout ce qu'un homme d'honneur peut faire en vous offrant sa main. Que voulez-vous de plus?

— Ce que je veux, monsieur, je vous l'ai dit, c'est être traitée avec la considération qui m'est due, et que j'ai le droit d'attendre de la famille de M. de Senneterre...

— Mais, mademoiselle, Gerald ne peut que vous répondre de lui.... Exiger plus serait...

— Tenez, monsieur Olivier, — dit Herminie après un moment de réflexion et interrompant l'ami de Gerald, — vous me connaissez... vous savez si ma volonté est ferme.

— Je le sais, mademoiselle.

— Eh bien ! de ma vie je ne reverrai Gerald, à moins que madame la duchesse de Senneterre, sa mère, ne vienne ici...

— Ici ! — s'écria Olivier stupéfait.

— Oui, que madame la duchesse de Senneterre ne vienne ici, chez moi... me dire qu'elle consent à mon mariage avec son fils... Alors... on ne prétendra pas que je me suis imposée à cette noble famille.

Cette prétention, qui semble et qui était en effet d'un incroyable et superbe *orgueil*, Herminie l'exprimait simplement, naturellement, sans emphase, parce que, pleine d'une juste et haute estime de soi, la jeune fille avait la conscience de demander ce qui lui était dû.

Cependant, au premier abord, cette prétention parut à Olivier si exorbitante, qu'il ne put s'empêcher de répondre dans sa stupeur :

— Madame de Senneterre !... venir chez vous... vous dire qu'elle consent au mariage de son fils... mais vous n'y songez pas, mademoiselle Herminie... c'est impossible !

— Et pourquoi cela, monsieur ? — demanda la jeune fille avec une fierté si ingénue, qu'Olivier, réfléchissant enfin à tout ce qu'il y avait de généreux, d'élevé, dans le caractère et dans l'amour d'Herminie, répondit assez embarrassé :

— Vous me demandez, mademoiselle, pourquoi madame de Senneterre ne peut venir ici vous dire qu'elle consent au mariage de son fils ?

— Oui, monsieur.

— Mais, mademoiselle, sans parler même des convenances du grand monde, la démarche que vous exigez d'une personne de l'âge de madame de Senneterre me semble...

Herminie, interrompant Olivier, lui dit avec un sourire amer :

— Si j'appartenais à ce *grand monde* dont vous parlez, monsieur ; si, au lieu d'être une pauvre orpheline, j'avais une mère, une famille, et que M. de Senneterre m'eût recherchée en mariage, serait-il, oui ou non, dans les *convenances* que madame de Senneterre fît la première démarche auprès de ma mère ou de ma famille pour lui demander ma main?

— Certainement, mademoiselle; mais...

— Je n'ai pas de mère... je n'ai pas de famille, — poursuivit tristement Herminie. — A qui donc, si ce n'est à moi, madame de Senneterre doit-elle s'adresser lorsqu'il s'agit de mon mariage?

— Un mot seulement, mademoiselle. Cette démarche de madame de Senneterre serait possible, si ce mariage lui semblait convenable.

— Et c'est à cela que je prétends, monsieur Olivier.

— Mais la mère de Gerald ne vous connaît pas, mademoiselle.

— Si madame de Senneterre a de son fils une assez mauvaise opinion pour le croire capable de faire un choix indigne, qu'elle s'informe de moi. Grâce à Dieu! je ne crains rien.

— C'est vrai, — dit Olivier, à bout d'objections raisonnables, — je n'ai rien à faire à cela.

— Voici mon dernier mot, monsieur Olivier, — reprit Herminie : — ou mon mariage avec Gerald conviendra à madame de Senneterre, et elle m'en donnera la preuve en faisant auprès de moi la démarche que je demande; sinon elle me jugera indigne d'entrer dans sa famille, alors de ma vie je ne reverrai M. de Senneterre.

— Mademoiselle Herminie, par pitié pour Gerald...

— Ah! croyez-moi, je mérite plus de pitié que M. de Senneterre, — dit la jeune fille, ne pouvant contraindre plus longtemps ses larmes et cachant sa figure dans ses mains, — car, moi, je mourrai de chagrin peut-être, mais du moins, jusqu'à la fin, j'aurai été digne de Gerald et de son amour.

Olivier était désolé. Il ne pouvait s'empêcher d'admirer cet orgueil, quoiqu'il en déplorât les conséquences en songeant au désespoir de Gerald.

Soudain on entendit sonner à la porte de la jeune fille.

Celle-ci redressa sa tête, essuya les larmes dont son beau visage était inondé; puis, se rappelant la lettre de mademoiselle de Beaumesnil, elle dit à Olivier :

— C'est sans doute Ernestine. Pauvre enfant! je l'avais oubliée.

Monsieur Olivier, voulez-vous avoir la bonté d'aller ouvrir pour moi? ajouta la *duchesse* en portant son mouchoir à ses yeux, afin d'effacer les traces de ses pleurs.

— Un mot encore, mademoiselle, — reprit Olivier d'un ton pénétré, presque solennel, — vous ne pouvez vous imaginer quelle est l'exaltation de l'amour de Gerald... vous savez si je suis sincère Eh bien! j'ai peur pour lui, entendez-vous bien... *j'ai peur*... en songeant aux suites de votre refus.

Herminie tressaillit aux effrayantes paroles d'Olivier. Pendant quelques instants, elle parut en proie à une lutte pénible, mais elle en triompha, et l'infortunée, brisée par cette torture morale, répondit à Olivier d'une voix presque défaillante :

— Il m'est affreux de désespérer Gerald, car je crois à son amour parce que je sais le mien... je crois à sa douleur, parce que je sens la mienne... mais jamais je ne sacrifierai ma dignité, qui est aussi celle de Gerald.

— Mademoiselle... je vous en supplie...

— Vous savez mes résolutions, monsieur Olivier... je n'ajouterai pas un mot. Ayez pitié de moi... vous le voyez... cet entretien me tue.

Olivier, accablé, s'inclina devant Herminie, et se dirigea vers la porte; mais à peine l'eut-il ouverte, qu'il s'écria :

— Mon oncle! et vous, mademoiselle Ernestine! Grand Dieu! cette pâleur... ce sang à votre front... Qu'est-il arrivé?

A ces mots d'Olivier, Herminie sortit précipitamment de sa chambre et courut à la porte d'entrée.

XLI

Telle était la cause de la surprise et de l'effroi d'Olivier, lorsqu'il eut ouvert la porte de la demeure de la *duchesse*.

Le commandant Bernard, pâle, la figure bouleversée, semblait se soutenir à peine ; il s'appuyait sur le bras de mademoiselle de Beaumesnil.

Celle-ci, aussi pâle que le vieux marin, et vêtue d'une modeste robe d'indienne, avait le front ensanglanté, tandis que les brides de son chapeau de paille flottaient dénouées sur ses épaules.

— Mon oncle, qu'avez-vous ? — s'écria Olivier, s'approchant vivement du vétéran et le regardant avec une angoisse inexprimable, — qu'est-il donc arrivé ?

— Ernestine, — s'écriait en même temps Herminie effrayée, — mon Dieu ! vous êtes blessée !

— Ce n'est rien, Herminie, — répondit la jeune fille d'une voix tremblante en tâchant de sourire, — ce n'est rien, mais pardonnez si je viens avec monsieur, c'est que, tout à l'heure, je...

La pauvre enfant ne put continuer ; ses forces, son courage, étaient à bout, ses lèvres blanchirent, ses yeux se fermèrent, sa tête se renversa doucement en arrière, ses genoux se dérobèrent sous elle, et elle tombait sans Herminie, qui la reçut dans ses bras.

— Elle se trouve mal ! — s'écria la *duchesse ;* — monsieur Olivier, aidez-moi, portons-la dans ma chambre.

— C'est moi, c'est moi qui suis cause de ce malheur ! — dit le commandant dans sa douloureuse anxiété.

Et il suivit d'un pas chancelant, tant sa faiblesse était grande encore, Olivier et Herminie, qui transportaient Ernestine dans la chambre à coucher.

— Pauvre petite ! — murmura le vétéran, — quel cœur ! quel courage !

La *duchesse*, ayant assis Ernestine sur son fauteuil, ôta le chapeau qu'elle portait, écarta de son front pur et blanc ses beaux cheveux châtains, dont les énormes tresses se déroulèrent sur ses épaules, puis, pendant que la tête appesantie de mademoiselle de Beaumesnil était soutenue par Olivier, Herminie, à l'aide de son mouchoir, étancha le sang d'une blessure heureusement légère que la jeune fille avait un peu au-dessus de la tempe.

Le vieux marin, debout, immobile, les lèvres tremblantes, tenant entre ses mains jointes son petit mouchoir à carreaux bleus, contemplait cette scène touchante sans pouvoir trouver une parole, tandis que de grosses larmes tombaient lentement de ses yeux sur sa moustache blanche.

— Monsieur Olivier, soutenez-la, je vais chercher de l'eau fraîche et un peu d'eau de Cologne. — dit Herminie.

Et bientôt elle revint, portant une élégante cuvette de porcelaine anglaise et un flacon de cristal à demi rempli d'eau de Cologne.

Après avoir légèrement épongé la blessure d'Ernestine avec de l'eau mélangée de spiritueux, Herminie en prit quelques gouttes dans sa main, et les fit aspirer à mademoiselle de Beaumesnil.

Peu à peu les lèvres d'Ernestine se colorèrent, et une tiède rougeur remplaça la froide pâleur de ses joues.

— Dieu soit loué! elle revient à elle, — dit Herminie en relevant les tresses de la chevelure de l'orpheline, et les assujettissant sur sa tête au moyen de son peigne d'écaille.

Olivier, profondément touché de ce tableau, dit à la *duchesse*, qui, debout auprès du fauteuil, soutenait sur son sein agité la tête de mademoiselle de Beaumesnil :

— Mademoiselle Herminie, je regrette que ce soit dans une si triste circonstance que j'aie à vous présenter mon oncle, M. le commandant Bernard.

La jeune fille répondit aux paroles d'Olivier par un salut affectueux adressé au vieux marin.

Celui-ci reprit :

— Et moi, mademoiselle, je suis doublement désespéré de cet accident, dont je suis malheureusement cause, et qui vous met dans un si pénible embarras.

— Mais, mon oncle, — reprit Olivier, — que vous est-il donc arrivé?

Pendant qu'Herminie, voyant, grâce au bon succès de ses soins, Ernestine reprendre peu à peu ses sens, lui faisait de nouveau aspirer quelques gouttes d'eau de Cologne, le commandant Bernard répondit à Olivier d'une voix émue :

— J'étais sorti ce matin pendant que tu causais avec un de tes amis.

— En effet, mon oncle, madame Barbançon m'a dit que vous aviez eu l'imprudence de sortir malgré votre extrême faiblesse, mais que ce qui l'avait un peu rassurée, c'est que vous lui avez paru plus gai que vous ne l'aviez été depuis bien longtemps.

— Oh! certes, — reprit le vétéran avec expansion, — j'étais gai parce que j'étais heureux, oh! bien heureux, car ce matin...

Mais le commandant s'arrêta, regarda Olivier avec une expression singulière, et ajouta en soupirant :

— Non, non, je ne dois rien te dire ; enfin, je suis donc sorti.

— C'était bien imprudent, mon oncle.

— Que veux-tu, j'avais mes raisons, et puis j'ai cru que l'exercice au grand air serait plus profitable à ma convalescence que les promenades bornées à notre petit jardin : je suis donc sorti. Cependant, me défiant de mes forces, au lieu de gagner la plaine, je suis allé ici près, dans ces grands terrains gazonnés qui avoisinent le chemin de fer. Après avoir un peu marché, me sentant fatigué, je me suis assis au soleil, sur le faîte d'un talus qui borde l'une de ces rues tracées et pavées, mais où il n'y a pas encore de maisons. J'étais là depuis un quart d'heure lorsque, me croyant suffisamment reposé, j'ai voulu me lever pour revenir chez nous ; mais cette promenade, quoique peu longue, avait épuisé mes forces. A peine étais-je debout, que j'ai été pris d'un étourdissement, mes jambes ont fléchi, j'ai perdu l'équilibre, le talus était rapide...

— Et vous êtes tombé ? — dit Olivier avec anxiété.

— Oui, j'ai glissé jusques en bas du monticule : cette chute aurait été peu dangereuse, si une grosse charrette chargée de pierres, et dont les chevaux abandonnés du charretier marchaient à l'aventure, n'eût passé à ce moment.

— Grand Dieu ! — s'écria Olivier.

— Quel affreux danger ! — s'écria Herminie.

— Oh ! oui, affreux, surtout pour cette chère demoiselle que vous voyez là, blessée, oui, blessée en risquant sa vie pour sauver la mienne !

— Comment ! mon oncle, cette blessure de mademoiselle Ernestine...

— En tombant au bas du talus, — reprit le vieillard en interrompant son neveu, qui jeta sur mademoiselle de Beaumesnil un regard d'attendrissement et de reconnaissance ineffable, — ma tête avait porté, j'étais étendu sur le pavé, incapable de faire un mouvement, lorsqu'à travers une espèce de vertige je vis les chevaux s'avancer. Ma tête n'était plus qu'à un pied de la roue lorsque j'entends un grand cri, je vois vaguement une femme qui venait en sens inverse des chevaux se précipiter de mon côté, c'est alors que la connaissance m'a manqué tout à fait. Puis, reprit le vieillard avec une émotion croissante, — lorsque je suis revenu à moi, j'étais assis et adossé au talus, à deux pas de l'endroit où j'avais failli être écrasé. Une jeune fille, un ange de courage et de bonté, était agenouillée devant moi, les mains jointes, pâle encore d'épouvante, le front ensanglanté. Et c'était elle ! — s'écria le vieux marin en se retournant vers Ernestine, qui avait alors tout à fait repris ses sens. — Oui, c'était vous, mademoiselle ! — reprit-il, — vous qui m'avez sauvé la vie en vous exposant à périr, vous, pauvre faible créature, qui n'avez écouté que votre cœur et que votre vaillance !

— O Ernestine ! que je suis fière d'être votre amie ! — s'écria la *duchesse* en serrant contre son cœur Ernestine, rougissante et confuse.

— Oui ! oui ! — s'écria le vieillard, — soyez-en fière de votre amie, mademoiselle, vous le devez !

— Mademoiselle, — dit à son tour Olivier en s'adressant à mademoiselle de Beaumesnil avec un trouble indéfinissable, — je ne puis vous dire que ces mots, et votre cœur comprendra ce qu'ils signifient pour moi : « Je vous dois la vie de mon oncle, ou plutôt du père le plus tendrement chéri. »

— Monsieur Olivier, — répondit mademoiselle de Beaumesnil en baissant les yeux après avoir regardé le jeune homme avec surprise, — ce que vous me dites là me rend doublement heureuse, car j'avais ignoré jusqu'ici que monsieur fût celui de vos parents dont Herminie m'avait parlé avant-hier.

— Et maintenant, mademoiselle, reprit le vieillard d'un ton rempli d'intérêt, comment vous trouvez-vous ? Il faudrait peut-être aller chercher un médecin. Mademoiselle Herminie, qu'en pensez-vous ? Olivier y courrait.

— Monsieur Olivier, n'en faites rien, de grâce, — dit vivement Ernestine, — je n'éprouve qu'un peu de mal de tête ; la blessure doit être légère, c'est à peine si je la ressens. Lorsque tout à l'heure je me suis évanouie, ç'a été, je vous l'assure, bien plus d'émotion que de douleur.

— Il n'importe, Ernestine, — dit Herminie, — il faut prendre un peu de repos. Je crois comme vous votre blessure légère, mais vous avez été si effrayée, que je veux vous garder pendant quelques heures.

— Oh ! quant à cette ordonnance-là, ma chère Herminie, — dit en souriant mademoiselle de Beaumesnil, — j'y consens de tout mon cœur... et je ferai durer ma convalescence le plus longtemps qu'il me sera possible.

— Olivier, mon enfant, — dit le vieux marin, — donnez-moi le bras, et laissons ces demoiselles.

— Monsieur Olivier, reprit Herminie, il est impossible que M. Bernard, faible comme il l'est, s'en aille à pied. Si vous voulez dire à la portière d'aller chercher une voiture.

— Non, non, ma chère demoiselle, avec le bras de mon Olivier, je ne crains rien, — reprit le vieillard, — le grand air me remettra; et puis je veux montrer à Olivier l'endroit où je périssais sans cet ange gardien. Je ne suis pas dévot, mademoiselle; mais j'irai souvent, je vous le jure, faire un pèlerinage à ce talus de gazon, et je prierai à ma manière pour la généreuse créature qui m'a sauvé au moment où j'avais tant envie de vivre, car ce matin même...

Et pour la seconde fois, à la nouvelle surprise d'Olivier, le vétéran refoula les paroles qui lui vinrent aux lèvres.

— Enfin... n'importe, — reprit-il, — je prierai donc à ma manière pour mon ange sauveur, car vrai est, — ajouta le vétéran en souriant d'un air de bonhomie, — c'est le monde renversé... ce sont les jeunes filles qui sauvent les vieux soldats... heureusement qu'aux vieux soldats il reste un cœur pour le dévouement et pour la reconnaissance.

Olivier, les yeux attachés sur le mélancolique et doux visage de mademoiselle de Beaumesnil, éprouvait un attendrissement rempli de charme; son cœur palpitait sous les émotions les plus vives et les plus diverses en contemplant cette jeune fille, et se rappelant les incidents de sa première rencontre avec elle, sa franchise ingénue, l'originalité naïve de son esprit, puis surtout les confidences d'Herminie, qui lui avait appris que le sort d'Ernestine était loin d'être heureux.

Certes, Olivier admirait plus que personne la rare beauté de la *duchesse*, mais en ce moment Ernestine lui semblait aussi belle.

Le jeune sous-officier était tellement absorbé, qu'il fallut que son oncle le prît par le bras et lui dît :

— Allons, mon garçon, n'abusons pas plus longtemps de l'hospitalité que mademoiselle Herminie me pardonnera d'avoir acceptée.

— En effet, Herminie, — dit Ernestine, — sachant que vous demeuriez tout auprès de l'endroit où l'accident est arrivé, j'ai cru pouvoir...

— N'allez-vous pas vous excuser maintenant? — dit la *duchesse* en souriant et en interrompant mademoiselle de Beaumesnil, — vous excuser d'avoir agi en amie?

— Adieu donc, mesdemoiselles, — dit le vieux marin.

Et s'adressant à Ernestine d'un ton pénétré :

— Il me serait trop pénible de penser que je vous ai vue aujourd'hui pour la première et la dernière fois. Oh! rassurez-vous, mademoiselle, — ajouta le vieillard en répondant à un mouvement d'embarras d'Ernestine, — ma reconnaissance ne sera pas indiscrète; seulement je vous demanderai comme une grâce à vous et à mademoiselle Herminie, de me faire savoir quelquefois, aussi rarement que vous le voudrez, quand je pourrai vous rencontrer ici, n'est-ce pas? — dit le vieillard en contenant son émotion, — car ce n'est pas tout de remplir un cœur de gratitude, il faut au moins lui permettre de l'exprimer quelquefois...

— Monsieur Bernard, — dit Herminie, — votre désir est trop naturel pour qu'Ernestine et moi nous ne nous y rendions pas. L'un de ces soirs qu'Ernestine sera libre, nous vous avertirons et vous nous ferez le plaisir de venir prendre une tasse de thé avec nous.

— Vraiment? — dit joyeusement le vieillard.

Puis il ajouta :

— Toujours le monde renversé : ce sont les obligés qui sont comblés par les bienfaiteurs; enfin, je me résigne. Allons, encore adieu, mesdemoiselles, et surtout au revoir. Viens-tu, Olivier?

Au moment de sortir, le vieux marin s'arrêta, parut hésiter, et, après un moment de réflexion, il revint sur ses pas et dit aux deux jeunes filles :

— Tenez, mesdemoiselles, décidément je ne peux pas, je ne dois pas emporter un secret qui m'étouffe.

— Un secret, monsieur Bernard?

— Ah! mon Dieu! oui, deux fois déjà il m'est venu aux lèvres; mais deux fois je me suis contraint, parce que j'avais promis de garder le silence; mais, après tout, il faut que mademoiselle Ernestine, à qui je dois la vie, sache au moins pourquoi je suis si heureux de vivre...

— Je pense comme vous, monsieur Bernard, — dit Herminie, — vous devez cette récompense à Ernestine.

— Je vous assure, monsieur — reprit mademoiselle de Beaumesnil, — que je serai très-heureuse de votre confidence.

— Oh! c'est que c'est une vraie confidence, mademoiselle; car, je vous l'ai dit, on m'avait recommandé le secret. Oui, et, s'il faut te l'avouer, mon pauvre Olivier, c'est pour le mieux garder, ce diable de secret, que je suis sorti ce matin pendant que tu étais à la maison.

— Pourquoi cela, mon oncle?

— Parce que, malgré toutes les recommandations du monde, dans le premier saisissement de la bonne nouvelle que je venais d'apprendre, je n'aurais pu m'empêcher de te sauter au cou, et de te dire tout!!! Aussi je suis sorti, espérant m'habituer assez à ma joie pour pouvoir te la cacher plus tard.

— Mais, mon oncle, — dit Olivier, qui écoutait le vétéran avec une surprise croissante, — de quelle bonne nouvelle voulez-vous donc parler?

— L'*ami* que tu as vu ce matin à la maison ne t'a pas dit que sa première visite avait été pour moi, n'est-ce pas?

— Non, mon oncle. Lorsqu'il est venu me trouver sous la tonnelle, je croyais qu'il arrivait à l'instant.

— C'est cela, nous en étions convenus, de te cacher notre entrevue, car c'est lui qui me l'a apportée, cette fameuse nouvelle! et Dieu sait s'il était content! quoiqu'il m'ait paru bien triste d'autre part. En un mot, mesdemoiselles, vous allez comprendre mon bonheur, — reprit le vétéran d'un air triomphant, — mon brave Olivier est nommé officier!

— Moi! — s'écria Olivier avec un élan de joie impossible à rendre, — moi officier!

— Ah! quel bonheur pour vous, monsieur Olivier! — dit Herminie.

— Oui, mon brave enfant, — reprit le vétéran en serrant dans ses mains les deux mains d'Olivier; — oui, tu es officier; et je devais te garder le secret jusqu'au jour où tu recevras ton brevet pour que ta joie fût plus complète, car tu ne sais pas tout...

— Qu'y a-t-il donc encore? monsieur Bernard, — demanda Ernestine, qui prenait un vif intérêt à cette scène.

— Il y a, mesdemoiselles, que mon cher Olivier ne me quittera pas, d'ici longtemps du moins, car on l'a nommé officier dans l'un des régiments qui viennent d'arriver en garnison à Paris. Eh bien! mademoiselle Ernestine, — reprit le vétéran, — avais-je raison d'aimer la vie en pensant au bonheur d'Olivier, au mien? Comprenez-vous maintenant toute l'étendue de ma reconnaissance envers vous?

Le nouvel officier restait muet, pensif; une vive émotion se peignit sur ses traits lorsque, par deux fois, il jeta les yeux sur mademoiselle de Beaumesnil avec une expression nouvelle et singulière.

— Eh bien! mon enfant, — dit le vétéran étonné, presque chagrin, du silence méditatif qui avait succédé chez Olivier à sa première exclamation de surprise et de joie, — moi qui croyais te faire tant de plaisir en t'annonçant ton grade! Je sais bien qu'après tout ce n'est que justice rendue, et tardivement rendue à tes services, mais enfin...

— Oh! ne me croyez pas ingrat envers la destinée, mon oncle, — reprit Olivier d'une voix profondément pénétrée, — si je me tais, c'est que mon cœur est trop plein, c'est que je pense à tous les bonheurs que renferme la nouvelle que vous m'apprenez; car ce grade, je le dois, j'en suis sûr, à la chaleureuse intervention de mon meilleur ami, ce grade me rapproche pour longtemps de vous, mon oncle, et enfin ce grade, — ajouta Olivier en jetant de nouveau les yeux sur Ernestine, qui rougit en rencontrant encore le regard du jeune homme, — ce grade est sans prix pour moi, — reprit Olivier, — parce que... parce que... c'est vous qui me l'annoncez, mon oncle.

Évidemment, Olivier ne disait pas la troisième raison qui rendait son nouveau grade si précieux pour lui.

Ernestine devina seule les généreuses et secrètes pensées du jeune homme, car elle rougit encore, et une larme d'attendrissement involontaire brilla dans ses yeux.

— Et maintenant, mon officier, — reprit gaiement le vieux marin, — maintenant que ces demoiselles ont bien voulu prendre part à ce qui nous intéresse, remercions-les, ne soyons pas plus longtemps indiscrets. Seulement, mademoiselle Herminie, n'oubliez pas votre invitation pour le thé, vous voyez que j'ai bonne mémoire.

— Oh! soyez tranquille, monsieur Bernard, je vous prouverai que j'ai aussi bonne mémoire que vous, — répondit gracieusement Herminie.

Pendant que le commandant Bernard adressait à mademoiselle de Beaumesnil quelques dernières paroles de reconnaissance et d'adieu, Olivier, s'approchant d'Herminie, lui dit à demi-voix d'un ton suppliant :

— Mademoiselle Herminie, il est des jours qui doivent disposer à la clémence. Que dirai-je à Gerald?

— Monsieur Olivier, — reprit Herminie, dont le front s'attrista profondément, car la pauvre enfant avait un instant oublié ses chagrins, — vous savez ma résolution.

Olivier connaissait la fermeté du caractère d'Herminie; il étouffa un soupir en songeant à Gerald, et reprit :

— Un mot encore, mademoiselle Herminie, voulez-vous avoir la bonté de me recevoir demain, à l'heure qui vous conviendra, pour une chose très-importante, et qui, cette fois, m'est toute personnelle? vous me rendrez un vrai service.

— Avec plaisir, monsieur Olivier, — répondit la *duchesse*, quoique assez surprise de cette demande. — Demain matin je vous attendrai.

— Je vous remercie, mademoiselle. A demain donc, dit Olivier.

Et il sortit avec le commandant Bernard.

Les deux jeunes filles, les deux sœurs, restèrent seules.

XLII

Les derniers mots adressés par Olivier à Herminie avaient réveillé les chagrins dont elle s'était forcément distraite lors de l'arrivée imprévue du commandant Bernard et d'Ernestine.

Ernestine, de son côté, resta quelques moments silencieuse, pensive, pour deux motifs : elle était rêveuse, d'abord parce qu'elle se rappelait les regards singuliers qu'Olivier avait jetés sur elle en apprenant qu'il était officier, regards dont Ernestine croyait comprendre la touchante et généreuse signification; puis la jeune fille ressentait un mélancolique bonheur en songeant que sa nouvelle amie était la jeune artiste que l'on avait appelée auprès de madame de Beaumesnil pendant ses derniers moments.

La rêverie d'Ernestine s'augmentait de l'embarras qu'elle éprouvait pour amener l'entretien sur les soins touchants dont sa mère avait été entourée par Herminie.

Quant à la présence de mademoiselle de Beaumesnil chez Herminie, rien de plus simple à expliquer. S'étant rendue, comme d'habitude, à la messe avec mademoiselle de la Rochaiguë, Ernestine avait dit à madame Lainé de l'accompagner; puis, au sortir de l'office, prétextant de quelques emplettes à faire, elle était ainsi partie seule avec sa gouvernante; un fiacre les avait conduites non loin de la rue de Monceau, et madame Lainé attendait dans la voiture le retour de sa jeune maîtresse.

Quoique le silence de la *duchesse* eût à peine duré quelques moments, Ernestine, remarquant la morne et pénible préoccupation où venait de retomber son amie, lui dit avec un mélange de tendresse et de timidité :

— Herminie, je ne serai jamais indiscrète, mais il me semble que depuis un instant vous êtes bien triste!

— C'est vrai, — répondit franchement la jeune fille, — j'ai un grand chagrin.

— Pauvre Herminie! — dit vivement Ernestine, — un grand chagrin?

— Oui, et peut-être, tout à l'heure, vous en avouerai-je la cause; mais maintenant j'ai le cœur trop navré, trop serré; puisse votre douce influence, Ernestine, le détendre un peu... alors je vous dirai tout... et encore... je ne sais si je puis...

— Pourquoi cette réticence, Herminie? ne me jugez-vous pas digne de votre confiance?

— Ce n'est pas cela, pauvre chère enfant, mais vous êtes si jeune, que je ne dois pas peut-être me permettre avec vous certaines confidences; enfin, nous verrons. Mais pensons à vous : il faut d'abord vous reposer sur mon lit, vous serez plus commodément que sur cette chaise.

— Mais, ma chère Herminie...

Sans répondre à la jeune fille, la *duchesse* alla vers son alcôve, et en tira les rideaux, que, par un sentiment de chaste réserve, elle laissait toujours fermés.

Ernestine vit un petit lit de fer, recouvert d'un couvre-pied de guingan rose très-frais, pareil à la doublure intérieure des rideaux de perse, et sur lequel s'étendait une courte-pointe de mousseline blanche, relevée d'une garniture brodée par Herminie.

Le fond de l'alcôve était aussi tendu en guingan rose, et l'oreiller, d'une éblouissante blancheur, avait une garniture de mousseline à points à jour.

Rien de plus frais, de plus coquet, que ce lit virginal sur lequel Ernestine, cédant aux prières de la *duchesse*, s'étendit à demi.

S'asseyant alors dans son fauteuil au chevet de l'orpheline, Herminie lui dit avec une tendre sollicitude en lui prenant les deux mains :

— Je vous assure, Ernestine, qu'un peu de repos vous fera grand bien. Comment vous trouvez-vous ?

— Je me sens la tête encore un peu pesante, voilà tout.

— Chère enfant, à quel affreux péril vous avez échappé !

— Mon Dieu ! Herminie, il ne faut pas m'en savoir gré. Je n'ai pas songé un instant au danger... j'ai vu ce pauvre vieillard glisser du talus, et tomber presque sous la roue de la charrette ; j'ai crié, je me suis élancée, et, quoique je ne sois pas bien forte, je suis parvenue, je ne sais comment, à attirer assez M. Bernard de mon côté pour l'empêcher d'être écrasé.

— Vaillante et chère enfant courage ! et votre blessure?

— C'est en me relevant que je me serai sans doute frappée à la roue. Dans le moment je n'ai rien senti ; M. Bernard, en revenant à lui, s'est aperçu que j'étais blessée... Mais ne parlons plus de cela, j'ai eu plus de peur que de mal... et c'est être vaillante à bon marché.

Jetant alors autour d'elle des regards ravis, la jeune fille reprit :

— Vous aviez bien raison de me dire que votre petite chambre était charmante, Herminie ! Comme c'est frais et coquet ! et ces jolies gravures, et ces statuettes si gracieuses, et ces vases remplis de fleurs ; il me semble que ce sont de ces choses bien simples que tout le monde pourrait avoir, et que personne n'a, parce que le goût seul sait les choisir ; et puis, quand on pense, — ajouta la jeune fille avec une émotion contenue, — que c'est par votre seul travail que vous avez pu acquérir toutes ces charmantes choses... comme vous devez être fière et heureuse ! comme vous devez vous plaire ici !

— Oui, — répondit tristement la *duchesse*, je me suis plu ici pendant longtemps.

— Et maintenant, vous ne vous y plaisez plus ? Oh ! ce serait une ingratitude.

— Non, non ! cette pauvre petite chambre m'est toujours chère, — reprit vivement Herminie en pensant que dans cette chambre elle avait vu Gerald pour la première et pour la dernière fois peut-être.

Ernestine ne savait comment trouver une transition qui lui permît d'amener l'entretien sur sa mère sans éveiller les soupçons d'Herminie; mais, avisant son piano, elle ajouta :

— Voilà ce piano dont vous jouez si bien, dit-on. Oh ! que j'aurais de plaisir à vous entendre un jour !

— Ne me demandez pas cela aujourd'hui, je vous en prie, Ernestine, je fondrais en larmes aux premières notes : quand je suis triste, la musique me fait pleurer.

— Oh! je comprends cela ; mais plus tard je vous entendrai, n'est-ce pas?

— Je vous le promets.

— A propos de musique, — reprit Ernestine en tâchant de se contraindre, l'autre soir, quand j'étais assise chez madame Herbaut, à côté de plusieurs jeunes personnes, l'une d'elles disait qu'une dame étant très-malade vous avait appelée auprès d'elle.

— Cela est vrai... — répondit tristement Herminie, essayant de trouver un refuge contre ses pénibles préoccupations dans le souvenir de sa mère. — Oui, et cette dame était celle dont je vous ai parlé l'autre soir, Ernestine, parce qu'elle avait une fille qui s'appelait comme vous.

— Et, en vous écoutant, n'est-ce pas? les souffrances de cette dame devenaient moins vives?

— Parfois elle les oubliait; mais, hélas ! ce soulagement n'a pas suffi pour la sauver.

— Bonne comme vous l'êtes, Herminie, quels soins touchants vous avez dû avoir de cette pauvre dame !

— C'est qu'aussi, voyez-vous, Ernestine, sa position était si intéressante ! si navrante ! Mourir jeune encore, en regrettant une fille bien-aimée !

— Et de sa fille elle vous parlait quelquefois, Herminie?

— Pauvre mère ! sa fille était sa préoccupation constante et dernière ; elle avait un portrait d'elle... toute enfant... et souvent j'ai vu ses yeux, pleins de pleurs, s'attacher sur ce tableau ; alors elle me disait combien sa fille méritait sa tendresse par son charmant naturel.. elle me parlait aussi des lettres qu'elle recevait d'elle presque chaque jour ; à chaque ligne, me disait-elle, se révélait la bonté du cœur de cette enfant chérie.

— Pour être ainsi en confiance avec vous, Herminie, cette dame devait vous aimer beaucoup?

— Elle me témoignait une grande bienveillance, à laquelle je répondais par un respectueux attachement...

— Et la fille de cette dame, qui vous aimait tant, et que vous aimiez tant aussi, vous n'avez jamais eu le désir de la connaître, cette autre Ernestine?

— Si... car tout ce que sa mère m'en avait dit avait éveillé d'avance ma sympathie pour cette jeune personne ; mais elle était en pays étranger. Cependant, lorsqu'elle est revenue à Paris, un instant j'avais espéré de la voir.

— Comment cela, ma chère Herminie? — demanda Ernestine en dissimulant sa curiosité.

— Une circonstance m'ayant rapprochée de son tuteur, il m'avait dit que peut-être je serais appelée à donner à cette jeune demoiselle des leçons de piano.

Ernestine tressaillit de joie. Cette pensée ne lui était pas jusqu'alors venue ; mais, voulant motiver sa curiosité aux yeux d'Herminie, elle reprit en souriant.

— Vous ne savez pas pourquoi je vous fais tant de questions sur cette jeune demoiselle? C'est qu'il me semble que j'en serais jalouse, si vous alliez l'aimer mieux que moi, cette autre Ernestine!

— Oh! rassurez-vous, — dit Herminie en secouant mélancoliquement la tête.

— Et pourquoi ne l'aimeriez-vous pas? — dit vivement mademoiselle de Beaumesnil, qui, regrettant cette expression d'inquiétude involontaire, ajouta :

— Je ne suis pas assez égoïste pour vouloir priver cette demoiselle de votre affection.

— Ce que je sais d'elle, le souvenir des bontés de sa mère, lui assureront toujours ma sympathie ; mais, hélas ! ma pauvre Ernestine, ces est mon orgueil, que je craindrais toujours que mon attachement n'eût l'air intéressé... cette jeune demoiselle est très-riche... et je suis pauvre.

— Ah! — dit amèrement mademoiselle de Beaumesnil, — c'est avoir bien mauvaise opinion d'elle... sans la connaître...

— Détrompez-vous, Ernestine, je ne doute pas de son bon cœur, d'après ce que m'en a dit sa mère... mais, pour cette jeune personne, ne suis-je pas une étrangère?... puis, à cause de plusieurs raisons, et surtout de crainte de réveiller en elle de cruels regrets, c'est à peine si j'oserais lui parler des circonstances qui m'ont rapprochée de sa mère mourante, des bontés qu'elle a eues pour moi. Ne serait-ce pas, d'ailleurs, avoir l'air de chercher à me faire valoir et d'aller au-devant d'une affection à laquelle je n'ai aucun droit?

A cet aveu, combien Ernestine se félicita d'avoir été aimée d'Herminie avant d'être connue pour ce qu'elle était réellement!

Et puis, rapprochement étrange! elle craignait de ne rencontrer que des affections intéressées, parce qu'elle était *la plus riche héritière de France*, tandis qu'Herminie, parce qu'elle était pauvre, craignait que son affection ne parût intéressée.

La *duchesse* semblait de plus en plus accablée, depuis la dernière moitié de cet entretien. Elle avait cru y trouver un refuge contre ses cruelles pensées, et, fatalement, elle s'y voyait ramenée; car c'était aussi dans le sublime orgueil de sa pauvreté, craignant de voir attribuer à l'intérêt ou à la vanité son amour pour Gerald, qu'Herminie avait puisé la fière résolution qui devait presque infailliblement ruiner ses dernières espérances.

Comment espérer, en effet, que madame la duchesse de Senneterre consentirait à la démarche exigée d'elle? Mais, hélas! quoique assez courageuse pour sacrifier son amour à la dignité de cet amour même, Herminie n'en ressentait pas moins tout ce que ce sacrifice héroïque avait d'affreux pour elle, à mesure qu'elle y songeait davantage.

Aussi, faisant allusion presque malgré elle à ses douloureux sentiments, elle dit d'une voix altérée, en rompant la première un silence de quelques instants :

— Ah! ma pauvre Ernestine, qui croirait que les affections les plus pures, les plus nobles, peuvent être souillées par des soupçons infâmes!

Et, incapable de se contenir plus longtemps, elle fondit en larmes en cachant son visage dans le sein d'Ernestine, qui, alors à demi couchée, se releva et serra son amie contre son cœur en lui disant :

— Herminie, mon Dieu ! qu'avez-vous ? Je m'apercevais bien que vous deveniez de plus en plus triste, mais je n'osais vous demander la cause de votre peine.

— N'en parlons plus, — reprit Herminie, qui semblait rougir de ses larmes, — pardonnez-moi cette faiblesse, mais, tout à l'heure, des souvenirs pénibles...

— Herminie, je n'ai aucun droit à vos confidences, mais pourtant quelquefois l'on souffre moins en parlant de sa souffrance.

— Oh ! oui, car cela oppresse, cela tue, une douleur, une contrainte ; mais l'humiliation ! mais la honte !

— Vous, humiliée ! vous, éprouver de la honte ! Herminie, oh ! non ! jamais ! vous êtes trop fière pour cela !

— Eh ! n'est-ce pas une lâche faiblesse, une honte, que de pleurer comme je fais, après avoir eu le courage d'une résolution juste et digne ?

Et, après un moment d'hésitation, la *duchesse* dit à Ernestine :

— Ma pauvre enfant, ne regardez pas ce que je vais vous dire comme une confidence... Votre extrême jeunesse me donnerait des scrupules ; mais, dans ce récit, voyez une leçon.

— Une leçon ?

— Oui, comme moi vous êtes orpheline, comme moi vous êtes sans appui, sans expérience qui puisse vous éclairer sur les piéges, sur les tromperies dont de pauvres créatures comme nous sont quelquefois entourées. Ecoutez-moi donc, Ernestine, et puissé-je vous épargner les douleurs dont je souffre !

Et Herminie raconta à Ernestine cette scène dans laquelle, justement offensée contre Gerald, qui s'était permis de payer ce qu'elle devait, et le traitant d'abord avec hauteur et dédain, la jeune fille lui avait ensuite pardonné, touchée du généreux sentiment auquel Gerald avait réellement cédé. Puis Herminie continua en ces termes :

— Deux jours après cette première rencontre, voulant me distraire de souvenirs qui, pour mon repos, prenaient déjà sur moi trop d'empire, j'allai le soir chez madame Herbaut ; c'était le dimanche. Quelle fut ma surprise de retrouver ce même jeune homme dans cette réunion ! J'éprouvai d'abord une impression de chagrin, presque de crainte, sans doute un pressentiment... puis j'eus le malheur de céder à l'attrait de cette nouvelle rencontre... jamais, jusqu'alors, je n'avais vu personne qui eût, comme *lui*, des manières à la fois simples, élégantes et distinguées, un esprit brillant et enjoué, mais toujours d'une réserve du meilleur goût. Je déteste les louanges, et *il* trouva moyen de me faire accepter ses flatteries, tant il sut y mettre de délicatesse et de grâce. J'appris dans la soirée qu'il se nommait Gerald, et que...

— Gerald? — dit vivement Ernestine en songeant que le duc de Senneterre, l'un des prétendants à sa main, se nommait aussi Gerald.

Mais un coup de sonnette qui se fit entendre attira l'attention d'Herminie, et l'empêcha de remarquer l'étonnement de mademoiselle de Beaumesnil.

Celle-ci, à ce bruit, se leva du lit où elle était assise, pendant qu'Herminie, très-contrariée de cette visite inopportune, se dirigea vers la porte.

Un domestique âgé lui remit un billet contenant ces mots :

« Il y a plusieurs jours que je ne vous ai vue, ma chère enfant, car j'ai été un peu souffrant. Pouvez-vous me recevoir ce matin?

« Tout à vous bien affectueusement,

« MAILLEFORT.

« *P. S.* Ne vous donnez pas la peine de me répondre ; si vous voulez de votre vieil ami, dites seulement *oui* au porteur de ce billet. »

Herminie, toute à son chagrin, fut sur le point de chercher un prétexte pour éviter la visite de M. de Maillefort ; mais, réfléchissant que le marquis, appartenant au grand monde, connaissait sans doute Gerald, et que, sans livrer son secret au bossu, elle pourrait peut-être avoir par lui quelques renseignements précis sur le duc de Senneterre, elle dit au domestique :

— J'attendrai ce matin M. le marquis de Maillefort.

Puis, revenant dans sa chambre, où l'attendait mademoiselle de Beaumesnil, Herminie se dit :

— Mais si M. de Maillefort vient pendant qu'Ernestine est encore ici? Eh bien! peu importe qu'elle le voie chez moi, elle a maintenant mes confidences, et d'ailleurs la chère enfant est si discrète, qu'à l'aspect d'un étranger elle me laissera seule avec lui.

Herminie continua donc son entretien avec mademoiselle de Beaumesnil sans lui parler de la prochaine visite de M. de Maillefort, de crainte qu'Ernestine, par convenance, ne la quittât plus tôt qu'elle ne se l'était proposé.

XLIII

— Pardonnez-moi de vous avoir quittée, ma chère Ernestine, — dit Herminie à son amie. — C'était une lettre, et j'ai fait une réponse verbale.

— Je vous en prie, Herminie, — répondit Ernestine, — veuillez continuer vos confidences, vous ne sauriez croire à quel point elles m'intéressent.

— Et moi, il me semble que mon cœur se soulage en s'épanchant.

— Voyez-vous, j'en étais bien sûre, — répondit Ernestine avec une tendresse ingénue.

— Je vous disais donc qu'à la réunion de madame Herbaut j'appris que ce jeune homme s'appelait Gerald Auvernay. C'est M. Olivier qui me le nomma en me le présentant.

— Ah ! il connaissait M. Olivier.

— C'était son ami intime, car Gerald avait été soldat au même régiment que M. Olivier. En quittant le service, il s'était employé chez un notaire, m'a-t-il dit ; mais depuis peu de temps il avait renoncé à ce travail de chicane, qui ne convenait pas à son caractère, et s'était occupé aux fortifications sous un officier du génie qu'il avait connu en Afrique. Vous le voyez, Ernestine, Gerald était d'une condition égale à la mienne, et, libre ainsi que lui, j'étais bien excusable de me laisser entraîner à ce penchant fatal.

— Pourquoi fatal, Herminie?

— Quelques mots encore, et vous saurez tout. Le lendemain de notre rencontre chez madame Herbaut, vers la tombée du jour, de retour de mes leçons, j'étais assise dans le jardin, dont le propriétaire avait eu l'obligeance de me permettre l'entrée. Ce jardin, comme vous pourriez le voir à travers la fenêtre, n'est séparé de la ruelle, qui le borne, que par une charmille et une palissade à hauteur d'appui. Du banc où j'étais placée, je vis passer Gerald. Au lieu d'être mis, comme la veille, avec une élégante simplicité, il portait une blouse grise et un large chapeau de paille. Il fit un mouvement de surprise en m'apercevant; mais, loin de paraître humilié d'être vu dans son habit de travail, il me salua, s'approcha et me dit gaiement qu'il finissait sa journée, qu'il venait de diriger certaines parties des constructions militaires que l'on exécute maintenant dans la plaine de Monceau : « C'est un métier moitié d'architecte, moitié de soldat, qui me plaît mieux que la sombre étude du notaire, — me dit-il; — ce que je gagne me suffit; j'ai à conduire de rudes et braves travailleurs, au lieu de paperasser des procès, et j'aime mieux cela. »

— Oh ! je comprends bien cette préférence, ma chère Herminie.

— Sans doute aussi, je vous l'avoue, Ernestine, cette résignation à un travail pénible, presque manuel, m'a d'autant plus touchée que Gerald a reçu une très-bonne éducation. Ce soir-là il me quitta bientôt et me dit en souriant que, dans l'espoir de me rencontrer quelquefois sur les limites de *mon parc*, il se félicitait d'avoir à passer souvent par cette ruelle pour aller voir un de ses anciens camarades de l'armée, qui habitait une petite maison, que l'on apercevait, en effet, du jardin. Que vous dirai-je, Ernestine? Presque chaque soir, à la fin du jour, j'avais ainsi un entretien avec Gerald; souvent même nous sommes allés nous promener dans ces grands terrains gazonnés où ce matin est arrivé l'accident de M. Bernard. Je trouvais dans Gerald tant de franchise, tant de générosité de cœur, tant d'esprit et de charmante humeur; il paraissait enfin avoir de moi une si haute et, je le puis le dire, une si juste estime, que, lorsque vint le jour où Gerald me déclara son amour et me dit qu'il ne pouvait vivre sans *moi*... mon bonheur fut grand, Ernestine... oh! bien grand ! car, si Gerald ne m'eût pas aimée, je ne sais pas ce que je serais devenue. Il m'eût été impossible de renoncer à cet amour. Et aimer seule, aimer sans espoir, — ajouta la pauvre créature en tressaillant et contenant à peine ses larmes, — oh ! c'est pire que la mort, c'est une vie à jamais désolée.

Mais, surmontant son émotion, Herminie continua :

— Ce que je ressentais, je le dis franchement à Gerald; de ma part ce n'était pas seulement de l'amour, c'était presque de la reconnaissance : car, sans lui, la vie m'apparaissait trop affreuse. « Nous sommes libres tous deux, — ai-je dit à Gerald, — notre condition est égale, nous aurons à demander au travail notre vie de chaque jour, et cela satisfait mon orgueil, car l'oisiveté imposée à la femme est pour elle une cruelle humiliation. Notre existence sera donc modeste, Gerald, peut-être même précaire ; mais, à force de courage, appuyés l'un sur l'autre et forts de notre amour, nous défierons les plus mauvais jours. »

— Oh ! Herminie, quel digne langage ! Comme M. Gerald a dû être heureux et fier de vous aimer ! Mais, encore une fois, puisque vous avez rencontré tant de chances de bonheur, pourquoi vos larmes, votre chagrin ?

— N'est-ce pas, Ernestine, que j'étais bien excusable de l'aimer ? — dit l'infortunée en portant son mouchoir à ses lèvres pour comprimer ses sanglots. — N'est-ce pas que c'était là de ma part un noble et loyal amour ? Oh ! dites-le-moi... N'est-ce pas qu'on ne peut pas m'accuser de...

Herminie n'acheva pas, ses larmes étouffèrent sa voix.

— Vous accuser ? — s'écria Ernestine, — mais, mon Dieu ! de quoi vous accuser ? N'êtes-vous pas libre comme M. Gerald ? ne vous aime-t-il pas autant que vous l'aimez ? Laborieux tous deux, votre condition est égale.

— Non, — reprit Herminie avec accablement. — Non, nos conditions ne sont pas égales.

— Que dites vous ?

— Non, elles ne sont pas égales, hélas ! et c'est là mon malheur ; car, afin de les égaliser en apparence, Gerald m'a trompée par de faux dehors.

— O mon Dieu ! et qui est-il donc ?

— Le duc de Senneterre.

— Le duc de Senneterre !

S'écria Ernestine, frappée de stupeur et d'effroi pour Herminie, en pensant que Gerald était l'un des trois prétendants à sa main à elle Ernestine, et qu'elle devait se rencontrer avec lui au bal du lendemain.

Il abusait donc indignement Herminie, puisqu'il donnait suite à ses prétentions de mariage avec la riche héritière.

Herminie interpréta la muette et profonde stupeur de son amie en l'attribuant au saisissement qu'une pareille révélation lui devait causer, et reprit :

— Eh bien ! dites, Ernestine, suis-je assez malheureuse ?

— Oh ! une telle tromperie, c'est infâme ! et comment avez-vous pu savoir...

— M. de Senneterre, se sentant incapable de supporter plus longtemps, a-t-il dit, la vie de continuelles faussetés que son premier mensonge lui imposait, et n'osant me faire lui-même l'aveu de cette tromperie, il en a chargé M. Olivier.

— Enfin, c'est du moins M. de Senneterre qui lui-même vous a fait faire cette révélation ?

— Oui, et, malgré la douleur qu'elle m'a causée, j'ai retrouvé là quelque chose de cette loyauté que j'aimais en lui.

— Sa loyauté ! — s'écria Ernestine avec amertume, — sa loyauté ! et maintenant il vous abandonne ?

— Loin de m'abandonner, — reprit Herminie, — il me propose sa main.

— Lui ! M. de Senneterre ? — s'écria Ernestine avec une nouvelle stupeur ; mais alors, Herminie, — reprit-elle, — pourquoi vous désespérer ainsi ?

— Pourquoi ? — dit la *duchesse*, — parce qu'une pauvre orpheline comme moi n'achète un pareil mariage qu'au prix des humiliations les plus dures.

Herminie ne put continuer, car elle entendit sonner.

— Pardon, ma chère Ernestine, — reprit-elle en séchant ses larmes et contenant son émotion, — je crois savoir quelle est la personne qui sonne là. Je ne puis me dispenser de la recevoir.

— Alors, je vous quitte, Herminie, — dit Ernestine en reprenant à la hâte son châle et son chapeau, — quoiqu'il me soit bien pénible de vous laisser si triste.

— Attendez du moins que cette personne soit entrée.

— Allez toujours ouvrir, Herminie, pendant que je vais mettre mon chapeau.

La *duchesse* fit un pas vers la porte ; mais, par un sentiment rempli de délicatesse, réfléchissant à la difformité de M. de Maillefort, elle revint et dit à son amie :

— Ma chère Ernestine, afin d'épargner à la personne que j'attends le petit désagrément que lui causerait peut-être l'expression de votre surprise à la vue de son infirmité, je vous préviens que cette personne est bossue.

Soudain mademoiselle de Beaumesnil se rappela que sa gouvernante lui avait appris que le marquis de Maillefort s'était fait donner l'adresse d'Herminie ; une crainte vague lui fit demander à Herminie avec un embarras mortel :

— Et quelle est cette personne?

— Un excellent homme, qu'une circonstance étrange m'a fait connaître, car il appartient au grand monde. Mais je crains de trop tarder à ouvrir. Excusez-moi, ma chère Ernestine.

Et Herminie disparut.

Ernestine resta immobile, atterrée.

Un invincible pressentiment lui disait que M. de Maillefort allait entrer... la trouver chez Herminie... et, quoique mademoiselle de Beaumesnil dût aux paroles ironiques du marquis le désir et la volonté de tenter l'épreuve qu'elle avait subie, lors de sa présentation chez madame Herbaut, quoique enfin elle ressentît pour lui une sorte de revirement sympathique, elle ignorait encore jusqu'à quel point elle pouvait compter sur M. de Maillefort, et cette rencontre la désolait.

Ernestine ne s'était pas trompée.

Son amie rentra accompagnée du marquis.

Heureusement Herminie, songeant seulement alors que les rideaux de son alcôve étaient ouverts, se hâta d'aller les fermer, selon son habitude de chaste susceptibilité.

La *duchesse*, tournant ainsi le dos à Ernestine et à M. de Maillefort pendant quelques secondes, ne put s'apercevoir du saisissement que ces deux personnages éprouvèrent à la vue l'un de l'autre.

M. de Maillefort, en reconnaissant mademoiselle de Beaumesnil, tressaillit de stupeur; une curiosité remplie d'inquiétude se peignit sur tous ses traits; il ne pouvait en croire ses yeux; il allait parler, lorsque Ernestine, pâle, tremblante, joignit vivement les mains, en le regardant d'un air si désespéré, si suppliant, que les paroles expirèrent sur les lèvres du marquis.

A ce moment Herminie se retourna : la figure de M. de Maillefort n'exprimait plus le moindre étonnement; voulant même donner à mademoiselle de Beaumesnil le temps de se remettre, il dit à Herminie :

— Je suis bien indiscret, j'en suis sûr, mademoiselle, je viens mal à propos peut-être.

— Jamais, monsieur, croyez-le, vous ne viendrez mal à propos, — dit la *duchesse;* — je vous demanderai seulement la permission de reconduire mademoiselle.

— Je vous en supplie, — dit le marquis en s'inclinant, — je serais désolé que vous fissiez pour moi la moindre cérémonie.

Il fallut à mademoiselle de Beaumesnil un grand empire sur elle-même pour ne pas trahir son trouble; heureusement la petite entrée qui précédait la chambre d'Herminie était obscure, et, l'altération subite des traits d'Ernestine échappant à son amie, elle lui dit :

— Ernestine, après ce que je viens de vous confier, je n'ai pas besoin de vous dire combien votre présence me sera nécessaire. Hélas! je ne croyais pas devoir mettre sitôt votre amitié à l'épreuve. Par grâce, Ernestine, par pitié, ne me laissez pas trop longtemps seule... si vous saviez combien je vais souffrir! Car je ne puis plus espérer de revoir Gerald, ou l'espérance qui me reste est si incertaine, que je n'ose y compter. Je vous expliquerai tout cela. Mais, je vous en conjure, ne me laissez pas longtemps sans vous voir.

— Oh! croyez bien, Herminie, que je viendrai le plus tôt que je pourrai... et ce ne sera pas ma faute si...

— Hélas! je comprends. Votre temps appartient au travail parce qu'il vous faut travailler pour vivre. C'est comme moi : malgré ma douleur, il va falloir que, dans une heure, je commence ma tournée de leçons. Mes leçons, mon Dieu! mon Dieu!... et c'est à peine si j'ai la tête à moi. Mais, pour nous autres, ce n'est pas tout que de souffrir, il faut vivre!

Herminie prononça ces derniers mots avec une si déchirante amertume, que mademoiselle de Beaumesnil se jeta au cou de son amie en fondant en larmes.

— Allons, j'aurai du courage, Ernestine, — lui dit Herminie en répondant à son étreinte, — je vous le promets... je me contenterai du peu de temps que vous me donnerez, j'attendrai, et je me souviendrai, — ajouta la pauvre *duchesse* en tâchant de sourire. — Oui, me souvenir de vous et attendre votre retour, ce sera encore une consolation.

— Adieu, Herminie, adieu! — dit mademoiselle de Beaumesnil d'une voix étouffée, — adieu, à bientôt... le plus tôt que je pourrai... je vous le jure... après-demain, si je puis... Et, après tout, je le pourrai, — ajouta résolûment l'orpheline, — oui, quoi qu'il arrive, après-demain, à cette heure-ci, comptez sur moi.

— Merci, merci, — dit Herminie en embrassant Ernestine avec effusion. — Ah ! la compassion que j'ai eue pour vous... votre généreux cœur me le rend bien.

— Après-demain, Herminie.

— Merci encore, Ernestine.

— Adieu, — dit la jeune fille.

Et, dans un trouble inexprimable, elle se dirigea vers l'endroit où sa gouvernante l'attendait dans le fiacre.

Au moment où mademoiselle de Beaumesnil sortait de chez Herminie, elle se croisa avec un homme qui se promenait lentement dans la rue, en regardant de temps à autre la maison occupée par Herminie.

Cet homme était de Ravil, qui, on l'a dit, venait parfois rôder autour de la demeure de la *duchesse*, dont il avait gardé un très-irritant souvenir, depuis le jour où ce cynique avait si insolemment abordé la jeune artiste, alors qu'elle était sur le point d'entrer à l'hôtel de Beaumesnil.

De Ravil reconnut parfaitement *la plus riche héritière de France*, qui, dans son trouble, remarqua d'autant moins ce personnage, qu'elle ne l'avait vu qu'une fois au Luxembourg, lors de la séance de la Chambre des pairs, où M. de la Rochaiguë l'avait conduite.

— Oh ! oh ! qu'est ceci ? la petite Beaumesnil mise presque en grisette, sortant seulette, pâle et comme effarée, d'une maison de ce quartier désert, — se dit de Ravil avec une surprise incroyable. — Suivons-la d'abord prudemment. Plus j'y songe, plus j'aime à me persuader que c'est le diable qui m'envoie une pareille bonne fortune. Oui, oui, cette découverte peut être pour moi la poule aux œufs d'or. Eh ! eh ! cela me réjouit le cœur et l'âme. Rien que d'y songer, j'ai des éblouissements métalliques tout à fait dans le genre de ceux de ce gros niais de Mornand.

Pendant que de Ravil suivait ainsi mademoiselle de Beaumesnil, sans qu'elle se doutât de ce dangereux espionnage, Herminie était revenue auprès de M. de Maillefort.

XLIV

M. de Maillefort attendait le retour d'Herminie dans une perplexité étrange, se demandant quelle circonstance inexplicable avait pu rapprocher cette jeune fille de mademoiselle de Beaumesnil.

Le marquis désirait d'ailleurs ce rapprochement, ainsi qu'on le verra bientôt; mais le bossu ne l'avait pas conçu de la sorte; aussi la présence d'Ernestine chez Herminie, le mystère dont elle avait dû nécessairement s'entourer pour se rendre dans cette maison, le secret que mademoiselle de Beaumesnil lui avait demandé d'un air si suppliant, secret qu'il voulait et devait scrupuleusement garder, d'après sa promesse tacite, tout concourait à exciter au plus haut point la curiosité, l'intérêt et presque l'inquiétude de M. de Maillefort, qui, pour tant de raisons, ressentait une sollicitude paternelle pour mademoiselle de Beaumesnil.

Cependant, lors du retour d'Herminie, qui s'excusa de l'avoir laissé seul trop longtemps, le marquis lui dit de l'air du monde le plus naturel :

— Je serais désolé, ma chère enfant, que vous ne me traitiez pas avec cette familiarité à laquelle ont droit les véritables amis; rien de plus simple d'ailleurs que de reconduire une de vos compagnes, car cette jeune personne est, je suppose...

— Une de mes amies, monsieur, ou plutôt, ma meilleure amie.

— Oh! oh! — dit le marquis en souriant, — c'est une bien vieille, une bien ancienne amitié, sans doute?

— Très-récente, au contraire, monsieur; car cette amitié a été aussi soudaine qu'elle est sincère et déjà éprouvée.

— Je connais assez votre cœur et la solidité de votre esprit, ma chère enfant, pour être certain de la sûreté de votre choix.

— Un seul trait, qui vient de se passer il y a une heure à peine, monsieur, vous fera juger du courage et de la bonté de mon amie : au péril de sa vie, car elle a été blessée, elle a arraché un pauvre vieillard à une mort certaine.

Et en quelques mots Herminie, fière de son amie, et voulant la faire apprécier ainsi qu'elle méritait de l'être, raconta la courageuse conduite d'Ernestine au sujet du commandant Bernard.

L'on devine l'émotion du marquis à cette révélation inattendue, qui lui montrait mademoiselle de Beaumesnil sous un aspect si touchant; aussi s'écria-t-il :

— C'est admirable de courage, de générosité!

Puis il ajouta :

— J'en étais sûr... vous ne pouviez que dignement placer votre amitié, ma chère enfant. Mais quelle est donc cette brave et excellente jeune fille?

— Une orpheline comme moi, monsieur, et qui, comme moi, vit de son travail : elle est brodeuse.

— Ah! elle est brodeuse? mais, puisqu'elle est orpheline, elle vit donc seule?

— Non, monsieur, elle vit avec une de ses parentes, qui l'a présentée dimanche soir à un petit bal, où je l'ai rencontrée pour la première fois.

Le marquis croyait rêver : il fut un instant sur le point de soupçonner quelqu'un des la Rochaiguë d'être complice de ce singulier mystère; mais la foi aveugle qu'il avait avec raison dans la droiture d'Herminie lui fit rejeter cette idée; cependant, il se demandait comment avait pu faire mademoiselle de Beaumesnil pour quitter pendant toute une soirée l'hôtel de son tuteur, à l'insu du baron et de sa famille, pour aller au bal; il se demandait aussi avec non moins d'étonnement par quels moyens Ernestine avait pu ce matin-là même disposer de quelques heures d'entière liberté; mais, craignant d'éveiller la défiance d'Herminie en la questionnant davantage, il reprit :

— Allons, c'est un bonheur pour moi que de vous savoir une amie si digne de vous; et il me semble, — ajouta le bossu avec intérêt, — qu'elle ne pouvait venir plus à propos.

— Pourquoi cela, monsieur?

— Vous savez que vous m'avez donné le droit de franchise?

— Certainement, monsieur.

— Eh bien! il me semble que vous n'êtes pas dans votre état habituel. Je vous trouve pâle; l'on voit qu'il y a peu d'instants vous avez pleuré, pauvre chère enfant!

— Monsieur, je vous assure...

— Et, s'il faut vous le dire, cela m'a frappé d'autant plus, que, les deux dernières fois que je vous ai vue, vous sembliez tout heureuse. Oui, le contentement se lisait sur tous vos traits; cela donnait même à votre beauté quelque chose de si expansif, de si radieux, que, vous vous en souvenez peut-être, pour la rareté de la chose, je vous ai fait compliment de votre rayonnante beauté. Jugez un peu, moi qui suis le plus maussade louangeur du monde! — ajouta le bossu en tâchant d'amener un sourire sur les lèvres d'Herminie.

Mais celle-ci, ne pouvant vaincre sa tristesse, répondit :

— L'émotion que m'a causée le danger auquel Ernestine vient d'échapper ce matin a sans doute altéré mes traits, monsieur.

Le marquis, certain qu'Herminie souffrait d'un chagrin qu'elle voulait tenir caché, n'insista pas par discrétion, et reprit :

— Ainsi que vous me le dites, ma chère enfant, cette émotion aura sans doute ainsi altéré vos traits; heureusement le péril est passé; mais, dites-moi, il me faut bien vous l'avouer, ma visite est intéressée... très-intéressée...

— Puissiez-vous dire vrai, monsieur!

— Je vais vous le prouver. Vous savez, ma chère enfant, que je me suis fait un scrupule d'honneur d'insister désormais auprès de vous, à propos du grave motif qui m'a amené ici pour la première fois.

— Oui, monsieur, et je vous ai su gré de n'être pas revenu sur un sujet si pénible pour moi.

— Il faut cependant que je vous parle, sinon de madame de Beaumesnil, du moins de sa fille, — dit le marquis en attachant un regard pénétrant, attentif, sur Herminie, afin de découvrir (quoiqu'il fût à peu près certain du contraire), si la jeune fille savait que sa nouvelle amie était mademoiselle de Beaumesnil; mais il ne conserva pas le moindre doute sur l'ignorance d'Herminie à ce sujet, car elle répondit sans le plus léger embarras :

— Vous avez à me parler de la fille de madame de Beaumesnil, monsieur?

— Oui, ma chère enfant... je ne vous ai pas caché l'amitié dévouée qui m'attachait à madame de Beaumesnil, ses recommandations dernières au sujet d'une jeune personne orpheline, jusqu'ici inconnue, introuvable, malgré mes recherches; je vous ai dit aussi les vœux non moins chers de la comtesse au sujet de sa fille Ernestine. Différentes raisons qui ne sont, croyez-moi, d'aucun intérêt pour vous, font que j'aurais le plus grand désir, dans l'intérêt de mademoiselle de Beaumesnil, de vous voir rapprochée d'elle.

— Moi, monsieur ! — dit vivement Herminie en songeant au bonheur de connaître sa sœur ; — et comment me rapprocher de mademoiselle de Beaumesnil ?

— D'une manière bien simple, et dont on vous avait déjà, je crois, parlé, lorsque vous vous êtes si noblement conduite envers madame de la Rochaiguë.

— En effet, monsieur, l'on m'avait fait espérer que je serais appelée auprès de mademoiselle de Beaumesnil pour lui donner des leçons de piano.

— Eh bien ! ma chère enfant, la chose est arrangée.

— Vraiment, monsieur !

— J'en ai parlé hier au soir à madame de la Rochaiguë. Elle doit vous proposer aujourd'hui ou demain comme maîtresse de piano à mademoiselle de Beaumesnil ; je ne doute pas qu'elle n'accepte. Quant à vous, ma chère enfant, d'abord, je ne prévois pas de refus probable de votre part.

— Oh ! bien loin de là, monsieur !

— Et d'ailleurs, ce que je vous demande pour la fille, — dit le marquis avec émotion, — je vous le demande au nom de sa mère, pour qui vous aviez un si tendre attachement.

— Vous ne pouvez douter, monsieur, de l'intérêt que m'inspirera toujours mademoiselle de Beaumesnil... mais les relations que j'aurai avec elle devant se borner à des leçons de piano...

— Non pas.

— Comment, monsieur ?

— Vous sentez bien, ma chère enfant, que je ne me serais pas donné assez de peine pour amener ce rapprochement entre mademoiselle de Beaumesnil et vous, s'il devait se borner à des leçons de piano données et reçues.

— Mais, monsieur...

— Il s'agit d'intérêts sérieux, ma chère enfant, qui ne peuvent être mieux placés qu'entre vos mains.

— Alors, monsieur, expliquez-vous, de grâce.

— Je vous en dirai davantage, — reprit le marquis souriant à demi, en pensant à la douce surprise d'Herminie lorsqu'elle reconnaîtrait mademoiselle de Beaumesnil dans l'*orpheline brodeuse*, sa meilleure amie. — Je m'expliquerai tout à fait lorsque vous aurez vu votre nouvelle écolière.

— En tout cas, monsieur, croyez que je regarderai toujours comme un devoir d'obéir à vos inspirations ; je serai prête à aller chez mademoiselle de Beaumesnil lorsqu'elle me fera sa demande.

— C'est moi qui me charge de vous présenter à elle.

— Oh ! tant mieux ! monsieur.

— Et, si vous le voulez, samedi matin, à cette heure-ci, je viendrai vous prendre.

— Je vous attendrai, monsieur, et je vous remercie de m'épargner l'embarras de me présenter seule.

— Un mot de recommandation, ma chère enfant, dans l'intérêt de mademoiselle de Beaumesnil. Personne ne sait, personne ne doit savoir que sa pauvre mère m'a fait appeler près d'elle à ses derniers instants. Il faut que l'on ignore aussi le profond attachement que je ressentais pour la comtesse. Vous garderez le plus profond silence à ce sujet, dans le cas où M. ou madame de la Rochaiguë vous parlerait de moi.

— Je me conformerai à vos intentions, monsieur.

— Ainsi donc, ma chère enfant, — dit le bossu en se levant, — à samedi, c'est convenu. Je me fais une joie de vous présenter à mademoiselle de Beaumesnil, et je suis certain que vous-même vous trouverez à cette entrevue un charme auquel vous ne vous attendez pas.

— Je l'espère, monsieur, — répondit Herminie, presque avec distraction ; car, voyant le marquis sur le point de sortir, elle ne savait comment aborder une question dont elle se préoccupait depuis l'arrivée du bossu.

Elle lui dit donc en tâchant de paraître très-calme :

— Auriez-vous la bonté, monsieur, avant de vous en aller, de me donner, si toutefois cela vous est possible, quelques renseignements que j'aurais à vous demander ?

— Parlez, ma chère enfant, — dit M. de Maillefort en se rasseyant.

— Monsieur le marquis, dans le grand monde où vous vivez, —

reprit Herminie avec un embarras mortel, — auriez-vous eu l'occasion de rencontrer madame la duchesse de Senneterre?

— J'étais l'un des bons amis de son mari, et j'aime extrêmement son fils, le duc de Senneterre actuel, un des plus dignes jeunes gens que je connaisse. Hier encore, — ajouta le bossu avec émotion, — j'ai acquis une nouvelle preuve de la noblesse de son caractère.

Une légère rougeur monta au front d'Herminie en entendant louer spontanément Gerald par un homme qu'elle respectait autant que M. de Maillefort.

Celui-ci reprit, assez étonné :

— Mais quels renseignements voulez-vous avoir sur madame de Senneterre, ma chère enfant? Vous aurait-on proposé de donner des leçons de musique à ses filles?

Merveilleusement servie par ces paroles du bossu, qui la sortaient d'une grande difficulté, celle de donner un prétexte à ses questions, Herminie répondit, malgré la répugnance que lui causaient le mensonge et la feinte :

— Oui, monsieur, une personne m'a dit que peut-être on me procurerait des leçons dans cette grande maison; mais, avant de donner suite à cette proposition très-vague, il est vrai, je désirais savoir si je puis attendre de madame la duchesse de Senneterre certains égards, que la susceptibilité peut-être exagérée de mon caractère me fait rechercher avant tout. En un mot, monsieur, je voudrais savoir si madame de Senneterre est naturellement bienveillante, et si l'on ne trouve pas en elle cette fierté, cette morgue hautaine, que l'on rencontre quelquefois chez les personnes d'une condition si élevée.

— Je vous comprends à merveille, et je suis enchanté que vous vous adressiez à moi; vous connaissant comme je vous connais, chère et *orgueilleuse* fille que vous êtes, je vous dirai : « N'acceptez pas de leçons dans cette maison-là. Mesdemoiselles de Senneterre sont excellentes, c'est le cœur de leur frère... mais la duchesse!

— Eh bien! monsieur? — dit la pauvre Herminie, le cœur navré.

— Ah! ma chère enfant, la duchesse est bien la femme la plus sottement infatuée de son titre qu'il y ait au monde... ce qui est singulier, car elle est très-grandement née. Or... le ridicule et la bête vanité du rang sont ordinairement le privilége des parvenus. En un mot, ma chère enfant, j'aimerais mieux vous voir en relations avec vingt M. Bouffard qu'avec cette femme d'une insupportable arrogance. Les Bouffard sont si niais, si grossiers, que leur manque d'usage amuse plutôt qu'il ne blesse; mais, chez la duchesse de Senneterre, vous trouveriez l'insolence la plus polie ou la politesse la plus insolente que vous puissiez imaginer; et vous surtout, ma chère enfant, qui avez à un si haut degré la dignité de vous-même, vous ne resteriez pas dix minutes avec madame de Senneterre sans être blessée à vif, vous ne remettriez jamais les pieds chez elle. Alors, à quoi bon y entrer?

— Je vous remercie, monsieur, — répondit Herminie, écrasée par cette révélation, qui détruisait la folle et dernière espérance qu'elle avait conservée malgré elle : que peut-être madame de Senneterre, touchée de l'amour de son fils, consentirait à la démarche que le légitime orgueil d'Herminie mettait comme condition suprême à son mariage avec Gerald.

Le marquis reprit :

— Non, non, ma chère enfant, cette maison-là ne vous mérite pas, et, en vérité, il faut que Gerald de Senneterre soit aussi aveuglé qu'il l'est par la tendresse filiale pour ne pas s'impatienter de l'extravagante vanité de sa mère, et ne pas s'apercevoir enfin que cette glorieuse a le cœur aussi sec qu'elle a l'esprit étroit, et que si quelque chose surpasse encore son égoïsme, c'est sa cupidité : j'ai de bonnes raisons pour le savoir, aussi je suis ravi de lui enlever une victime en vous éclairant sur elle. Allons, à bientôt, mon enfant! Je suis tout content de vous avoir, par ce conseil, épargné quelques chagrins d'amour-propre, et ce sont les pires pour les nobles cœurs comme le vôtre. Mettez-moi donc souvent à même de vous être bon à quelque chose : si peu que cela soit, voyez-vous, je m'en contente, en attendant mieux. Ainsi donc, à samedi.

— A samedi, monsieur.

M. de Maillefort sortit.

Herminie resta seule à seule avec son désespoir, alors sans bornes.

XLV

Le jour du grand bal donné par madame de Mirecourt était arrivé.

A cette fête brillante, les trois prétendants à la main de mademoiselle de Beaumesnil devaient se rencontrer avec elle.

Cette importante nouvelle, que *la plus riche héritière de France* allait faire ce soir-là son entrée dans le monde, était le sujet de toutes les conversations, l'objet de la curiosité générale, et faisait oublier la récente et triste nouvelle d'un suicide qui jetait dans la désolation l'une des plus illustres familles de France.

Madame de Mirecourt, la maîtresse de la maison, se montrait franchement glorieuse de ce que son salon eût *l'étrenne* de mademoiselle de Beaumesnil (cela se dit ainsi en argot de bonne compagnie), et elle se félicitait intérieurement en songeant que ce serait probablement chez elle que se conclurait le mariage de la célèbre héritière avec le duc de Senneterre; car, toute dévouée à la mère de Gerald, madame de Mirecourt était l'une des plus ardentes entremetteuses de cette union.

Postée, selon l'usage, dans son premier salon, afin d'y recevoir les femmes à leur entrée chez elle et d'y être saluée par les hommes, madame de Mirecourt attendait avec impatience l'arrivée de la duchesse de Senneterre : celle-ci devait être accompagnée de Gerald, et avait promis de venir de bonne heure; cependant elle n'arrivait pas.

Un grand nombre de personnes, attirées par la curiosité, encombraient, contre l'habitude, ce premier salon, afin d'être des premières à apercevoir mademoiselle de Beaumesnil, dont le nom circulait dans toutes les bouches.

Parmi les jeunes gens à marier, il en était bien peu qui n'eussent apporté un soin plus minutieux que de coutume à leur toilette, non qu'ils eussent des prétentions directes, avouées, mais enfin... qui sait... les héritières sont si bizarres! et qui peut prévoir les suites d'un entretien, d'une contredanse, d'une première et soudaine impression?

Aussi chacun, en jetant un dernier et complaisant regard sur son miroir, se rappelait toutes sortes d'aventures incroyables, dans lesquelles d'opulentes jeunes filles s'enamouraient d'un inconnu qu'elles épousaient contre le vœu de leur famille ; car tous ces dignes célibataires, d'une vertu rigide, n'avaient qu'une pensée : le *mariage*, et ils poussaient le scrupule, l'honnêteté si loin, ils aimaient tant le mariage pour le mariage même, que l'épouse ne devenait plus guère à leurs yeux qu'un accessoire.

Chaque célibataire, selon le caractère de sa physionomie, s'était donc ingénié à se mettre en valeur :

Les *beaux*, à se faire encore plus beaux, plus conquérants ;

Ceux d'un extérieur peu agréable ou laid se partageaient l'air spirituel ou mélancolique ;

Enfin, tous se disaient, ainsi que l'on fait lorsqu'on s'est laissé prendre au piége tentateur de ces loteries allemandes qui offrent des gains de plusieurs millions :

« Certes, il est absurde de croire que je gagnerai un de ces lots fabuleux ; j'ai contre moi je ne sais combien de millions de chances, *mais enfin l'on a vu des gagnants.* »

Quant aux personnes dont se composait la société de madame de Mirecourt, elles étaient à peu près les mêmes qui avaient assisté quelques mois auparavant au bal de jour donné par madame de Senneterre, et qui, lors de cette fête, avaient pris plus ou moins part aux conversations dont la mort présumable de madame la comtesse de Beaumesnil avait été le sujet.

Plusieurs de ces personnes se rappelaient aussi la curiosité qu'avait inspirée à cette époque mademoiselle de Beaumesnil, alors en pays étranger, et que personne ne connaissait ; la plupart des invités de madame de Mirecourt allaient donc enfin avoir dans cette soirée la solution de ce problème posé quelques mois auparavant.

La plus riche héritière de France était-elle belle comme un astre, ou laide comme un monstre ? luxuriante de santé, ou malingre et phthisique ? (Et l'on se souvient que les fins gourmets en fait d'héritière avaient prétendu que rien n'était en ce genre plus délicat et plus recherché qu'une orpheline poitrinaire.)

Dix heures sonnaient.

Madame de Mirecourt commençait à s'inquiéter : madame de Senneterre et son fils ne paraissaient pas, et mademoiselle de Beaumesnil pouvait arriver d'un moment à l'autre ; or, il avait été convenu qu'Ernestine serait pendant toute la soirée accostée de madame de la Rochaigné et de madame de Senneterre, et que celle-ci ménagerait adroitement à Gerald la première contredanse avec l'héritière.

A chaque instant le monde se succédait plus pressé. Parmi les nouveaux venus, M. de Mornand, suivi de M. de Ravil, alla, de l'air du monde le plus désintéressé, saluer madame de Mirecourt, qui l'accueillit à merveille et lui dit très-innocemment, sans croire rencontrer si juste :

— Je suis sûre que vous venez un peu pour moi, monsieur de Mornand, et beaucoup pour voir la lionne de cette soirée, mademoiselle de Beaumesnil.

Le futur ministre sourit et répondit avec une infernale diplomatie :

— Je vous assure, madame, que je suis venu tout naïvement pour avoir l'honneur de vous présenter mes hommages, et assister à une de ces fêtes charmantes que vous seule savez donner.

Et M. de Mornand, s'étant incliné, s'éloigna de madame de Mirecourt, et dit tout bas à de Ravil :

— Va donc voir si *elle* est dans les autres salons ; moi, je reste ici. Tâche de m'amener le baron si tu le rencontres.

De Ravil fit un signe d'intelligence à son Pylade, se mêla aux groupes, et se dit, en pensant à sa rencontre de la veille, dont il s'était bien gardé de parler à M. de Mornand :

— Ah ! cette héritière s'en va seulette, en grisette, dans des quartiers déserts, et revient trouver cette abominable madame Lainé, qui l'attend complaisamment en fiacre Je ne m'étonne plus si cette indigne gouvernante m'a déclaré net, il y a quinze jours, que je ne devais plus compter sur son influence, que j'avais espéré si bien escompter. Mais au profit de qui favorise-t-elle cette intrigue de la petite de Beaumesnil? car il doit y avoir nécessairement là une intrigue. Ce gros niais de Mornand n'y est pour rien... je l'aurais su... Il faut que je démêle le vrai de tout cela... car plus j'y songe, plus il me semble qu'il y a là motif à faire *chanter la poule aux œufs d'or*... et sur ce, observons.

Au moment où le cynique se perdait dans la foule, la duchesse de Senneterre arrivait, mais seule, et la figure altérée par une vive contrariété.

Madame de Mirecourt se leva pour aller au-devant de madame de Sonneterre ; et, avec cet art que les femmes du monde possèdent à un si haut degré, elle trouva moyen, au milieu de cent personnes, et en ayant l'air d'adresser à la duchesse des banalités d'usage, d'avoir avec elle à demi-voix l'entretien suivant :

— Et Gerald ?...

— On l'a saigné ce soir.

— Ah ! mon Dieu ! qu'a-t-il donc ?

— Depuis hier il est dans un état affreux.

— Et vous ne m'avez pas prévenue, chère duchesse ?

— Jusqu'au dernier moment il m'avait promis de venir... quoiqu'il souffrît beaucoup.

— C'est désolant... mademoiselle de Beaumesnil peut arriver d'un moment à l'autre... et vous l'auriez chambrée dès son entrée...

— Sans doute... aussi je suis au supplice... et... ce n'est pas tout..

— Quoi donc encore, chère duchesse ?

— Je ne sais pourquoi, il m'est revenu des doutes sur les intentions de mon fils.

— Quelle idée !

— C'est qu'il mène une vie si singulière depuis quelque temps...

— Mais alors il ne vous eût pas promis encore aujourd'hui, et quoique souffrant, de venir ici ce soir pour se rencontrer avec mademoiselle de Beaumesnil.

— Sans doute... et d'un autre côté, ce qui me rassure, c'est que M. de Maillefort, dont madame de la Rochaigué redoutait l'insupportable pénétration, et que mon fils avait imprudemment mis dans la confidence de nos projets... c'est que M. de Maillefort est pour nous, car il sait le but de la rencontre de ce soir, et il devait nous accompagner moi et Gerald.

— Enfin, que voulez-vous, ma chère duchesse ? ce n'est qu'une occasion perdue ; mais, en tout cas... dès que madame de la Rochaiguë va arriver avec mademoiselle de Beaumesnil... ne les quittez pas... et arrangez-vous avec la baronne pour que la petite n'accepte pour danseurs que des... insignifiants.

— C'est très-important.

Et, après avoir ainsi causé quelques instants debout, les deux femmes s'assirent sur un sofa circulaire.

De nouveaux personnages venaient à chaque instant saluer madame de Mirecourt.

Soudain madame de Senneterre fit un mouvement et dit tout bas et vivement à son amie :

— Mais c'est M. de Macreuse qui vient d'entrer... vous recevez donc cette *espèce?*

— Comment ! ma chère duchesse; mais je l'ai vu mille fois chez vous, et c'est une de mes meilleures amies, la sœur de monseigneur l'évêque de Ratopolis... madame de Cheverny, qui m'a demandé une invitation pour M. de Macreuse; d'ailleurs, il est reçu partout, et même avec distinction, car son *Œuvre de Saint-Polycarpe...*

— Eh! ma chère, *saint Polycarpe* ne fait rien du tout à la chose, — dit impatiemment la duchesse en interrompant madame de Mirecourt. — J'ai reçu ce monsieur comme tout le monde, et j'en suis aux regrets; car j'ai appris que c'était un bien grand drôle, je vous dirai même que c'est un homme à chasser de partout! On parle d'objets de prix disparus pendant ses visites,—ajouta madame de Senneterre très-mystérieusement et sans rougir le moins du monde de ce mensonge, car le protégé de l'abbé Ledoux n'était pas homme à s'amuser à des bagatelles.

— Ah! mon Dieu! — s'écria madame de Mirecourt, — mais, c'est donc un voleur?

— Non, ma chère, seulement il vous emprunterait un diamant ou une épingle sans songer à vous en avertir.

Au moment même de cet entretien, M. de Macreuse, qui, en s'avançant lentement, avait suivi du regard le jeu de la physionomie des deux femmes, soupçonna leur malveillance pour lui, mais vint néanmoins saluer la maîtresse de la maison avec un imperturbable aplomb, et lui dit :

— J'aurais désiré, madame, avoir l'honneur de me présenter chez vous ce soir sous les auspices de madame de Cheverny, qui avait bien voulu se charger de moi; malheureusement elle est souffrante et me charge d'être auprès de vous, madame, l'interprète de tous ses regrets.

— Je suis désolée, monsieur, que cette indisposition me prive du plaisir de voir ce soir madame de Cheverny, — répondit sèchement madame de Mirecourt, encore sous l'impression de ce que venait de lui dire madame de Senneterre.

Mais le Macreuse ne se déconcertait pas facilement, et, s'inclinant ensuite devant la duchesse, il lui dit en souriant :

— J'ai moins à regretter, ce soir, le bienveillant patronage de madame de Cheverny ; car il m'aurait été presque permis de compter sur le vôtre, madame la duchesse.

— Justement, monsieur, — répondit madame de Senneterre avec une expression de hauteur amère, — je parlais de vous à madame de Mirecourt lorsque vous êtes entré, et je la félicitais sincèrement d'avoir l'honneur de vous recevoir chez elle.

— Je n'attendais pas moins des bontés habituelles de madame la duchesse, à qui j'ai dû tant de précieuses relations dans le monde, — répondit M. de Macreuse d'un ton respectueux et pénétré.

Après quoi, saluant de nouveau, il passa dans le salon voisin.

Le protégé de l'abbé Ledoux (ancien confesseur de madame de Beaumesnil), ce vrai roué de sacristie, était trop madré, trop clairvoyant, trop soupçonneux, pour n'avoir pas senti, lors de son entrevue avec madame de Senneterre (entrevue où il s'était ouvert sur ses prétentions à la main de mademoiselle de Beaumesnil), qu'il venait, comme on dit vulgairement, de faire un *pas de clerc*, bien que la duchesse lui eût promis son appui.

Trop tard, le Macreuse s'était reproché de n'avoir pas réfléchi que la duchesse avait un fils à marier. L'accueil sardonique et hautain qu'elle venait de lui faire confirma les soupçons du pieux jeune homme; mais il s'inquiéta médiocrement de cette hostilité, se croyant certain, d'après les rapports de mademoiselle Héléna de la Rochaigué, non-seulement que personne n'était alors sur les rangs pour épouser mademoiselle de Beaumesnil, mais que celle-ci l'avait particulièrement distingué, lui, Macreuse, et qu'elle avait paru touchée de sa douleur et de sa piété.

M. de Macreuse, plein d'espoir, s'assura, d'abord, que mademoiselle de Beaumesnil ne se trouvait dans aucun salon, et il attendit son arrivée avec impatience, bien résolu d'épier le moment opportun pour l'engager à danser l'un des premiers, le premier s'il le pouvait.

— A-t-on idée d'une impudence égale à celle de M. de Macreuse ! — dit madame de Senneterre outrée à madame de Mirecourt lorsque le protégé de l'abbé Ledoux fut éloigné.

— En vérité, ma chère duchesse, ce que vous m'apprenez m'étonne à un point extrême ; et quand on pense que l'on citait partout M. de Macreuse comme un modèle de conduite et de piété!...

— Oui, il est joli, le modèle ; je vous en dirai bien d'autres sur son compte...

Et, s'interrompant, madame de Senneterre s'écria :

— Enfin, voilà mademoiselle de Beaumesnil... Ah ! quel malheur que Gerald ne soit pas ici !

— Allons, consolez-vous, ma chère duchesse, du moins mademoiselle de Beaumesnil n'entendra parler que de votre fils pendant toute la soirée. Restez là, je vais vous amener cette chère petite, vous et la baronne ne la quitterez pas.

Et madame de Mirecourt se leva pour aller au-devant de mademoiselle de Beaumesnil, qui arrivait accompagnée de M. et de madame de la Rochaiguë.

La jeune fille donnait le bras à son tuteur.

Un bourdonnement sourd, causé par ces mots échangés à voix basse : « C'est mademoiselle de Beaumesnil, » provoqua bientôt dans tous les salons un mouvement général, et un flot de curieux encombra l'embrasure des portes du salon où se trouvait Ernestine.

Ce fut au milieu de cette agitation, de cet empressement causé par son arrivée, que *la plus riche héritière de France*, baissant les yeux sous les regards attachés sur elle de toutes parts, fit, comme on dit, *son entrée dans le monde*.

La pauvre enfant comparait, à part soi, dans une ironie méprisante, cette impatience, cette avidité de la voir et surtout d'être aperçu d'elle, ces murmures d'admiration que quelques habiles même firent entendre sur son passage, à l'accueil si complétement indifférent qu'elle avait reçu le dimanche passé chez madame Herbaut : aussi se sentait-elle de plus en plus résolue de pousser aussi loin que possible la contre-épreuve qu'elle venait chercher, voulant savoir une fois pour toutes à quoi s'en tenir sur la dignité, sur la sincérité de ce monde où elle semblait destinée à vivre.

Mademoiselle de Beaumesnil, au grand désespoir des la Rochaiguë, et avec une soudaine opiniâtreté qui les avait confondus et dominés, avait voulu être aussi modestement vêtue que lorsqu'elle s'était présentée chez madame Herbaut.

Une simple robe de mousseline blanche et une écharpe bleue, en tout pareilles à celles qu'elle portait le dimanche précédent, tell était la toilette de l'héritière, qui, dans cette courte épreuve, voulai paraître sans plus ni moins d'avantages que lors de la première.

Ernestine avait même eu la pensée de s'accoutrer le plus ridiculement du monde, presque certaine que les louanges pleuvraient de toutes parts sur la *charmante originalité* de sa toilette; mais elle renonça bientôt à cette folie en songeant que cette nouvelle épreuve était chose grave et triste.

Ainsi que cela avait été convenu à l'avance entre mesdames de Mirecourt, de Senneterre et de la Rochaiguë, dès son arrivée dans le bal, mademoiselle de Beaumesnil, traversant avec peine les groupes de plus en plus empressés sur son passage, et conduite par la maîtresse de la maison, alla prendre place dans le vaste et magnifique salon où l'on dansait.

Madame de Mirecourt laissa Ernestine en compagnie de madame de la Rochaiguë et de madame de Senneterre, que la baronne venait de rencontrer... par hasard.

Non loin du canapé où était assise l'héritière, se trouvaient plusieurs charmantes jeunes filles, aussi belles et beaucoup plus élégamment parées que les reines du bal de madame Herbaut; mais tous les regards étaient tournes vers Ernestine.

— Ce soir je ne manquerai pas de danseurs, — pensait-elle, — je ne serai pas invitée *par charité*... toutes ces charmantes personnes seront, sans doute, délaissées pour moi.

Pendant que mademoiselle de Beaumesnil observait, se souvenait et comparait, madame de Senneterre dit tout bas à madame de la Rochaiguë que, malheureusement, Gerald était si gravement malade, qu'il lui serait impossible de venir au bal, et il fut convenu que l'on ne laisserait danser Ernestine que fort peu, avec des personnes très-prudemment choisies.

Pour arriver à ce résultat, madame de la Rochaiguë dit à Ernestine :

— Ma chère belle... vous pouvez juger de l'étourdissant effet que vous produisez, malgré l'inconcevable simplicité de votre toilette; je vous l'avais toujours prédit sans la moindre exagération, vous le voyez bien... aussi allez-vous être accablée d'invitations... mais, comme il ne convient pas que vous dansiez indifféremment avec tous le monde, lorsqu'il me paraîtra que vous pouvez accepter un engagement, j'ouvrirai mon éventail; si au contraire je le tiens fermé... vous refuserez en disant que vous dansez fort peu... et que vous avez déjà trop d'invitations.

A peine madame de la Rochaiguë venait-elle de faire cette recommandation à Ernestine, que l'on se mit en place pour la contredanse.

Plusieurs jeunes gens, qui mouraient d'envie d'engager mademoiselle de Beaumesnil, hésitaient cependant, croyant avec raison manquer aux convenances en la priant au moment même de son entrée dans le bal.

M. de Macreuse, moins scrupuleux et plus adroit, n'hésita pas une seconde; il fendit rapidement la foule et vint timidement prier Ernestine de *lui faire l'honneur de danser la contredanse qui commençait.*

Madame de Senneterre, stupéfaite de ce qu'elle appelait *l'audace inouïe* de ce M. de Macreuse, se pencha vivement à l'oreille de madame de la Rochaiguë pour lui dire de faire signe à Ernestine de refuser; il était trop tard.

Mademoiselle de Beaumesnil, très-impatiente de se trouver pour ainsi dire en tête à tête avec M. de Macreuse, accepta vivement son invitation, sans attendre le jeu de l'éventail de madame de la Rochaiguë, et, au grand étonnement de celle-ci, elle se leva, prit le bras du pieux jeune homme, et alla se placer à la contredanse.

— Ce misérable-là est d'une insolence effrayante, — dit la duchesse courroucée.

Mais elle s'interrompit soudain et s'écria avec l'expression de la joie la plus vive, la plus inattendue, en s'adressant à madame de la Rochaiguë :

— Ah ! mon Dieu, c'est lui !

— Qui cela ?

— Gerald...

— Quel bonheur !... Où donc le voyez-vous, ma chère duchesse?

— Là-bas, dans l'embrasure de cette fenêtre... Pauvre enfant, comme il est pâle ! ajouta la duchesse avec émotion, — quel courage il lui faut !... Ah ! nous sommes sauvées...

— En effet... c'est lui. — dit madame de la Rochaiguë, non moins joyeuse que son amie. — M. de Maillefort est auprès de lui. Ah ! le marquis ne m'a pas trompée... il m'avait bien promis d'être dans mes intérêts depuis qu'il sait qu'il s'agit de M. de Senneterre.

Pendant que madame de Senneterre faisait signe à Gérald qu'il y avait une place vacante à côté d'elle, M. de Macreuse et mademoiselle de Beaumesnil figuraient à la même contredanse

FIN DU PREMIER VOLUME.

Bordeaux. — Impr. G. GOUNOUILHOU, rue Guiraude, 9-11

www.ingramcontent.com/pod-product-compliance
Lightning Source LLC
LaVergne TN
LVHW020611110826
845149LV00002B/440
* 9 7 8 2 0 1 6 1 8 3 8 5 4 *